DEIN COACH ZUM ERFOLG!

Dein ActiveBook auf My**STARK**:

Du kannst auf alle digitalen Inhalte zu diesem Band online zugreifen. Registriere dich dazu unter **www.stark-verlag.de/mystark** mit deinem **persönlichen Zugangscode**:

C06542-001713

Die Inhalte dieser Auflage stehen bis Schuljahresende zur Verfügung.

W0390377

Das Active**Book** *bietet dir:*

- Original-Prüfungsaufgaben von 2022 mit vollständigen Lösungsvorschlägen
- Kleinschrittige Aufgaben zur Analyse von literarischen und pragmatischen Texten
- Videos zur Veranschaulichung des Vorgehens bei der Textanalyse
- Sofortige Ergebnisauswertung und Feedback zu einzelnen Aufgaben

DEIN COACH ZUM ERFOLG!

So kannst du interaktiv lernen:

Interaktive Aufgaben

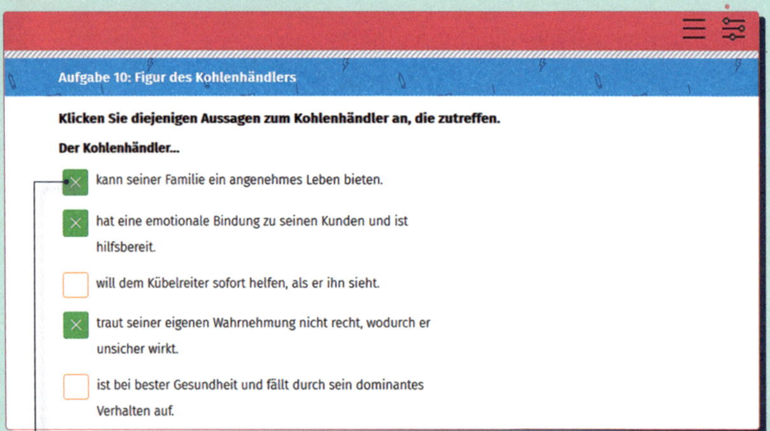

Sofortige Ergebnisauswertung

Lernvideos

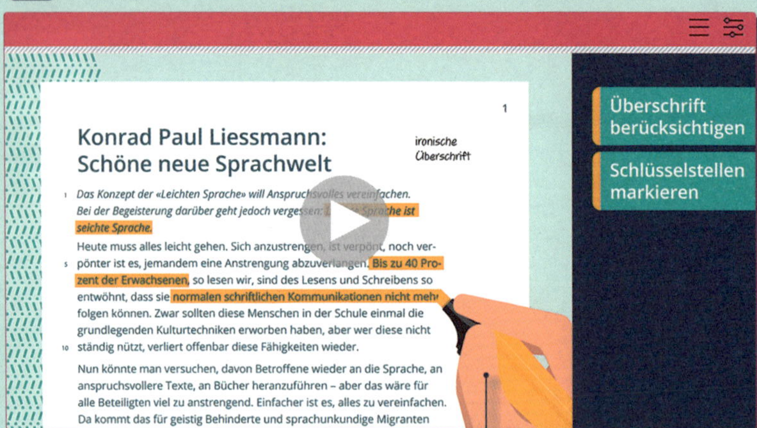

Anschauliche Erklärungen zur Textanalyse

Systemvoraussetzungen:
- Mindestens 1024×768 Pixel Bildschirmauflösung
- Chrome, Firefox oder ähnlicher Webbrowser
- Internetzugang

Hessen Deutsch ▪ Abiturprüfung 2022
Grundkurs

Um Ihnen die Prüfung 2022 schnellstmöglich zur Verfügung stellen zu können, bringen wir sie in digitaler Form heraus.

Sobald die Original-Prüfungsaufgaben 2022 freigegeben sind, können sie als PDF auf der Plattform **MyStark** heruntergeladen werden (Zugangscode vgl. Farbseiten vorne im Buch).

Prüfung 2022

www.stark-verlag.de/mystark

Dein kostenloses **Stärkenprofil**

Du wagst demnächst den Schritt in die Berufswelt, aber weißt noch nicht, was du als Stärken angeben kannst?
Mit **Aivy** findest du es auf spielerische Art heraus.

Aivy ist...

...für dich kostenlos.

...interaktiv und spielerisch.

...ganz auf deine Person fokussiert.

Lerne dich selbst besser kennen und **entdecke deine Berufung!**

www.stark-verlag.de

STARK

Bist du bereit für deinen Einstellungstest?

Hier kannst du testen, wie gut du in einem Einstellungstest zurechtkommen würdest.

1. Allgemeinwissen
Der Baustil des Kölner Doms ist dem/der ... zuzuordnen.

a) Klassizismus b) Romantizismus
c) Gotik d) Barock

2. Wortschatz
Welches Wort ist das?

N O R I N E T K T A Z N O

3. Grundrechnen
-11 + 23 - (-1) =

a) 10 b) 11 c) 12 d) 13

4. Zahlenreihen
Welche Zahl ergänzt die Reihe logisch?

17 14 7 21 18 9 ?

5. Buchstabenreihen
Welche Auswahlmöglichkeit ergänzt die Reihe logisch?

e d f f e g g f h ? ? ?

a) h i j b) h g i c) f g h d) g h i

Lösungen: 1 c; 2 Konzentration; 3 d; 4 27; 5 b

Alles zum Thema Einstellungstests findest du hier:

www.stark-verlag.de

STARK

2023

Abitur

Original-Prüfungsaufgaben
mit Lösungen

Hessen

Deutsch GK

STARK

© 2022 Stark Verlag GmbH
15. ergänzte Auflage
www.stark-verlag.de

Das Werk und alle seine Bestandteile sind urheberrechtlich geschützt. Jede vollständige oder teilweise Vervielfältigung, Verbreitung und Veröffentlichung bedarf der ausdrücklichen Genehmigung des Verlages. Dies gilt insbesondere für Vervielfältigungen, Mikroverfilmungen sowie die Speicherung und Verarbeitung in elektronischen Systemen.

Inhaltsverzeichnis

Original-Abituraufgaben der vergangenen Jahre (Auswahl)

Abiturprüfungsaufgaben 2019

Abiturprüfungsaufgaben 2020

Abiturprüfungsaufgaben 2021 (Auswahl)

Abiturprüfungsaufgaben 2022

Aufgaben . . . . **www.stark-verlag.de/mystark**
Sobald die Original-Prüfungsaufgaben 2022 freigegeben sind, können Sie sie als PDF auf der Plattform MyStark herunterladen (Zugangscode vgl. Farbseiten zu Beginn des Buches).

Autorinnen und Autoren
Susanne Battenberg: Abiturlösungen 2019/B, 2020/A und C, 2021/C; Christian Berg: Übungsaufgabe 1; Andrea Klein: Vorspann; Gisela Wand: Vorspann, Übungsaufgaben 2–6, Abiturlösungen 2007–2018; 2019/A und C, 2020/B, 2021/B und D

Vorwort

Liebe Schülerinnen und Schüler,

im Frühjahr 2023 werden Sie das **Landesabitur im Grundkurs Deutsch** ablegen. Der vorliegende Band möchte Sie bei der **optimalen Vorbereitung** auf die Abiturprüfung im Fach Deutsch unterstützen. Dazu werden wir Ihnen zunächst in den **Hinweisen und Tipps** zum Landesabitur die allgemeinen Rahmenbedingungen der Abiturprüfung und Informationen zu Inhalten und Struktur der Aufgaben sowie zur Bewertung vorstellen.

Des Weiteren geben wir Ihnen Hilfen zur Auswahl und Bearbeitung der Prüfungsaufgaben. Dabei spielen die Arbeit mit Materialien und der Umgang mit den **Operatoren** eine besondere Rolle.

Sie finden im vorliegenden Buch eine **umfangreiche Sammlung von Übungsaufgaben** zu den prüfungsrelevanten Pflichtlektüren. Struktur und Schwierigkeitsgrad der Aufgabenstellungen basieren auf den Anforderungsniveaus der schriftlichen Prüfung im Grundkurs.

Weiterhin enthält dieser Band eine Auswahl der offiziellen, vom hessischen Kultusministerium gestellten **Abitur-Prüfungsaufgaben der Jahre 2007 bis 2022** für den Grundkurs. Zu jeder Aufgabe haben unsere Autorinnen und Autoren **detaillierte Hinweise zu den erwarteten Lösungsansätzen** sowie **ausführliche und vollständige Lösungsvorschläge** verfasst. Versuchen Sie aber zunächst, die einzelnen Aufgaben selbstständig zu lösen.

Sollten nach Erscheinen dieses Bandes noch wichtige Änderungen in der Abiturprüfung 2023 vom Kultusministerium bekannt gegeben werden, finden Sie aktuelle Informationen dazu im Internet unter: *www.stark-verlag.de/mystark.*

Wir wünschen Ihnen eine effektive Abiturvorbereitung und eine erfolgreiche Abiturprüfung!

Die Autorinnen, die Autoren und der Verlag

HINWEISE UND TIPPS

Hinweise und Tipps zur schriftlichen Abiturprüfung

1 Grundlagen

1.1 Vorgaben für das Hessische Landesabitur 2023

Die schriftlichen Prüfungsaufgaben richten sich in Format und Inhalt nach:

- der Oberstufen- und Abiturverordnung (OAVO) in der derzeit geltenden Fassung,
- den bundesweit verbindlichen *Bildungsstandards im Fach Deutsch für die Allgemeine Hochschulreife*,
- dem hessischen Kerncurriculum Deutsch
- und dem jeweils aktualisierten Erlass des Hessischen Kultusministeriums zum Landesabitur. Pandemiebedingt gilt für den Prüfungsjahrgang 2023, dass jeweils etwa drei Monate vor Beginn eines neuen Halbjahres ein spezieller Erlass veröffentlicht wird, der das kommende Halbjahr regelt.

1.2 Zeitrahmen und Hilfsmittel

In der Abiturprüfung im Fach Deutsch werden Ihnen vier unterschiedliche Aufgaben vorgelegt, von denen Sie eine auswählen müssen. Für die Bearbeitung des Themas stehen dem Grundkurs 255 Minuten (inklusive Einlese- und Auswahlzeit) zur Verfügung. Als Hilfsmittel ist ein Wörterbuch der deutschen Rechtschreibung zugelassen. Für eine Reihe von Themen liegen die Lektüren, auf die Bezug zu nehmen ist, zur Benutzung bereit.

2 Prüfungsinhalte

Mit Erlass vom 17. Mai 2021 – *Hinweise zur Vorbereitung auf die schriftlichen Abiturprüfungen im Landesabitur 2023* – wurde eine Leseliste für den Arbeitsbereich „Umgang mit Texten“ festgelegt, die für die schriftliche und die mündliche Abiturprüfung die inhaltliche Grundlage bildet. Mit den darin genannten Werken sollten Sie sich daher im Verlauf der Qualifikationsphase (Q 1–Q 3) und während der Vorbereitung auf das Abitur gründlich auseinandersetzen.

2.1 Die Prüfungsinhalte im Überblick

Dramatik

- Johann Wolfgang von Goethe: *Faust I* (Q 3)
- Georg Büchner: *Woyzeck* sowie die Verfilmung von Werner Herzog (1979) (Q 2)

Epik

- E.T.A. Hoffmann: *Der Sandmann* (Q 1)
- Juli Zeh: *Corpus Delicti. Ein Prozess* (Q 1)

Lyrik

- Lyrik der Romantik (Q 1)
- Lyrik des Expressionismus (Q 3)

Im Kompetenzbereich „Schreiben" kommt dem Kommentar und dem Essay sowie dem materialgestützten Verfassen argumentierender Texte besondere Bedeutung zu.

2.2 Die Werke – kurz vorgestellt

Johann Wolfgang von Goethe: *Faust I* (Schauspiel, 1808, Endfassung 1832)

Mit seinen Erkenntnismöglichkeiten unzufrieden, wendet sich der Universalgelehrte Faust in Goethes Drama magischen Praktiken zu und unternimmt weitere Versuche der **Selbstüberschreitung** (Beschwörung des Erdgeistes, Suizid), die allesamt scheitern. Diese Erfolglosigkeit führt zum **Teufelspakt** mit Mephisto, der sich zu einer Wette entwickelt: Mephisto wird Fausts Seele gewinnen, wenn er ihn zu Ruhe und Stillstand verführen kann.

Sie wollen mehr über *Faust I* wissen? – Die **STARK**-Interpretationshilfe hilft Ihnen weiter! (ISBN 978-3-8490-3263-0)

Faust hingegen verspricht sich von der Wette eine **Erweiterung seines Horizonts** über menschliche Dimensionen hinaus. Vorbereitet wird diese Wette durch eine andere, die Mephisto mit Gott im „Prolog im Himmel" eingeht: Deren Gegenstand ist Faust selbst und die Frage, ob Mephisto sein Ziel erreichen wird.

Der Teufel lädt den Gelehrten zu einer Reise ein, die über die Stationen „Auerbachs Keller" und „Hexenküche" (Fausts Verjüngung) in eine Kleinstadt führt, wo Faust auf Margarete, ein Mädchen aus **kleinbürgerlichen Verhältnissen**, trifft. Mithilfe Mephistos gelingt es ihm, Margarete an sich zu binden und ihr seine **Liebe** zu beteuern.

Allerdings wirkt sich Fausts **Ungeduld** in der Rolle des jugendlichen Liebhabers, die seiner Ungeduld als Wissenschaftler gleichkommt, katastrophal aus: Er trägt zum Tod ihrer Mutter und ihres Bruders bei und vernichtet durch seine Verführungskünste, die zur Schwangerschaft Margaretes führen, deren Existenz.

Während Faust in Begleitung Mephistos nach **Ablenkung** von seinen Schuldgefühlen sucht („Walpurgisnacht"), wird Margarete aus Verzweiflung zur **Kindsmörderin**. Faust will die zum Tode Verurteilte aus dem **Kerker** befreien. Die halb wahnsinnig gewordene Margarete lässt sich jedoch auf den Fluchtplan nicht ein, nimmt alle Schuld auf sich und übergibt sich in der Hoffnung auf Gnade dem Gericht Gottes.

Im *Faust* gestaltet Goethe den Menschen, der – unzufrieden mit einer statischen Lebensweise – danach strebt, über das je Erreichte hinauszukommen. Er ist auf der Suche nach ständiger Weiterentwicklung menschlichen Wissens und menschlicher Fähigkeiten. Auch wenn er dabei – wie Gretchens Schicksal zeigt – schuldig wird, erfüllt er doch die höchste Bestimmung menschlichen Lebens.

Georg Büchner: *Woyzeck* (Drama, 1836)

Das Stück, dem ein **historischer Fall** zugrunde liegt, beleuchtet in einer Anzahl von szenischen Bildern das Leben des Soldaten Woyzeck in einer hessischen Stadt. Woyzeck, ein armer und geistig einfacher Mann, lebt mit der schönen Marie zusammen, die auch ein Kind von ihm hat. Um zusätzlich Geld für ihren Lebensunterhalt zu verdienen, stellt sich Woyzeck dem Militärarzt für medizinische Experimente zur Verfügung und lässt entwürdigende Behandlungsweisen über sich ergehen. Er wird missachtet und verspottet. Zeichen **körperlicher**, aber auch **psychischer Zerstörung** zeigen sich an ihm. Als er von dem Verhältnis seiner Geliebten Marie mit einem sozial höher gestellten Tambourmajor erfährt und ihm die Unmöglichkeit, etwas dagegen ausrichten zu können, klar wird, sieht er nur noch den Ausweg, Marie zu töten. Bei einem gemeinsamen Spaziergang ersticht er sie. Als man Blut an seiner Hand erkennt, läuft er verwirrt zu einem Teich in der Nähe des Tatorts und wirft das Tatwerkzeug hinein. Da Büchner das Drama nicht mehr fertigstellen konnte, bleibt das **Ende offen**.

Sie wollen mehr über *Woyzeck* wissen? – Die **STARK-Interpretationshilfe** hilft Ihnen weiter! (ISBN 8490-3233-3)

Mit Woyzeck zeigt Büchner ein Bild des **zur Kreatur entwürdigten Menschen**, der aufgrund seiner sozialen Lebensbedingungen keine Möglichkeiten zu einem freien, selbstverantworteten Handeln hat. Seine **macht- und rechtlose Stellung** in der gesellschaftlichen Hierarchie erlaubt es ihm nicht, sich zu wehren; sein Handeln richtet sich daher ersatzweise gegen Marie, die eine ähnliche gesellschaftliche Position hat wie er – aber er trifft damit nur sich selbst, denn er zerstört so ja nur das Einzige, was ihm in seinem Leben von Bedeutung gewesen ist.

Deutlich wird hier Büchners Eigenart der dramatischen Darstellungsweise sichtbar: Es liegt **keine durchgängige Handlung** vor, sondern allmählich setzt sich aus den unterschiedlichen Gesprächssituationen auf der Bühne mosaiksteinartig ein Gesamtbild Woyzecks zusammen.

E.T.A. Hoffmann: *Der Sandmann* (Erzählung, 1816)

Das *Nachtstück* stellt die **Entstehung**, nicht Analyse **des Wahnsinns** des Protagonisten Nathanael dar. Der Student leidet unter einem **traumatischen Kindheitserlebnis:** Als er seinen Vater und den **Advokaten Coppelius** bei einem alchimistischen Experiment beobachtet hat, ist er von Coppelius entdeckt und misshandelt worden. Den unheimlichen Advokaten hielt das Kind für den „**Sandmann**", der nach Erzählungen der Kinderfrau den Kindern Sand in die Augen streut, damit diese aus dem Kopf herausspringen. In dem **Wetterglashändler Coppola** glaubt der junge Mann Nathanael nun jene Schreckgestalt aus Kindertagen, Coppelius, wiederzuerkennen, was seine **vernünftige Verlobte Clara** als Projektion seiner Ängste zu erklären versucht. Nathanael fühlt sich mit seinen düsteren Ahnungen missverstanden; die beiden Liebenden entfremden sich immer mehr.

Sie wollen mehr über den *Sandmann* wissen? – Die **STARK-Interpretationshilfe** hilft Ihnen weiter!
(ISBN 978-3-8490-3251-7)

Ein **Perspektiv**, das Nathanael Coppola abkauft, **beeinflusst seine Wahrnehmung:** Durch dieses Fernrohr beobachtet er **Olimpia**, die Tochter seines Physik-Professors, und verliebt sich in sie. Ihr wortkarges, steifes Wesen stört ihn nicht. Just an dem Tag, an dem Nathanael der Geliebten einen Heiratsantrag machen will, überrascht er den Professor und Coppola bei der Zerstörung Olimpias – sie ist ein **Automat**, die beiden Männer streiten sich um ihr Eigentum. Als Nathanael das wahre Wesen Olimpias erkennt, erleidet er einen **Wahnsinnsanfall**.
Durch Claras Pflege scheinbar genesen, erleidet Nathanael bei einem Ausflug auf den Rathausturm erneut einen **Wahnsinnsschub**. Nach einem Blick durch Coppolas Fernrohr hält er nun Clara für eine Maschine und will sie daraufhin töten. Als Nathanael auch noch Coppelius vor dem Turm stehen sieht, stürzt er sich in die Tiefe.

Die Erzählung verwischt durch **Perspektivwechsel** die Grenze zwischen Realität und Wahn und eröffnet Einblicke in **dunkle, unbewusste Seiten der Psyche**.

Juli Zeh: *Corpus Delicti. Ein Prozess* (Roman, 2009)

Sie wollen mehr über *Corpus Delicti* wissen? – Die **STARK-Interpretationshilfe** hilft Ihnen weiter!
(ISBN 978-3-8490-3230-2)

Die Gesellschaft lebt um das Jahr 2050 in einer **Gesundheitsdiktatur:** Die Bürger werden überwacht und gezwungen, alle Lebensbereiche ihrer körperlichen Gesundheit unterzuordnen. Die Hauptfigur **Mia Holl** leidet unter dem **Tod ihres Bruders** Moritz, der mit seiner lebensfrohen und rebellischen Art einen Gegensatz zu ihrem kühlen und pragmatischen Wesen darstellte. Sie glaubt nicht daran, dass Moritz ein Vergewaltiger und Mörder war, und erregt durch unterlassene Gesundheitsberichte Verdacht bei der Justiz. Nach vielen Strafandrohungen und Verhandlungen wird **Mia unter falschem Vorwand inhaftiert**. Als ihr Anwalt den entscheidenden Beweis für Moritz' Unschuld liefert, wandelt sich Mia zur **bekennenden Systemgegnerin** und kündigt dem Staat das Vertrauen auf. Auch in der Öffentlichkeit regt sich Widerstand. Der **Chefideologe Heinrich Kramer** stellt Mia und Moritz als brutale Terroristen dar. Mit einem Netz aus falschen Beweisen wird Mia zum Tod durch Einfrieren verurteilt, kurz vor der Vollstreckung wird ihre Strafe jedoch umgewandelt: Mia soll im Sinne der Ideologie METHODE umerzogen und psychologisch betreut werden.

Juli Zeh entwirft eine **Dystopie**, in der ein totalitärer Überwachungsstaat die körperliche Gesundheit zum höchsten Ziel ausgerufen hat. In diesem anti-aufklärerischen Staat spiegeln sich die Datensammelwut des Staates und der Konzerne ebenso wie die fehlende Sensibilität der Menschen im Umgang mit persönlichen Informationen. In der Entwicklungsgeschichte von Mia **von der Konformistin zur Rebellin** zeigen sich die Fehler dieser Diktatur auf exemplarische Weise: persönliches und allgemeines Wohl lassen sich nicht miteinander verbinden, wenn der Staat keine individuelle Freiheit zulässt.

(Bildnachweis: *Faust*: © ddp images / United Archives; *Woyzeck*: © Braun/drama-berlin.de;
Der Sandmann: © Lucie Jansch; *Mario und der Zauberer*: © Kurt Kleemann/AdobeStock;
Corpus Delicti: Björn Hickmann / stage picture)

3 Aufgabenarten

Die Abituraufgaben sind nach den Bildungsstandards entweder textbezogen oder materialgestützt. Das heißt im Umkehrschluss, dass es Aufgaben ohne Texte und/ oder Materialien nicht geben wird. Folgende **Schreibformate** sind im hessischen Abitur möglich:

Aufgabenart	Textbezogenes Schreiben				Materialgestütztes Schreiben
	Interpretation literarischer Texte	Analyse pragmatischer Texte	Erörterung literarischer Texte	Erörterung pragmatischer Texte	Materialgestütztes Verfassen argumentierender Texte

Quelle: Bildungsstandards

Sie erkennen: Textsorte und Arbeitsschwerpunkt differieren. Da aber fast alle Abiturvorschläge aus drei aufeinander aufbauenden Teilaufgaben bestehen, finden Sie meistens die Kombination von Aufgabenarten vor. Das häufigste Muster: a. Analysieren (bzw. interpretieren) Sie. – b. Vergleichen Sie. – c. Erörtern Sie (bzw. beurteilen oder bewerten Sie, inwiefern …).
Bei allen Aufgaben ist es ratsam, Texte bzw. Materialien mehrfach zu lesen, Auffälliges zu markieren, Beobachtungen zu notieren, Fragen an sie zu stellen und sich zu überlegen, was charakteristisch und wesentlich daran ist.

3.1 Die Textinterpretation

Die Textinterpretation bezieht sich in der Regel auf literarische Texte. Sie basiert – wie alle anderen Aufgabenarten auch – auf der Textuntersuchung (Textanalyse) und strebt darüber hinaus einen Verstehensentwurf an. Zugrunde gelegt werden kann ein Textausschnitt aus einem bekannten Werk oder ein unbekannter literarischer Text, der meistens inhaltlich zusammenzufassen, zu erschließen, zu interpretieren und mit Bekanntem zu vergleichen ist. Es geht darum, den Text in seiner Besonderheit annähernd zu durchdringen und zu verstehen und dieses Verständnis sprachlich zum Ausdruck zu bringen. Sie entwickeln die Interpretation aus textimmanenten Beobachtungen heraus und werden sie je nach Sachlage mit Kenntnissen zu Gattung, Epoche, Kontext u. a. untermauern. Fast immer wird bei dieser Aufgabenart gefordert, auch auf die formale und sprachliche Gestaltung des Textes einzugehen. Beides ist wichtig, denn die Wirkung von Literatur verdankt sich ihrer besonderen Verfasstheit und kunstvollen Sprache.

3.2 Die literarische Erörterung

Die literarische Erörterung geht über die Untersuchung (Analyse) und Interpretation des Textes hinaus. Das Verständnis der Vorlage ist hier nicht das Ziel, sondern nur die Grundlage für die nun im Zentrum stehende Erörterung bzw. Diskussion (vgl. Operatoren „erörtern" und „diskutieren") eines Problems, das sich aus dem Text ergibt. Es kommt bei dieser Aufgabenart darauf an, kenntnis- und gedankenreich, umsichtig, folgerichtig und beweglich argumentieren und Gesichtspunkte gegeneinander abwägen zu können, um zu stichhaltigen Schlussfolgerungen und einer eigenen Stellungnahme zu gelangen. Beliebte Aufgaben: Sie sollen die Aktualität bzw. Zeitgebundenheit eines literarischen Werkes (seines Männer- oder Frauenbildes, seiner Darstellung und/oder Lösung des behandelten Problems) beurteilen (sich damit auseinandersetzen und sich dazu positionieren). Sie sollen erörtern, ob Ihnen die Verfilmung eines literarischen

Werkes angemessen bzw. gelungen erscheint und wie Sie das Verhältnis der beiden Medien zueinander einschätzen. Sie sollen eine Theaterinszenierung kritisch, wertend und würdigend beurteilen. Sie sollen reflektieren und begründen, welcher literarischen Bearbeitung eines Stoffes (z. B. Schillers oder Brechts *Johanna*) Sie den Vorzug geben oder welche für Sie interessanter ist. Häufig begegnet Ihnen dieser Aufgabentyp in Teilaufgabe 3, dann meist ausgehend von einem Zitat. Das Problem, das Sie dann verhandeln sollen, ergibt sich aus den vorhergehenden Aufgaben.

3.3 Die Analyse pragmatischer Texte

Die Textanalyse bezieht sich auf pragmatische Textsorten (Sachtexte und Medien). Im Unterschied zu literarischen Texten sind sie nicht fiktional: Keine erdachte Erzählerin oder erfundene Figur, sondern reale Persönlichkeiten des öffentlichen Lebens ergreifen darin in einer bestimmten Situation und um einer bestimmten Botschaft (Intention, Wirkungsabsicht) willen das Wort. Häufig werden Ihnen journalistische Texte (Leitartikel, Reportagen, Berichte, Kommentare, Kritiken, Essays), wichtige Reden oder allgemeinverständlich geschriebene Fachtexte (Abhandlungen) vorgelegt. Aber auch Blogs, Graffiti, Cartoons, Wahlplakate, Statistiken etc. sind Texte. Die für das Abitur ausgewählten Sachtexte sind oft Stellungnahmen zu kultur- und gesellschaftspolitischen Fragen. Sie wollen aufklären, kritisieren, überzeugen, für eine bestimmte Sicht der Sache werben oder auch provozieren. Sie haben die Aufgabe, die Textsorte zu bestimmen, Information (Aussage) und Intention (Wirkungsabsicht und Funktion) des Textes zu klären, ihn zu situieren (Kontext- und Adressatenbezug), seine Gliederung und Struktur darzustellen und vor allem seine wesentlichen Thesen herauszuarbeiten und zu erläutern. Es kommt darauf an, das argumentative Vorgehen samt rhetorischen Mitteln und Strategien zu erkennen, zu beschreiben, zu würdigen und/oder kritisch zu hinterfragen.

3.4 Die Erörterung pragmatischer Texte

Wie bei der literarischen Erörterung müssen Sie auch bei dieser Aufgabenart – in der Regel in Teilaufgabe 1 und/oder 2 – das vorgelegte Material erschließen und darstellen, was Sie verstanden haben und wie Sie es verstanden haben. Unterdrücken Sie Verständnisfragen nicht, sondern gehen Sie offensiv, nach Erklärungen suchend, damit um. Meistens, außer bei suggestiv und subversiv arbeitenden Texten (Reden, Werbung), sind pragmatische Texte eindeutiger formuliert als metaphernreiche Literatur. Die zentrale Anforderung ist es aber, sich auch hier problembewusst abwägend und urteilend mit der aufgeworfenen Frage auseinanderzusetzen und den eigenen Standpunkt herauszuarbeiten. Maßgeblich ist, wie textbezogen und textkritisch triftig und argumentativ überzeugend Sie Ihre Position zu entwickeln wissen.

3.5 Das materialgestützte Schreiben argumentierender Texte

Der Titel wirkt zunächst missverständlich, da Ihr Schreiben immer mit Material, das heißt literarischen oder pragmatischen Texten, verbunden ist. Das neue Schreibformat soll einen stärkeren lebensweltlichen Bezug haben. In der Berufswelt gewinnen die

Berichterstattung über komplexe Sachverhalte, die Zusammenstellung von recherchierten Sachinformationen und die argumentative Entwicklung eines Lösungsansatzes zu einem Problem immer mehr an Bedeutung.
Ihnen wird einiges an Material an die Hand gegeben, das Sie in der Vorbereitung auf Ihr Schreibprodukt auszuwerten haben. Bei diesem Material werden Sie neben vielen Kurztexten unterschiedlichster Art (literarisch, wissenschaftlich, journalistisch) auch Bilder, Karikaturen, Tabellen, Grafiken oder Statistiken finden. Die Erkenntnisse, die Sie aus den Materialien gewinnen, sollen Sie dann mit Ihren eigenen, im Unterricht erworbenen Kenntnissen sinnvoll verbinden. Dieses Aufgabenformat verlangt von Ihnen neben Wissen aus dem Unterricht und Verständnis des Ihnen vorgelegten Materials die Fähigkeit, gut zu strukturieren und Ihren Text sorgfältig zu planen. Es gibt jeweils nur eine Teilaufgabe, deren Bearbeitung auf einen überzeugenden, sinnvoll aufgebauten argumentierenden Text abzielt.
Beim materialgestützten Schreiben argumentierender Texte müssen Sie informieren und erklären, aber darüber hinaus einen begründeten Standpunkt einnehmen. Sie bereiten die Informationen aus den Materialien demnach nicht nur auf und verknüpfen sie mit dem vorhandenen Wissen, sondern stoßen einen Denkprozess bei Ihrem Adressaten an, indem Sie sich auf die Aussagen und Haltungen anderer beziehen. In Anlehnung an journalistische und populärwissenschaftliche Textsorten wird Ihnen vermutlich abverlangt, einen **Kommentar** oder einen **Essay** zu schreiben. Beide Textsorten sind sowohl diskursiv als auch unterhaltend. Sie verfolgen das konkrete Ziel, Ihren Leser auf angenehme Art zu überzeugen, indem Sie individuell, elegant und pointiert schreiben. Der **Aufgabenstellung** müssen Sie ein hohes Maß an Aufmerksamkeit widmen, da in ihr deutlich wird, wie und in welchem Umfang die Materialien zu nutzen sind, welche Vorkenntnisse Sie einzubringen haben, welche Art von Leser Sie adressieren und welches Schreibziel Sie verfolgen sollen.

3.6 Tipps zur Arbeit mit Texten

Jeder gelungene Deutschaufsatz entsteht aus einem Zusammenspiel von genauem Eingehen auf die Aufgabenstellung und individuellem Zugang, also der Fähigkeit, den Text „zum Sprechen“ zu bringen. Für die Prüfungssituation ist es nützlich, über ein **Repertoire an Fragen** zu verfügen, mit denen man sich Texte erschließt.

Interpretation einer dramatischen Szene

Hier sollte man – sofern die Aufgabenstellung nicht ausdrücklich einen spezifisch anderen Untersuchungsaspekt vorgibt – nach Kommunikationssituation, Redeanteilen und Redeweise fragen, da die Protagonisten durch ihr Reden und Schweigen erkennbar werden. Weitere Fragen, die bei der Erschließung der Szene helfen können, sind:

- Welche Spannung liegt in der Szene? Wie spitzt sich die Auseinandersetzung zu? Wo ist eventuell ein Höhe- und Wendepunkt?
- Mit welchen Absichten und Zielen betreten die Figuren die Szene und was wird aus diesen, wenn die Figuren wieder von der Bühne abgehen?
- Welche Rolle spielen der Schauplatz und eventuell ein Requisit oder ein Gang oder eine Geste?

- Was tragen die Regieanmerkungen zum Verständnis bei?
- Was bleibt hinter dem gesprochenen Wort unausgesprochen und ist mitzudenken und lässt uns ahnen, wie es in der Figur wirklich aussieht und was sie vielleicht plant?
- Über die Textimmanenz hinaus ist von entscheidender Bedeutung, welchen Platz die Szene im Handlungszusammenhang hat und welche Funktion ihr zukommt. (Was wäre, wenn sie gestrichen würde?)

Gedichtinterpretation

Gedichte brauchen Zeit. Deshalb sollte man in der ersten halben Stunde einer Gedichtinterpretation noch nicht schreiben, sondern erst einmal hinhören und in sich aufnehmen, wie das Gedicht klingt und wirkt, um sich dann am Text entlang zu überlegen, wodurch diese Wirkung zustande kommt. Man sollte zum Beispiel nicht mechanisch das Metrum bestimmen, wenn man nicht weiß, was es ausdrückt und bewirkt. Nützliche Fragen sind:

- Aus welcher Perspektive und von welchem Standort aus wird im Gedicht gesprochen?
- Da auch in Gedichten etwas passiert: Was entwickelt sich vom ersten bis zum letzten Vers?
- Welche Versgruppen gehören zusammen?
- Wie ist ein Motiv durchgeführt und inwieweit wandelt es sich? Welche Bilder und Metaphern fallen auf?
- Was ist mit dem Ich, das explizit oder implizit sich und seine Sicht der Welt zum Ausdruck bringt? Wie spricht es? Welche Sprache wählt es? Wann, wo und wie tritt das lyrische Ich in Erscheinung? Versteckt es sich?
- Ergibt sich eher fließend (liedhaft) ein Gefühls- und Erlebniszusammenhang mit einer spürbaren Atmosphäre? Oder ist es ein eher spröder, intellektuell gedachter und gebauter Text, durchsetzt von Konjunktionen, Einsprüchen und Antithesen?

Legen Sie sich deutend nicht zu schnell fest. Wie das eine oder andere, das Sie bemerken, letztlich zu verstehen ist, ist nicht immer eindeutig zu entscheiden: Gedichte haben einen offenen Deutungsraum um sich herum. Wichtig ist: Alle Einzelbeobachtungen können erst im Kontext zur Deutung führen.

Interpretation von epischen Texten

Bei erzählender Literatur sollte man sich vor der Gefahr hüten, in der Fülle des Stoffes zu ertrinken und zu viel Inhaltliches zu rekonstruieren. Man muss den gegebenen Textausschnitt zunächst im Kontext (des Romans, der Novelle oder Kurzgeschichte etc.) verankern (situieren) und eine Zusammenfassung geben, bevor man zur Untersuchung übergeht. Die Konzentration auf Wesentliches, auf den thematisierten Erzählstrang oder -aspekt und die Strukturierung der eigenen Darstellung sind hier besonders nötig.

- Entscheidend für das Verständnis ist es oft, die Erzählperspektive und Haltung des Erzählers zu erkennen und zu deuten. Weiß er nicht mehr, als die einzelne Person wissen kann, erzählt er gleichsam aus ihr heraus personal? Überschaut er allwissend alles äußere und innere Geschehen? Oder verschwindet er ganz hinter einem erzählenden Ich? Hegt der Erzähler Sympathie für seine Helden oder bleibt er ironisch distanziert?

- Wird linear-chronologisch erzählt oder gebrochen in Zeitsplittern, Facetten, Vorwegnahmen und Rückblicken?
- Wie ist das Verhältnis zwischen äußerer Handlung und inneren (seelischen, psychischen) Vorgängen?
- Entsteht ein Abbild unserer Wirklichkeit? Erscheint sie ins Artifizielle, Groteske, Absurde verfremdet? Verweist das Erzählte auf einen Bedeutungshorizont hinter dem konkreten Geschehen (wie im Gleichnis oder der Parabel)?
- Und welches Bild von der erzählten Zeit entsteht? Mit welchen Fragen setzt sich der Autor in seinem Text vermutlich auseinander?

Analyse und Erörterung von Sachtexten

- Da es sich bei Sachtexten häufig um Beiträge zu einer öffentlichen gesellschaftspolitischen oder fachlichen Debatte handelt, ist es ratsam, mit der Textsorte auch den historischen oder zeitgenössischen Kommunikationszusammenhang (Kontext) samt Erscheinungsjahr und Publikationsort (Medium) zu berücksichtigen.
- Konzentrieren Sie sich auf das zentrale Anliegen des Beitrags. Untersuchen Sie, wie er angelegt, das Thema eröffnet und durchgeführt ist: Fragen Sie also nach der Intention des Autors und arbeiten Sie seine entscheidenden Thesen und Argumente heraus. Welcher Art sind seine Argumente? In welchem Verhältnis stehen Bericht (Information, Darstellung) und Argumentation zueinander? Gibt es auffällige sprachliche Bilder oder Wendungen, Hervorhebungen, Wiederholungen? – Der Ansatz zur Erörterung: Wie stehen Sie zur dargestellten oder vorgetragenen Position?
- Bei Glossen und Polemiken kommt es sehr darauf an, Mittel der Ironie, der ironischen Übertreibung und Zuspitzung, nicht zu überlesen.
- Beachten Sie bei **Reden** Redeart (Genus), Redeanlass und Redesituation. Nicht selten wenden sich zeitgenössische Reden an verschiedene Adressaten- oder Zielgruppen (gehalten an einem spezifischen Ort, werden sie vielleicht auch weltweit im Fernsehen ausgestrahlt und online nachzulesen sein). Welche Zielgruppen können Sie ausmachen? Wie spricht der Redner sie unterschwellig oder offen an?
- Achten Sie auf die Redeeinleitung und Begrüßung: Welche emotionale Atmosphäre oder Stimmung wird erzeugt? An welche Gefühle wird appelliert?
- Arbeiten Sie heraus, was der Redner bewirken will: Was ist sein zentrales Anliegen? Welche Schlagworte (Slogans, Soundbites), geeignet für Kurzmeldungen, sollen unbedingt hängen bleiben? Untersuchen Sie, wie, mit welchen taktischen und rhetorischen Mitteln, er sein Publikum beeinflusst und lenkt. Fragen Sie, ob er eher überzeugen oder eher überreden und manipulieren will, ob er verschleiert und/oder mit Anspielungen und Suggestionen arbeitet. Achten Sie auf die Umschreibung (Periphrase) zentraler Begriffe: Wie wird das Kind beim Namen genannt? Besonders in Krisensituationen suchen Redner gern den Schulterschluss mit ihrem Publikum. Achten Sie darum auf sprachliche Merkmale (Gebrauch der 1. Pers. Plural des Personalpronomens), mit denen eine Wir-Gruppe etabliert und gegen eine Feindgruppe ausgespielt wird. Achten Sie insgesamt auf auf- und abwertende Äußerungen.

Materialgestütztes Schreiben

Wagen Sie sich im Landesabitur ruhig einmal an das Aufgabenformat des „materialgestützten Schreibens“. Hinter diesem Wortungetüm verbirgt sich ein Schreibformat, das Ihnen besonders in der argumentierenden Variante ungeahnte Chancen und Entfaltungsmöglichkeiten bietet, wenn Ihnen das Korsett des streng wissenschaftlich-sachlichen Schreibens in den geregelten erörternden und interpretierenden Schreibformaten bisher zu eng war, Sie über Ideen, Sprachwitz und einen eigenen Kopf verfügen. Die gute **Vorbereitung** ist das A und O. Notieren Sie zunächst Ihre eigenen Ideen, Gedanken, Assoziationen zu dem Thema. Widmen Sie sich dann den **Materialien:**

- Achten Sie auf die Unterschiede in Ihren Materialien. Es ist wesentlich, diese auf ihren Gehalt hin zu prüfen.
- **Kontinuierliche Texte:** Stammt der Text von einem Wissenschaftler? Von einem Journalisten? Einem Schriftsteller? Will dieser mich überzeugen, überreden, mir etwas erklären, mich vielleicht provozieren?
- **Grafiken/Schaubilder:** Wer hat die Grafik in welcher Absicht erstellt? Worauf beziehen sich die Zahlen? Formulieren Sie bei der Vorbereitung wie in der Inhaltsangabe eine Art Kernsatz, der die Gesamtaussage enthält.
- **Karikaturen:** Eine Karikatur will immer überspitzt einen Missstand oder ein Problem darstellen – achten Sie also auf ihre Stoßrichtung.

Wenn es jetzt ans Schreiben geht, machen Sie sich klar, was von Ihnen erwartet wird. Entnehmen Sie der **Aufgabenstellung**, wie sachlich beziehungsweise wie pointiert ihr Text werden soll und an wen er sich richtet. Zielgruppengerechtes Schreiben berücksichtigt in unterschiedlicher Ausprägung – je nach Aufgabenstellung – folgende Grundfunktionen der Sprache: Information, Qualität und Erkenntnisgehalt des Gesagten, Erlebnis (insbesondere im Essay: Begeisterung zeigen und wecken!) und Kontakt (mit dem Leser in Beziehung treten).
Planen Sie unbedingt Zeit für die **Überarbeitung** Ihres Schreibprodukts ein und stellen Sie sich folgende Fragen: Ist ein in sich geschlossener, klar gegliederter Text entstanden? Haben Sie elegant und abwechslungsreich formuliert? Haben Sie die Materialien hinreichend einbezogen und mit Ihren Gedanken verbunden? Haben Sie einen gut begründeten, nachvollziehbaren Standpunkt eingenommen? Fühlt Ihr Leser sich angesprochen und mitgenommen auf Ihre Gedankenreise?

Handwerkszeug

Einen guten Eindruck macht es immer, wenn korrekt und geschickt **zitiert** werden kann. Sie sollten nicht zu umfangreich zitieren oder dem Leser das Zitat wie den Stein der Weisen wortlos vor die Füße schieben oder an Ihren eigenen Satz unverbunden ankleben. Zitate, oft nur ein Satzfetzchen oder ein besonderes Wort, werden gewählt, weil sie aufschlussreich und vielsagend sind: Man muss also damit arbeiten, sie erläutern und kommentieren. Überhaupt ist es das A und O aller Interpretation, in die eigene Sprache hereinzuholen, was man vorfindet. Geben Sie dem im eigenen, selbstständig formulierten Text eingebauten Teilzitat immer den Vorzug. Wer sprachfaul nur wiederholt, was der Autor sagt, bleibt gleichsam erkenntnisblind. Die Anstrengung dagegen, Fremdes selbstständig in der eigenen Sprache wiederzugeben, wirft Fragen auf und bildet daher den ersten Schritt zum Verständnis eines Textes.

Sehr ratsam ist es, über ein paar **Fachbegriffe** so zu verfügen, dass über Erzähltes und Dargestelltes präzise gesprochen werden kann. Man sollte etwa schreiben können: „Die Peripetie erkenne ich in dem Moment, in dem …“ Oder: „Hier wird der Beziehungsaspekt wichtiger als der Inhaltsaspekt.“ Oder: „In diesen Ellipsen, diesen Kurzsätzen ohne Prädikat, drückt sich aus, wie …“ – Sehen Sie zu, dass Sie Wortarten, Satzteile und Nebensatztypen korrekt ansprechen können. Üben Sie sich darin, die wichtigsten rhetorischen Figuren zu erkennen, die gestalteter Sprache ihre Wirkung verleihen. (Eine gute Übersicht über rhetorische Figuren findet sich in dem folgenden Band: Werner Winkler, *Prüfungswissen Deutsch Oberstufe,* Freising: Stark Verlag 2015, Titel-Nummer: 94406, dort S. 23 ff.)

4 Anforderungsbereiche und Operatoren

4.1 Anforderungsbereiche (AFB)

In den Bildungsstandards werden **drei Anforderungsbereiche** definiert, die sich in jeder Aufgabe – in jeweils leicht variierenden Anteilen – wiederfinden. Die einzelnen Bereiche bauen aufeinander auf und verlangen von Ihnen einen zunehmenden Grad an Abstraktionsfähigkeit und Problemlösungsvermögen.

- **Anforderungsbereich I** betrifft die **Reproduktion:** die Wiedergabe von gelernten Sachverhalten sowie die wiederholende Zusammenfassung, die sehr oft in Teilaufgabe 1 der Abiturprüfung verlangt ist. Der im Unterricht erarbeitete Hintergrund an Lektüre- und Faktenwissen, fachspezifische Arbeitstechniken, Methoden der Texterschließung sowie Darstellungstechniken sollen zum Einsatz gebracht werden.
- **Anforderungsbereich II** zielt auf die Anwendung erworbener Arbeitsweisen, auf **Reorganisation von Bekanntem und Transferleistungen**. Meistens sind in der zweiten Teilaufgabe solche Anforderungen gestellt, die ein selbstständiges Auswählen, Ordnen, Erläutern, Interpretieren oder Vergleichen verlangen. Erwartet wird von Ihnen eine eigenständige, argumentativ begründete Interpretation bzw. Erörterung, die zeigt, dass Sie in der Lage sind, Gelerntes auch auf unbekannte Zusammenhänge anzuwenden. Auf dem AFB II liegt in der Abiturprüfung das Hauptgewicht, die Teilaufgabe wird auch entsprechend stark bewertet.
- **Anforderungsbereich III** betrifft die gedankliche Selbstständigkeit der Leistung, die oft besonders in der letzten Teilaufgabe nötig wird: Hier müssen Sachverhalte und Zusammenhänge eigenständig ausgewertet, durchdacht und begründet beurteilt oder gestaltet werden. Sie sollen zu einer differenzierten und kritischen Wertung von Texten und Sachverhalten gelangen und Ihre Fähigkeit zur **Reflexion und Problemlösung** beweisen.

4.2 Operatoren

Operatoren sind **Arbeitsanweisungen**. Sie machen deutlich, welche Art von Aufgabenstellung gemeint ist, lassen sich den einzelnen Anforderungsbereichen zuordnen und geben einen Hinweis auf das Gewicht der Aufgabe.

Anforderungsbereich I (Reproduktion)		
beschreiben (I – II)	Aussagen, Sachverhalte, Strukturen o. Ä. in eigenen Worten strukturiert und fachsprachlich verdeutlichen	*Beschreiben Sie die zentralen Merkmale der Epoche des Expressionismus.*
nennen	zielgerichtet Informationen zusammentragen, ohne diese zu kommentieren	*Nennen Sie die zentralen Thesen der Rede.*
skizzieren (I – II)	einen Sachverhalt oder Gedankengang in seinen Grundzügen angeben	*Skizzieren Sie die Beweggründe des Protagonisten aus dem vorliegenden Romanauszug.*
wiedergeben	Informationen aus dem Material unter Verwendung der Fachsprache in eigenen Worten wiedergeben	*Geben Sie die Passage Z. 13 bis Z. 20 aus der vorliegenden Rede wieder.*
zusammenfassen (I – II)	ausgehend von einem Einleitungssatz die zentralen Aussagen eines Textes strukturiert und komprimiert unter Verwendung der Fachsprache herausstellen	*Fassen Sie die wesentlichen Inhalte der Rede zusammen.*

Anforderungsbereich II (Reorganisation und Transfer)		
analysieren (gegebenenfalls: in Bezug auf)	Merkmale eines Textes, Sachverhaltes oder Zusammenhanges kriterienorientiert bzw. aspektgeleitet erschließen und zusammenhängend darstellen	*Analysieren Sie Kafkas Tagebuchnotiz in Bezug auf die Beziehung Kafkas zu seinem Vater.*
charakterisieren	Figuren, Vorgänge oder Sachverhalte in ihrer jeweiligen Eigenart treffend und anschaulich kennzeichnen und ggf. unter einem bestimmten Gesichtspunkt zusammenfassen	*Charakterisieren Sie einen der Protagonisten in dem vorgegebenen Textauszug.*
darstellen (I – II)	Sachverhalte o. Ä. und deren Bezüge sowie Zusammenhänge aufzeigen	*Stellen Sie die Bedeutung der Szene im Kontext der Dramenhandlung dar.*
einordnen / zuordnen (I – II)	Texte oder Sachverhalte unter Verwendung von Vorwissen begründet in einen Zusammenhang stellen	*Ordnen Sie den vorliegenden Text in die Epoche der Romantik ein.*
erklären	Materialien, Sachverhalte o. Ä. in einen Begründungszusammenhang stellen, z. B. durch Rückführung auf fachliche Grundprinzipien, Gesetzmäßigkeiten, Modelle oder Regeln	*Erläutern Sie, inwiefern Alfred Ill am Ende des zweiten Aktes zu dem Schluss kommen kann, er sei „verloren".*

erläutern	Materialien, Sachverhalte o. Ä. mit zusätzlichen Informationen und Beispielen verdeutlichen	*Erklären Sie anhand ausgewählter Beispiele die Funktion der sprachlichen Mittel.*
herausarbeiten	aus Materialien nicht explizit genannte Sachverhalte erschließen	*Arbeiten Sie aus der Szene die Vorgeschichte der beiden Partner heraus.*
in Beziehung setzen	Zusammenhänge unter vorgegebenen oder selbst gewählten Gesichtspunkten begründet herstellen	*Setzen Sie die Poetik der Romantik in Bezug zu dem vorliegenden Gedicht Eichendorffs.*
untersuchen	Sachverhalte unter bestimmten Aspekten betrachten und belegen	*Untersuchen Sie, inwieweit Büchners Kunstauffassung in diesem Text erkennbar ist.*
vergleichen / gegenüberstellen (II – III)	nach vorgegebenen oder selbst gewählten Gesichtspunkten Gemeinsamkeiten, Ähnlichkeiten und Unterschiede begründet darlegen	*Vergleichen Sie die Naturschilderungen in den vorliegenden Gedichten von Eichendorff und Heym.*

Anforderungsbereich III (Reflexion und Problemlösung)

begründen (II – III)	einen Sachverhalt/eine Aussage durch Argumente stützen	*Begründen Sie, warum dieser Text der Epoche der Romantik zuzuordnen ist.*
beurteilen	zu einem Sachverhalt oder einer Aussage unter Verwendung von Fachwissen und Fachmethoden eine begründete Einschätzung geben	*Beurteilen Sie, welche Bedeutung dem in der Textvorlage dargestellten Menschenbild heute zukommt.*
bewerten / Stellung nehmen	wie Operator „beurteilen", aber zusätzlich die eigenen Maßstäbe begründet darlegen	*Nehmen Sie Stellung zu der These, dass Kafkas Biografie sich in seinem Roman widerspiegelt.*
diskutieren / sich auseinandersetzen mit	zu einer Aussage oder These eine Argumentation entwickeln, die zu einer begründeten Bewertung führt	*Setzen Sie sich kritisch mit der Argumentation des Autors auseinander.*
entwickeln	einen eigenen Gedankengang bzw. ein Konzept zu einem Thema entfalten und Schlussfolgerungen ziehen	*Entwickeln Sie (mithilfe der vorliegenden Materialien) Gestaltungsmöglichkeiten für eine Ausstellung zum Thema X.*
erörtern (II – III)	eine These oder Problemstellung unter Abwägen von Pro- und Kontraargumenten hinterfragen und zu einem eigenen Urteil gelangen	*Erörtern Sie, inwiefern sich das Menschenbild in Büchners „Woyzeck" von dem Menschenbild in Goethes „Faust" unterscheidet.*
gestalten / entwerfen	Aufgabenstellungen kreativ und produktorientiert bearbeiten, z. B. auf der Grundlage eines Textes und seiner inhaltlichen oder stilistischen Gegebenheiten eine kreative Idee in ein selbstständiges Produkt umsetzen	*Gestalten Sie für ein Programmheft einen Beitrag über die Stoffgeschichte von „Faust".*

interpretieren (I–III)	auf der Grundlage einer Analyse Sinnzusammenhänge aus Materialien methodisch reflektiert erschließen, um zu einer schlüssigen Gesamtdeutung zu gelangen	*Interpretieren Sie die Kurzgeschichte.*
überprüfen	Aussagen auf der Grundlage von Fachkenntnissen kritisch hinterfragen und auf ihre Angemessenheit hin begründet einschätzen	*Überprüfen Sie die Geltung der These in Bezug auf Goethes Faust-Drama.*
verfassen (I–III)	auf der Grundlage einer Auswertung von Materialien wesentliche Aspekte eines Sachverhaltes in argumentierender Form darlegen	*Verfassen Sie auf der Grundlage der Materialien M 1–M 7 einen Vortragstext mit dem Titel: „Sind die Monster von gestern die Helden von morgen?"*

(aktuell geltende offizielle Operatoren-Liste des Hessischen Kultusministeriums)

5 Praktische Tipps

5.1 Die Auswahl der Aufgabe

Von Ihrer sorgfältigen Entscheidung, welchen der drei angebotenen Aufgabenvorschläge Sie wählen, hängt ein Teil des Erfolgs Ihrer Arbeit ab. Deshalb sollten Sie nicht nur die Textvorlagen (den Inhalt), sondern auch die Aufgabenstellung, die Verteilung der Bewertungseinheiten (BE) und besonders die Schwerpunktaufgabe genau ansehen und sich die folgenden Fragen beantworten:

- Wie hoch ist der Anteil der zu erbringenden Reproduktionsleistung im Verhältnis zur eigenständigen Texterschließung? Wie hoch wird gedankliche Selbstständigkeit honoriert? Liegt mir das Thema?
- Bei welcher Schwerpunktaufgabe kann ich am besten meine Stärken (mein Wissen, mein methodisches Können, meine geistige Beweglichkeit, meine literarische Sensibilität, meine Argumentationslust und so weiter) einbringen?
- Welche Aufgabe fordert mich heraus, etwas zu entdecken und vielleicht etwas zu riskieren? Bei welcher muss ich so viel Stoff bewältigen, dass ich in Gefahr gerate, mich zu lange bei der Reproduktion aufzuhalten?

Wählen Sie den für Sie sichersten, wenn auch etwas langweiligen Weg, wenn Sie im Fach Deutsch eher schwach sind. Hüten Sie sich aber vor den vermeintlich „einfachen" Aufgaben. Diese haben oft Tücken, die auf den ersten Blick nicht erkennbar sind. Wählen Sie dagegen die Aufgabe, die für Sie den größten Reiz besitzt, wenn Sie im Fach Deutsch stark sind.

5.2 Die Zeitplanung

- Legen Sie sich einen Papierstreifen mit Ihrem Zeitplan an den oberen Rand des Tisches: Teilen Sie darauf die Uhrzeiten ab und ordnen Sie ihnen die zu bewältigende Arbeit so zu, dass die letzte halbe Stunde für die Durchsicht des Ganzen und für kleine Nachbesserungen (Anschlüsse überprüfen, Absätze machen, Rechtschreibung und Zeichensetzung korrigieren) reserviert ist.
- Halten Sie die Zeit für die – der Aufgabe entsprechend zu veranschlagende – Vorbereitungsarbeit (Inhalte aufnehmen und durchdenken, Textmarkierungen setzen, Aspekte und Stichworte festhalten) unbedingt ein.
- Reservieren Sie für die Schwerpunktaufgabe den größten Anteil der verfügbaren Zeit, denn trotz sorgfältiger Vorarbeit können Sie nicht Vorgedachtes einfach niederschreiben. Vielmehr werden Ihnen schreibend neue Ideen kommen, die durchdacht, nachgewiesen, eingebaut und vor allem auch noch gut formuliert sein wollen.

6 Zum Gebrauch der Lösungshinweise

In den Übungsaufgaben dieses Bandes spiegelt sich hessische Unterrichtspraxis. In den Lösungshinweisen zu den Übungsaufgaben und zu den Prüfungsaufgaben des Landesabiturs wird nicht einfach das Maß an Erkenntnis und Gestaltungsfähigkeit nachgeahmt, das einer Abiturientin beziehungsweise einem Abiturienten abverlangt werden kann. Sie weisen auf mehr Aspekte hin, als ein Schüler in der Regel sehen kann. Von der Fülle der Beobachtungen, Aspekte, Deutungseinfälle und Problematisierungen wird ein Abiturient oder eine Abiturientin jeweils nur auf einiges selbst kommen. Die Lektüre der entfalteten Lösungswege kann aber Textverstehen anleiten, bereichern und intensivieren und in Fragen der Herangehensweise (der Methode und Strukturierung) dazu anregen, ähnliche Ansätze, Übergänge oder Schlussbilanzen auszuprobieren.

Zu empfehlen ist, bei dem einen oder anderen Thema nach der Lektüre der Aufgabenstellung und der gegebenen Texte (der Arbeitsgrundlagen) nicht gleich weiterzulesen. Der Übungseffekt ist entschieden größer, wenn man nicht nur rezeptiv folgt (Vorgesetztes aufnimmt), sondern selbst aktiv wird, wenn man also einige Zeit darauf verwendet, sich in Thema und Text einzudenken und auf einem Zettel (auch diese Fixierung ist wichtig!) erst einmal eigene Ansätze, Fragen und Gedanken zu Text und Thema skizziert. Sobald man selbstständig einen Verstehens- und Fragehorizont entwickelt hat, sieht man – im Vergleich damit – fremde Ausführungen kritischer und mit mehr Gewinn.

Hinweise und Tipps zur mündlichen Abiturprüfung

1 Allgemeines

Eine mündliche Abiturprüfung gibt es in jedem Fall im vierten Prüfungsfach. Im ersten bis dritten Prüfungsfach erfolgt eine mündliche Prüfung, wenn die Prüfungskommission sie aufgrund des Leistungsbildes des Prüflings beschließt oder wenn Sie sich freiwillig zur Prüfung melden, um Ihren Notendurchschnitt zu verbessern. Letzteres ist aufgrund des komplizierten Verrechnungsmodells einer Nachprüfung, das eher nachteilig wirkt, selten zielführend. Sie müssten mindestens 04 Punkte besser abschneiden, um überhaupt ein besseres Ergebnis zu erhalten. Die mündliche Prüfung im ersten bis dritten Prüfungsfach darf keine inhaltliche Wiederholung der schriftlichen Prüfung sein, sie darf sich nicht auf das Sachgebiet und die Lernziele nur eines Schulhalbjahres beschränken, sie kann aber, im Unterschied zur schriftlichen Prüfung, Sachgebiete des letzten Schulhalbjahres einbeziehen.

Für die Vorbereitung der mündlichen Prüfung haben Sie „mindestens 20 Minuten" Zeit (OAVO § 35 (2)). („In der Regel nicht mehr als 30 Minuten.") Sie erhalten eine Aufgabe, die ähnlich gegliedert ist, wie die schriftlichen Abituraufgaben es sind, die aber auf die kürzere Zeit zugeschnitten ist, die zu ihrer Lösung zur Verfügung steht. Die Anforderung der 20-minütigen Prüfung besteht darin, sich in einem Vortrag in sprachlich korrekter Weise zu äußern, ein themengebundenes Gespräch zu führen und dabei auf Impulse der Prüfenden einzugehen sowie begründet Stellung zu nehmen. In der Regel steht Ihnen „die Hälfte der Prüfungszeit für [den] kurzen, möglichst frei gehaltenen Vortrag zur Verfügung." (OAVO § 35 (3))

Eine besondere Form der mündlichen Prüfung ist die vorbereitete, selbstständige Präsentation eines Themas, das seinen Schwerpunkt im gewählten Fach (hier: im Fach Deutsch) hat. An die 15-minütige Präsentation schließt sich ein ebenfalls 15-minütiges Kolloquium, also eine Befragung durch den Fachausschuss, an. „Folgende Kriterien fließen u. a. in die Bewertung einer Präsentation ein:

- Qualität und Umfang der vermittelten fachlichen Informationen, auch Vollständigkeit, exemplarisches Vorgehen, Aktualität, Kreativität,
- Strukturierung der Präsentation [...],

- sachgerechter Einsatz von Medien […],
- Präzision und logische Nachvollziehbarkeit der Darstellung,
- kommunikative (einschließlich rhetorischer) Fähigkeiten,
- Reflexion über die gewählte Präsentationsmethode, die vorgetragenen Lösungen und Argumente." (OAVO § 37 (3))

2 Tipps zur Vorbereitung und zur mündlichen Prüfung selbst

2.1 Die Vorbereitung auf die Prüfung

Während der „mindestens 20-minütigen" Vorbereitung auf die mündliche Prüfung werden Sie sich ganz ähnlich wie bei der Vorbereitung schriftlicher Abiturklausuren mit Aufgabenstellung und gegebenem Material auseinandersetzen. Darüber hinaus muss der geforderte 10-minütige Vortrag, mit dem Sie die Prüfung vor der Kommission einleiten sollen, besonders bedacht werden. Im Deutschunterricht gibt es meistens nicht viel Gelegenheit, sich im zusammenhängenden, längeren Vortrag zu üben; mit einem guten Vortrag in der Abiprüfung machen Sie aber sofort Eindruck.

- Prüfen Sie genau Thema und Zielrichtung der gestellten Aufgaben, damit Sie während der Texterschließung nicht daran vorbeigehen. Stellen Sie fest, worin der Schwerpunkt der Aufgabe besteht. Konzentrieren Sie sich auf diesen Schwerpunkt und durchdenken Sie, was darin das Wesentliche ist. Kluge Leute haben die Fähigkeit, Wesentliches von Unwesentlichem klar unterscheiden zu können; sie treten nichts breit, halten sich also nicht lange bei dem auf, was auf der Hand liegt, sondern sie komprimieren und differenzieren und können das als wesentlich Erkannte sprachlich präzis vermitteln. Streben Sie solche Konzentration an.
- Gliedern und markieren Sie den Text zunächst so, wie Sie es gewohnt sind. Notieren Sie sich am Rand Erkanntes/Entdecktes in Stichwortform für den Vortrag. Nehmen Sie sich während des letzten Durchgangs durch den Text einen andersfarbigen Stift (Marker): Heben Sie mit ihm die Textstellen und Schlüsselbegriffe hervor, die Sie im Vortrag zitieren wollen. Seien Sie sparsam im Markern (siehe oben: es kommt auf die Auswahl des Wesentlichen an!).
- Notieren Sie groß und deutlich, in welcher Reihenfolge Sie die verschiedenen Stichworte und Aspekte ansprechen wollen. Setzen Sie Einfaches, Informierendes und Inhaltliches an den Anfang, um einen Sockel für das Anspruchsvollere zu haben; die meisten Aufgaben geben diese Gliederung bereits vor.
- Sie haben keine Zeit, eine Interpretation auszuformulieren. Die nummerierten Stichworte sind also das Skelett für Ihren Vortrag: Es sind die Anhaltspunkte, die Sie in freier Rede erläutern und entfalten werden. Aber formulieren Sie sich einen ins Zentrum der Aufgaben- und Problemstellung zielenden Einleitungssatz aus. Vielleicht gelingt es Ihnen außerdem, ein sprachlich ebenso bündiges (vorläufiges) Fazit auszuformulieren.

2.2 Der Vortrag innerhalb der Prüfung

- Rücken Sie sich ohne Hetze Ihr Material und Ihren Stuhl zurecht, atmen Sie einmal bewusst durch, schauen Sie die Kommission und Ihren Lehrer oder Ihre Lehrerin grüßend an und nehmen Sie auch während des Fortgangs der Prüfung immer wieder Blickkontakt auf. Man wird Ihnen wohlgesonnen sein: Es befreit, das zu bemerken.
- Legen Sie Ihre Uhr auf den Tisch und stellen Sie die Zeiger auf 12: So fällt es bei aller Aufregung am leichtesten, die Zeit zu kontrollieren.
- Teilen Sie einleitend knapp mit, worin Ihre Aufgabe bestand/besteht und wie Sie vorzugehen gedenken. Lesen Sie aber nicht die Aufgabenstellung vor, sondern kommen Sie rasch zu Ihrem Einleitungssatz und anschließend zur möglichst frei vorgetragenen Inhaltsübersicht und zur Darstellung Ihrer aufgabenbezogenen Beobachtungen, Erkenntnisse und weiterführender Einsichten oder Hypothesen.
- Die Textanalyse oder Textinterpretation muss durch Zitate belegt werden. Wenn Sie nicht sofort die benötigte Textstelle finden, so hat die Kommission Verständnis dafür, wenn Sie einen Augenblick lang suchen müssen. Kommentieren Sie Ihr Suchen (etwa: „Entschuldigung, ich finde gerade die Stelle nicht, aber es muss hier im letzten Drittel sein, sinngemäß steht da … – hier ist es wörtlich: …“).
- Sprechen Sie immer wieder mit erhobenem Kopf klar und deutlich und nicht zu schnell. Auch hier gilt: Hetzen Sie nicht. Machen Sie sich Ihren Zuhörern in gutem (elaboriertem) Deutsch verständlich und sprechen Sie so, dass Sie selber mitkommen (mitdenken können!). Greifen Sie auf Fachbegriffe zurück, durch die sich weitschweifige Erklärungen oft erübrigen. Sprechen Sie immer wieder begründend statt additiv in Satzreihen („Und dann … Und dann …“). Sie haben Zeit, gleichsam laut nachzudenken. Gerade das ist es, was die Kommission hoch bewertet: dass der Prüfling auf der Grundlage seines Wissens selbstständig denken und urteilen kann. Am deutlichsten stellt sich im Prüfungsgespräch heraus, wie gut er das kann.

2.3 Das Prüfungsgespräch

- Der zweite Teil der mündlichen Prüfung soll die Form des Gesprächs haben. Ein Gespräch ist kein Ping-Pong zwischen Frage und Kurzantwort und kein Abgefragtwerden. Schießen Sie also nicht knappe Lösungssätze, isolierte Begriffe oder Janein-Antworten ab; antworten Sie stattdessen in vollständigen Sätzen, nehmen Sie die gestellten Fragen auf und gehen Sie umsichtig erläuternd und themenbezogen darauf ein. Bevor man das zu Sagende ausführt, empfiehlt es sich bei etwas komplizierteren oder komplexeren Fragen, zunächst zu formulieren, wie man die Frage verstanden hat („Sie fragen also danach, ob …/wie …?“). Treten Sie in einen kommunikativen Zusammenhang ein.
- Haben Sie eine Frage einmal nicht verstanden, so wird Ihr Blick den Prüfer dazu veranlassen, seine Frage neu zu formulieren.
- Auch der Prüfer geht in dem von ihm vorbereiteten Gespräch in der Regel vom Einfachen zum Schwierigeren und vom konkreten Beispiel zum Allgemeineren. Er wird über den gegebenen Text hinaus nach Vergleichbarem, Entgegengesetztem

und seiner möglichen Einordnung in einen größeren Zusammenhang fragen. Wenn Ihnen selbst passende literarische oder theoretische Bezüge einfallen, so bringen Sie sie aktiv (von sich aus) ein. Je proaktiver Sie Ihre Prüfung angehen, desto mehr haben Sie die Kontrolle selbst in der Hand und überzeugen die Kommission zudem von Ihrem selbstständigen Denken.

- Wenn Sie Zweifel an einer Zuordnung oder Setzung haben oder wenn Ihnen eine Interpretation zu glatt oder aber verrenkt erscheint, so artikulieren Sie Ihre Bedenken: Unterdrücken Sie Problembewusstsein nicht, wenn es denn echt ist.
- Manchmal unterbricht ein Prüfer. Der Grund dafür kann sein, dass er Sie von einem Nebenweg zurückholen will oder dass er abkürzt, weil er Ihnen Gelegenheit geben will, sich noch zu einem wichtigen Punkt zu äußern, dass er Ihnen also noch mehr zutraut. Meist drängt nur schlicht die Zeit.
- Eine Abiturprüfung ist eine Veranstaltung mit offiziellem Charakter. Es muss Sie also nicht irritieren, wenn Ihr Prüfer Ihnen ein wenig förmlicher begegnet, als Sie es vom Unterricht her gewohnt sind. Seien Sie überzeugt, auch er will bestehen: Ihn leitet der Wunsch, dass Sie glänzen – und so ein helles Licht auf die Qualität seines Unterrichts werfen.

ÜBUNGSAUFGABEN

MEHR SCHEIN ALS SEIN?

Erlaubte Hilfsmittel

- E.T.A. Hoffmann: *Der Sandmann*
- Juli Zeh: *Corpus Delicti. Ein Prozess*
- ein Wörterbuch zur deutschen Rechtschreibung

Aufgabenstellung

1 Interpretieren Sie den Auszug aus E.T.A. Hoffmanns Kunstmärchen *Klein Zaches genannt Zinnober* unter Berücksichtigung von inhaltlichen und sprachlich-formalen Aspekten. (40 BE)

2 Vergleichen Sie das Motiv der Verblendung in E.T.A. Hoffmanns Erzählung *Der Sandmann* mit der Darstellung des Themas in *Klein Zaches*. (30 BE)

3 Diskutieren Sie, inwieweit man Formen von Verblendung in Juli Zehs Roman *Corpus Delicti* finden kann. Berücksichtigen Sie dabei das politische System und Mias persönliche Entwicklung. (30 BE)

Material — E.T.A. Hoffmann: Klein Zaches genannt Zinnober (1819)

Bei Klein Zaches handelt es sich um einen missgestalteten, dummen und bösartigen Zwerg, den eine Fee aus Mitleid mit einem wundersamen Zauber belegt. Daraufhin werden Zaches alle positiven Leistungen zugeschrieben, die andere in seiner Umgebung vollbringen. Unter dem Nachnamen Zinnober beginnt er ein Jurastudium und wird vom Physikprofessor Mosch Terpin zu dessen Teegesellschaft eingeladen. Ebenfalls zu Gast sind ein Professor der Ästhetik, der Student Balthasar und dessen Freund Fabian.

[…] Balthasar, Fabian, der Professor der Ästhetik, mehrere junge Leute setzten sich zu den Frauen. Herr Zinnober hatte sich indessen eine Fußbank herangerückt und war mittelst derselben auf den Sofa gestiegen, wo er nun in der Mitte zwischen zwei Frauen saß und stolze funkelnde Blicke um sich warf.

Balthasar glaubte, daß der rechte Augenblick gekommen, mit seinem Gedicht von der Liebe der Nachtigall zur Purpurrose hervorzurücken. Er äußerte daher mit der gehörigen Verschämtheit, wie sie bei jungen Dichtern im Brauch ist, daß er, dürfe er nicht fürchten, Überdruß und Langeweile zu erregen, dürfe er auf gütige Nachsicht der verehrten Versammlung hoffen, es wagen wolle, ein Gedicht, das jüngste Erzeugnis seiner Muse, vorzulesen.

Da die Frauen schon hinlänglich über alles verhandelt, was sich Neues in der Stadt zugetragen, da die Mädchen den letzten Ball bei dem Präsidenten gehörig durchgesprochen und sogar über die Normalform der neuesten Hüte einig worden, da die Männer unter zwei Stunden nicht auf weitere Speis und Tränkung rechnen durften, so wurde Balthasar einstimmig aufgefordert, der Gesellschaft ja den herrlichen Genuß nicht vorzuenthalten.

Balthasar zog das sauber geschriebene Manuskript hervor und las.

Sein eignes Werk, das in der Tat aus wahrhaftem Dichtergemüt mit voller Kraft, mit regem Leben hervorgeströmt, begeisterte ihn mehr und mehr. Sein Vortrag, immer leidenschaftlicher steigend, verriet die innere Glut des liebenden Herzens. Er bebte vor Entzücken, als leise Seufzer – manches leise Ach – der Frauen, mancher Ausruf der Männer: „Herrlich – vortrefflich – göttlich!“ ihn überzeugten, daß sein Gedicht alle hinriß.

Endlich hatte er geendet. Da riefen alle: „Welch ein Gedicht! – welche Gedanken – welche Phantasie – was für schöne Verse – welcher Wohlklang – Dank – Dank Ihnen, bester Herr Zinnober, für den göttlichen Genuß“ –

„Was? wie?“ rief Balthasar; aber niemand achtete auf ihn, sondern stürzte auf Zinnober zu, der sich auf dem Sofa blähte wie ein kleiner Puter[1] und mit widriger Stimme schnarchte: „Bitte recht sehr – bitte recht sehr – müssen so vorlieb nehmen! – ist eine Kleinigkeit, die ich erst vorige Nacht aufschrieb in aller Eil'!“ – Aber der Professor der Ästhetik schrie: „Vortrefflicher – göttlicher Zinnober! – Herzensfreund, außer mir bist du der erste Dichter, den es jetzt gibt auf Erden! – Komm an meine Brust, schöne Seele!“ – Damit riß er den Kleinen vom Sofa auf in die Höhe und herzte und küßte ihn. Zinnober betrug sich dabei sehr ungebärdig. Er arbeitete mit den kleinen Beinchen auf des Professors dickem Bauch herum und quäkte: „Laß mich los – laß mich los – es tut mir weh – weh – weh – ich kratz' dir die Augen aus – ich beiß' dir die Nase entzwei!" – „Nein," rief der Professor, indem er den Kleinen niedersetzte auf den Sofa, „nein, holder Freund, keine zu weit getriebene Bescheidenheit!" – Mosch Terpin war nun auch vom Spieltisch herangetreten, der nahm Zinnobers Händchen, drückte es und sprach sehr ernst: „Vortrefflich, junger Mann! – nicht zuviel, nein, nicht genug sprach man mir von dem hohen Genius[2], der Sie beseelt." – „Wer ist's," rief nun wieder der Professor der Ästhetik in voller Begeisterung aus, „wer ist's von euch Jungfrauen, der dem herrlichen Zinnober sein Gedicht, das das innigste Gefühl der reinsten Liebe ausspricht, lohnt durch einen Kuß?"

Da stand Candida auf, nahete sich, volle Glut auf den Wangen, dem Kleinen, kniete nieder und küßte ihn auf den garstigen Mund mit blauen Lippen. „Ja," schrie nun Balthasar, wie vom Wahnsinn plötzlich erfaßt, „ja, Zinnober – göttlicher Zinnober, du hast das tiefsinnige Gedicht gemacht von der Nachtigall und der Purpurrose, dir gebührt der herrliche Lohn, den du erhalten!" –

Und damit riß er den Fabian ins Nebenzimmer hinein und sprach: „Tu mir den Gefallen und schaue mich recht fest an und dann sage mir offen und ehrlich, ob ich der Student Balthasar bin oder nicht, ob du wirklich Fabian bist, ob wir in Mosch Terpins Hause sind, ob wir im Traume liegen – ob wir närrisch sind – zupfe mich an der Nase oder rüttle mich zusammen, damit ich nur erwache aus diesem verfluchten Spuk!" –

„Wie magst," erwiderte Fabian, „wie magst du dich denn nur so toll gebärden aus purer heller Eifersucht, weil Candida den Kleinen küßte. Gestehen mußt du doch selbst, daß das Gedicht, welches der Kleine vorlas, in der Tat vortrefflich war." – „Fabian," rief Balthasar mit dem Ausdruck des tiefsten Erstaunens, „was sprichst du denn?" „Nun ja," fuhr Fabian fort, „nun ja, das Gedicht des Kleinen war vortrefflich, und gegönnt hab' ich ihm Candidas Kuß. – Überhaupt scheint hinter dem seltsamen Männlein allerlei zu stecken, das mehr wert ist als eine schöne Gestalt. Aber was auch selbst seine Figur betrifft, so kommt er mir jetzt nichts weniger als so abscheulich vor wie anfangs. Beim Ablesen des Gedichts verschönerte die innere Begeisterung seine Gesichtszüge, so daß er mir oft ein anmutiger wohlgewachsener Jüngling zu sein schien, ungeachtet er doch kaum über den Tisch hervorragte. Gib deine unnütze Eifersucht auf, befreunde dich als Dichter mit dem Dichter!"

„Was," schrie Balthasar voll Zorn, „was? – noch befreunden mit dem verfluchten Wechselbalge[3], den ich erwürgen möchte mit diesen Fäusten?"

„So," sprach Fabian, „so verschließest du dich denn aller Vernunft. Doch laß uns in den Saal zurückkehren, wo sich etwas Neues begeben muß, da ich laute Beifallsrufe vernehme."

Mechanisch folgte Balthasar dem Freunde in den Saal.

Als sie eintraten, stand der Professor Mosch Terpin allein in der Mitte, die Instrumente noch in der Hand, womit er irgendein physikalisches Experiment gemacht, starres Staunen im Gesicht. Die ganze Gesellschaft hatte sich um den kleinen Zinnober gesammelt, der, den Stock untergestemmt, auf den Fußspitzen dastand und mit stolzem Blick den Beifall einnahm, der ihm von allen Seiten zuströmte. Man wandte sich wieder zum Professor, der ein anderes sehr artiges Kunststückchen machte. Kaum war er fertig, als wiederum alle, den Kleinen umringend, riefen: „Herrlich – vortrefflich, lieber Herr Zinnober!" –

Endlich sprang auch Mosch Terpin zu dem Kleinen hin und rief zehnmal stärker als die übrigen: „Herrlich – vortrefflich, lieber Herr Zinnober!" [...]

Aus: E.T.A. Hoffmann: Klein Zaches genannt Zinnober. Ein Märchen. Stuttgart: Reclam 1998.

Anmerkungen

1 Puter: Truthahn
2 Genius: erzeugende Kraft, hier im Sinne von „Genie"
3 Wechselbalg: im Aberglauben ein vom Teufel der Mutter untergeschobenes Kind, das den Menschen schaden soll; hier als Schimpfwort verwendet

TIPP **Bearbeitungshinweise**

Teilaufgabe 1: Lesen Sie den Auszug aus Hoffmanns Märchen, das Ihnen unbekannt sein dürfte, mehrfach genau durch. Teilen Sie ihn in **Sinnabschnitte** ein und überlegen Sie sich treffende Überschriften zu den einzelnen Abschnitten.

Fassen Sie das Geschehen bei der Teegesellschaft in eigenen Worten zusammen. Um Wiederholungen zu vermeiden, empfiehlt es sich, gleich hier **erzählerische und sprachliche Besonderheiten** anzusprechen und deren **Funktion** bzw. Wirkung zu beschreiben. Im Hinblick auf die von der zweiten Teilaufgabe vorgegebenen Aspekte sollten Sie bei der Deutung die **Erscheinungsformen der Verblendung** genau benennen. Wer hat einen falschen Blick auf die Realität? Wer profitiert davon? Wer ist der Leidtragende?

Aufgrund Ihrer unterrichtlichen Auseinandersetzung mit der Romantik kennen Sie wahrscheinlich den Philister als Feindbild jedes wahren Romantikers. Auch im vorliegenden Text finden sich Spitzen gegen das Spießbürgertum. Wenn Sie solche **epochentypischen Besonderheiten** erkennen und die gesellschaftskritischen Seitenhiebe herausarbeiten, wird das die Qualität Ihrer Lösung steigern.

Zur Vorbereitung des **Vergleichs** (**2. Teilaufgabe**) empfiehlt es sich, auf einem Konzeptpapier die beiden Texte einander **tabellarisch** gegenüberzustellen und Ihre jeweiligen Beobachtungen zu dem Vergleichsaspekt zu notieren. Nehmen Sie sich die Zeit, noch einmal im *Sandmann* nachzuschlagen, um Ihre Ausführungen mit konkreten Beispielen stützen zu können. Rekapitulieren Sie von dieser Erzählung nur so viel Handlung, wie für die Gegenüberstellung nötig ist. Abschließend sollten Sie Ihre Ergebnisse in einem **Fazit** bündeln.

Die **3. Teilaufgabe** ist relativ offen formuliert. Überlegen Sie daher zunächst, was man zu „**Formen der Verblendung**" zählen könnte. Die Konkretisierungen „politisches System" sowie „Mias persönliche Entwicklung" geben Ihnen wichtige Anregungen. Inwiefern kann man das System der METHODE als verblendet auffassen? Wo verkennt Mia die Realität? Ändert sich das im Laufe des Romans? Kann man auch die ideale Geliebte unter dem Aspekt der Verblendung thematisieren? Achten Sie darauf, nicht nur das Geschehen nachzuerzählen, sondern zeigen Sie auch immer auf, inwieweit es sich als Ausdruck der Verblendung deuten lässt.

Lösungsvorschlag

TEILAUFGABE 1

Als eine Krähe ausgefallene Pfauenfedern findet, nutzt sie diese, um ihr eigenes Federkleid prunkvoller auszustaffieren und sich dann stolz unter andere Pfaue zu mischen. Auf diese antike Fabel geht das Sprichwort „**sich mit fremden Federn schmücken**" zurück. Es trifft auch auf den Protagonisten von E.T.A Hoffmanns 1819 erschienenem Kunstmärchen *Klein Zaches genannt Zinnober* zu: Der bösartige Zwerg wird für Taten gepriesen und gefeiert, die eigentlich andere geleistet haben. Allerdings war es nicht Zaches selbst, der diesen Betrug eingefädelt hat. Er verdankt sich vielmehr dem Zauber einer Fee, die Mitleid mit dem verwachsenen Zwerg hatte.

Einleitung: Autor, Titel, Gattung, Jahr, Thema

Der vorliegende Auszug aus dem Märchen schildert die Wirkung dieser magischen Gabe während der **Teegesellschaft** des Physikprofessors Mosch Terpin. Dabei lässt sich der Text in **drei** Handlungsabschnitte untergliedern: Im ersten Abschnitt trägt der Student Balthasar ein romantisches Liebesgedicht vor, muss aber erleben, dass die begeisterte Reaktion des Publikums nicht ihm, sondern Zinnober gilt (Z. 1–49). Daraufhin versucht er im **zweiten Abschnitt** mit seinem Freund Fabian über diesen rätselhaften Sachverhalt zu sprechen, doch hält auch Fabian Zinnober für den Urheber des Gedichts (Z. 50–72). Der **dritte Abschnitt** variiert Balthasars Erfahrung: Zinnober wird für physikalische Experimente beklatscht, die eigentlich Professor Terpin vorgeführt hat (Z. 73–82).

Aufbau

Von Abschnitt zu Abschnitt **steigert sich die Erregung der Teegesellschaft** bzw. Balthasars. Anfangs herrscht eine Atmosphäre gepflegter **Langeweile**. Mit viel Ironie gibt der Erzähler zu verstehen, dass erst, als die Damen allen Klatsch und Tratsch abgehandelt und Modefragen ausdiskutiert haben und erst, als die Herren sich bis zur nächsten Mahlzeit gedulden müssen, alle einwilligen, Balthasars Gedichtvortrag zu lauschen. Die aneinandergereihten kausalen Nebensätze („Da die Frauen […], da die Mädchen […], da die Männer […]", Z. 11 ff.) entlarven die **Oberflächlichkeit der Gesellschaft**, für die **Lyrik** allenfalls **als Pausenfüller** infrage kommt. Zwar drängen sie darauf, ihnen „ja den herrlichen Genuß nicht vorzuenthalten" (Z. 15 f.), doch wird deutlich, dass sie für die Kunst nur bereit sind, falls sich nichts Besseres findet.

abschnittsweise Interpretation

1. Sinnabschnitt: Gedichtvortrag bei Teegesellschaft

kritische Darstellung der Gesellschaft

Es ist Balthasar somit gelungen, den „rechte[n] Augenblick" (Z. 5) abzupassen, als er schüchtern vorschlägt, sein „**Gedicht** von der Liebe der Nachtigall zur Purpurrose" (Z. 5 f.) zu **rezitieren**. Ein hypotaktisch verschachtelter Satz zeichnet sein unterwürfiges **Werben**

Stereotyp des romantischen Dichters

um die Gunst der Zuhörerschaft nach, die wie eine Captatio benevolentiae wirkt. Sein Gedicht nennt er durchaus selbstbewusst „das jüngste Erzeugnis seiner Muse“ (Z. 9f.) und will sich mit dieser metaphorischen Umschreibung als inspirierter Dichter darstellen. Auch der Erzählerkommentar, Balthasar lege eine „Verschämtheit“ an den Tag, „wie sie bei jungen Dichtern im Brauch ist“ (Z. 7), verleiht seinem Auftritt etwas Einstudiertes. Der Gedichttitel lässt eine **Häufung romantischer Klischees** erwarten: die Verherrlichung der Liebe sowie der Einheit der Natur. Ein junger Dichter produziert sich vor einer gesättigten Teegesellschaft. Die ganze Veranstaltung erscheint **philisterhaft**. Als Philister bezeichneten die wahren romantischen Dichter all diejenigen, die der Kunst nur die Funktion der Berieselung zugestanden und ansonsten lieber ein überraschungsfreies, beschauliches Leben führen wollten.

Täuschung des Publikums

Doch werden alle Erwartungen über den Haufen geworfen. Das **Publikum** nimmt den Vortrag **enthusiastisch** auf, ist regelrecht entfesselt. Schon während der Rezitation, in die er sich mehr und mehr hineinsteigert, registriert Balthasar die verzückten Reaktionen der Zuhörerschaft und fühlt sich bestätigt. Der Gedichttext wird nicht wiedergegeben, allerdings bescheinigt der Erzähler, dass er „aus wahrhaftem Dichtergemüt“ (Z. 18) hervorgegangen sei und „die innere Glut des liebenden Herzens“ (Z. 20) widerspiegle. Mit einer Vielzahl an Ausrufen, die fast alle anaphorisch mit dem Fragepronomen „welch(e)“ einsetzen (vgl. Z. 24f.), preist die Runde den Kunstgenuss und übersteigert mit einer Klimax das Gehörte als „[h]errlich – vortrefflich – göttlich“ (Z. 22). Wie eine kalte Dusche muss auf Balthasar nach diesem Beifallsturm der letzte Ausruf wirken, der nicht ihm, sondern Herrn **Zinnober** „für den göttlichen Genuß“ (Z. 26) **dankt**. Die Alliteration betont die überzogene Euphorie. Vor allem der **Professor für Ästhetik**, aufgrund seines Berufs ein Experte für alle Fragen des Schönen und der Kunst, kann sich gar nicht fassen vor Begeisterung, schreit sie gleichsam heraus und überhäuft den vermeintlichen Dichter Zinnober mit Komplimenten. Komik erzeugt seine Einschränkung: Zuerst komme er, danach sei Zinnober „der erste Dichter, den es jetzt gibt auf Erden“ (Z. 32). In seinem Überschwang packt er den Zwerg, drückt und küsst ihn, was erneut das **Missverhältnis zwischen Begeisterung und Ursache**, aber auch das Ausmaß der allgemeinen Verblendung offenbart.

tatsächliches Wesen Zinnobers

Denn niemand scheint das wahre Wesen Zinnobers zu erkennen. Schon die anfängliche Beschreibung, wie er mit einem Hilfsmittel das Sofa erklimmt, um dann „stolze funkelnde Blicke“ (Z. 4) um sich zu werden, zeigt die große **Kluft zwischen Schein und Sein**. Wie selbstverständlich maßt er sich die Autorschaft für das Gedicht an, wobei die Wortwahl und ein Vergleich ihn **abstoßend zeichnen:**

Er wird in seiner unangebrachten Eitelkeit mit einem Truthahn gleichgesetzt, die Stimme klingt „widri[g]" und „schnarch[t]" (Z. 28 f.), erinnert also eher an ein gurgelndes Geräusch. Gegen die Umarmungen des Professors setzt er sich zur Wehr, droht ihm mit Gewalt, wird aber nicht gehört. Wie ein Schoßhund oder ein Kleinkind strampelt er, der zugleich als großer Künstler gefeiert wird (vgl. Z. 34 ff.).

Als der begeisterte Professor fordert, das Liebesgedicht durch den **Kuss einer Jungfrau** zu belohnen, gehorcht **Candida**, deren Name an Zucker erinnert und einen süßen Liebreiz verspricht. Ihre Gesichtsfarbe verrät ihre Erregung, die metaphorische „Glut auf den Wangen" (Z. 45) ihre zärtlichen Gefühle. Dabei kontrastiert ihre Röte mit Zinnobers blauen Lippen, auf die sie den Kuss drückt (vgl. Z. 46). Auch sie bemerkt weder die hässliche Gestalt noch das garstige Wesen des Zwergs. Diese **öffentliche Liebesbekundung** ist für den fassungslosen Balthasar zu viel: Wie wahnsinnig stimmt er in den allgemeinen Jubel für Zinnober ein und wiederholt die hochtrabenden Adjektive – „göttlich", „herrlich" (vgl. Z. 47 f.) –, mit denen der Zwerg Zaches gepriesen wurde.

ein Kuss für Zinnober

Im **zweiten Handlungsabschnitt** versucht Balthasar sich **seiner selbst zu vergewissern** und beschwört im Nebenzimmer Fabian mit einer Reihe von „ob"-Fragesätzen (vgl. Z. 51 ff.), ihm zu bestätigen, dass er nicht den Verstand verloren hat, bzw. ihn aus dem Alptraum zu wecken, der ihm als „verfluchte[r] Spuk" (Z. 54) erscheint. Doch **erliegt auch Fabian dem Zauber**, der Zinnober als Inbegriff der Vortrefflichkeit erscheinen lässt. So wirft er Balthasar vor, den Zwerg um Candidas Kuss zu beneiden. Seine Charakterisierung Zinnobers spiegelt die eigene **allmähliche Verblendung** wider: Fand er Zinnobers Figur anfangs noch „abscheulich" (Z. 62), verändert sich seine Perspektive und er verklärt die Gestalt des Zwergs: „Beim Ablesen des Gedichts verschönerte die innere Begeisterung seine Gesichtszüge, so daß er mir oft ein anmutiger wohlgewachsener Jüngling zu sein schien, ungeachtet er doch kaum über den Tisch hervorragte." (Z. 63 ff.) So ergibt sich ein **paradoxer Zustand**, bei dem Zinnober zugleich kleinwüchsig sowie wohlgewachsen erscheint. Balthasars Wutausbruch und Beschimpfung Zinnobers als „Wechselbal[g]" (Z. 68) ist für Fabian unvernünftig. Er nimmt den **Augenschein als Grundlage für sein Urteil**. Dass er einer Täuschung aufsitzt, kann er nicht erkennen.

2. Sinnabschnitt: Gespräch von Balthasar und Fabian

Verzweiflung Balthasars

Im Saal wiederholt sich derweil das Phänomen, dass **Zinnober Ruhm** und Anerkennung für etwas **einheimst**, das ein anderer vollbracht hat. Diesmal wird er für physikalische Experimente bejubelt, die Professor Terpin zur allgemeinen Unterhaltung durchgeführt hat. Mit „starre[m] Staunen" (Z. 74 f.) erlebt der Professor, wie sich die

3. Sinnabschnitt: Terpins Experimente

Menge ihm zuwendet, um die Versuche zu beobachten, sich danach aber zu Zinnober umdreht, um ihn dafür zu beklatschen. Die **Wahrnehmung** ist **eine verdrehte**. Doch anders als Balthasar erliegt auch Terpin der Täuschung und stimmt in den Jubel für Zinnober ein, der wieder einmal alles „[h]errlich – vortrefflich“ (Z. 79) findet.

Der Auszug ist **aus Balthasars Sicht** geschildert, die den geistigen Diebstahl Zinnobers auch als solchen erkennt. Die **Verstörung** des Studenten über die unerklärlichen Reaktionen der Teegesellschaft wird dadurch greifbar, während der Leser **keinen Einblick in das Innenleben der anderen Figuren** erhält und allein aufgrund ihrer Handlungen und Äußerungen ihre Wahrnehmung erschließen kann. Die vielen Dialoge und das **szenische Erzählen** nach der Gedichtrezitation spitzen das Geschehen dramatisch zu: Während Balthasar sich immer mehr in seine Verzweiflung hineinsteigert, taumelt die bürgerliche Runde in einen rauschhaften Zustand der Verzückung.

erzählerische Gestaltung

Der einzige Ruhepol, der „mit stolzem Blick“ (Z. 76f.) die Huldigungen empfängt, ist der eitle, garstige Zwerg Zinnober. Bereits sein **sprechender Name** ist ein Synonym für die Ereignisse: Es herrscht viel Lärm um nichts. Unter den Pfauenfedern steckt nur eine Krähe.

Fazit: unfähiger Zwerg als Mittelpunkt

TEILAUFGABE 2

Eine verzerrte Perspektive auf die Realität führt zu nicht nachvollziehbaren Reaktionen, sodass sich **zwei Wahrnehmungswelten** gegenüberstehen: auf der einen Seite Balthasar, der sich betrogen und verkannt fühlt, auf der anderen Seite die komplette Teegesellschaft, die in Zinnober ein Genie und eine Schönheit erblickt.

Vergleich mit *Der Sandmann*

Auch E.T.A. Hoffmanns Erzählung *Der Sandmann* handelt von einer verrückten Wahrnehmung, jedoch ist dort das **Verhältnis genau andersherum:** Während Balthasar als Einziger den klaren Blick behält, ist es im *Sandmann* **nur eine Figur**, nämlich der Student Nathanael, der Dinge und Personen nicht mehr richtig einordnen kann.

anderes Mengenverhältnis bei Verblendung

Anders als in *Klein Zaches* hat kein übersinnlicher **Feenzauber** die Perspektiven verwirrt. Nathanael wird von einem **kindlichen Trauma** eingeholt und beginnt, im Alltag Bedrohungen und Gefahren zu befürchten. Den zwielichtigen Advokaten **Coppelius**, einen Bekannten seines Vaters, hielt der kleine Nathanael für den bösartigen **Sandmann**, der Kindern die Augen raube. Als dann auch noch der Vater bei einem alchemistischen Versuch starb, den er zusammen mit Coppelius durchführte, wurde der Advokat für den Jungen zum personifizierten Unheil. Im Erwachsenenalter meint er nun Coppelius im Wetterglashändler **Coppola** wiederzubegegnen und ist vom

Ursache für Verblendung
– psychisch

Grauen gepackt. Seine Verlobte Clara, die seine Ängste als Hirngespinste und psychische Projektionen erklären will, dringt nicht zu ihm durch. Da sie nicht auf seine düsteren Ahnungen eingeht, beschimpft er sie als „Automate", also als emotionslose Maschine. Es wird nie aufgelöst, ob Coppelius und Coppola tatsächlich identisch sind oder ob Nathanael sich die Gefahr nur einbildet, ob also das **schlimme Kindheitserlebnis seine Wahrnehmung verzerrt**.

– Perspektiv, das Wahrnehmung verfälscht

Hinzu kommt die Verzerrung von Nathanaels **buchstäblicher Sicht**, die durch ein technisches Hilfsmittel ausgelöst wird. Coppola hat ihm ein **Fernglas** aufgeschwatzt, das in der Folge Nathanaels Blick verfälscht. Durch dieses Perspektiv gesehen, erscheint ihm die Tochter des Physikprofessors Spalanzani wie ein reizvolles Mädchen, das auf seine Gefühlswallungen und Dichtungen aufgeschlossen reagiert.

Auswirkungen der Verblendung

In beiden Erzählungen Hoffmanns **trügt der Augenschein**, entspricht das Wahrgenommene nicht der Realität. **Nathanael kann nicht zwischen Mensch und Maschine unterscheiden**. Olimpias abgezirkelter Gesang erscheint ihm seelenvoll. Er gesteht ihr seine Liebe und verbringt viel Zeit mit ihr, ohne wahrzunehmen, dass **Olimpia eine mechanische Puppe** ist, die Spalanzani mit der Hilfe von Coppola konstruiert hat. Nathanael ist völlig verblendet: Während er die reale Frau Clara für leblos hält, erblickt er im Automaten Olimpia einen liebenden Menschen. Die Erkenntnis seines Irrtums führt zuerst zu einem **psychischen Zusammenbruch** und dann zu seinem **Selbstmord**. Die **Teegesellschaft** von Mosch Terpin erkennt den korrekten **Zusammenhang zwischen Werk und Urheber** nicht mehr, sie schreibt alle Leistungen dem minderbemittelten Zwerg zu.

Motive für Täuschung

Diese Täuschung geht auf unterschiedliche Motive zurück. Die **Fee** handelte aus **Mitgefühl**, während **Zaches** die Auswirkungen des Zaubers ohne Skrupel genießt und **selbstgefällig** den Applaus annimmt. Die Beweggründe von **Spalanzani und Copolla** liegen im Dunklen, vermutlich paart sich **Forscherdrang** mit dem Versuch, die **Gesellschaft hinters Licht zu führen**. Bezeichnenderweise wird nach Olimpias Zerstörung eine Kriminaluntersuchung gegen Spalanzani angestrengt.

Gesellschaftskritik

Beiden Texten wohnt eine **gesellschaftskritische Stoßrichtung** inne: Die **bürgerlich-philisterhafte Teegesellschaft** in *Klein Zaches* betrachtet Lyrik nur als Zeitvertreib zwischen den Mahlzeiten, verfällt dann aber in einen völlig undifferenzierten, übertriebenen Jubelrausch, der alles „göttlich" findet und einem unfähigen, gemeinen Zwerg gilt. Im *Sandmann* wirkt die Tatsache, dass eine Puppe unbemerkt in Teezirkeln sitzen konnte, entlarvend: Die **Gesellschaft**, namentlich die Frauen, agiert so **mechanisch**, dass es gar nicht auffällt, wenn sich unter ihnen eine Maschine befindet. Mit Ironie berichtet der Erzähler von den Folgen, die die Enthüllung von Olimpias wahrer Identität für die Gesellschaft hat: „Um nun ganz überzeugt zu werden, daß man keine Holzpuppe liebe, wurde von mehrern Liebhabern verlangt, daß die Geliebte etwas taktlos singe und tanze". Unvollkommenheit wird zum Zeichen von Authentizität.

Komik vs. Tragik

Sowohl *Klein Zaches* als auch *Der Sandmann* erzählen von einer **verzerrten Wahrnehmung der Realität**. Einmal fällt diese Schilderung **komisch-satirisch** aus, wenn das Publikum stets dem Falschen applaudiert, im anderen Fall nimmt die Verblendung ein **tragisches Ende**, da es Nathanael nicht gelingt, sein Trauma und seinen Realitätsverlust zu überwinden. Der einzig vernünftige Besucher bei Professor Terpin, Balthasar, droht nur wahnsinnig zu werden, Nathanael wird es dagegen wirklich.

TEILAUFGABE 3

Verblendung in *Corpus Delicti*

Man dürfe sich nicht der Vernunft verschließen, sagt Fabian und meint damit, dass man sich auf den Augenschein verlassen müsse (vgl. Z. 69). Nathanael muss erfahren, dass der eigene Blick trügerisch sein kann. Und auch in Juli Zehs dystopischem Roman *Corpus Delicti* sind vermeintlich eindeutige Fakten nicht so eindeutig, wie es den Anschein hat.

verblendete Staatsform

Das Staatssystem der METHODE hat die Gesundheit als Ziel allen staatlichen und persönlichen Handelns vorgegeben. Auf der Basis medizinischer Untersuchungen und wissenschaftlicher Erhebungen sollen alle Risikofaktoren ausgeschaltet und die gesellschaftliche Wohlfahrt befördert werden. Der Chefideologe Kramer preist die METHODE als bestmögliche Regierungsform und verschleiert dabei, dass es sich um eine **Gesundheitsdiktatur** handelt, die die **persönlichen Freiheiten** der Bürgerinnen und Bürger massiv **beschneidet**. Man kann es als **Verblendung einer Staatsform** auffassen, dass man die Menschen bewusst **der Natur entfremdet**, um ein möglichst steriles, keimfreies Leben zu erreichen. Besuche im Wald gelten sogar als rebellische Aktionen. Statt Liebe zählt bei der Partnerwahl die immunologische Kompatibilität. **Gesundheit** wird **mit Normalität gleichgesetzt**.

Mias anfängliche Einstellung

Die Biologin **Mia Holl** ist anfangs fest von der Unfehlbarkeit und wissenschaftlichen Fundierung der METHODE überzeugt. Ihr Weltbild gerät jedoch ins Wanken, als ihr geliebter Bruder Moritz der Vergewaltigung und der Ermordung einer Frau angeklagt wird. Denn Moritz streitet seine Schuld ab, während DNA-Spuren an der Leiche ihn als Mörder ausweisen. Nach seiner Verurteilung erhängt er sich in der Haft. Mia zerbricht beinahe an dem **Dilemma**, dass sie einerseits die **METHODE für alternativlos**, da rational hält und andererseits ihrem **Bruder glauben will**. Es zeigt sich schließlich, dass der **vermeintlich unfehlbare DNA-Test angreifbar** ist: Als Moritz in seiner Jugend an Leukämie erkrankt war, konnte er durch eine Knochenmarkspende gerettet werden, hat aber damit auch die DNA des Spenders übernommen. Jener Spender ist der eigentliche Mörder. **Falsche Denkvoraussetzungen** sorgen in diesem Fall für eine falsche Wahrnehmung bzw. verstellen den Blick für die Wahrheit. **Wissenschaft** erweist sich als menschengemacht und damit **als unvollkommen**. Diese Erkenntnis muss unterdrückt werden, da sie die Legitimation des ganzen METHODE-Staats untergräbt.

Justizirrtum aufgrund falsch gedeuteter Fakten

Dabei schaltet Kramer gezielt die **Presse** ein, die mit **Falschmeldungen** und einer **verzerrten Berichterstattung** die Öffentlichkeit hinters Licht führt. So wird die erfundene Behauptung verbreitet, Moritz sei der Anführer einer Untergrundorganisation namens „Die Schnecken" gewesen und sei extra gestorben, um mit einem konstruierten Justizirrtum den Staat zu Fall zu bringen. Die METHODE nutzt **Mittel der Verblendung und Manipulation**, um von ihren eigenen Fehlern abzulenken und um Kritiker mundtot zu machen.

Presse als Instrument der Täuschung

Doch nicht nur eine falsche Deutung der Fakten kann die Weltsicht beeinflussen, auch **psychische Vorgänge** spielen eine Rolle. So wie Nathanael sein Kindheitstrauma mit sich herumträgt, wird Mia durch die **Stimme des Gewissens** begleitet. Diese tritt in Gestalt der **idealen Geliebten** auf. Ihr Bruder hat diese Fantasiegestalt erfunden, um die Einsamkeit im Gefängnis zu ertragen, und überträgt sie vor seinem Suizid auf Mia. Die ideale Geliebte fungiert so für Mia als **Stellvertreterin des toten Bruders** und schürt die Zweifel am System. Zudem kann man sie als **Mias verdrängte rebellische Seite** deuten, die sich mehr und mehr Gehör verschafft. Nur Mia sieht sie und kommuniziert mit ihr, was bei Außenstehenden – wie etwa Kramer – für Irritationen sorgt. Da Mia mit einer unsichtbaren Person spricht, wirkt sie erst recht psychisch instabil. Doch ist es gerade diese **objektiv gesehen verzerrte Wahrnehmung**, die Mia die Augen öffnet für die wahren Werte und die Machenschaften Kramers. Was von außen wie ein Hirngespinst und eine Verblendung erscheint, hilft Mia dabei, die Faktenfixierung des Systems als Irrtum zu durchschauen. Sie **überwindet** ihre **eigene Verblendung**, den Glauben an die METHODE, gibt ihr konformistisches Verhalten auf und wird zuletzt zur **Widerstandskämpferin**.

Entwicklung Mias unter dem Einfluss der idealen Geliebten

In unterschiedlichen Ausprägungen bestimmt das Motiv der Verblendung die Romanhandlung: Während Mia auf **persönlicher Ebene** ihre Begeisterung für das System ablegt, behauptet sich auf der **politischen Ebene** die verblendete, da entfremdete Herrschaftsform.

Fazit

LIEBE UND LIEBELEI. BEZIEHUNGEN ZWISCHEN MANN UND FRAU IM VERGLEICH

Erlaubte Hilfsmittel

- Johann Wolfgang von Goethe: *Faust I*, Gretchentragödie: besonders die Szene „Abend" (V. 2 686–2 804)
- ein Wörterbuch der deutschen Rechtschreibung

Aufgabenstellung

1 Charakterisieren Sie Fritz und Christine und ihre Beziehung zueinander. Berücksichtigen Sie dabei besonders ihr kommunikatives Verhalten. (45 BE)

2 Erläutern Sie im Vergleich von Fritz und Christine mit Faust und Gretchen an einigen wesentlichen Merkmalen, in welche Richtung Schnitzler das Sturm-und-Drang-Thema abgewandelt hat.
Vergleichen Sie auch die jeweilige Rolle, die das Zimmer der Protagonistin für Faust beziehungsweise für Fritz spielt (in *Faust*: V. 2 685–2 728). (40 BE)

3 Erörtern Sie: Ist für Sie Gretchens oder Christines Schicksal ergreifender? (15 BE)

Material **Arthur Schnitzler (1862–1931): Liebelei, Szene aus Akt II** (gekürzt)

Die Erstaufführung von „Liebelei" 1895 am Burgtheater Wien brachte für Schnitzler den Durchbruch als Bühnenautor.

Kontext: Fritz Lobheimer, ein eleganter junger Mann der Wiener Gesellschaft, unterhält eine Liebesbeziehung zu einer verheirateten Dame. Um ihn davon abzubringen, hat ihn sein Freund Theodor mit Christine bekannt gemacht, einem „süßen Mädel" aus der Vorstadt, der Tochter eines Orchestergeigers.
Das Verhältnis zu der Dame wird entdeckt; ihr Ehemann fordert Fritz zum Duell. Fritz ahnt, dass er fallen wird. Am Abend vor dem Duell vereinbart er mit Christine, die von alledem nichts erfahren soll, ein Treffen. Da er nicht kommt, kehrt Christine traurig in ihr Zimmer zurück. Die hier anschließende (gekürzt gegebene) Szene ist der Höhepunkt des Stückes.

FRITZ *ist eingetreten.*
FRITZ Guten Abend!
CHRISTINE *aufjubelnd* Fritz, Fritz! *Ihm entgegen, in seine Arme.*
[...]
FRITZ *sich losmachend* Aber –
CHRISTINE Alle sagen, daß du mich verlassen wirst! Nicht wahr, du tust es nicht – jetzt noch nicht – jetzt noch nicht ...
FRITZ. Wer sagt denn das? ... Was hast du denn ... *Sie streichelnd* Aber Schatz ... Ich hab' mir eigentlich gedacht, daß du recht erschrecken wirst, wenn ich plötzlich da hereinkomme. –
CHRISTINE Oh – daß du nur da bist!
FRITZ Geh, so beruhig' dich doch – hast du lang auf mich gewartet?
CHRISTINE Warum bist du denn nicht gekommen?
FRITZ Ich bin aufgehalten worden, hab' mich verspätet. Jetzt bin ich im Garten gewesen und hab' dich nicht gefunden – und hab' wieder nach Haus gehen wollen. Aber plötzlich hat mich eine solche Sehnsucht gepackt, eine solche Sehnsucht nach diesem lieben süßen Gesichtel ...
CHRISTINE *glücklich* Is' wahr?
FRITZ Und dann hab' ich auch plötzlich eine so unbeschreibliche Lust bekommen zu sehen, wo du eigentlich wohnst – ja im Ernst – ich hab' das einmal sehen m ü s s e n – und da hab' ich's nicht ausgehalten und bin da herauf ... es ist dir also nicht unangenehm?
CHRISTINE O Gott!
FRITZ Es hat mich niemand gesehn – und daß dein Vater im Theater ist, hab' ich ja gewußt.
CHRISTINE Was liegt mir an den Leuten!
FRITZ Also da –? *Sieht sich im Zimmer um* Das also ist dein Zimmer? Sehr hübsch ...
CHRISTINE Du siehst ja gar nichts. *Will den Schirm von der Lampe nehmen.*
FRITZ Nein, laß nur, das blendet mich, ist besser so ... Also da? Das ist das Fenster, von dem du mir erzählt hast, an dem du immer arbeitest, was? – Und die schöne

Aussicht! *Lächelnd* Über wieviel Dächer man da sieht … Und da drüben – ja, was ist denn das, das Schwarze, das man da drüben sieht?

CHRISTINE Das ist der Kahlenberg!

FRITZ Richtig! Du hast's eigentlich schöner als ich.

CHRISTINE Oh!

FRITZ Ich möchte gern so hoch wohnen, über alle Dächer sehn, ich finde das sehr schön. Und auch still muß es in der Gasse sein?

CHRISTINE Ach, bei Tag ist Lärm genug.

FRITZ Fährt denn da je ein Wagen vorbei?

CHRISTINE Selten, aber gleich im Haus drüben ist eine Schlosserei.

FRITZ O, das ist sehr unangenehm. *Er hat sich niedergesetzt.*

CHRISTINE Das gewöhnt man! Man hört's gar nicht mehr.

[…]

FRITZ So … *Stellt die Lampe hin* Ah, und da ist deine Bibliothek. *Setzt sich neben die kleine Bücherstellage.*

CHRISTINE Die schau' dir lieber nicht an –

FRITZ Warum denn? Ah! Schiller … Hauff … Das Konversationslexikon … Donnerwetter! –

CHRISTINE Geht nur bis zum G …

FRITZ *lächelnd* Ach so … Das Buch für Alle … Da schaust du dir die Bilder drin an, was?

CHRISTINE Natürlich hab' ich mir die Bilder angeschaut.

[…]

FRITZ *setzt sich* So gemütlich ist es da! –

CHRISTINE Gefällt's dir wirklich?

FRITZ Sehr … Was ist denn das? *Nimmt eine Vase mit Kunstblumen, die auf dem Tisch steht.*

CHRISTINE Er hat schon wieder was gefunden! …

FRITZ Nein, Kind, das gehört nicht da herein … das sieht verstaubt aus.

CHRISTINE Die sind aber gewiß nicht verstaubt.

FRITZ Künstliche Blumen sehen immer verstaubt aus … In deinem Zimmer müssen wirkliche Blumen stehn, die duften und frisch sind. Von jetzt an werde ich dir … *Unterbricht sich, wendet sich ab, um seine Bewegung zu verbergen.*

CHRISTINE Was denn? … Was wolltest du denn sagen?

FRITZ Nichts, nichts …

CHRISTINE *steht auf, zärtlich* Was? –

FRITZ Daß ich dir morgen frische Blumen schicken werde, hab' ich sagen wollen …

CHRISTINE Na, und reut's dich schon? – Natürlich! Morgen denkst du ja nicht mehr an mich.

FRITZ *abwehrende Bewegung.*

CHRISTINE Gewiß, wenn du mich nicht siehst, denkst du nicht an mich.

FRITZ Aber was red'st du denn?

CHRISTINE O ja, ich weiß es. Ich spür's ja.

FRITZ Wie kannst du dir das nur einbilden.

CHRISTINE Du selbst bist schuld daran. Weil du immer Geheimnisse vor mir hast! … Weil du mir gar nichts von dir erzählst. – Was tust du so den ganzen Tag?

FRITZ Aber Schatz, das ist ja sehr einfach. Ich geh' in Vorlesungen – zuweilen – dann geh' ich ins Kaffeehaus … dann les' ich … manchmal spiel' ich auch Klavier – dann plauder' ich mit dem oder jenem – dann mach' ich Besuche … das ist doch alles ganz belanglos. Es ist ja langweilig, davon zu reden. – Jetzt muß ich übrigens gehn, Kind …

CHRISTINE Jetzt schon –

FRITZ Dein Vater wird ja bald da sein.

CHRISTINE Noch lange nicht, Fritz. – Bleib noch – eine Minute – bleib noch –

FRITZ Und dann hab' ich … der Theodor erwartet mich … ich hab' mit ihm noch was zu sprechen.

CHRISTINE Heut?

FRITZ Gewiß heut.

CHRISTINE Wirst ihn morgen auch sehn!

FRITZ Ich bin morgen vielleicht gar nicht in Wien.

CHRISTINE Nicht in Wien? –

FRITZ *ihre Ängstlichkeit bemerkend, ruhig – heiter* Nun ja, das kommt ja vor! Ich fahr' übern Tag weg – oder auch über zwei, du Kind. –

CHRISTINE Wohin?

FRITZ Wohin? … Irgendwohin – Ach Gott, so mach' doch kein solches Gesicht … Aufs Gut fahr' ich zu meinen Eltern … na … ist das auch unheimlich?

CHRISTINE Auch von denen, schau, erzählst du mir nie!

FRITZ Nein, was du für ein Kind bist … Du verstehst gar nicht, wie schön das ist, daß wir so vollkommen mit uns allein sind. Sag, spürst du denn das nicht?

CHRISTINE Nein, es ist gar nicht schön, daß du mir nie was von dir erzählst … Schau, mich interessiert ja alles, was dich angeht, ach ja … alles – ich möcht' mehr von dir haben als die eine Stunde am Abend, die wir manchmal beisammen sind. Dann bist du ja wieder fort, und ich weiß gar nichts … Da geht dann die ganze Nacht vorüber und ein ganzer Tag mit den vielen Stunden – und nichts weiß ich. Darüber bin ich oft so traurig.

FRITZ Warum bist du denn da traurig?

CHRISTINE Ja, weil ich dann so eine Sehnsucht nach dir hab', als wenn du gar nicht in derselben Stadt, als wenn du ganz woanders wärst! Wie verschwunden bist du da für mich, so weit weg …

FRITZ *etwas ungeduldig* Aber …

CHRISTINE Na schau, es ist ja wahr!

FRITZ Komm daher, zu mir *Sie ist bei ihm* Du weißt ja doch nur eins, wie ich – daß du mich in d i e s e m Augenblicke liebst … *Wie sie reden will* Sprich nicht von Ewigkeit. *Mehr für sich* Es gibt ja vielleicht Augenblicke, die einen Duft von Ewigkeit um sich sprühen. – … Das ist die einzige, die wir verstehen können, die einzige, die uns gehört … *Er küßt sie. – Pause. – Er steht auf. – Ausbrechend* O, wie schön ist es bei dir, wie schön! … *Er steht beim Fenster* So weltfern ist man da, mitten unter den vielen Häusern … so einsam komm' ich mir vor, so mit dir allein … *Leise* so geborgen …

CHRISTINE Wenn du immer so sprächst … da könnt' ich fast glauben …

FRITZ Was denn, Kind?

CHRISTINE Daß du mich so lieb hast, wie ich's mir geträumt hab' – an dem Tag, wo du mir den ersten Kuß gegeben hast … erinnerst du dich daran?

FRITZ *leidenschaftlich* Ich hab' dich lieb! – *Er umarmt sie; reißt sich los* Aber jetzt laß mich fort –

CHRISTINE Reut's dich denn schon wieder, daß du mir's gesagt hast? Du bist ja frei, du bist ja frei – du kannst mich ja sitzen lassen, wann du willst … Du hast mir nichts versprochen – und ich hab' nichts von dir verlangt … Was dann aus mir wird – es ist ja ganz einerlei – ich bin doch einmal glücklich gewesen, mehr will ich ja vom Leben nicht. Ich möchte nur, daß du das weißt und mir glaubst: Daß ich keinen lieb gehabt vor dir, und daß ich keinen lieb haben werde – wenn du mich einmal nimmer willst –

FRITZ *mehr für sich* Sag's nicht, sag's nicht – es klingt … zu schön …

Es klopft.

FRITZ *schrickt zusammen* Es wird Theodor sein …

CHRISTINE *betroffen* Er weiß, daß du bei mir bist –?

Aus: Arthur Schnitzler: Freiwild. Dramen 1892–1896. Frankfurt a. M.: Fischer Taschenbuch 1994.

TIPP Bearbeitungshinweise

Die Aufgabe hat zwei fast gleichgewichtige Teile: die Interpretation der (vermutlich) unbekannten Szene (**Teilaufgabe 1**) ist, als Grundlage für den anschließenden Vergleich (**Teilaufgabe 2**), noch etwas gewichtiger als der weiterführende Gesichtspunkt. Angesichts der Länge der Szene sollten Sie sehr ökonomisch arbeiten, indem Sie sich zum Beispiel eine Gliederung machen. Dabei hilft, was bei jeder dramatischen Szene von Belang ist: nach ihrer Spannung, ihrem Aufbau und dem Wendepunkt zu suchen. Da die Untersuchung und Interpretation des Schauplatzes eine gesonderte Aufgabe ist (Teilaufgabe 2, zweiter Satz), sollte man diesen Punkt während der Interpretation der Szene so weit wie möglich aussparen; Teilaufgabe 2 legt die Vermutung nahe, dass der Schauplatz zur Charakterisierung der Figuren und ihrer Beziehung zueinander beiträgt.

Gesichtspunkte für die kleine Schlusserörterung (**Teilaufgabe 3**) stellen sich meistens während der Interpretation und des Vergleichs ein: Sie sollten sie sich während der Arbeit an den ersten beiden Teilaufgaben auf einem gesonderten Blatt notieren. In Teilaufgabe 3 ist Platz für Geschmacksurteile und subjektives Dafürhalten. Abwägend sollte etwa zwischen der persönlichen Zuneigung zu den großen exemplarischen Menschenbildern des Idealismus und des klassischen Dramas oder der Bevorzugung der realistischen, psychologisch genau erfassten Alltagsmenschen Schnitzlers entschieden werden. Abzuwägen wäre eventuell zwischen dem, was tragisch ist und in seiner Tragik erhebt, und dem, was unter dieser Schwelle ohne Fallhöhe und Katharsis im Stimmungshaft-Untragischen bleibt und den Leser lediglich mitleidig stimmt.

Lösungsvorschlag

TEILAUFGABE 1

In einer langen Szene in Arthur Schnitzlers 1895 uraufgeführtem Theaterstück *Liebelei* nimmt der Protagonist Fritz Lobheimer von seiner Freundin Christine Abschied. Das Stück spielt im Wien des Fin de siècle kurz vor der Jahrhundertwende. Fritz hat eine Affäre mit einer Dame der Gesellschaft. Ihr Gatte hat ihn deswegen zum Duell gefordert. Das Vorstadtmädchen Christine weiß nichts von der anderen Frau und dem am nächsten Tag bevorstehenden Duell; sie weiß nicht, dass Fritz Abschied von ihr nimmt. Sie freut sich nur unbändig, dass er zu ihr gekommen ist und sie sehen will. Sie glaubt, sich freuen zu dürfen, obgleich es der Abschied für immer ist; das ist die Ironie, die über der ganzen Szene schwebt.

Einleitung: Autor, Titel, Jahr, Inhalt

Fritz und Christine gehören nicht nur unterschiedlichen gesellschaftlichen Schichten Wiens an, sondern haben auch **ganz unterschiedliche Gesprächsvoraussetzungen und Nebengedanken**. Im Dialog wird deutlich, wie sehr sie aneinander vorbeireden und -denken.

Analyse der Beziehung

Christine liebt Fritz seit ihrem ersten Kuss von ganzem Herzen (vgl. Z. 122 f.). Sie hat immer **Sehnsucht** nach ihm, sobald er weg ist (vgl. Z. 107). „[A]ufjubelnd" (Z. 3) stürzt sie sich in seine Arme, als er eintritt. Zugleich weiß sie, dass sie nicht verlobt sind, dass Fritz frei ist und sie sitzen lassen kann, wann immer es ihm passt (vgl. Z. 126 f.). Am Anfang und am Ende der Szene bringt sie diese **Befürchtung** zum Ausdruck, die an ihr nagt, weil auch die Leute – „alle" – diese Beziehung als nicht von Dauer einschätzen (vgl. Z. 6 f.). Sie ahnt, dass sie, wie der Titel sagt, nur eine *Liebelei* und nichts Ernstes für Fritz ist, und würde so gern das Gegenteil hören. Sie ahnt auch, dass er eine Art Doppelleben führt und „immer Geheimnisse" vor ihr hat (Z. 75), und bittet ihn, mehr von seinem Leben zu erzählen. Weil sie **ahnt**, dass er gefühlsmäßig ganz anders zu ihr steht als sie zu ihm, ist sie unsicher, ängstlich und **von seinen Liebesbeteuerungen abhängig**. Als er am Anfang versichert, es vor Sehnsucht nach ihr nicht mehr ausgehalten zu haben (vgl. Z. 16 f., 21 f.), kann sie ihr Glück kaum fassen (Z. 18 und 23: „O Gott!"). Als er sie gegen Ende plötzlich von sich aus umarmt und nachdenklicher als sonst wird, ist ihr „fast" (Z. 120), als liebte er sie wirklich. Aber dann klopft Fritz' Freund Theodor an – vermutlich um Einzelheiten des Duells mit ihm zu besprechen. Die in seiner Person hereinbrechende Außenwelt zerstört die Intimität und Christines Illusion von Glück; sie steht „**betroffen**" (Z. 136), weil sie begreift, dass der Freund mehr weiß als sie, dass ‚draußen' etwas wichtiger ist als sie

Christines Gefühle

und dass es nicht spontanes Verlangen von Fritz, sondern eine Absprache zwischen ihm und dem Freund war, sie kurz zu besuchen.

Fritz' Gefühle

Wie Fritz wirklich zu Christine steht, wird nicht ganz klar. Er **schwankt** gefühlsmäßig, macht sich aus ihrer ersten Umarmung gleich wieder los (vgl. Z. 5), weiht sie in nichts ein, was ihn innerlich bewegt, sondern speist sie mit Gleichgültigem ab (vgl. Z. 77 ff.); aber **am Ende** wird er ganz **leidenschaftlich** (vgl. Z. 112 ff.). Zwischendurch wird ihm das bevorstehende Duell bewusst. Das Stichwort heißt: „morgen". Als er beschließt, ihr morgen und in Zukunft frische Blumen zu schicken (vgl. Z. 61 f.), unterbricht er seinen Satz (vgl. Z. 62) und widerruft sein Versprechen (vgl. Z. 67), weil ihm einfällt, dass er morgen vielleicht schon tot ist. Er erinnert sich an die Verabredung mit Theodor: „Jetzt muß ich [...] gehen" (Z. 80 f.). Seine Todesahnung spricht aus allen folgenden Sätzen: „Ich bin morgen vielleicht gar nicht in Wien" (Z. 90), „Ich fahr' [...] weg" (Z. 93 f.), „Irgendwohin" (Z. 95).

doppelbödige Kommunikation

Das sind eigentlich triviale Sätze. Aber **Christine** hat ein Gespür dafür, dass da etwas unheimlich ist (vgl. Z. 92 ff.), sie kennt nur keinerlei Zusammenhang. Um so merkwürdiger ist, dass sie mit ihrer **Angst, verlassen zu werden**, genau die Wahrheit trifft. Schnitzler legt den Dialog so an, dass Fritz und der Leser den **Doppelsinn ihrer Worte** verstehen, von denen sie selber nur die eine Bedeutung, die des um einer anderen willen verlassenen Liebchens kennt und fürchtet. Wenn sie nichts von ihm erfährt, komme es ihr so vor, sagt sie, als ob er „[w]ie verschwunden" sei, „so weit weg" (Z. 108 f.). Damit spricht sie wie von einem Toten und weiß es nur noch nicht.

Schnitzler gestaltet den Dialog so, dass die **Missverständnisse** und **Doppeldeutigkeiten** ihn spannend machen und gleichzeitig die soziale Kluft und **Fremdheit zwischen Mann und Frau** charakterisieren.

TEILAUFGABE 2

Textvergleich
– standesübergreifende Beziehung

Manches in der Beziehung zwischen Fritz und Christine erinnert an die Beziehung zwischen **Faust und Gretchen**. In beiden Fällen sind es Beziehungen zwischen sozial und intellektuell ungleichen Partnern: Es sind **asymmetrische Beziehungen**. In beiden Fällen hat ein gebildeter, überlegener Mann sich ein einfaches Mädchen als Freundin ausgesucht. Die Mädchen lieben und bewundern diese Männer und werden durch ihre Hingabe sehr unglücklich.

– Dauer der Beziehung und Rolle der Gesellschaft

Auch für Faust ist die Liebe zu Margarete nur eine **Episode**, dennoch liebt er sie aufrichtig und entschieden. Er verehrt sie in ihrer Einfachheit und Unschuld, er achtet sie. Weil er sie **leidenschaftlich liebt**, flüchtet er zwischendurch in Wald und Höhle, um nicht ihr Leben zu zerbrechen. Weil aber Mephisto dahintersteht, nimmt die Tragödie Gretchens ihren Lauf. Am Ende greift Gott ein, eine Stimme von oben, die Gretchen für gerettet erklärt. Goethe zeigt also seine Menschen zwischen himmlischen und höllischen Mächten. Er zeigt auch, wie sehr die enge Moral und üble Nachrede der Gesellschaft die unehelich schwangere Frau ins Verderben treibt, denn ohne die panische **Angst vor der Gesellschaft** hätte Gretchen ihr Kind nicht umgebracht. Der junge Goethe der Sturm und Drang-Zeit und des *Urfaust* ergreift also Partei für Gretchen und klagt die Gesellschaft seiner Zeit an.

Christine ist nicht schwanger und fürchtet den Verlust des guten Rufes durch das Gerede der Leute nicht. „Was liegt mir an den Leuten!" (Z. 26), sagt sie ziemlich wegwerfend. Auch ein Gott oder ein Teufel nehmen keinen Einfluss. Schnitzlers Menschen scheinen ohne Oben und Unten allein für sich einstehen zu müssen. Sie wirken deshalb etwas flacher als Goethes Figuren. Die Szene aus *Liebelei* wirkt nicht so dramatisch und tragisch wie die sich entwickelnde Gretchenhandlung. Die Gesellschaft um 1900 herum scheint so beschaffen zu sein, dass **unstandesgemäße Beziehungen ohne Schuldgefühle** und ohne soziale Ächtung lebbar geworden sind. Aber es gibt leider auch keine echte Liebe. Christine ist nicht tragisch; aber sie ist „traurig", wie Fritz bemerkt (Z. 106). Nach außen geschieht nichts Großes. Aber dass Fritz Christine gar nicht liebt, dass er wegen einer anderen sterben wird und nicht einmal davon reden kann, – dass Christine in ihrer Liebe einsam und irgendwie missbraucht und getäuscht zurückbleiben wird, das ist vielleicht noch viel schlimmer – und eben trauriger, deprimierender – als das Schicksal Gretchens im *Faust.* Christine wird nicht „gerettet" und auch nicht verdammt; sie bleibt nur irgendwie unbeachtet am Weg liegen. Sie ist nur das „Kind", der „Schatz" auf Zeit, das Mädchen mit dem „süßen Gesichtel" (Z. 59, 93, 121 sowie 8 und 17), während Gretchen von Faust in ihrer eigenen Würde anerkannt wird.

Wahrnehmung der Zimmer der Geliebten

Der Vergleich, **wie beide Männer auf die einfachen kleinbürgerlichen Zimmer der Mädchen reagieren**, zeigt den Unterschied. Goethe gestaltet zu diesem Zweck eine in sich abgeschlossene Szene. Bei Schnitzler ist die Musterung des Zimmers (Zeilen 27 bis 63) wie eine eigene Szene in die Szene eingelassen.

Oberflächlichkeit von Fritz

Fritz scheint gar nicht richtig hinzuschauen. Er will nicht zuviel Licht (vgl. Z. 29), lobt in die Dunkelheit hinein, was nicht zu sehen ist – „Und die schöne Aussicht!" (Z. 30 f.); „ja, was ist denn das, das Schwarze, das man da drüben sieht?" (Z. 31 f.) –, macht also leere Komplimente und **romantisiert das Dachzimmer**, das tatsächlich über einer Gasse mit lauten Werkstätten liegt (vgl. Z. 36 ff.). Er mustert die Bücher und unterstellt Christine, sich im fragmentarisch vorhandenen Lexikon nur für die Abbildungen zu interessieren. Er findet schrecklich spießig, dass sie Kunstblumen in der Vase hat, nennt das Zimmer aber „gemütlich“ (Z. 54). Das hört sich alles so widersprüchlich und achtlos an, dass sein **Interesse geheuchelt** erscheint. Wenn das Zimmer Ausdruck der Besitzerin und Symbol für ihr Wesen ist, dann ist ihm Christine ebenso wenig Aufmerksamkeit wert wie ihr Raum. – Dramaturgisch leiten die Kommentare von Fritz über das Zimmer (besonders über die Kunstblumen) zum eigentlichen Thema der Gesamtszene über, indem deutlich wird, wie sehr **Fritz** im Grunde **mit seinen Gedanken bei sich** und dem Duell ist.

Empfindsamkeit von Faust

Faust wollte unbedingt in Gretchens Zimmer, um im Vorgenuss des Liebesabenteuers schwelgen zu können. Weil Goethe ihn aber mit feinen Sinnen ausgestattet hat, nimmt er in ihrer kleinen reinlichen Stube **Gretchens Atmosphäre** wahr. Er ist gebannt und – nicht nur zum Schein, sondern glaubwürdig bis ins Innerste – **angerührt von der Schlichtheit** und Stille des Raumes. Er nimmt sich die Zeit, sich vorzustellen, wie Gretchen hier aufgewachsen ist. Er sieht den Sand auf dem Fußboden, die Decke auf dem Tisch, den alten Ledersessel und Gretchens Bett und ist so ergriffen, dass er von „Heiligtum“ und „Himmelreich“ spricht. In Gretchens Zimmer ist nichts Dekoratives, Künstliches oder Zufälliges wie bei Christine; alles scheint wesentlich und Ausdruck ihrer selbst zu sein. Schon allein Gretchens Zimmer durchkreuzt Mephistos Pläne. Faust kam, „um so gerade zu genießen“; aber jetzt spürt er **Innigkeit und Verehrung** und möchte Reißaus nehmen.

TEILAUFGABE 3

Gretchen als Inbegriff der Natürlichkeit

In gewissem Sinne verherrlicht Goethe – wie Faust – das einfache Mädchen. Ich sehe auch in dieser Zuneigung zum ‚Kind aus dem Volke‘ ein Kennzeichen der Sturm und Drang-Epoche, in der man Volkslieder zu sammeln begann und mit Rousseau von der Unschuld der Kinder und der einfachen Menschen schwärmte, die dem Ursprung näher seien als die Gebildeten, die man als Verbildete betrachtete, die zudem ihre moralische Unschuld verloren hätten.

Schicksal Gretchens

Gretchens Schicksal ist mir aus dem Zusammenhang der gesamten Gretchentragödie bekannt. Die Gestalt Gretchens konnte dadurch lebendig werden, sodass ich ihre Verlegenheit und Schüchternheit am Anfang und dann ihre Fröhlichkeit gut nachvollziehen konnte. Man konnte den Moment nachvollziehen, in dem Faust für sie unwiderstehlich wurde und sie sagt: „Mich überläuft's!“ Danach musste alles, wie in jeder Tragödie, notwendig in die Katastrophe führen. Am meisten haben mich die Szenen *Dom* und *Zwinger* beeindruckt, weil darin Verzweiflung und Einsamkeit Gretchens voll zum Ausdruck kommen. Sie musste allein und gegen alle anderen mit ihrem Schicksal fertig werden. Ich habe verstanden, wie grausam und unbarmherzig die Gesellschaft zu den sogenannten gefallenen Mädchen war.

Entfremdung des Paares bei Schnitzler: Realitätsnähe

Aber was Goethe anprangert, ist mehr oder weniger historisch geworden, während die von Schnitzler beschriebene Situation nach wie vor gültig ist. Schnitzler zeigt ein vermeintliches Liebespaar eng beieinander und meilenweit voneinander entfernt. Sie sind zusammen und verstehen nichts voneinander. Diese Täuschung und Selbsttäuschung finde ich schlimmer als das große Schicksal von Faust und Margarete.

Ich überschaue nicht, wie sich die Beziehung zwischen Fritz und Christine angebahnt hat. Aber man bekommt mit, dass das Mädchen mit ihrem ganzen Wesen auf diesen Mann eingestellt ist und sogar herausspürt, dass etwas nicht in Ordnung ist. Sie liebt Fritz, während sie für ihn nur eine Ablenkung ist. Er möchte wohl vor dem Sterben noch einmal warmes Leben spüren, so wie einem vor der Hinrichtung das Henkersmahl oder die letzte Zigarette zusteht.

ergreifendere Situation Christines

Im Ungleichgewicht zwischen Fritz und Christine sitzt etwas, was mich empört. Fritz kann ihr die wahren Hintergründe seines Stockens und seiner dunklen Rede nicht sagen, weil er sie ja betrogen hat. Äußerlich passiert fast nichts. Innerlich passiert viel, aber es gibt dafür keine Lösungen. Christine wird emotional hin- und hergeworfen. Ihr Hoffen, Resignieren und wieder Hoffen, das sie dann doch und schmerzlicher in die Irre führt als am Anfang, macht mich mitleidig und zugleich wütend. Schnitzler war ja Arzt. Man merkt, wie gut er ein Gewirr von Gefühlen – auch in Fritz – im Dialog vermitteln kann. Das ist moderner und ergreift mich – gerade deshalb, weil es nicht groß und heroisch, sondern irgendwie nur elend und schrecklich und realistisch ist – letztlich doch noch mehr als Goethes Gretchentragödie.

Hessen Deutsch ▪ Grundkurs
Übungsaufgabe 3 ▪ Textinterpretation

MARIE UND MARGARETE: ZWEI FRAUENGESTALTEN IM VERGLEICH

Erlaubte Hilfsmittel

- ein Wörterbuch der deutschen Rechtschreibung
- Georg Büchner: *Woyzeck*
- Johann Wolfgang von Goethe: *Faust I*

Aufgabenstellung

1 Fassen Sie Handlung und Konflikt von Georg Büchners Drama *Woyzeck* zusammen. (15 BE)

2 Charakterisieren Sie Marie vor allem auf der Basis der beiden gegebenen Szenen. (50 BE)

3 Vergleichen Sie Büchners Darstellung der Marie und seine Gestaltung der Szenen 4 und 16 mit Goethes Darstellung von Margarete in der Szene *Abend* und erörtern Sie: Worin scheint Ihnen Büchner von Goethe beeinflusst zu sein? Inwiefern geht er über Goethe und seine Zeit hinaus? (35 BE

Material 1 Georg Büchner: Woyzeck

(4) KAMMER

Marie sitzt, ihr Kind auf dem Schoß, ein Stückchen Spiegel in der Hand.

MARIE *(bespiegelt sich)* Was die Steine glänze! Was sind's für? Was hat er gesagt? – Schlaf Bub! Drück die Auge zu, fest, *(das Kind versteckt die Augen hinter den Händen)* noch fester, bleib so, still oder er holt dich.

(Singt).

Mädel mach's Ladel zu,
s' kommt e Zigeunerbu,
Führt dich an deiner Hand
Fort in's Zigeunerland.

(Spiegelt sich wieder.) s' ist gewiß Gold! Unsereins hat nur ein Eckchen in der Welt und ein Stückchen Spiegel, und doch hab' ich einen so roten Mund als die großen Madamen mit ihren Spiegeln von oben bis unten und ihren schönen Herrn, die ihnen die Händ küssen; ich bin nur ein arm Weibsbild. – *(Das Kind richtet sich auf.)* Still Bub, die Auge zu, das Schlafengelchen!

wie's an der Wand läuft, *(sie blinkt mit dem Glas)* die Auge zu, oder es sieht dir hinein, daß du blind wirst.

Woyzeck tritt herein, hinter sie.
Sie fährt auf mit den Händen nach den Ohren.

WOYZECK Was hast du?

MARIE Nix.

WOYZECK Unter deinen Fingern glänzt's ja.

MARIE Ein Ohrringlein; hab's gefunden.

WOYZECK Ich hab so noch nix gefunden. Zwei auf einmal.

MARIE Bin ich ein Mensch?

WOYZECK s' ist gut, Marie. – Was der Bub schläft. Greif ihm unter's Ärmchen, der Stuhl drückt ihn. Die hellen Tropfen stehn ihm auf der Stirn; alles Arbeit unter der Sonn, sogar Schweiß im Schlaf. Wir arme Leut! Das is wieder Geld Marie, die Löhnung und was von mein'm Hauptmann.

MARIE Gott vergelt's Franz.

WOYZECK Ich muß fort. Heut Abend, Marie, Adies.

MARIE *(allein, nach einer Pause)* Ich bin doch ein schlecht Mensch. Ich könnt mich erstechen. – Ach! Was Welt? Geht doch Alles zum Teufel, Mann und Weib.

(16) MARIE. DAS KIND. DER IDIOT

MARIE *(blättert in der Bibel)* „Und ist kein Betrug in seinem Munde erfunden …" Herrgott, Herrgott! Sieh mich nicht an. *(Blättert weiter.)* „… aber die Pharisäer brachten ein Weib zu ihm, im Ehebruche begriffen und stelleten sie ins Mittel dar. – Jesus aber sprach: so verdamme ich dich auch nicht. Geh hin und sündige hinfort nicht mehr." *(Schlägt die Hände zusammen.)* Herrgott! Herrgott! Ich kann nicht. Herrgott gibt mir nur soviel, daß ich beten kann. *(Das Kind drängt sich an sie.)* Das Kind, gibt mir einen Stich ins Herz. Fort! Das brüht sich in der Sonne! […]

MARIE Der Franz ist nit gekomm, gestern nit, heut nit, es wird heiß hier. *(Sie macht das Fenster auf.)* „… Und trat hinein zu seinen Füßen und weinete und fing an seine Füße zu netzen mit Tränen und mit den Haaren ihres Hauptes zu trocknen und küssete seine Füße und salbete sie mit Salben." *(Schlägt sich auf die Brust.)* Alles tot! Heiland, Heiland ich möchte dir die Füße salben.

Aus: Georg Büchner: Werke und Briefe. Münchner Ausgabe, dtv 2004, S. 238 f. und 249 f.

Material 2 Johann Wolfgang von Goethe: Faust I, Szene „Abend“, 2. Teil

MARGARETE *(mit einer Lampe)* Es ist so schwül, so dumpfig hie,
(Sie macht das Fenster auf)
Und ist doch eben so warm nicht drauß.
Es wird mir so, ich weiß nicht wie –

Ich wollt’, die Mutter käm’ nach Haus.
Mir läuft ein Schauer übern ganzen Leib –
Bin doch ein töricht furchtsam Weib!

Sie fängt an zu singen, indem sie sich auszieht.

Es war ein König in Thule
Gar treu bis an das Grab,
Dem sterbend seine Buhle
Einen goldnen Becher gab.

Es ging ihm nichts darüber,
Er leert’ ihn jeden Schmaus;
Die Augen gingen ihm über,
So oft er trank daraus.

Und als er kam zu sterben,
Zählt’ er seine Städt’ im Reich,
Gönnt’ alles seinem Erben,
Den Becher nicht zugleich.

Er saß beim Königsmahle,
Die Ritter um ihn her,
Auf hohem Vätersaale,
Dort auf dem Schloß am Meer.

Dort stand der alte Zecher,
Trank letzte Lebensglut,
Und warf den heiligen Becher
Hinunter in die Flut.

Er sah ihn stürzen, trinken
Und sinken tief ins Meer,
Die Augen täten ihm sinken,
Trank nie einen Tropfen mehr.

Sie eröffnet den Schrein, ihre Kleider einzuräumen, und erblickt das Schmuckkästchen.

Wie kommt das schöne Kästchen hier herein?
Ich schloß doch ganz gewiß den Schrein.
Es ist doch wunderbar! Was mag wohl drinne sein?
Vielleicht brachts's jemand als ein Pfand,
Und meine Mutter lieh darauf.
Da hängt ein Schlüsselchen am Band,
Ich denke wohl, ich mach' es auf!
Was ist das? Gott im Himmel! Schau,
So was hab' ich mein' Tage nicht gesehn!
Ein Schmuck! Mit dem könnt' eine Edelfrau
Am höchsten Feiertage gehn.
Wie sollte mir die Kette stehn?
Wem mag die Herrlichkeit gehören?

Sie putzt sich damit auf und tritt vor den Spiegel.

Wenn nur die Ohrring' meine wären!
Man sieht doch gleich ganz anders drein.
Was hilft euch Schönheit, junges Blut?
Das ist wohl alles schön und gut,
Allein man läßt's auch alles sein;
Man lobt euch halb mit Erbarmen.
Nach Golde drängt,
Am Golde hängt
Doch alles. Ach wir Armen!

Aus: Goethe: Faust. Hamburger Ausgabe, S. 88–90

TIPP **Bearbeitungshinweise**

Woyzeck und *Faust I* waren Pflichtlektüre, beide Dramen können also inhaltlich und in ihrer Problematik insgesamt als bekannt vorausgesetzt werden. Aber es dürfte eine neue Herausforderung sein, Büchner und Goethe im unmittelbaren Vergleich nebeneinander zu haben. Erliegen Sie nicht der Gefahr, statt der selbstständigen Erschließung der Szenen auf sie das zu projizieren, was Sie wissen. Ihre Kenntnisse können aber sehr wohl die Interpretationsergebnisse stützen und abrunden.

Achten Sie darauf, dass es nicht nur darum geht, zwei junge Frauen zu charakterisieren und zu vergleichen. Es ist auch danach gefragt, wie die Autoren sie gedanklich, literarisch und dramentechnisch angelegt und in Szene gesetzt haben. Beachten Sie folglich nicht nur ihre sprachlichen Äußerungen, sondern auch ihre Handlungen und Gesten und die ihnen beigegebenen Requisiten.

Auch bei Aufgabe 3 ist es zuerst nötig, die Szene kurz in den Kontext einzuordnen und inhaltlich zusammenzufassen.

Mit der Schlussfrage ist erwartet, dass Sie auf literaturgeschichtliche Kenntnisse zum Sturm und Drang und zu Büchners (poetischem) Realismus zurückgreifen können.

Lösungsvorschlag

TEILAUFGABE 1

Handlung und Konflikt von Woyzeck

Franz **Woyzeck** ist Soldat und hat zusammen mit Marie ein uneheliches Kind. Da sein Sold als Unterhalt für die kleine Familie nicht ausreicht, rasiert er nebenbei noch seinen Hauptmann und stellt sich als Proband für ein medizinisches Experiment zur Verfügung. Was er verdient, trägt er gleich zu Marie. Er liebt Marie, sie ist alles, was er auf der Welt hat („Ich bin ein armer Teufel, – und hab sonst nichts – auf der Welt"; S. 245). Aber **Marie** ist jung, sie ist schön, und Woyzeck hat kaum Zeit für sie und das Kind; er ist ständig abgehetzt („verhetzt"), hat sonderbare Gedanken im Kopf, ist durch die medizinisch verordnete Erbsenkur geschwächt und wohl auch von Natur aus körperlich nicht besonders attraktiv. So kommt es, dass Marie einem stattlichen Tambourmajor verfällt. Sie bejaht das bisschen körperliche Ekstase, Tanz und Sexualität, denn da flammt Leben auf. Zugleich fühlt sie sich jedoch schuldig. Am Ende wird der in seiner Eifersucht aufgestachelte, dem starken Tambourmajor unterlegene und von ihm schwer gedemütigte Franz Woyzeck seine Marie töten. Er wird also zum **Mörder** und ist doch von Büchner als **Opfer einer zynischen, heuchlerischen Gesellschaft** so dargestellt, dass der Leser Verständnis für sein Elend und seine verzweifelte, fast unartikulierbare Ausweglosigkeit hat und im Entsetzen noch Mitleid mit ihm empfindet.

Situation Woyzecks

Situation Maries

Aussage des Stücks

TEILAUFGABE 2

Kontext zu M 1, Szene 4

Marie hatte den Tambourmajor bereits früher von ihrem Fenster aus bewundert (Szene 1, S. 235). Als sie wenig später mit Woyzeck auf der Kirmes ist, werden der Tambourmajor und ein Unteroffizier auf sie aufmerksam und folgen ihr. In ihren Augen ist sie ein kapitales Weib von **starker sinnlicher Ausstrahlung** (Sz. 3, S. 237 f.). Als Marie wieder zu Hause ist, hat sie ein Paar Ohrringlein. Ein Kontakt zwischen ihr und dem Tambour muss also stattgefunden haben; er wird ihr die Ohrringlein wohl an einer Kirmesbude gekauft haben.

Charakterisierung Maries: sozialer Status

Marie ist eine Frau der **Unterschicht**. Sie lebt in dürftigsten Verhältnissen und weiß das: So bezeichnet sie sich als „ein arm Weibsbild" (Z. 13) und hat nur „ein Eckchen in der Welt" (Z. 10f.). Ihre Kammer ist ärmlich: Das Kind, das sie anfangs auf dem Schoß hält, schläft in einem Stuhl; sie besitzt keinen Spiegel, sondern nur ein Spiegelscherben, ein „Stückchen Spiegel" (Z. 2, 11), das ausreichen muss, um sich zu betrachten.

Zerrissenheit zwischen Wunsch, Leben zu genießen, und Pflichten bzw. Gewissen

Marie befindet sich in einem **Zwiespalt**. Einerseits ist sie ganz im Bann der Ohrringlein und hört nicht auf, sich damit anzusehen. Sie ist so töricht, sie für echt zu halten (Z. 10: „s' ist gewiß Gold!"). Und sie sieht, wie gut sie ihr stehen. **Selbstbewusst und trotzig** erkennt sie, dass sie nicht weniger schön ist als die reichen Damen der gehobenen Stände. Darin liegt eine Spur Spott und **sozialer Auflehnung**. Andererseits zeigt sich Marie **schuldbewusst**. Sie möchte nicht, dass das Kind ihr zuschaut und die Ohrringlein sieht, und als Woyzeck eintritt, versucht sie, sie rasch zu verstecken. Als er sie aber entdeckt, lügt sie ungeschickt und begehrt dann wild auf: „Bin ich ein Mensch?" (Z. 24) Woyzeck gibt sofort nach.

Als Woyzeck wieder fort ist und Marie sich besinnt („nach einer Pause"; Z. 31), bricht die **Selbstanklage** mit aller Wucht hervor. Sie weiß, was sie Woyzeck antut, und verurteilt sich dafür. Nach einer weiteren Pause (Gedankenstrich, Z. 32) setzt sich nicht weniger heftig ein **fatalistischer Hedonismus**, eine Art Carpe diem, in ihr durch, als käme es angesichts der allgemeinen Perspektivlosigkeit schon nicht mehr darauf an, ob etwas nun moralisch oder verwerflich ist. Ihre Triebhaftigkeit und **vitale Lebenslust** einerseits und das **Gewissen** und ihr Erbarmen mit Woyzeck andererseits liegen in Streit miteinander. Hinzu kommt, wie Szene 16 zeigt, ihr Schmerz um das Kind (Z. 39f.: „Das Kind, gibt mir einen Stich ins Herz").

Kontext zu M 1, Szene 16

Marie hat sich hinreißen lassen: Sie hat sich **dem Tambour hingegeben** (Szene 6, S. 241: „Rühr mich an") und tanzt unersättlich und wie toll mit ihm, als wüsste sie, dass das zugleich das Ende von allem ist (Szene 11). Wieder allein (Szene 16), ist sie in größter Unruhe und **Verzweiflung**, dass Woyzeck seit zwei Tagen nicht mehr gekommen ist und dass sie ihn betrogen hat. Sie schämt sich vor Gott (Z. 35), bereut und **sucht Vergebung**. In der Bibel findet sie die Stelle mit der Ehebrecherin, der Christus vergibt. Während sie lange dieses Evangelium liest, drängen sich die Gedanken an Franz, an das Kind und ihre Schlechtigkeit ständig dazwischen, sodass die Form, die facettenhaft aufgebrochenen Textpartien, zum Spiegel ihrer

emotionale Verfassung

inneren Zerrissenheit wird. Ihre **Gestik** weist in eine ähnliche Richtung: Sie schlägt die Hände zusammen (vgl. Z. 38) und schlägt sich anklagend (in der Geste des *mea culpa*) auf die Brust (vgl. Z. 44). Zuletzt reißt sie das Fenster auf (vgl. Z. 41 f.), als könne ihr das Erleichterung verschaffen. Auch ringt sie darum, beten zu können (vgl. Z. 38 f. und 45), aber sie findet metaphysischen Trost ebenso wenig wie das Kind im Großmuttermärchen (Z. 44 f.: „Alles tot!“).

Fazit: ambivalenter Charakter Maries

Büchner entwirft also die Gestalt einer fast **animalisch-sinnlichen und gleichzeitig warmherzigen und kraftvollen Frau**, die ihren Mann betrogen hat, der ihr doch am Herzen liegt. Marie ist „ein schlecht Mensch“ (Z. 31), aber sie ist nicht nur das. Büchner stempelt sie nicht ab, wie die bürgerliche Moral (und Gesellschaft) solche Frauen abstempelt, sondern er gibt ihr Personalität und **Tiefe**. Er zeigt, wie sie sich quält und im Gedanken an Kind und Mann verzweifelt, und weckt unser Mitgefühl. Büchner gestaltet ein Menschenwesen, das wie von einer Elementargewalt haltlos in den Strudel der Leidenschaft gerät und damit sich, Woyzeck und das Kind in den Abgrund reißt. Er verachtet oder verurteilt Marie ebenso wenig wie Woyzeck, sondern zeigt im Gegenteil das Verhängnis des **Getriebenseins** und der **inneren Einsamkeit und Gottverlassenheit** der „arme Leut“, die nichts haben als ihr „Fleisch und Blut“ und darum „unselig“ sind „in der und der anderen Welt“ (Szene 5, S. 240).

gesellschaftskritische Dimension: Mitleid statt Verachtung

TEILAUFGABE 3

Unterschiede Marie – Gretchen: Ausgangslage

Marie ist in vieler Hinsicht nicht mit Margarete im *Faust* zu vergleichen, denn sie ist eine **reife Frau mit einem Kind**, während **Gretchen** ein **unschuldiges, ganz junges Mädchen** ist, in deren Leben sich eben Faust und Mephisto zu drängen begonnen haben. Die Marie-Handlung ist bereits auf ihrer zum tragischen Schluss hin abfallenden Bahn, während die Gretchen-Handlung gerade erst eingefädelt wird.

Kontext und Zusammenfassung der Szene *Abend*

Faust hat Gretchen auf der Straße gesehen und begehrt sie. Mephisto muss ihn in ihr Zimmer führen, wo er als Köder ein Schmuckkästchen in ihrem Schrank hinterlässt. Als Gretchen eintritt, spürt sie instinktiv, dass etwas mit ihrem Zimmer geschehen ist. Ihr ist merkwürdig und unheimlich zumute und sie fürchtet sich. Um sich zu beruhigen, singt sie die lange **Ballade über Liebe und Treue**, Goethes *König in Thule,* während sie sich zum Zubettgehen fertig macht. Dann entdeckt sie das Kästchen, das ihre Neugier reizt. Erschrocken findet sie den kostbaren **Schmuck** und kann nicht widerstehen, ihn sich anzulegen und sich damit im Spiegel zu betrachten.

Trotz großer Unterschiede ist die Abhängigkeit der Marie-Szenen von der Szene *Abend* im *Faust* auffällig. Beide Frauen kehren in ihr Zimmer zurück. Beide sind empfindlich für atmosphärische Druckverhältnisse und öffnen ihr Fenster. Büchner übernimmt in Szene 16 **das Öffnen des Fensters** als Symbol für Marie, die sich so in innerer Bedrängnis Luft zu verschaffen versucht wie Gretchen. Aber Marie wird von ihrer eigenen Schuld bedrängt, Gretchen hat vorerst nur die feine Nase für das Böse außerhalb ihrer selbst. Wie Goethe zeigt Büchner die **Verführbarkeit** der Frau **durch Schmuck**. Gretchen findet unerklärlich reiches, kostbares Geschmeide, schmückt sich damit und tritt vor den Spiegel. **Der Spiegel** und **die Ohrringlein**, die Gretchen besonders gern behielte (vgl. V. 1796), werden von Büchner als Requisiten übernommen, aber entsprechend dem Unterschichten-Milieu der Marie in ein Stückchen Spiegel und in Talmi-Ohrringlein vom Jahrmarkt abgewandelt.

Ähnlichkeit der Szenen aus *Faust* und *Woyzeck*

Auch **Gretchen** ist ein **Kind aus dem Volke**, aber aus solider kleinbürgerlicher Familie. Sie steht nicht ganz unten auf der sozialen Leiter wie Marie, sondern ist noch in ihrem gesellschaftlichen Umfeld **geborgen:** Sie ist behütet von Mutter und Bruder, und es gibt die Nachbarin, Freundinnen und die Verbindlichkeiten der Pfarrgemeinde. **Marie** aber hat mit ihrem unehelichen Kind und durch das unverheiratete Zusammenleben mit Woyzeck die bürgerlichen Sittlichkeitsregeln verletzt, ist damit aus der gesellschaftlichen Ordnung herausgefallen und zum **Underdog** geworden.

Unterschiede: soziale Stellung

Beide Frauen denken über das Verhältnis von Schönheit und Reichtum nach, während sie sich mit dem Schmuck im Spiegel betrachten, und diese **Reflexion** ist vielleicht das deutlichste Indiz für die Abhängigkeit der ersten Marie-Szene (4) von der Gretchen-Szene. Gretchen stellt nachdenklich fest, dass Jugend und Schönheit niemanden wirklich binden, wenn nicht Vermögen dabei ist. Sie begreift, dass das Geld in menschlichen Verhältnissen ausschlaggebend ist und seufzt tief im Bewusstsein ihrer materiellen Armut. (Dabei ist nicht ausgeschlossen, dass neben der materiellen Bedeutung von „wir Armen“ (V. 2804) auch die übertragene Bedeutung im Sinne von „wir Bedauernswerten“ mitschwingt).

Parallele: Reflexionen von Gretchen und Marie über ihre Lage

Auch Marie endet resignativ („ich bin nur ein arm Weibsbild“; Z. 13); zuvor hat Büchner ihr aber das Bewusstsein von der Ungerechtigkeit der Welt und der gesellschaftlichen Verhältnisse in den Mund gelegt: Sie ist kein bisschen anders sinnlich und schön (mit rotem Mund) als die Damen der Oberschicht. Aber weil diese wohlhabend sind (mit Spiegeln von oben bis unten), können sie sich auch „Moral“ und gute Manieren (zum Beispiel in Form des Handkusses) leisten. Was Woyzeck bereits dem Hauptmann zu erklären versucht hatte, nämlich die Abhängigkeit der geistig-moralischen Verfassung von der materiellen Grundlage, ist auch Maries Überzeugung und die ihres Autors. **Büchner** denkt also **sozialkritisch** und eigentlich schon frühsozialistisch, während **Gretchens Verse unpolitisch** bleiben.

Parallele: Rückgriff auf Volksgut

Da Goethe und Büchner einfache Frauen aus dem Volke gestalten, ist deren geistiges Reservoir das Volksgut: das **Volkslied** und die **Bibel**. Marie, innerlich mit den Gedanken beim Tambourmajor, denkt an Verführung und träumt vielleicht ein wenig von Entführung, während ihr die Volksliedstrophe vom „Zigeunerbu“ in den Sinn kommt (vgl. Z. 6 ff.). Gretchen, der die Begegnung mit dem feinen Herrn auf der Straße nachgeht (Szenenbeginn V. 2678), die aber nun zugleich beunruhigt ist, findet im Lied ein Ideal von Liebe ausgedrückt, das vorläufig vermutlich noch mehr ihr Unterbewusstsein als ihr Bewusstsein beschäftigt: Es tut ihr wohl einfach nur gut, Strophe für Strophe von Liebe und Treue über den Tod hinaus vor sich hin singen zu können.

Parallele: Religiosität

Marie und Gretchen sind christlich erzogen und kennen die Gebote und Schriften der Kirche. Marie sucht im Evangelientext Rettung aus ihrer Not (Szene 16), und auch Gretchen lebt aus der Quelle des christlichen Glaubens. Am Ende, im Kerker, wird sie sich Gottes Gericht übergeben (vgl. V. 4605).

Unterschied in sprachlicher Charakterisierung

Gretchens Sprache ist schlicht. Mit verkürzten Wörtern (ich „wollt'“, sie „käm'“, ich „mach'“) und Andeutungen von gesprochener Umgangssprache („mein' Tage nicht gesehn“; V. 2791) charakterisiert Goethe auch sprachlich das Mädchen aus dem Volke. Dennoch bleibt es Goethes rhythmisierte, poetische Verssprache. Büchner geht einen krassen Schritt darüber hinaus: Seine dramatis personae sprechen Prosa, und Woyzecks und **Maries Sprache** ist – wie auch immer literarisch überformt – hessischer Dialekt („Was die Steine glänze! Was sind's für?“; Z. 3 und so durchgängig). Erst 1913, zu Büchners hundertstem Geburtstag, wagen es die deutschen Naturalisten, *Woyzeck* im Theater zu zeigen und in den eigenen Stücken Protagonisten Dialekt sprechen zu lassen.

intertextuelle Verwandtschaft der beiden Frauengestalten, aber unterschiedliche Intentionen

Büchner hat von Goethe gelernt, könnte man abschließend sagen, aber er ist nicht epigonal, sondern geht weit über ihn hinaus. Die **Gretchenszene** entstand um 1773–75. Dem jungen Goethe war es ein Anliegen, auf das **Schicksal junger Frauen mit unehelichem Kind** hinzuweisen und die Schuldfrage neu zu stellen. Auch andere Stürmer und Dränger wie Bürger, Wagner und Lenz nahmen sich dieses akuten Themas kritisch an. Nachdem Lessing mit Emilia Galotti als Erster eine Bürgerliche zur Heldin eines deutschen Trauerspiels erhoben hatte, wagt es Goethe, mit Gretchen noch eine soziale Stufe darunter zu gehen und das Kleinbürgerkind in seiner Unschuld und anrührenden Tragik zum Mittelpunkt einer Handlungskette und sogar zur Antagonistin des Teufels zu machen. Er zeigt, wie der Mann die arglos liebende Margarete überredet und dann im Stich lässt. Sie kann sich der sie schmähenden Gesellschaft nicht erwehren und die Schande des unehelichen Kinds nicht ertragen. In ihrer Pein ertränkt sie das Kind und verliert darüber den Verstand.

Unterschiede in Welt- und Menschenbild

Marie, die Büchner 60 Jahre später (1836) erschafft, ist aus härterem Holz als das liebliche Gretchen. Sie und Woyzeck stehen zu ihrem unehelichen Kind und weisen Spötteleien und Vorwürfe zurück. *Woyzeck* ist ein **realistisches Stück**. Außerdem fällt Büchners Welt- und Menschenbild illusionsloser aus als das von Goethe. Büchner charakterisiert schärfer und radikaler als Goethe und in knappen, dichten Bildern das **Milieu der kleinen Leute** und ihr Elend. Er wendet sich ab von idealistischen Konstrukten, in denen das Böse und die menschliche Triebhaftigkeit aus den Menschen ausgelagert und der Domäne des Mephisto zugeschrieben werden können. Bei ihm gehört das fast Animalische der Marie zu ihrer Natur und ihrem Wesen; es ist Teil des Menschen bei Büchner. Goethes Theater war noch Theatrum mundi: Das menschliche Schicksal wurde zwischen Himmel und Hölle verhandelt, und als die Welt Gretchen schuldig sprach („sie ist gerichtet"), konnte eine höhere Instanz dieses Urteil wieder aufheben: „Ist gerettet!" Büchner glaubt nicht mehr an solchen Überbau. Seine Menschenkinder sind nicht von Himmel und Hölle abhängig und auch nicht mehr metaphysisch zu retten, sondern sie sind immanent sich selbst und ihrer Gesellschaft ausgeliefert.

WALD

Erlaubte Hilfsmittel
ein Wörterbuch zur deutschen Rechtschreibung

Aufgabenstellung

1 Interpretieren Sie Eichendorffs Gedicht *Abschied.* Berücksichtigen Sie Sprache, Haltung, Gedanklichkeit, Natur und Weltverständnis des lyrischen Ichs und zeigen Sie, inwiefern dieser Text lyrisch und romantisch ist. – Bezüge zu anderen Beispielen der Romantik sind erwünscht. (35 BE)

2 Vergleichen Sie die Gedichte von Drawert und Eichendorff besonders bezüglich der Distanz zwischen ihnen. Achten Sie darauf, wie sich mit Wahrnehmung und Weltverständnis auch Ton und Sprache ändern. (45 BE)

3 Erörtern Sie: Ist für Sie Drawert ein Autor, der das Bewusstsein Ihrer Generation zum Ausdruck bringt? (20 BE)

Material 1 Joseph von Eichendorff: Abschied (um 1810)

O Täler weit, o Höhen,
O schöner, grüner Wald,
Du meiner Lust und Wehen
Andächtger Aufenthalt!
Da draußen, stets betrogen,
Saust die geschäftge Welt,
Schlag noch einmal die Bogen
Um mich, du grünes Zelt!

Wenn es beginnt zu tagen,
Die Erde dampft und blinkt,
Die Vögel lustig schlagen,
Daß dir dein Herz erklingt:
Da mag vergehn, verwehen
Das trübe Erdenleid,
Da sollst du auferstehen
In junger Herrlichkeit!

Da steht im Wald geschrieben
Ein stilles, ernstes Wort
Von rechtem Tun und Lieben,
Und was des Menschen Hort.
Ich habe treu gelesen
Die Worte, schlicht und wahr,
Und durch mein ganzes Wesen
Wards unaussprechlich klar.

Bald werd ich dich verlassen,
Fremd in der Fremde gehn,
Auf buntbewegten Gassen
Des Lebens Schauspiel sehn;
Und mitten in dem Leben
Wird deines Ernsts Gewalt
Mich Einsamen erheben,
so wird mein Herz nicht alt.

Aus: Joseph von Eichendorff: Werke in einem Band. Herausgegeben von Wolfdietrich Rasch. München und Wien: Carl Hanser Verlag 1984 (3. Auflage), S. 31 f.

Material 2 Kurt Drawert: Der Wald. Katalogtext und Ausstellungshinweis (2002)

Der Wald, im schweren Grün
seiner Innenausstattung, und still
wie ein Jäger, ehe er abdrückt,
ist mir entschieden zu vormilitärisch.

Überall Stacheldraht im roten Kleid
vergifteter Hagebutten. Der Boden,
mit Pilzen vermint. Dann die Befehle
der Amsel, hart, aus einem Hinterhalt

in der Schonung gepfiffen: liebe dich
jetzt! Aber das lassen wir besser
und bleiben aufgeklärt zugeknöpft,
vom Laufschuh bis zum Gesichtstuch.

Immerhin, die Natur ist ein sehr ernster
Zustand, unclean. Nicht zu vergleichen
mit dem niedlichen Mäuschen
zwischen Mousepad und Spielhand,

wenn es zum CD-Laufwerk flitzt
und Brehms Tierleben[1] startet.
Hier draußen herrscht Echtzeit,
Geliebte, bis zur Zecke im Haarteil,

alles im Schlachtstand. Andererseits,
inmitten dieser septischen[2] Landschaft,
frühgewarnt und hochausgebildet,
gehen wir arglos spazieren.

Man muß es nur etwas freundlicher
angehn, wie Wilhelm Müller[3].
Gesprochen wird ausnahmslos
Wirtschaftsenglisch. Auch die Soldaten-

ameisen, im Nahkampf um eine Lache
von Eiweiß, noch im Zipfel
ihrer Gummiverpackung: keine
Fremdvokabeln, politisch betrachtet

super gut drauf. Das schmutzige Holz,
eben noch Stamm mit beschnittener Rinde,
aus der gelbes Blut in den Harztopf tröpfelt,
dort bereits eine Kindersitzgruppe,

ein Doppelstockbett oder Schreibtisch.
Sehr überzeugend, dieser Anblick
künftiger Gebrauchsgegenstände.
Am Ende landet das alles, ob es kneift

oder stachelt, im neuen IKEA-Katalog,
nichts zu machen, ihr pissenden Ungeheuer,
wir dampfen euch ein. Für diese Einsicht
ist so ein Ausflug also immer auch Freizeit.

Die Trachtenkolonne mit Volkschor
am Ausschank, das kann ja später
noch nachgerückt werden. Entscheidend
ist nur dieser erste gewaltige Eindruck,

wie der Mensch in die Gumpe[4] stolpert,
die Kamera auspackt und handelt.
Der Rest ist Alltag. Bauplan,
Zuschnitt, und ab auf die Laderampe.

Aus: Kurt Drawert: Frühjahrskollektion. Gedichte.
Frankfurt am Main: Suhrkamp Verlag 2002, S. 10.

Anmerkungen

1 Brehms Tierleben: populäres zoologisches Werk
2 septisch: Fäulnis erzeugend, voller Keime
3 Wilhelm Müller: Dichter des romantischen Liederzyklus *Winterreise*
4 Gumpe: Schlammloch

TIPP **Bearbeitungshinweise**

Bertolt Brecht und Gottfried Benn, lyrische Portalfiguren für wichtige deutsche Lyrik nach 1945 (etwa von Günter Eich, Günter Kunert, Hans Magnus Enzensberger, Peter Rühmkorf und bis hin zu Durs Grünbein), haben Formen des ironischen und reflektierenden Sprechens und das freirhythmische Gedicht mit neuem Ton und Vokabular etabliert und auch Drawert beeinflusst.
Drawerts Text wirkt zunächst sperrig. Aber gerade seine Krassheit provoziert Erkenntnisse; seine Inhaltsfülle macht es jedem möglich, etwas für sich „herauszufinden", sofern nur methodisch gelesen und hineingefragt werden kann. Die scharfe Entgegensetzung von Eichendorff und Drawert demonstriert, wie ungeheuer sich Zeitgeist und Literatur im Laufe von fast 200 Jahren verändert haben.

Tipps

Die Arbeit verlangt, zwei Gedichte zu interpretieren und miteinander zu vergleichen. Das ist viel; aber in Teilaufgabe 1 und 2 werden eine Reihe von Beobachtungskriterien angegeben, die bei der Lösung der Aufgaben helfen. Da Ton und Inhalt des ersten Gedichts unverkennbar romantisch sind, dürfte seine Erschließung recht zügig gehen. Es ist also ratsam, dem zunächst sicher befremdlichen Text von Drawert mehr Zeit zu widmen, sehr gründlich zu markieren und Gedankenblitze, Fragen, erkannte Zusammenhänge, Motivketten, Bezüge und so fort deutlich lesbar zu notieren. Die Benutzung verschiedenfarbiger Stifte erleichtert den Überblick. Weil man in die schriftliche Gedichtinterpretation nicht immer alles einarbeiten kann, was man vorher analytisch herausgefunden hat, können gute Vorarbeiten auf dem Textblatt die Notenfindung des Lehrers positiv beeinflussen. Da Ihnen die Novelle *Aus dem Leben eines Taugenichts* bekannt ist, könnten Sie den Bezug zu Guidos Lied („Schweigt des Menschen laute Lust …") finden, in dem ebenfalls die Erde – gleichsam im Rauschen der Bäume – wunderbar spricht. Zu denken wäre etwa an des Taugenichts mangelnde Neigung, des Vaters Mühle zu betreiben oder als Zolleinnehmer alt zu werden. – Wissen zu Eichendorffs Biografie ist nicht unbedingt erforderlich. Dass „draußen" gerade auch Napoleons Armee durch Deutschland stampft, braucht Ihnen nicht in den Sinn zu kommen, steigert aber durchaus das Verständnis für das ungeliebte „Draußen".

Teilaufgabe 2 setzt voraus, dass man Drawerts Gedicht erschlossen hat, bevor man sich vergleichend äußert. Da es sich um Gedichte handelt, hängt die Qualität der Leistung in besonderem Maß davon ab, dass man etwas zur Sprache der Texte zu sagen weiß (Teilaufgabe 2, zweiter Satz).

Lösungsvorschlag

TEILAUFGABE 1

Aufbau und Metrum und Sprechersituation des Gedichts

Eichendorff besingt in seinem um 1810 entstandenen Gedicht *Abschied* die Landschaft (Täler und Höhen), vor allem aber den Wald in vier langen Strophen (jede Strophe gleichsam ein Doppelquartett in durchweg gleichmäßigem Metrum und durch Kreuzreim gebunden). Das lyrische Ich preist Landschaft und Wald und redet Natur vertraut und emphatisch an: „O ...“ (V. 1 und 2), Verben und Pronomina in der 2. Person Singular: „Du/du“ (V. 3, 8), „dich“ (V. 25), „deines Ernsts Gewalt“ (V. 30). Wären Vokabular und Stil nicht so schlicht, sanglich und volksliedhaft, so könnte man den Text als Hymne auf den Wald oder als „Waldchoral“ ansehen.

Verhältnis zur Natur

Gedanklich ist der Wald dem lyrischen Ich Heimat, „Zelt“ (V. 8), Trost, Hort und so etwas wie Kirche und steht in prägnantem Gegensatz zur „geschäftgen Welt“, in die es aufbrechen muss. Diese **Antithetik** bestimmt die Strophen 1, 2 und 4: vermutlich gehört auch das „trübe Erdenleid“ (Strophe 2, V. 14) zur Welt draußen mit ihren „buntbewegten Gassen“ (Strophe 4, V. 27).

Abgrenzung zur bürgerlichen Welt

Die „geschäftge Welt [s]aust“ (V. 6). Tempo, Lärm, Betrieb und – so muss man schließen – oberflächliches Leben, die Jagd nach Geld, der Markt, sind bezeichnend für das bürgerliche Leben und damit für eine Tüchtigkeit, die vielen Romantikern als seelenlos erscheint. Der Ausdruck „[d]es Lebens Schauspiel“ (V. 28) ist etwas ambivalent: da draußen ist buntes Leben, aber eben nur als Theater und Schein. Wer da mitspielt, ist „betrogen“ (V. 5).

Kontrastierung Wald – Welt

Draußen ist Flüchtiges, was wieder vergeht (Strophe 2), also *vanitas*. Der **Wald** dagegen besteht, sich immer wieder verjüngend, auferstehend mit jedem Morgen (Strophe 2). Er ist alt, beständig, zuverlässig und gleichbleibend „still, ernst, treu“ und „wahr“ (Strophe 3) und gleichzeitig grün und schön und ohne Schwere (Strophe 1); zu ihm zieht es das lyrische Ich, wenn es glücklich, aber auch, wenn es bedrückt ist (Strophe 1, V. 4 f.). Und der Wald lehrt, was recht ist (Strophe 3: „rechte[s] Tun und Lieben“, V. 19). Eichendorff setzt ihn also in starker moralischer Wertung in Opposition zum Trug und Betrug und – wie man wohl schließen muss – Unrecht der Welt „draußen“. Der Wald schenkt Klarheit und fast mütterliche Geborgenheit (Strophe 1). Draußen ist „Fremde“ (V. 26).

Sakralisierung des Waldes

Der Wald und damit die Natur tragen **Züge des Göttlichen, Heiligen**. Das Ich empfindet in diesem Naturraum Andacht (V. 4); sein innerstes Wesen wird hier berührt, „erh[o]ben“ (V. 31) und gegen die Welt draußen gleichsam gefirmt. Denn der Wald spricht, und zwar zweifach. Er spricht durch sein schieres Sein Worte, die zum Vermächtnis werden und an die sich der in die Fremde Aufbrechende erinnern wird (Strophen 3 und 4). Und der Gesang der Vögel weckt wie Eichendorffs „Zauberwort" (vgl. das Gedicht *Wünschelrute*) das Herz des Poeten (Strophe 2): Resonanz ist hier möglich, Widerklang.

formale Analyse

In der Syntax ist das Gedicht schlicht und kommt leicht und sanglich daher; nur einmal (Strophe 3) ein Satzgefüge, sonst **Parataxe**. Was zu sagen ist, kommt aus dem Gemüt: Zentralorgan ist das „Herz" (V. 12 und 32): ein einfältiges, frommes und gleichsam reines Poetenherz. Dem Charakter dieses lyrischen Ichs entspricht der **Wortschatz** besonders in den vielen kleinen (einsilbigen) Adjektiven: „alt" (V. 32) und „jung" (V. 16), zweimal „grün" (V. 2, 8); besonders kindlich wirkend: „schön" (V. 2) und „lustig" (V. 11); dann „still" (V. 18), „treu" (V. 21), „wahr" (V. 22), „klar" (V. 24), mit zum Teil altertümlich nachgestelltem Epitheton: „Täler weit" (V. 1), „die Worte schlicht und wahr" (V. 22). Zu dieser Haltung passen die schlichten Reime (wahr/klar, -wehen/-stehen; gehn/ sehn, geschrieben/lieben). Das Gedicht kommt ganz ohne Fremdwörter aus.

Merkmale der Romantik

Der **Volksliedton** transportiert eine große Naturinnigkeit und -frömmigkeit mit pantheistischen Zügen (Gott verschmilzt mit der Natur). Typisch romantische Charakteristika sind zudem Innerlichkeit sowie die Sehnsucht nach Sammlung, Tiefe, Identität mit sich und der Natur, Weltinnenraum. Die regressive Haltung des lyrischen Subjekts verrät eine Aversion gegen die „Moderne" um 1810, in die das Ich aber unweigerlich aufbricht. Es ist sich dessen bewusst, dass jenseits der Ratio und des Verbalen wunderbare Weisheit ist. In seinen Enthusiasmus mischt sich aber auch die Wehmut des Abschieds (statt Lust und Sehnsucht, in die Ferne zu wandern!).

TEILAUFGABE 2

M 2: gegensätzliche Darstellung des Waldes

Zu sehen ist sofort: Bei Drawert gibt es weder unmittelbare Ergriffenheit noch Gesang, sondern **Mittelbarkeit**. Zwar scheinen das Ich und die „Geliebte" (V. 20) sich im Wald zu bewegen. Aber der Wald ist weder erhaben noch erhebend. Es gibt kein Einvernehmen, keine Kommunikation zwischen Natur und Mensch, keine Sensibilität, keine Achtung. Der Wald wird mehr bedacht und zitiert als erlebt. Das Gedicht gibt sich als „Katalogtext ..." zu einer Ausstellung zum Thema „Wald" (Titel). Am Ende wird der „IKEA-Katalog" genannt (V. 41): Prosa beziehungsweise Prosaisches setzen sich durch.

Dennoch wirkt die äußere Form des Gedichtes von Drawert traditionell. Es besteht aus 13 Strophen, die jeweils vier Verszeilen aufweisen und damit regelmäßig aussehen. Die Verse sind reimlos, aber rhythmisch (freirhythmisch: überwiegend vierhebig mit unregelmäßigen Senkungen).

Form und Metrum

Der Ton ist ironisch, zynisch, sarkastisch und selbstironisch. Das Ich charakterisiert sich samt der Geliebten – den Leser in den Plural „wir“ wohl einschließend (vgl. etwa V. 43) – als „aufgeklärt“ (V. 11) – „zugeknöpft, / vom Laufschuh bis zum Gesichtstuch“ (V. 11 f.) – und „hochausgebildet“ (V. 23). Es notiert Eindrücke und konstatiert, kommentiert, urteilt, räsonniert, argumentiert (ab Strophe 3: „Aber … Immerhin … Nicht zu vergleichen mit …, wenn …, Andererseits …“) und scheint sich seines Bezuges zur verlorenen Romantik bewusst zu sein: Wilhelm Müller wird angesprochen (V. 25 f.). Gleich die erste Strophe nennt Eichendorffs Attribute „grün“ und „still“, desillusioniert sie aber umgehend. Die brutalste **Brechung romantischer Wald- und Lyrik-Tradition** vollzieht sich am Schluss: Nicht die Natur ist ein „gewaltiger Eindruck“ (V. 48), sondern der sie ausschlachtende Mensch. Einen Augenblick lang werden die Bäume auch – wie bei Eichendorff – angesprochen (V. 42), jedoch nur, um ihnen die Vernichtung anzukündigen (Strophe 11).

Sprechersituation

Konterkarieren romantischer Naturlyrik

Insgesamt inszeniert Drawert die Begegnung eines der Natur völlig entfremdeten Menschen (beziehungsweise eines Paares) mit dem Wald. Vertraut ist die **digital vermittelte mediale Kunstwelt**. Wer etwas über Waldtiere etwa wissen will, informiert sich am PC (Strophen 4 und 5). Der paradoxe Hinweis wird nötig, dass „hier draußen“ „Echtzeit“ herrsche (V. 19). Die verfügbaren Denkmodelle und Wortfelder gehören im Übrigen den Bereichen „Militär/Krieg“ und „Wirtschaft“ an.

Verhältnis Mensch – Natur

Drawert verkehrt also **Eichendorffs Relation** zwischen der vertrauten Waldeinsamkeit und der geschäftigen Fremde draußen. Sein lyrisches Ich ist mit allen Wassern der geschäftigen Welt gewaschen. Fremd ist der Wald. Er wirkt auf ihn bedrohlich (Strophen 1–3); er ist „vergiftet“ (V. 6), „unclean“ (V. 14), „septisch“ (V. 22), „schmutzig“ und insgesamt ein Schlammloch – die Bezeichnung „Gumpe“ (V. 49) dient als pars pro toto. Die auftretenden Tiere sind die „Zecke im Haarteil“ (V. 20) und die „Soldatenameisen“ (V. 28 f.). Sichtbar wird Ekelhaftes (Strophe 8). Bäume sondern „gelbes Blut“ ab (V. 35) und werden – wohl in Anlehnung an Brechts *Gedicht vom armen B. B.* – „pissende Ungeheuer“ genannt (V. 42). Drawert steigert ironisch den Widerwillen gegen Natur.

Abgrenzung zur Natur

Die **Gliederung** des Gedichts ist nicht ganz eindeutig. Es liegt aber nahe, je drei Strophen als Sinneinheit zu verstehen:

Aufbau des Gedichts

- Wald als paramilitärisches Gelände: Strophen 1–3;
- Wald als Gegenteil des sauberen Platzes am PC, eventuell als zweimal drei Strophen: 4–8/9;
- die Verwertbarkeit des Holzes: Strophen 9–12;
- Strophe 13 als Fazit und Pointe.

Entscheidend ist der **Schluss**, auf den das Gedicht hingearbeitet ist: **Natur ist radikal verdinglicht** und nurmehr in ihrem Nutzwert und ihrer Verwertbarkeit gesehen. Seelisch haben Mensch und Natur nichts miteinander zu schaffen. Die Einsicht des Ausfluges ist es, „künftige Gebrauchsgegenstände“ (V. 39), „Kindersitzgruppen“ (V. 36), „Doppelstockbett oder Schreibtisch“ (V. 37) noch gleichsam roh und unmittelbar am Ort erfasst zu haben. Der Gipfel des Zynismus ist wohl die Zitation des IKEA-Katalogs (V. 41): Mit ihm ist man wieder auf vertrautem Gelände, da die Firma den schmutzigen Gegenstand Natur und Baum mehr oder weniger überzeugend zu verwandeln versteht.

Deutung des Schlusses

Der **Sprecher gibt sich intellektualistisch und kalt**. Entsprechend nassforsch-zynisch ist die **Sprache** mit Jargonausdrücken versetzt – „super gut drauf“ (V. 33), „pissende Ungeheuer“ (V. 42) –, mit Fremdwörtern, die als „Wirtschaftsenglisch“ (V. 28) deklariert werden – „Mousepad“ (V. 16), „unclean“ (V. 14) –, mit Plastikwörtern – etwa „Fremdvokabeln“ (V. 32), „Echtzeit“ (V. 19), „Freizeit“ (V. 44) – und mit einer Fülle von Floskeln und Versatzstücken aus lässiger Konversation: „Immerhin“ (V. 13), „politisch betrachtet“ (V. 32), „Man muß es nur etwas freundlicher / angehn“ (V. 25 f.), „nichts zu machen“ (V. 42).

sprachliche Besonderheiten

Als **Fazit** lässt sich folglich festhalten: Für **Eichendorff** ist Wald Andachtsraum, dort ist das Ich sich selbst und dem Wesen der Dinge nah. Nicht die stolze, kluge Welt spricht Wahrworte, sondern der heimatliche Wald mit seinen Bäumen. Statt den Weg der Aufklärung und des technisch-wirtschaftlichen Fortschritts zu schätzen, schätzt es die sprachlose Sprache der lebendigen Natur. Sein lyrisches Ich hat ein kindliches Herz und eine kindliche Sprache.

abschließender Vergleich

Drawert setzt sich auf seine Weise mit der Aufklärung auseinander. Er zeigt einen Endpunkt, in dem „aufgeklärt“ und „hochausgebildet“ (nicht: gebildet!) Kälte, Leere, Beziehungslosigkeit und Ignoranz bedeuten. Statt der alten Poesie passt dazu die kaputte Sprache: ein bewusst eingesetztes Gerede, das alles kommentiert und nichts versteht außer der Hyperrealität des Netzes und des Angebots der Möbelfirma. Hinter der vorgeblichen Überlegenheitsattitüde und sogar hinter dem gelegentlichen Witz solcher Sprache kommt am Ende die Bitterkeit eines Autors zum Ausdruck, der seine Zeit verachtet. Es überrascht nicht zu erfahren, dass Drawert aus Leipzig in den Westen (nach Darmstadt) übergesiedelt ist. Sein Gedicht zeigt einen Teil seiner Auseinandersetzung mit der westlichen Gesellschaft; es zeigt seine gründliche Enttäuschung.

TEILAUFGABE 3

Hinweise zur Erörterung

Für die Beantwortung der Frage spielt sicher die halb journalistisch-essayistische, halb ausgenüchterte lyrische Sprache des Gedichtes eine Rolle. Man kann sie als eher unsympathisch empfinden, oder aber als reizvoll. Im Hinblick auf die Fragestellung ist es wichtig, hierzu nicht nur Stellung zu beziehen, sondern auch zu erläutern, ob und inwiefern diese Sprache das Bewusstsein der eigenen Generation widerspiegelt – Thematisch wird man Drawert vielleicht gern als Sprecher der eigenen Generation akzeptieren, da Umweltverschmutzung und allumfassende Vermarktung viele junge Menschen beschäftigen. Es wird vielleicht nicht ganz erfasst, wie ironisch Drawert schreibt, sodass man gegen ihn glaubt für mehr Umweltschutz und Achtung vor der Natur plädieren zu müssen. Entscheidend sind die Qualität der Argumentation und der Verweise auf Beispiele.

DAS MOTIV DES ABENDS IM SPIEGEL DER LYRIK

Erlaubte Hilfsmittel
ein Wörterbuch der deutschen Rechtschreibung

Aufgabenstellung

1 Interpretieren Sie das Gedicht *Blauer Abend in Berlin* von Oskar Loerke. (35 BE)

2 Vergleichen Sie, ausgehend von einer Interpretation des Gedichts *Der Abend* von Joseph von Eichendorff, die motivgleichen Gedichte. Arbeiten Sie dabei heraus, wie die Schriftsteller das Thema *Abend* jeweils aufgefasst und dichterisch gestaltet haben. (35 BE)

3 Ordnen Sie die Gedichte und das sich in ihnen ausdrückende Lebensgefühl literarischen Epochen zu und begründen Sie Ihre Entscheidung. (20 BE)

Material 1 Oskar Loerke: Blauer Abend in Berlin (1911)

Der Himmel fließt in steinernen Kanälen;
Denn zu Kanälen steilrecht ausgehauen
Sind alle Straßen, voll vom Himmelblauen;
Und Kuppeln gleichen Bojen, Schlote Pfählen
Im Wasser. Schwarze Essendämpfe[1] schwelen
Und sind wie Wasserpflanzen anzuschauen.
Die Leben, die sich ganz am Grunde stauen,
Beginnen sacht vom Himmel zu erzählen,

Gemengt, entwirrt nach blauen Melodien.
Wie eines Wassers Bodensatz und Tand[2]
Regt sie des Wassers Wille und Verstand

Im Dünen, Kommen, Gehen, Gleiten, Ziehen.
Die Menschen sind wie grober bunter Sand
Im linden Spiel der großen Wellenhand.

Aus: Waltraut Wende (Hrsg.): Großstadtlyrik.
Stuttgart: Reclam Verlag 1999, S. 81 f.

Anmerkungen

1 Essen: Schornsteine von Industrieanlagen
2 Tand: wertloses Zeug

Material 2 Joseph von Eichendorff: Der Abend (1826)

Schweigt der Menschen laute Lust:
Rauscht die Erde wie in Träumen
Wunderbar mit allen Bäumen,
Was dem Herzen kaum bewußt,
Alte Zeiten, linde Trauer,
Und es schweifen leise Schauer
Wetterleuchtend durch die Brust.

Aus: Joseph von Eichendorff: Aus dem Leben eines Taugenichts.
In: Joseph von Eichendorff: Werke in einem Band. Herausgegeben
von Wolfdietrich Rasch. München und Wien: Carl Hanser Verlag 1984
(3. Auflage), S. 33 und 825

TIPP **Bearbeitungshinweise**

Verlangt ist, zwei motivgleiche Gedichte zu interpretieren, miteinander zu vergleichen und literarischen Epochen zuzuordnen. – Die **erste Teilaufgabe** erfordert eine umfassende Erschließung und Deutung des Gedichts nach Form, Inhalt und sprachlicher Gestaltung (vgl. Teilaufgabe 1, zweiter Abschnitt). Die Arbeitsanweisung nennt keinen besonderen Schwerpunkt, der die Perspektive der Untersuchung verengt. Da in die schriftliche Gedichtinterpretation nicht alles aufgenommen werden kann, was man erkannt hat, ist es sinnvoll, sich von dem vorgegebenen Thema, das sich auch in den Überschriften beider Gedichte widerspiegelt, leiten zu lassen. Die **zweite Teilaufgabe** enthält zwei Arbeitsschritte: Zunächst sollen Sie das zweite Gedicht textimmanent interpretieren und in einem zweiten Zugriff auf den Vergleichsaspekt „Abend" hin untersuchen. Es ist hilfreich, erkannte Zusammenhänge, Bezüge, Gemeinsamkeiten und Unterschiede in unterschiedlichen Farben auf dem Textblatt zu markieren und zu notieren. Die **dritte Teilaufgabe** verlangt von Ihnen eine Einordnung der Gedichte in die Epoche ihrer Entstehung und eine Begründung für diese Zuordnung. Dabei müssen Sie das jeweils Typische betonen und vom anderen Gedicht absetzen.
Die Interpretation des Gedichts kann mit der inhaltlichen und formalen Gliederung anfangen oder mit Beobachtungen zur Perspektive, zur Bildhaftigkeit oder Stimmung. Es ist aber darauf zu achten, dass in der Deutung die verschiedenen Merkmale und Facetten zu einem Verständnisentwurf zusammenwachsen.

Lösungsvorschlag

TEILAUFGABE 1

Einleitung: Autor, Titel, Jahr, Thema, Gattung

Oskar Loerkes Gedicht *Blauer Abend in Berlin* aus dem Jahr 1911 gibt ein Bild von der Hauptstadt des Expressionismus in der Abenddämmerung. Es ist in der klassischen **Form des Sonetts** geschrieben: Auf zwei Quartette folgen zwei durch den Reim eng verschränkte Terzette.

Perspektive

In Loerkes Gedicht *Blauer Abend in Berlin* findet sich kein lyrisches Ich, wohl aber ein Blick von sehr hoch oben auf die konkret benannte Stadt. Aus dieser **Vogelperspektive** verschieben sich alle Maßstäbe. Straßenschluchten, Fabrikanlagen mit ihren Schornsteinen oder die großen Kuppeln der Berliner Paläste und Kirchen werden so klein, dass die „Kuppeln" wie „Bojen" und die „Schlote" wie „Pfähle" (V. 4) aussehen. Beherrschend ist die starke Bildhaftigkeit und durchgängige **Wassermetaphorik** in diesem Gedicht. Die Großstadtstraßen sind als „steilrecht ausgehauen[e]" Kanäle (V. 2) aufgefasst. Bojen und Pfähle gehören zu dieser Wasserlandschaft, wie sich aus der zweiten Strophe ergibt (V. 5). Der Rauch aus den Essen (Industrieschornsteinen) sieht von oben aus wie das Geschlinger von „Wasserpflanzen“ (V. 6).

Position der Menschen

Es zeigt sich, dass der Blick von höchster Warte bis auf den Grund dieses Wassers reicht. Ganz unten auf diesem Grund sind die Menschen. Sie „stauen“ sich dort (V. 7), sie werden dem „Bodensatz und Tand“ (V. 10) des Wassers verglichen und „wie grober bunter Sand“ (V. 13) gesehen. Dass wirklich die „Menschen“ gemeint sind, ergibt sich deutlich erst aus der vorletzten Zeile. Vorher heißt es stattdessen: „Die Leben, die …“ (V. 7). Eigenschaften wie Wille und Verstand, die nach allgemeiner Auffassung zum Menschen gehören, gehören hier dem Wasser. Subjekt ist der „Wille und Verstand“ des Wassers (V. 11); die Menschen, die Leben also, sind lediglich dessen Objekt. Nicht die Menschen bestimmen ihren Weg, sondern Wille und Verstand des Wassers „regt“ (bewegt) sie (V. 11). Nicht die Menschen nehmen ihr Leben in die Hand, sondern die große „Wellenhand“ spielt mit ihnen (V. 14).

Fließen als inhaltliches und strukturelles Prinzip

Eine Stadt, erbaut aus Steinen, könnte man für hart und starr halten, aber entsprechend der Wassermetaphorik ist in Loekes Großstadtgedicht alles **in fließender Bewegung**. Inhaltlich sprechen besonders die substantivierten Verben der zwölften Verszeile von der sachten, gleichmäßigen, wellenförmigen Bewegung, die keinem Ziel entgegenströmt, sondern sich „Im Dünen, Kommen, Gehen, Gleiten, Ziehen“ eher wie Ebbe und Flut verhält.

Klanglich unterstützt das **Enjambement**, das von Strophe 1 zu Strophe 2 führt, besonders aber das, das die beiden Terzette miteinander verbindet (V. 11 zu 12), den Eindruck des Fließens.

Es fließt aber nicht nur das Wasser und zieht die Menschen wie Sand hin und her: „Der Himmel fließt“ (V. 1) durch diese Straßenkanäle, sodass sich eine Beziehung und **Korrespondenz zwischen dem Oben und Unten**, dem hohen Himmel und dem Bodensatz am Grunde ergibt. Während der Widerschein des Abendhimmels die Straßen füllt, sodass sie „voll vom Himmelblauen“ (V. 3) sind, beginnen die Leben ganz unten „vom Himmel zu erzählen“ (V. 8). Man kann an dieser Stelle grammatisch nicht genau zuordnen, ob die Leben (V. 7) oder ihr Erzählen „nach blauen Melodien“ gemengt und „entwirrt“ (V. 8) sind, aber das Blau dieses Abends gehört dem Himmel und zugleich den Melodien derer, die von ihm erzählen. Die **Tageszeit** in Loerkes Gedicht ist die immer als etwas geheimnisvoll empfundene „**blaue Stunde**“, die Dämmerungstunde zwischen Tag und Nacht; aber die Farbe verweist nicht nur auf eine Tageszeit, sondern erinnert auch an die deutsche Romantik, in der die blaue Blume (aus Novalis' Roman *Heinrich von Ofterdingen*) zum Symbol einer ganzen Epoche wurde und als Ausdruck der nie ans Ziel kommenden Sehnsucht des Menschen interpretiert werden kann.

Aufbau des Sonetts

In den beiden ersten Strophen (den Quartetten) wird vor allem das Bild der von oben aus großer Distanz gesehenen Stadt entwickelt und ab Vers 7 zu den Terzetten (den Strophen 3 und 4) übergeleitet, die den Menschen dieser Stadt gelten. Auch **klanglich** stehen die **Quartette** für sich. Mit ihren gleichlautenden inneren Paarreimen („-hauen", „-blauen"; „-schauen", „stauen") und dem ebenfalls gleichen umarmenden Reim (V. 1 und 4 sowie 5 und 8) wirken sie wie zwei Klangquader verfugt, während die Terzette durch Syntax, Enjambement und Reimform (abb–abb) ineinander zu gleiten scheinen. Dennoch lässt sich das letzte Verspaar wie eine Sentenz und wie das Ergebnis aller Erfahrung vom Gedicht ablösen.

Darstellung der Großstadt

Loerkes Gedicht zeigt Großstadt nicht unkritisch: „steinern", „ausgehauen", „schwelend" (vgl. V. 1, 2 und 5) und die Farbe „Schwarz" (V. 5) verweisen auf bedrohliche und **hässliche Folgen der Industrialisierung**. Das Verb „stauen" (V. 7) verweist zudem auf die hohe Anzahl der in der Großstadt zusammengedrängten Menschen. Aber zu dieser Stunde dominieren das Blau (Titel, V. 3 und 9) und ein Abendfrieden, dessen Stimmung die Adjektive „sacht" (V. 8) und „lind" (V. 14) vermitteln. Es gibt gleichsam keinerlei Geräusch außer der sanften Dünung und dem sachten Erzählen der Menschen.

Auch die Menschen sind nicht unkritisch gesehen. Der **Einzelne** ist **ein Nichts**, ein Sandkorn unter vielen. Das Adjektiv „bunt" (V. 13) deutet an, dass sich die Menschen äußerlich durchaus voneinander unterscheiden, aber alle sind sie „grob" (V. 13), alle zusammen sind sie „Tand" (V. 10), nutz- und wertloser „Bodensatz" (V. 10) des Daseins und in ihrer ganzen Geschäftigkeit doch nichts als Spielfiguren, die ein fremder Wille lenkt.

Ton und Aussage des Gedichts

Dennoch kommt in Loerkes Gedicht keine Bitterkeit über das Los der Menschen auf. Im Unterschied zu den expressionistischen Dichtern formuliert Loerke **keine Anklage**. Das Gedicht bleibt in einer gleichsam schwebenden, ein wenig melancholischen Stimmung. Trotz seiner Anonymität ist – so könnte man das abschließende Verspaar verstehen – der Mensch in einer gütigen Hand geborgen. Sicher ist das bei Loerke nicht die Hand eines persönlichen Gottes, aber vielleicht gibt es so etwas wie eine zuverlässige Naturgesetzlichkeit oder eine Art kosmischer Aufgehobenheit, von der die „blauen Melodien" wissen und die im gleichbleibenden Spiel von Sand und Welle wirkt.

TEILAUFGABE 2

Auch in **Joseph von Eichendorffs** kleinem Gedicht, das dem als Maler Guido verkleideten jungen Fräulein in der Erzählung *Aus dem Leben eines Taugenichts* (1826) in den Mund gelegt ist, kommen die Menschen nach ihren Alltagsverpflichtungen, ihrem geschäftigen Treiben oder ihrem Feiern abends zur Ruhe, zur Einkehr und zum inneren Frieden. Das **Liedchen** setzt mit einem verkürzten Konditionalsatz ein; für alles, was nach dem Doppelpunkt folgt und wichtig ist, wird als Bedingung genannt, dass es still sein muss: W e n n „der Menschen laute Lust" schweigt, d a n n ... (V. 1).

Kontext und Thema von Eichendorffs Gedicht

Wenn also der laute Tag verstummt, ist anderes zu empfinden und zu hören: Das lyrische Ich erfährt dann das **Sprechen der Erde** im Rauschen aller Bäume „wie in Träumen" (V. 2 f.), das heißt ohne eine Begrenzung durch Zeit und Raum. Aber zum **Erlebnisraum** wird nicht nur die Natur, die Erde mit all ihren Bäumen, sondern ein innerer Raum tut sich auf: der des Herzens (V. 4) und – was letztlich dasselbe besagen will – der eigenen Brust (V. 7). Es offenbart sich dem Ich die **beseelte, sprechende Natur** und gleichzeitig scheint das Rauschen, die geheimnisvolle Melodie des Abends, den Zugang zum ‚Kaum-Bewussten' (vgl. V. 4) im eigenen Innern zu öffnen. Nicht Gegenwart regiert mehr, sondern aus tieferen Schichten der Seele steigt Vergangenes („Alte Zeiten", V. 4) und schwermütiges Erinnern, „linde Trauer" (V. 4). Das Wetterleuchten (vgl. V. 7) wird zur Metapher für Irritationen und ängstigende oder nicht recht deutbare Ahnungen in der Tiefe der Seele.

Abend als Zeitpunkt, an dem sich Natur und Unterbewusstes erschließen

Eichendorff gestaltet das kleine Gedicht so, dass sich die **syntaktischen Beziehungen** nach dem Doppelpunkt verwischen. Er setzt keine Punkte, sodass „Was dem Herzen kaum bewußt" (Z. 4) als Akkusativ zum Prädikat rauschen (V. 2) aufgefasst werden kann. Ebenso kann „Alte Zeiten, linde Trauer" (V. 5) noch an das Rauschen angeschlossen gedacht sein oder als nachgestelltes Subjekt zum Nebensatz „Was dem Herzen kaum bewußt." Die Leistung dieser poetischen Syntax ist es, die **Grenzen zwischen Außen und Innen** aufzuheben und wie im Traum zu einem Erlebnisraum zu verbinden. Es gibt nach dem Doppelpunkt nur diese beiden Prädikate: rauschen und schweifen. Darin gleiten auch die Sinneswahrnehmungen ineinander, denn das akustische Rauschen ist zugleich etwas unbestimmt Dynamisches; „leise Schauer" (V. 6) sind eine kleine Bewegung, aber auch ein akustischer Gegenklang zu „laute Lust" (V. 1), und das ferne Zucken eines Wetterleuchtens ist ein ebenso optisches wie dynamisches Phänomen (V. 7). In der **Synästhesie**, dem Ineinanderspielen verschiedener Sinneswahrnehmungen, heben sich also ebenso die definitiven Grenzen auf wie in der Syntax und im

syntaktische und sprachliche Besonderheiten

inhaltlichen Erleben, das dem Träumen gleicht („wie in Träumen“, V. 2); und auch der **Kettenreim** „Lust [...] bewußt [...] Brust“ (V. 1, 4, 7) trägt zu dem Ineinandergreifen kaum noch unterscheidbarer Bereiche bei. Klanglich wirkt „rauschen“ **lautmalerisch** (man könnte das Wort mit Handbewegungen begleiten), und es knüpft sich ein **Klanggewebe** aus Vokalen und dem Klang von *sch* und *schw,* in dem „schweifen“ auf „schweigen“ und „Schauer“ auf „rauschen“ antworten.

Merkmale der Romantik

Insgesamt, so könnte man zusammenfassen, ist die Erfahrung der abendlichen Natur für den romantischen Menschen eine Möglichkeit, die Grenzen seines irdischen Seins zu transzendieren (zu übersteigen) und in Augenblicken eines ozeanischen Gefühls von **Allverbundenheit** zu sich selbst zu kommen.

Gedichtvergleich

Oskar **Loerkes** *Blauer Abend in Berlin* ist ein Abendgedicht und zugleich ein **Stadtgedicht**. Loerke wählt als Ort die künstliche und naturferne Großstadt und zeigt die Geringfügigkeit des Menschen darin. **Eichendorff** dagegen stellt seinen Menschen in die **freie Natur** und betont die Bedeutung des von ihr ergriffenen Individuums. Obwohl Topos (der Ort) und Menschenbild bei Eichendorff und Loerke verschieden sind, gibt es Gemeinsamkeiten in der Gestaltung und Auffassung des **Abend-Motivs:** Erst zu dieser Tageszeit kommen die Menschen zur Ruhe und erleben Momente der Besinnung. Der Abend weckt ihre Sehnsucht nach einer Dimension, die größer ist als sie selbst. Beide Gedichte sind **still**; das Wort „lind“ („linde Trauer“; „im linden Spiel der [...] Wellenhand“) kommt sogar in beiden Gedichten vor. Im romantischen Gedicht ist der Abend mit Entgrenzung, mit der Erfahrung der Natur und dem Einblick in die eigene Seele verbunden. Voraussetzung dafür ist bei Eichendorff das einsame Individuum, während Loerke mit dem Erzählen der Menschen etwas Dialogisches andeutet.

Bezug zur jeweiligen Entstehungszeit

Das **Menschenbild** selbst hat sich radikal geändert. Auch wenn bei Eichendorff die erste Person Singular, das Ich, nicht vorkommt, spricht hier ein Ich, denn das Herz, von dem die Rede ist, und die Brust gehören einem sehr individuell Erlebenden. Das Ich kann sich, sofern es nur seine Sinne aufschließt, gleichsam zum All erweitern und das Rauschen der Erde in sich aufnehmen; es kann aktiv erleben und ist fähig, sich ergreifen zu lassen und darin das Umfassende zu fassen. So erlebend, wird es zu einem volleren, reicheren Menschen. – Nicht einmal hundert Jahre später ist Loerkes Mensch diese Fähigkeit abhandengekommen. Er hat nicht einmal mehr eine individuelle Gestalt. Er hat keinen Willen, sondern ist Objekt der Natur.

TEILAUFGABE 3

Bezüge des Loerke-Gedichts zum Expressionismus:
– Motivik

Oskar Loerkes Gedichtband, in dem er *Blauer Abend in Berlin* veröffentlichte, erschien im selben Jahr 1911, in dem erste expressionistische Gedichte Furore machten, aber seine Lyrik kommt aus anderen weltanschaulichen Wurzeln als der Expressionismus. Dennoch ähnelt manches in seinem Text dem neuen Stil. Wie zum Beispiel Georg Heym oder Paul Zech reagiert auch er auf die veränderte Stellung des Menschen am Beginn der modernen Massengesellschaft und der städtischen Ballungsräume in Deutschland. Wie Heym *(Der Gott der Stadt)*, Zech *(Fabrikstraße tags)* oder Alfred Wolfenstein *(Städter)* gestaltet er das **Motiv der Stadt** und zeigt sie in ihrer modernen Künstlichkeit. Auch bei ihm sind die Städter als Masse und Gewimmel wahrgenommen und haben ihre Individualität, ihre Autonomie und Selbstbestimmung eingebüßt.

– Sprache

Die **stilistische Nähe Loerkes zu den Expressionisten** zeigt sich besonders darin, dass die Verhältnisse zwischen Dinglichem und Menschlichem paradox verkehrt erscheinen. Zwar geht Loerke nicht über **Vergleiche** hinaus: Die Menschen sind „wie grober bunter Sand" (V. 13), „wie [...] Bodensatz und Tand" (V. 10), und dennoch erscheinen sie nicht nur **entpersonalisiert** und immer nur als Plural genannt (die Leben, die Menschen), sondern auch **verdinglicht**, während die Dinge – das Wasser, die Welle – handeln und dadurch vermenschlicht erscheinen. Während aber etwa im Georg Heyms groteskem Gedicht *Der Gott der Stadt* die „Millionen" vom bösen Dämon der Stadt hingerissen sind, scheint bei Loerke die Stadt eher in die Natur zurückgeholt zu sein, da der Himmel wie Wasser in ihr spielt.

Man könnte auf den Gedanken kommen, dass Loerke mit seinem Gedicht eine ironische Antwort auf Größenwahn und Allmachtsträume des modernen Menschen gibt, denn Deutschland um 1911, nicht mehr weit weg vom Ersten Weltkrieg, ist eine vor Selbstbewusstsein strotzende Großmacht und Berlin ihre stolze Kapitale, die Macht und Glanz der Wilhelminischen Gesellschaft demonstriert. Loerkes Gedicht aber lässt den Leser beides, die stolze Stadt und die stolzen Menschen, als klein und gering erleben. Der Blick von oben aus großer Distanz zeigt die Stadt gleichsam *sub specie aeternitatis*, also aus der Perspektive der Ewigkeit, in der der Herr der Welt sich als ebenso ameisenklein und unbedeutend ausnimmt wie sein Werk.

Merkmale, die für Expressionismus untypisch sind

Nicht ohne Weiteres vereinbar mit einer solchen Deutung will aber die gar nicht ironische, sondern eher **versöhnliche Stimmung** und Stille des Gedichts erscheinen. Expressionismus ist oft Schrei und Aufbegehren. Loerkes Menschen, denen die Terzette gelten, wissen davon nichts, sie sind wohl weder Opfer noch Täter, sondern – auch sie selbst – nur wasserpflanzenhafte Wesen, zugehörig zum universalen Sein. Versöhnlich wirkt, dass in ihre Enge und Gefangenheit der Himmel dringt, der in „blauen Melodien“ (V. 9) wiederklingt, sodass Mensch und All miteinander verbunden sind. Zweifellos zeigt Loerke einerseits, wie klein der Mensch samt seiner Stadt unter dem Himmel ist, aber er ist ein Dichter und weiß, dass die Menschen Melodien haben, dass sie singen können und damit an blauen Abenden an den Himmel rühren.

romantische Merkmale von Eichendorffs Gedicht

In **Eichendorffs** Gedicht verweisen der Abend als Tageszeit, die Poetisierung und Personifikation der Natur, das wunderbare Rauschen der Erde als Chiffre der Entgrenzung, das Motiv des Traumes und das Gefühl, zu einer Welt jenseits unserer Welt zu gehören, auf die Epoche der **Romantik**. Ebenso wie die Fantasie eine andere Dimension eröffnet als der Verstand, öffnen sich am Abend oder in der Nacht die Sinne für einen Erlebnisraum, der jenseits der realen, täglichen und unbefriedigenden Zustände liegt. Zumindest ahnungsweise und im Konjunktiv kann dann die Seele ihre Flügel ausbreiten wie in Eichendorffs *Mondnacht,* dem Gedicht, in dem am vollkommensten magische Entgrenzung und die vom Menschen ersehnte Vereinigung mit dem Göttlichen zum Ausdruck gebracht ist.

BEGINN EINER PRÄSIDENTSCHAFT

Erlaubte Hilfsmittel
ein Wörterbuch zur deutschen Rechtschreibung

Aufgabenstellung

1 Klären Sie Inhalt und Aufbau und analysieren Sie die Rede von Donald Trump (M 1) bezüglich Adressatenbezug, Intention und Verwendung rhetorischer Mittel. (45 BE)

2 Vergleichen Sie Auftreten und Selbstdarstellung in den Reden der beiden aufeinanderfolgenden US-Präsidenten (M 1, M 2). (30 BE)

3 Erörtern Sie: Ist die Redekunst eine hinterlistige Kunst, die sich der Schwächen der Menschen zu eigenen Absichten bedient (Immanuel Kant)? (25 BE)

Material 1 Donald Trump: Antrittsrede am 20. 1. 2017 nach seiner Wahl zum 45. US-Präsidenten

Die Wahl eines neuen US-Präsidenten entscheidet sich jeweils Anfang November. Am 20. Januar des Folgejahres findet die Zeremonie der Inauguration (Amtseinsetzung) statt. Der vereidigte neue Präsident hält seine Antrittsrede vor dem Kapitol in Washington.

Richter Roberts, Präsident Carter, Präsident Clinton, Präsident Bush, Präsident Obama, liebe Mitbürger, Menschen überall auf der Erde: vielen Dank.

Wir, die Bürger Amerikas, sind vereint in einer großen nationalen Kraftanstrengung, um unser Land wieder aufzubauen – und sein Versprechen für alle Bürger wiederherzustellen.

Zusammen werden wir den Kurs Amerikas und der Welt auf Jahre hinaus bestimmen. Wir werden auf Herausforderungen stoßen. Es wird nicht immer leicht sein. Aber wir werden es schaffen.[1]

Alle vier Jahre kommen wir auf diesen Treppenstufen zusammen, um den friedvollen und geordneten Übergang der Macht zu begehen. Wir sind Präsident Obama und der First Lady Michelle Obama dankbar für ihre großzügige Hilfe in dieser Zeit des Übergangs. Sie waren großartig.

Die heutige Feier hat indes eine besondere Bedeutung. Denn heute übertragen wir nicht nur die Macht von einer Regierung auf die andere, von einer Partei zur anderen – vielmehr nehmen wir Washington, DC, die Macht – und geben sie euch zurück, dem amerikanischen Volk.[2]

Zu lange hat eine kleine Gruppe in der Hauptstadt unserer Nation die Früchte der Regierungsarbeit geerntet, während das Volk die Kosten tragen musste. Washington florierte – doch das Volk hatte keinen Anteil an diesem Reichtum.

Politikern ging es gut, aber die Arbeitsplätze gingen ins Ausland, und die Fabriken wurden geschlossen. Das Establishment schützte sich selbst, aber nicht die Bürger dieses Landes.

Ihre Siege waren nicht unsere Siege, ihre Triumphe waren nicht unsere Triumphe.[3] Während sie in unserer Hauptstadt feierten, gab es für viele Familien in unserem Land kaum einen Grund zur Freude.

Das alles ändert sich jetzt – mit diesem Moment, in dem ich hier stehe, denn dieser Moment ist euer Moment: Er gehört euch. Er gehört all jenen, die hier heute versammelt sind, und allen, die im ganzen Land zusehen. Das ist unser Tag. Das ist eure Feier.[4] Und die Vereinigten Staaten von Amerika, sie sind euer Land.

Wirklich wichtig ist nicht, welche Partei an der Regierung ist – sondern die Frage, ob unsere Regierung vom Volk kontrolliert wird.

Der 20. Januar 2017 wird in Erinnerung bleiben als der Tag, an dem das Volk wieder zum Souverän wurde.[5] Die vergessenen Frauen und Männer unseres Landes werden nicht länger vergessen sein.

Alle hören euch jetzt zu.

Millionen von euch sind gekommen, um Teil einer historischen Bewegung zu werden, einer Bewegung, wie sie die Welt noch nie gesehen hat.

Im Zentrum dieser Bewegung steht ein entscheidender Gedanke: Dass eine Nation existiert, um ihren Bürgern zu dienen. Amerikaner wollen gute Schulen für ihre Kinder, sie wollen sichere Viertel für ihre Familien, und gute Jobs für sich selbst.

Dies sind richtige und vernünftige Forderungen einer aufrechten Öffentlichkeit. Aber für zu viele unserer Bürger sieht die Realität anders aus: Mütter und Kinder leben in Armut in den Innenstädten; verrostete Fabriken liegen verstreut wie Grabsteine in der Gegend herum. Ein teures Bildungssystem lässt unsere jungen und schönen Schüler ungebildet. Und schließlich sind da die Kriminalität, die Gangs und die Drogen, die so viele Leben und unser Land so viel Potenzial gekostet haben.

Dieses amerikanische Gemetzel hört auf, und zwar hier und jetzt.

Wir sind ein Volk – und ihr Schmerz ist unser Schmerz. Ihre Träume sind unsere Träume, und ihr Erfolg wird der unsere sein. Wir teilen ein Herz, eine Heimat und ein glorreiches Ziel.

Der Amtseid, den ich heute leiste, ist ein Treueeid für alle Amerikaner.

Jahrzehntelang haben wir die Wirtschaft im Ausland bereichert, auf Kosten der amerikanischen Wirtschaft.

Wir haben das Militär anderer Länder unterstützt, während wir es zuließen, dass unser eigenes Militär abgebaut wurde. Wir haben die Grenzen anderer Länder verteidigt und uns gleichzeitig geweigert, dasselbe mit unseren eigenen Grenzen zu tun. Und wir haben Billionen in Übersee ausgegeben, während die Infrastruktur Amerikas auseinanderfiel und verrottete.

Wir haben andere Länder reich gemacht, während der Reichtum, die Stärke und das Selbstvertrauen unserer Nation hinter dem Horizont verschwanden.

Eine Fabrik nach der anderen schloss oder zog ins Ausland um, ohne einen Gedanken an die Millionen amerikanischer Arbeiter, die zurückgelassen wurden.

Unserem Mittelstand wurde der Wohlstand entrissen und über die ganze Welt verteilt.

Aber das ist Vergangenheit. Wir schauen jetzt nur noch in die Zukunft.

Wir alle erlassen heute ein Gebot, das in jeder Stadt, in jeder fremden Hauptstadt und in jedem Regierungssitz gehört werden soll.

Von diesem Tag an wird eine neue Vision die Geschicke unseres Landes bestimmen.

Von diesem Moment an heißt es: Amerika zuerst.[6]

Jede Entscheidung über Handel, Steuern, Zuwanderung oder Außenpolitik wird danach getroffen werden, ob sie amerikanischen Arbeitern oder amerikanischen Familien nutzt. Wir müssen unsere Grenzen vor den Angriffen anderer Länder schützen. Sie wollen unsere Waren produzieren, unsere Firmen stehlen und unsere Jobs vernichten. Diese Grenzen zu schützen, wird uns Wohlstand und Stärke bringen.

Mit jedem Atemzug werde ich für euch kämpfen – und ich werde euch niemals enttäuschen. Amerika wird wieder siegen, siegen wie niemals zuvor.

Wir werden unsere Jobs zurückbringen. Wir werden unsere Grenzen zurückbringen. Wir werden unseren Wohlstand zurückbringen. Wir werden unsere Träume zurückbringen.

Wir werden neue Straßen und Highways bauen, und Brücken und Flughäfen und Tunnel und Eisenbahnschienen quer durch unser wundervolles Land.

Wir werden unserem Volk wieder Wohlstand und Arbeit bringen – unser Land wieder aufbauen mit amerikanischer Arbeitskraft.

Wir werden dabei zwei einfache Regeln befolgen: Kaufe amerikanische Produkte, und stelle amerikanische Arbeitskräfte ein.

Wir werden ein freundschaftliches Auskommen mit den Nationen der Welt anstreben. Aber wir denken dabei stets daran, dass es das Recht einer jeden Nation ist, zuerst nach ihren eigenen Interessen zu handeln. [...]

Wir müssen groß denken, und noch größer träumen.

In Amerika glauben wir, dass eine Nation nur so lange lebendig ist, wie sie Ziele hat. Wir akzeptieren keine Politiker mehr, die nur reden und nicht handeln. Die ständig klagen, aber nie etwas gegen Missstände tun.

Die Zeit für solche hohlen Phrasen ist vorbei. Jetzt kommt die Zeit der Tat.[7]

Lasst euch von keinem sagen, dass etwas unmöglich ist. Keine Herausforderung ist für das Herz und den Kampfgeist Amerikas zu groß.

Wir werden nicht versagen. Unser Land wird wieder blühen und Wohlstand erleben.

Wir stehen am Beginn eins neuen Jahrtausends, bereit, die Mysterien des Weltraums zu entschlüsseln, die Erde von Krankheiten zu befreien und die Energien und Technologien der Zukunft zu nutzen.

Ein neuer Nationalstolz wird unsere Seelen anrühren und unsere Meinungsverschiedenheiten überbrücken.

Es ist an der Zeit, sich an eine alte Soldatenweisheit zu erinnern: Ganz egal ob wir schwarz sind oder braun oder weiß – wir bluten alle das gleiche rote Blut der Patrioten. Wir genießen die gleichen glorreichen Freiheiten, und wir alle grüßen die gleiche, großartige amerikanische Flagge.

Und egal, ob ein Kind in Detroit oder in der Prärie Nebraskas geboren wird – beide schauen auf in den gleichen Nachthimmel, sie füllen ihre Herzen mit den gleichen Träumen, und sie empfangen ihren Lebensatem vom selben allmächtigen Schöpfer.

Amerikaner in Städten nah und fern, klein und groß, von Ozean zu Ozean, hört diese Worte: Ihr sollt niemals wieder ignoriert werden.

Eure Stimmen, eure Hoffnungen, eure Träume machen Amerikas Schicksal aus. Euer Mut, eure Güte und eure Liebe leiten uns für immer auf diesem Weg.

Zusammen machen wir Amerika wieder stark.

Zusammen machen wir Amerika wieder reich.

Zusammen machen wir Amerika wieder stolz.

Zusammen machen wir Amerika wieder sicher.

Zusammen machen wir Amerika wieder groß.[8]

Vielen Dank. Gott segne euch, und Gott segne Amerika.

Aus: rls, Rheinische Post, 20.01.2017; http://www.rp-online.de/politik/ausland/amtseinfuehrung-von-donald-trump-antrittsrede-im-wortlaut-deutsch-aid-1.6549346

Anmerkungen

1 im Original: *But we will get the job done.*
2 *... back to you, the people.*
3 im Original eigentlich: *Their victories have not been your victories; their triumphs have not been your triumphs*
4 im Original eigentlich: *This is your day. This is your celebration.*
5 *... the day the people became the rulers of this nation again.*
6 *From this day forward, it's going to be only America first, America first.*
7 *The time for empty talk is over. Now arrives the hour of action.*
8 *We will make America strong again. We will make America wealthy again. We will make America proud again. We will make America safe again. And, yes, together, we will make America great again.*

Material 2 Barack Obama: Rede zum Wahlsieg bei den Präsidentschaftswahlen 2008, Chicago, 4. November 2008

Hallo, Chicago,

Wenn es da draußen jemanden gibt, der noch daran zweifelt, dass die Vereinigten Staaten ein Ort sind, an dem alles möglich ist, der sich noch immer fragt, ob der Traum unserer Gründerväter heute noch lebendig ist, der noch immer die Kraft unserer Demokratie in Frage stellt, der hat heute Abend eine Antwort bekommen.

Lasst uns daran denken, dass, wenn uns diese Finanzkrise überhaupt etwas gelehrt hat, es keine blühende Wall Street geben kann, während die Main Street leidet.

In diesem Land steigen wir auf oder fallen wir als eine Nation, als ein Volk. Lasst uns der Versuchung widerstehen, in die gleiche Voreingenommenheit, Kleinlichkeit und Unreife zu verfallen, die unsere Politik so lange vergiftet haben.

Lasst uns daran denken, dass es ein Mann aus diesem Bundesstaat war, der als Erster das Banner der Republikanischen Partei ins Weiße Haus trug, einer Partei, die auf den Werten der Eigenständigkeit, individuellen Freiheit und nationalen Einheit gegründet wurde.[1]

Das sind unser aller Werte. Während die Demokratische Partei heute Abend einen großen Sieg errungen hat, sind wir doch voller Bescheidenheit und Entschlossenheit, um die Gräben zu überwinden, die unseren Fortschritt aufgehalten haben.

Wie Lincoln einer weitaus gespalteneren Nation als der unseren sagte: Wir sind keine Feinde, sondern Freunde. Auch wenn die Leidenschaft die Bande der Zuneigung strapaziert hat, darf sie sie nicht zerreißen.

Denjenigen Amerikanern, deren Unterstützung ich noch verdienen muss, möchte ich sagen. Ich habe heute vielleicht nicht eure Stimme erhalten, aber ich höre euren Ruf. Ich brauche eure Hilfe. Und ich werde auch euer Präsident sein.

Aus: Barack Obama: Worte müssen etwas bedeuten. Seine großen Reden. Frankfurt a. M.: Suhrkamp 2017, S. 39 ff. (Der gegebene Ausschnitt enthält etwa ein Sechstel aus der berühmt gewordenen „Yes, we can"-Rede.)

Anmerkung

1 Chicago liegt im Bundesstaat Illinois, in dem Obama Abgeordneter war. Abraham Lincoln, geb. in Illinois, war amerikanischer Präsident zur Zeit der Sezessionskriege (1861–1865).

TIPP **Bearbeitungshinweise**

Die Aufgabe bezieht sich auf die Qualifikationsstufen 1 und 2: Q1, Themenfeld 2 „Sprache, Medien, Wirklichkeit" und dort insbesondere „Sprache und ihre Wirkung […]"; Q2, Themenfeld 1 „Sprache und Öffentlichkeit" mit dem ausdrücklichen Hinweis auf antike und moderne Rhetorik.

Dass anstatt einer deutschen eine aus dem Amerikanischen übersetzte Rede zu erarbeiten ist, erklärt sich aus der besonderen Relevanz Amerikas als der führenden Weltmacht und mit uns verbündeten Nation. Die Debatte zur Rede gehört an sich ins Fach Gesellschaftslehre, ist da allerdings auf die Grundlage einer sauberen Textanalyse angewiesen. Umgekehrt resultiert im Deutschunterricht aus dem Analyseergebnis naturgemäß das Bedürfnis zur Diskussion. **Basis-Infos:** Barack Obama, Kandidat der demokratischen Partei, Jurist, Politiker und erster schwarzer Präsident der USA, gewann die Wahl im November 2008 während der schwersten Finanz- und Wirtschaftskrise des Landes seit 1929. Er regierte zwei Legislaturperioden hindurch. Mit Donald Trump gewann im November 2016 erstmals in der amerikanischen Geschichte kein Staatsmann die Wahl, sondern ein von den Republikanern getragener Mann der Wirtschaft: ein Multimilliardär und Global Player (Unternehmer eines weltweit operierenden Mischkonzerns).

Für Trumps Antrittsrede waren vom Protokoll 20 Minuten vorgesehen, aber Trump war schon nach 14 Minuten fertig, sodass Ihnen zugetraut wird, den nur um wenige Zeilen gekürzten Text zu bewältigen. Zu einigen Stellen ist der O-Ton angemerkt.

Stellen Sie sich den Text mit Gestik, Intonation und Sprechpausen vorgetragen vor. Rekonstruieren Sie die **Gliederung der Rede** und notieren Sie Zwischenüberschriften. Untersuchen Sie **Wirkungsmechanismen:** Wie z. B. sind einzelne Sätze auf Beifall (Akklamation) hin angelegt? In der Vorbereitung sollten Sie den Text mehrfach durchgehen: zunächst dem Gesagten inhaltlich folgen und es als Ganzes aufnehmen; dann, mit Stift, die thematischen Schritte (Absätze) markieren und benennen; dann mit verschiedenfarbigen Stiften Begrifflichkeit, Syntax und rhetorisch wichtig erscheinende Aspekte herausarbeiten. Besonders für die Feinanalyse werden Sie Textstellen mehrfach ansehen und prüfen müssen.

Der mit **Aufgabe 2** geforderte **Vergleich** wird Ihnen zur zusätzlichen Erkenntnishilfe werden. Die abschließende **Erörterung (Aufgabe 3)** will keine spezifische Antwort suggerieren, sondern das Problemfeld öffnen.

Lösungsvorschlag

TEILAUFGABE 1

Einleitung: Redner, Anlass, Adressaten

Von den Stufen des Kapitols in Washington aus hielt Donald Trump am 20. 1. 2017 als soeben vereidigter 45. Präsident der USA seine Antrittsrede vor einer großen Menschenmenge. Entsprechend dem Herkommen beginnt die Rede mit Begrüßungen und dem Dank an den Vorgänger. Begrüßt sind auch „Menschen überall auf der Erde" (Z. 2), denn die Rede, weltweit mit Spannung erwartet, wird vom Fernsehen übertragen.

Redeeinstieg und Slogan

In die einleitenden höflichen Begrüßungsworte hinein aber setzt Trump den ersten Affront: Er verspricht, Amerika wiederaufzubauen und die Rechte seiner Bürger wiederherzustellen (vgl. Z. 3 ff.). Das Signalwort heißt „wieder". Indirekt beschuldigt er damit seinen Vorgänger, Land und Bürgerrechte zerstört oder aber das Nötige nicht getan zu haben. Der Abschluss der Rede bezieht sich wie ein Rahmen auf diesen ersten Satz zurück. Trump wiederholt darin sein Versprechen und hämmert es nun in die Form eines Slogans: „**And, yes, together, we will make America great again.**" Die deutsche Übersetzung, inhaltlich korrekt (vgl. Z. 116), hat den Akzent auf dem ersten und letzten Wort und klingt matt; man kann diesen Satz nicht gut brüllen. Im Englischen mit seinen vielen Einsilbern und dem abgehackten Satzanfang ist jedes Wort ein Fanfarenstoß.

Aufbau der Rede

Die **Rede** ist **nach klassischem Muster** gegliedert: Der kurzen Einleitung (dem Exordium) folgt der Sach- und Hauptteil (Narratio, Argumentation: ab Z. 13), der allerdings nicht trennscharf von der Peroratio, dem Schluss mit Ausblick und Appell, abzugrenzen ist. Formal beginnt der Schluss mit Z. 76, denn da wechselt das Tempus ins Futur und der Blick richtet sich visionär (vgl. Z. 67) auf Künftiges. Inhaltlich enthalten diese Ankündigungen aber auch noch Argumentatives, sodass man den Beginn des Schlusses auch bei Z. 93 ansetzen kann. Der Hauptteil hat zwei große Themen: Trump spricht zunächst über das Verhältnis von Volk und politischer Klasse (vgl. Z. 13–51) und anschließend besonders über Amerikas Verhältnis zum Ausland (vgl. Z. 52–75).

Die mit dem ersten Satz eingenommene **konfrontative Haltung** bestimmt den Teil seiner Rede, in dem Donald Trump die Gegner des Volkes benennt und attackiert. Im anderen Teil, in dem er anschließend seine Einheit mit dem Volk beschwört, schlägt er einen emphatischen oder pathetischen Ton an. Er **polarisiert** scharf, um sich anschließend als **Retter und Einer der Nation** zu inszenieren. Interpunktiert ist die Rede mit Basta-Sätzen, die Energie und Tatkraft signalisieren (vgl. Z. 47, 64, 92).

Tenor der Rede

Gedanklich und grammatisch **adversativ** mit akzentuiertem „indes" (Z. 13) eröffnet Trump den Hauptteil seiner Rede und platziert seine erste **anmaßende These:** Seine Inaugurationsfeier unterscheide sich in Größe und Bedeutung von allen vorangegangenen, denn in ihr gehe nicht nur die Macht von einer Partei und Regierung auf die andere über, sondern er nehme hiermit Washington DC die Macht und übertrage sie zurück auf das Volk. (Das „Wir" statt des „Ich" ist an dieser Stelle wohl noch als Pluralis Majestatis zu verstehen, vgl. Z. 15 f.). Das ist unerhört aggressiv und revolutionär. Der neue Präsident greift im Zentrum der Macht (in Washington), kaum dass er vereidigt ist, als Erstes offen **das Establishment** aus Spitzenpolitikern, Diplomaten, Lobbyisten, Analysten und Beraterstäben an und was sonst zu einer Regierung und ihrem Umfeld gehört (und ohne das auch er nicht auskommen wird). Er wirft ihm (dem Establishment) vor, die Macht an sich gerissen und ohne Rücksicht auf das Volk selbstsüchtig das eigene privilegierte Leben abgesichert zu haben (vgl. Z. 21–25). Nicht etwa die Wall Street, sondern speziell die politische Klasse in Washington klagt er an, den Graben zwischen Arm und Reich verursacht zu haben, der die amerikanische Gesellschaft spaltet. In ihr **zeigt** er **dem Volk den Feind**, der ihm die Jobs weggenommen habe, Innenstädte und Bildungswesen habe verfallen lassen und verantwortlich für den Niedergang Amerikas sei (vgl. Z. 38 ff.). Ab sofort also sei das Volk *(the people)* wieder der Souverän, der die Regierung kontrolliert (Z. 30–35). Er **unterstellt** damit, dass die letzten Regierungen nicht demokratisch zustande gekommen und kontrolliert worden seien.

1. Kernaussage: Übergang der Macht auf das Volk; Angriff auf das Establishment

Nach diesem Abstecken der Fronten tritt der eben gewählte Präsident aller Amerikaner als Beschützer der Entrechteten auf. Ausgerechnet der Großkapitalist Trump erklärt sich hier nicht nur zum Anwalt des Volkes, sondern versichert, ganz eins mit ihm zu sein (vgl. Z. 48 ff.). Er erwähnt nicht, dass er mithilfe der (höchst etablierten) Partei der Republikaner ins Amt gekommen ist. Er erklärt vielmehr, dass **nicht Parteien** zählen, **sondern die große historische Bewegung**, zu der sich gerade die Massen versammelt hätten. Es sei eine Bewegung, „wie sie die Welt noch nie gesehen" (Z. 37) habe. Seinen Amtseid widmet er in einen Treueeid dem Volk gegenüber um (vgl.

behauptete Übereinstimmung Trump – Volk

Z. 51) und verspricht diesem neuen Wohlstand. Über Bord gehen hier anscheinend gerade rechtsstaatliche Grundprinzipien wie Parteien- und Wahlsystem, Gewaltenteilung und Parlamentarismus als Einrichtungen demokratisch geregelter Konfliktbewältigung. „Bewegung" ist der Begriff für eine diffus wogende, emotional aufgeladene **nationalstolze Gemeinschaft** und Strömung, die in der Regel einem Anführer folgt. Macht Trump Klassenkampf von oben? Will er mit einem 320-Millionen-Volk eine direkte Demokratie anstelle der repräsentativen installieren? Will er seine legal erworbene Macht zur Abschaffung der Demokratie nutzen und autoritär per Dekret regieren? Dass hier Trump als **Volkstribun und Populist** auftritt, zeigt auch der Sprachgebrauch an. Wo immer möglich, vermeidet er das Ich (die erste Person Singular). Er beginnt seine Rede mit einem „Wir" (Z. 3), und dabei bleibt es weitgehend. Zunächst stellt er Volk und Establishment **antithetisch** einander gegenüber: „**Ihre** Siege waren **nicht eure** Siege" etc. (Die Übersetzung Z. 23 ff. ist ungenau. Im Original: *„Their victories have not been your victories"* etc.), um dann mit dem Volk im „Wir" und „Uns" zur **Wir-Gruppe** zu **verschmelzen** und d i e Bewegung zu sein (vgl. Z. 48 ff.).

2. Kernaussage: Vorrang nationaler Interessen

Die **Analyse des Weiteren** könnte man sich nach dem bisherigen Befund fast schenken, träfe nicht gerade das darin Gesagte (vgl. Z. 52 ff.) Europa und die Welt besonders hart. Trump kündigt eine nationalistische und protektionistische Kehrtwende in der amerikanischen Wirtschafts- und Außenpolitik an, die Abschottung seiner Grenzen und einen neuen Patriotismus, zusammengefasst in der sich schnell über die ganze Welt verbreitenden **Devise: „America first**". Die etwas lahme Übersetzung: „Von diesem Moment an heißt es: Amerika zuerst." (Z. 68) Im Original ist die Parole wiederholt (und damit eingeschärft). Sie versammelt allen Nachdruck auf dem abschließenden Einsilber *„first"* und hat den Sound einer biblischen Verheißung: *„From this day foreward, it's going to be only America first, America first."* Trumps *„America first"* weckt die Erinnerung an die alte Anfangsstrophe unserer Nationalhymne von 1841 („Deutschland, Deutschland über alles, über alles in der Welt"), die sich für uns seit Langem erledigt hat.

Begründung des Kurswechsels: Versäumnisse und Missstände

Zunächst sind (ab Z. 52 ff.) in sieben parallel gestellten antithetischen Sätzen (bis Z. 63) **Ursachen für den Niedergang** Amerikas aufgelistet. Man habe andere Länder reich gemacht, sie militärisch verteidigt und ihre Grenzen geschützt, aber die eigenen Interessen vernachlässigt. Jobs gingen laut Trump verloren, weil die Produktion ins Ausland verlagert wurde, sodass der Mittelstand zusammenbrach. Diese (neoliberale) Politik müsse nun aufhören. Unter ihm, Trump, werde sich Amerika aus seiner Rolle als weltweite Schutzmacht zurückziehen und seine Kapazitäten ins eigene Land zurückholen. Der globale Spekulant beklagt die Folgen der Globalisierung (Outsourcing, freier Warenfluss, Freihandelsabkommen). Nun ist nicht mehr das Establishment der Feind, sondern **jetzt steht der Feind außen: Das Ausland** wolle Amerika schädigen, bestehlen und Jobs vernichten (vgl. Z. 71 ff.). Vor solchen „Angriffen" müsse man seine Grenzen schützen (vgl. Z. 71) und fortan den Verkauf landeseigener Produkte und die Einstellung von Einheimischen fördern (vgl. Z. 83 f.). Er kündigt also einen isolationistischen Kurs mit neuen Zielen an.

Hatte er zuvor Volk und herrschende Klasse auseinanderdividiert, so **wirbt** er jetzt angesichts des äußeren Feindes **für ein solidarisches, vereintes Amerika** und nach einem neuerlichen Seitenhieb gegen seinen Vorgänger, der nur geredet, nicht gehandelt habe (vgl. Z. 90 f.), folgt ein letzter Basta-Satz. Schluss damit also. Mit ihm, Donald Trump, beginne nun „die Zeit der Tat" (Z. 92, *the hour of action*), die dem Land eine neue Blüte bescheren werde.

pathetischer Abschluss

Zum Schluss beschwört er pathetisch die geradezu **blutsbrüderliche Gleichheit** (v. a. Z. 101 f.) aller Amerikaner und wendet sich schließlich – wie das spezielle Herrscher, Kitsch nicht scheuend, zu tun belieben – den **Kindern** zu. Kinderliebe bewegt die Herzen und nimmt die Massen für einen Redner ein. Trump beschwört im gefühlvoll-poetischen Ton religiöser Erbauungsliteratur die Geborgenheit aller amerikanischen Kinder von Detroit bis zur Prärie Nebraskas als Gottes Geschöpfe unter ein und demselben amerikanischen Himmel (vgl. Z. 105 ff.). Dann donnern noch einmal in Fünfer-Formation die grammatisch gleichgeschalteten, sich rhetorisch steigernden Soundbites (Schlagwort-Sätze) selbstsuggestiv über den Platz (vgl. Z. 112–116).

TEILAUFGABE 2

Auftreten und Selbstbild Trumps

Donald Trump, so war zu erkennen, tritt in seiner Rede markig und **mit großen Gesten und enormem Sendungsbewusstsein** auf. Mit ihm hebe eine Zeitenwende an. Er führe eine Bewegung, wie sie „die Welt noch nie gesehen" (M 1, Z. 37) habe. Er präsentiert sich als **der starke Mann und Macher** – und er attackiert, **spaltet** und **teilt kräftig aus**. Zu seiner Klientel erklärt er das Volk. Populistisch verbündet er sich mit ihm, zeigt ihm den Feind im Inneren und Äußeren des Landes (das Volk selbst ist im Übrigen immer gut!), versichert, Herz und Schmerz mit ihm zu teilen, ihm zu dienen und es „niemals" zu enttäuschen (M 1, Z. 74 f.). Er spart nicht mit Hyperbeln, Superlativen und Ausschließlichkeitssätzen und **verspricht das Blaue vom Himmel**.

Auftreten und Selbstbild Obamas

Auftreten und Selbstdarstellung der beiden Redner Obama und Trump könnten gegensätzlicher kaum sein. Trump setzt in seiner Antrittsrede den kämpferischen Wahlkampfmodus fort. **Barack Obama** dagegen tritt in Chicago bereits am 4. 11. 2008, dem Abend seines Wahlsiegs und noch lange vor der offiziellen Antrittsrede, als neuer *President-elect* **staatsmännisch und präsidial** auf. Dass er (als Afro-Amerikaner) die Wahl ins höchste Staatsamt gewinnen konnte, rechnet er nicht sich als Verdienst an, sondern der Großartigkeit seines Landes. Er lenkt seinen Sieg in ein Zeichen (Beispiel) dafür um, dass in Amerika nach wie vor „alles möglich", der Traum der Gründungsväter noch lebendig und die von ihnen geschaffene Demokratie noch stark sei (vgl. M 2, Z. 2–5). In der Depression der Finanzkrise wirbt er so für Vertrauen in die USA. Auch er will dem Volk neuen **Mut machen**, aber er biedert sich nicht an, und statt aufzuwiegeln appelliert er an Einsicht und Besonnenheit. Ausdrücklich bittet er darum, es jetzt mit dem Gezänk des Wahlkampfes genug sein zu lassen (vgl. M 2, Z. 8 ff.) und sich am Beispiel der Bankenkrise bewusst zu machen, dass vom Aufstieg oder Niedergang einer Nation stets alle ihre Mitglieder betroffen seien (vgl. M 2, Z. 8): Auch den Banken (der Wall Street) könne es nicht gut gehen, wenn das Volk (die Main Street) leidet (vgl. M 2, Z. 6 f.).

Beschwören gemeinsamer Geschichte und Werte

Dieser Redner malt den Zuhörern keine rosige Zukunft aus, sondern blickt zunächst zurück, um aus der amerikanischen Geschichte Kraft für den Neuanfang zu schöpfen. Mehrfach beschwört er den Geist der Gründungsväter, die seither gültigen freiheitlichen **Werte** und **die Einheit der Nation** (vgl. M 2, Z. 11–14), denn darum geht es ihm: Thema seiner Rede ist das die Parteien einigende Band und gemeinsame Dritte. Er hält keine populistische, sondern eine sehr idealistische Rede. Dass er, der Spitzenkandidat der siegreichen Demokraten, dem Publikum gerade den republikanischen Präsidenten Lincoln als leuchtendes Vorbild präsentiert (vgl. M 2, Z. 18 f.), ist eine Ehrbezeugung (Captatio Benevolentiae) seinem Publikum gegenüber, denn Lincoln wird in Chicago verehrt; es ist politisch klug, da er damit signalisiert, als zukünftiger Präsident über den Parteien zu stehen; es ist aber jenseits des Taktischen auch eine noble Geste.

Bemühen um Einigung

Seine eigene Haltung definiert Obama als **„voller Bescheidenheit und Entschlossenheit"** (M 2, Z. 16). Er nimmt sich zurück im **Respekt vor dem politischen Gegner**, den er braucht, dem er die Hand reicht, um mit ihm zusammen Amerika konstruktiv lenken zu können. Wenn es Lincoln gelingen konnte, sogar die Parteien des Bürgerkriegs (1861–1865) wieder an einen Tisch zu bringen, so müsse das heute (2008) wohl erst recht gelingen (vgl. M 2, Z. 18 ff.). Dringend plädiert Obama also für **Versöhnung** und versichert, auch auf die zu hören, die ihn nicht gewählt haben, und auch ihr Präsident zu werden. Glaubwürdig **übernimmt** er in seiner Rede **die Verantwortung für das Land**. Man glaubt ihm seinen Ernst – und ist verblüfft über einen derart argumentativen, auf Beispiele gestützten und hypotaktischen Stil eines politischen Redners. Obama zieht seine Zuhörer in weit gespannte Satzkonstruktionen hinein. (Der erste Satz zum Beispiel hat 53 Wörter; in den Hauptsatz eingeschlossen sind drei parallele Nebensätze mit Unterordnungen bis zu 3. Grades; erst nach sieben Kommata kommt das erwartete Prädikat.) Auch der **Stil** ist Ausdruck einer inneren Haltung. Bei Trump dominieren der sehr kurze Satz und die Parataxe.

TEILAUFGABE 3

Jede politische Rede ist interessengeleitet und zielorientiert. Sie **will beeinflussen**. Sie will bei den Zuhörern bestimmte Emotionen wecken und Entscheidungen herbeiführen; sie wirbt für bestimmte Programme und Gesinnungen, will hier bestärken und da entkräften und strebt manchmal vielleicht nichts anderes an als die Sicherung und Steigerung der eigenen Macht.

Zweckgebundenheit politischer Rhetorik

Es ist so, wie Immanuel Kant sagt: Ein guter Redner führt immer etwas im Schilde, und seine Zuhörer merken es nicht. Ihnen teilen sich Inhalte, Affekte und wohl auch einige Argumente mit, aber die als Wirkmittel eingesetzten Kunstgriffe (Tricks) der Redekunst entgehen ihnen. Trumps Publikum wird nicht darauf geachtet haben, **wie** er Stimmung macht, **wie** seine Sätze gebaut sind oder **warum** er es vorzieht, von einer „Bewegung" statt von Parteien zu sprechen. Obamas Publikum wird sich nicht bewusst gemacht haben, **dass, wie und warum** er vier Beispiele einflicht und gerade Lincoln als Referenzargument (Bezug auf eine anerkannte Autorität) anführt. Ist da also Hinterlist (Betrug) im Spiel, wie Kant findet? Ist Rhetorik ethisch verwerflich?

Zustimmung zur These Kants:

Strategien zur Manipulation der Zuhörer

Jeder kennt Beispiele, in denen ein eloquenter Redner Menschenmassen in glühenden, besinnungslos-fanatischen Taumel versetzen und zu Taten hinreißen konnte, die Abscheu erregen. Wer könnte Kant widersprechen, dass Menschen Schwächen haben, die sie verführbar und **manipulierbar** machen: Sie können zu Wachs in den Händen skrupelloser Redner werden. Die Sprache verrät viel darüber: Redner können die Massen mit- und hinreißen, überfahren,

Möglichkeit, Zuhörer positiv oder negativ zu beeinflussen

blenden, berauschen, anstacheln, aufhetzen, aufpeitschen; andererseits sie aber auch überzeugen, begeistern, bereichern, ihnen neue Perspektiven, Hintergründe, bisher nicht erkannte Zusammenhänge zeigen, kluge Argumente vortragen und sie aktiver, problembewusster, nachdenklicher und urteilsfähiger machen – und zum Widerspruch anregen. Wo die Grenze zwischen **überreden und überzeugen** verläuft (im Lateinischen heißt beides *persuadere*), kann genauer oft erst nachträglich anhand der nachgedruckten oder ins Netz gestellten Rede überprüft werden. Der einigermaßen gescheite Zuhörer wird von einer politischen Rede nicht „die" Wahrheit erwarten, sondern **Glaubwürdigkeit**, Sachverstand, ein wenig Brillanz, Witz und Geist und die logisch nachvollziehbare Begründung eines Standpunktes als Diskussionsbeitrag unter anderen.

Bedeutung von Rhetorik für die Demokratie

Die freie Rede belebt die Demokratie. Wenn ein Redner seine Macht missbraucht, lügt, verleumdet und *Fake News* streut, ist das übel und gefährlich. Tödlich für eine Demokratie aber ist die Unterdrückung der freien Meinungsäußerung und Rede.

PRÜFUNGSAUFGABEN

UMGANG MIT DEM FANTASTISCHEN

Erlaubte Hilfsmittel

- Wörterbuch zur deutschen Rechtschreibung
- Johann Wolfgang Goethe: *Faust. Der Tragödie Erster Teil*
- E. T. A. Hoffmann: *Der Sandmann*

Aufgabenstellung

1 Fassen Sie die Szene „Hexenküche" zusammen, ordnen Sie diese in den engeren Zusammenhang des Dramas ein und beschreiben Sie die in der Szene enthaltenen Elemente des Fantastischen. (25 BE)

2 Vergleichen Sie Faust im Drama insgesamt mit Nathanael aus E. T. A. Hoffmanns *Der Sandmann* im Hinblick auf deren Begegnungen mit dem Fantastischen. Erläutern Sie, welche Bedeutung das Fantastische für den jeweiligen Lebensweg besitzt. (50 BE)

3 Beurteilen Sie die Relevanz fantastischer Literatur und entsprechender Filme in der heutigen Zeit. (25 BE)

Material 1 Johann Wolfgang von Goethe: Faust. Der Tragödie Erster Teil

Szene „Hexenküche“

Auf einem niedrigen Herde steht ein großer Kessel über dem Feuer. In dem Dampfe, der davon in die Höhe steigt, zeigen sich verschiedene Gestalten. […] Wände und Decke sind mit dem seltsamsten Hexenhausrat ausgeschmückt.

FAUST. Mir widersteht das tolle Zauberwesen!
[…]
Verlang ich Rat von einem alten Weibe?
Und schafft die Sudelköcherei
Wohl dreißig Jahre mir vom Leibe?
Weh mir, wenn du nichts Bessers weißt!
[…]
Hat die Natur […]
Nicht irgendeinen Balsam ausgefunden?
MEPHISTOPHELES.
[…]
Dich zu verjüngen, gibt's auch ein natürlich Mittel;
[…]
Begib dich gleich hinaus aufs Feld,
Fang an zu hacken und zu graben,
[…]
Ernähre dich mit ungemischter Speise,
Leb mit dem Vieh als Vieh […];
Das ist das beste Mittel, glaub,
Auf achtzig Jahr dich zu verjüngen!
FAUST. Das bin ich nicht gewöhnt […]
Den Spaten in die Hand zu nehmen.
[…]
MEPHISTOPHELES. So muß denn doch die Hexe dran.
FAUST. Warum denn just das alte Weib!
Kannst du den Trank nicht selber brauen?
MEPHISTOPHELES. Das wär ein schöner Zeitvertreib!
[…]
Der Teufel hat sie's zwar gelehrt;
Allein der Teufel kann's nicht machen.
[…]
Zu den Tieren.
Es scheint, die Frau ist nicht zu Hause?
DIE TIERE. Beim Schmause,
Aus dem Haus
Zum Schornstein hinaus!
MEPHISTOPHELES. Wie lange pflegt sie wohl zu schwärmen?

[…]
So sagt mir doch, verfluchte Puppen,
Was quirlt ihr in dem Brei herum?
DIE TIERE. Wir kochen breite Bettelsuppen.
[…]
DER KATER. Das ist die Welt;
Sie steigt und fällt
Und rollt beständig;
Sie klingt wie Glas –
Wie bald bricht das!
[…]
Er nötigt den Mephistopheles zu sitzen.
FAUST *welcher […] vor einem Spiegel gestanden, sich ihm bald genähert, bald sich von ihm entfernt hat.*
Was seh ich? Welch ein himmlisch Bild
Zeigt sich in diesem Zauberspiegel!
O Liebe, leihe mir den schnellsten deiner Flügel,
Und führe mich in ihr Gefild!
[…]
Das schönste Bild von einem Weibe!
Ist's möglich, ist das Weib so schön?
Muß ich an diesem hingestreckten Leibe
Den Inbegriff von allen Himmeln sehn?
[…]
MEPHISTOPHELES. Natürlich, wenn ein Gott sich erst sechs Tage plagt,
Und selbst am Ende Bravo sagt,
Da muß es was Gescheites werden.
Für diesmal sieh dich immer satt;
Ich weiß dir so ein Schätzchen auszuspüren,
Und selig, wer das gute Schicksal hat,
Als Bräutigam sie heimzuführen!
[…]
FAUST *gegen den Spiegel.*
Weh mir! ich werde schier verrückt.
[…]
Mein Busen fängt mir an zu brennen!
Entfernen wir uns nur geschwind!
Der Kessel […] fängt an, überzulaufen; es entsteht eine große Flamme, welche zum Schornstein hinausschlägt. Die Hexe kommt durch die Flamme mit entsetzlichem Geschrei heruntergefahren.
DIE HEXE. […]
Verdammtes Tier! verfluchte Sau!
[…] *Faust und Mephistopheles erblickend.*
Was ist das hier?
Wer seid ihr hier?

Was wollt ihr da?
[…]
Sie fährt mit dem Schaumlöffel in den Kessel und spritzt Flammen nach Faust, Mephistopheles und den Tieren. Die Tiere winseln.
MEPHISTOPHELES *welcher den Wedel, den er in der Hand hält, umkehrt und unter die Gläser und Töpfe schlägt.*
Entzwei! entzwei!
Da liegt der Brei!
Da liegt das Glas!
Es ist nur Spaß,
Der Takt, du Aas,
Zu deiner Melodei.
Indem die Hexe voll Grimm und Entsetzen zurücktritt.
Erkennst du mich? Gerippe! Scheusal du!
Erkennst du deinen Herrn und Meister?
[…]
DIE HEXE. O Herr, verzeiht den rohen Gruß!
Seh ich doch keinen Pferdefuß.
[…]
MEPHISTOPHELES. Für diesmal kommst du so davon;
[…]
Und was den Fuß betrifft, […]
Der würde mir bei Leuten schaden;
[…]
DIE HEXE *tanzend.* Sinn und Verstand verlier' ich schier,
Seh' ich den Junker Satan wieder hier!
MEPHISTOPHELES. Den Namen, Weib, verbitt' ich mir!
[…]
Du zweifelst nicht an meinem edlen Blut;
[…].
Zu Faust. Mein Freund, das lerne wohl verstehn!
Dies ist die Art, mit Hexen umzugehn.
DIE HEXE. Nun sagt, ihr Herren, was ihr schafft.
MEPHISTOPHELES. Ein gutes Glas von dem bekannten Saft!
Doch muß ich Euch ums ältste bitten;
Die Jahre doppeln seine Kraft.
DIE HEXE. Gar gern! Hier hab ich eine Flasche,
Aus der ich selbst zuweilen nasche,
[…]
Leise. Doch wenn es dieser Mann unvorbereitet trinkt,
So kann er, wißt Ihr wohl, nicht eine Stunde leben.
MEPHISTOPHELES.
[…]
Zieh deinen Kreis, sprich deine Sprüche,
Und gib ihm eine Tasse voll!

Die Hexe, mit seltsamen Gebärden, zieht einen Kreis und stellt wunderbare Sachen hinein; indessen fangen die Gläser an zu klingen, die Kessel zu tönen, und machen Musik. Zuletzt bringt sie ein großes Buch, stellt die Meerkatzen in den Kreis, die ihr zum Pult dienen und die Fackel halten müssen. Sie winkt Fausten, zu ihr zu treten.

FAUST *zu Mephistopheles.* Nein, sage mir, was soll das werden?
Das tolle Zeug, die rasenden Gebärden,
[…].

MEPHISTOPHELES. Ei Possen! Das ist nur zum Lachen;
[…].
Sie muß als Arzt ein Hokuspokus machen,
Damit der Saft dir wohl gedeihen kann.
Er nötigt Fausten, in den Kreis zu treten.

DIE HEXE *mit großer Emphase fängt an, aus dem Buche zu deklamieren.*
Du mußt verstehn!
Aus Eins mach Zehn,
Und Zwei laß gehn,
Und Drei mach gleich,
So bist du reich.
Verlier die Vier!
Aus Fünf und Sechs,
So sagt die Hex',
Mach Sieben und Acht,
So ist's vollbracht:
Und Neun ist Eins,
Und Zehn ist keins.
Das ist das Hexen-Einmaleins.

FAUST. Mich dünkt, die Alte spricht im Fieber.

MEPHISTOPHELES.
[…]
Es war die Art zu allen Zeiten,
Durch Drei und Eins, und Eins und Drei
Irrtum statt Wahrheit zu verbreiten.
[…]

FAUST. Was sagt sie uns für Unsinn vor?
Es wird mir gleich der Kopf zerbrechen.
Mich dünkt, ich hör' ein ganzes Chor
Von hunderttausend Narren sprechen.

MEPHISTOPHELES. Genug, genug, o treffliche Sibylle!
Gib deinen Trank herbei, und fülle
Die Schale rasch bis an den Rand hinan;
Denn meinem Freund wird dieser Trunk nicht schaden:
[…]

DIE HEXE *mit vielen Zeremonien, schenkt den Trank in eine Schale; wie sie Faust an den Mund bringt, entsteht eine leichte Flamme.*

[…]

DIE HEXE *löst den Kreis. Faust tritt heraus.*

MEPHISTOPHELES. Nun frisch hinaus! Du darfst nicht ruhn.
[…]
Komm nur geschwind und laß dich führen;
[…]

FAUST. Laß mich nur schnell noch in den Spiegel schauen!
Das Frauenbild war gar zu schön!

MEPHISTOPHELES. Nein! Nein! Du sollst das Muster aller Frauen
Nun bald leibhaftig vor dir sehn.
Leise. Du siehst, mit diesem Trank im Leibe,
Bald Helenen in jedem Weibe.

Johann Wolfgang von Goethe: Faust. Der Tragödie Erster Teil. In: Goethe: Werke. Hamburger Ausgabe. Herausgegeben von Erich Trunz. München: Verlag C. H. Beck 1997, S. 70 ff.

TIPP **Bearbeitungshinweise**

Faust und *Der Sandmann* waren als Pflichtlektüren zu behandeln. Im Unterricht bleibt die Szene „Hexenküche" aber meist auf ihre Funktion für den Fortgang der Handlung reduziert. Ihr eher ungewöhnlicher Umgang mit dem Fantastischen wird Ihnen wohl zum ersten Mal erst hier durch den Vergleich (TA 2) aufgehen. Es empfiehlt sich, die ungekürzte Szene „Hexenküche" in der Lektüre kurz **nachzulesen**, damit Sie einschätzen können, was gestrichen wurde. Danach sollten Sie ohne Umstände und **knapp Teilaufgabe 1** erledigen, denn die gegebene Szene ist recht einfach zu erfassen; Sie gewinnen hier eine feste Position, von der aus sich dann das problematischere Verhältnis zum Fantastischen im *Sandmann* abgrenzen lässt.

Beachten Sie, dass 50 Prozent der Bewertungseinheiten bei **Teilaufgabe 2** und dem **Vergleich der beiden Protagonisten Faust und Nathanael hinsichtlich des Fantastischen** liegen. „Das Fantastische" durchzieht die Novelle *Der Sandmann* insgesamt und wirkt sich auf Nathanaels Beziehung zu Clara und Olimpia aus; besonderen Aufschluss über Coppelius-Coppola geben: Nathanaels erster Brief an Lothar (S. 3 ff. in der Ausgabe bei Reclam von 2003), die Begegnung mit dem Wetterglashändler (S. 27 ff.), die Szene während der Zerstörung Olimpias (S. 37 f.) und der Schluss. Sie sollten aber nicht Textstellen durcharbeiten und interpretieren. Vielmehr müssen Sie das, was Sie zu Faust und Nathanael darlegen, vor allem aus Ihrem Gedächtnis **reproduzieren**, sodass Ihre gedankliche Eigenständigkeit in der Art Ihrer Darstellung, in der **Prägnanz Ihres Vergleichens** und im Ertrag Ihres Ergebnisses liegen wird. Verzetteln Sie sich nicht in Inhaltlichem bei diesem außerordentlich stoffreichen Thema und nutzen Sie die Lektüre nur ausnahmsweise, um etwa ein ganz bestimmtes Zitat, das Ihnen noch ungefähr im Kopf ist, nachzuschlagen.

Es empfiehlt sich, sich vor der Niederschrift zu Teilaufgabe 2 auf einem zweispaltigen **Konzeptblatt Stichworte zur Bedeutung des Fantastischen** für Faust und Nathanael zu machen. Es wäre sinnvoll, wenn Sie dabei auch darüber nachdächten, wozu die Dichter Goethe und Hoffmann „das Fantastische" eigentlich brauchen und was sie jeweils darunter verstehen.

Verirren Sie sich in **Teilaufgabe 3** nicht in den Bereich der Science-Fiction; knüpfen Sie an den im *Sandmann* erkennbaren Begriff von fantastischer Literatur an und erinnern Sie sich (Brainstorming) an **Bücher und Filme**, die Sie in Phasen Ihres Lebens als „fantastisch" erlebt haben. „**Relevanz**" heißt ‚Gewicht', ‚Bedeutung', ‚Wichtigkeit'. Aber Bedeutung in Bezug worauf? Wichtig für wen und was? Runden Sie Ihre Ausführungen mit einem Fazit ab.

Lösungsvorschlag

TEILAUFGABE 1

Einbettung der Szene „Hexenküche"

Kein Studium und auch nicht die Künste der Weißen Magie und die Beschwörung des Erdgeistes konnten dem **gelehrten Doktor Faust**, dem Protagonisten aus Johann Wolfgang von Goethes Drama *Faust*, in seinem Erkenntnisdrang genügen, sodass er ebenso verzweifelt wie kühn und neugierig einen **Pakt mit Mephisto** geschlossen hat. Mephisto verspricht, Faust aus der Studierstube heraus in die Welt zu führen. Eigentlich ist der Pakt eine **Wette:** Wenn es Mephisto gelingen sollte, Fausts innerem Ungenügen Befriedigung zu verschaffen, so soll ihm seine Seele gehören. Mephisto plant zunächst, Faust mit Lotterleben und Sexualität zu betäuben: Er soll sein faustisches Streben vergessen. Die erste Station auf dem Weg in die „Kleine Welt" ist Auerbachs Keller. Faust kann jedoch den dort versammelten Kerlen und ihrer Sauferei und Rauferei nichts abgewinnen. Daraufhin plant Mephisto für ihn eine **Verjüngungskur**, um ihn in erotische Abenteuer verwickeln zu können. Er führt ihn in die **Hexenküche**.

Zusammenfassung der Szene

Die Szene „Hexenküche" ist lang, wild und amüsant. Sie ist mit viel Abrakadabra gespickt und mit sprechenden Meerkatzen, Flammen, Getöse, dampfenden Kesseln und Zaubergerät ausgestattet; auch der Schornstein ist vorhanden, durch den die Hexe bei ihrer Ankunft fährt. Es stellt sich heraus, dass die Hexenküche eine Art **Filiale in Mephistos Imperium** ist. Die Hexe beugt sich ihm als ihrem „Herrn und Meister" (Z. 100) und begrüßt ihn, nachdem sie ihn in seiner zivilen Aufmachung erkannt hat, unterwürfig. Unheimlich oder schauerlich ist sie nicht.

Im ersten Teil der Szene (Z. 1–77) ist die Hexe noch außer Haus. **Faust** äußert sofort seinen **Widerwillen** gegen das ganze Milieu; aber Mephisto lenkt ihn mit einem **Zauberspiegel** ab, in dem er fassungslos „[d]as schönste Bild von einem Weibe" (Z. 60 ff.) erblickt. Nach der turbulenten Begrüßungs- und Erkennungsszene (Z. 78–130) zwischen Hexe und Mephisto, nach dem (gestrichenen) Hinweis, dass Mephisto und Hexe das Böse verkörpern (vgl. V. 2509) und nach Mephistos einschlägig obszöner Geste zur Hexe hin (gestrichen), die Faust als rechten Umgang mit Hexen verstehen soll (vgl. Z. 116 f.), verlangt Mephisto den **Verjüngungstrank** für Faust (vgl. Z. 119). Nur widerstrebend lässt sich Faust im dritten Teil der Szene (Z. 131–176) in den magischen Kreis ziehen, in dem die Hexe ihre Sprüche macht und ihm den Trunk reicht. Der Kreis wird wieder gelöst (vgl. Z. 177). Im abschließenden Teil der Szene drängt

Mephisto zum Aufbruch. Es erweist sich, dass der Verjüngungstrunk ein **Liebestrank** ist, denn Faust ist jetzt – man muss schon sagen – scharf darauf, noch einmal das Bild jener Frau im Spiegel zu sehen. Mephisto weiß, dass er ihm nun einen Bettschatz zuführen kann (Z. 186 f). Im ungekürzten Original heißt es zuvor sarkastisch: „Den edlen Müßiggang lehr ich hernach dich schätzen, / Und bald empfindest du mit innigem Ergetzen, / Wie sich Cupido regt und hin und wider springt." (V. 2596–2598) **Mephistos Sphäre** also ist die des **Triebhaften**, zumal in seiner aggressiv-zerstörerischen Variante.

Elemente des Fantastischen

Die ganze Szene *Hexenküche* mitsamt ihrem Personal, ihren Requisiten und ihren Handlungen ist fantastisch, sofern **das Fantastische das Gegenteil vom Wirklichen, real Vorhandenen, empirisch Nachweisbaren** ist. Die Aufhebung der Schwerkraft bei der Ankunft der Hexe ist ebenso übernatürlich wie es Verwandlungs-, Verjüngungs- oder Liebestränke, magische Spiegel, magische Kreise und Zauberformeln sind. Zur Hexenküche fliegt man durch die Luft wie zur Walpurgisnacht. Goethe kannte das Volksbuch des *Faust* und das Puppenspiel und damit – aber nicht nur daher, sondern aus Volksgut und Märchen überhaupt – die **Geisterwelt des Außer- und Übernatürlichen**, die von Volks- und Aberglauben überliefert und von der Aufklärung bekämpft wurde. Von den antiken Schriftstellern kannte er außerdem einen Kosmos mythologisch-naturmagischer Gestalten. Goethe schätzte dies alles als Dramatiker außerordentlich wegen der **Formenfülle und sinnlichen Plastizität**. Auch Mephisto an Fausts Seite ist eine fantastische Figur. Da es Goethes Plan war, Geistiges, Ideelles, seelische Prozesse und so etwas wie die Dialektik des Guten und des Bösen auf der Bühne erlebbar zu machen und Faust im Streit mit sich selbst zu zeigen, musste er **Verkörperungen** finden, die mehr sind als Allegorien im Mysterienspiel.

TEILAUFGABE 2

Faust: Beziehung Fausts zu Mephisto

Faust paktiert mit Mephisto und lehnt ihn gleichzeitig ab, das ist sein Dilemma. Aber **Mephisto** ist für ihn – auch wenn er ihn als „Spottgeburt von Dreck und Feuer" (V. 3536) beschimpft, kein Geist und nicht unheimlich, sondern eine Art **Partner und Alter Ego**; er ist Ausgeburt der Hölle, des „Chaos wunderlicher Sohn" (V. 1384) und einem Pudel entwachsen, und dennoch ist er völlig real mit taghellen Konturen vorhanden: jenseits aller „Fantasy". Goethe gelingt diese Volte. Ebenso gelingt es ihm, die Hexenküche doppelt glaubhaft als **ärztliche Scharlatanerie** von dieser Welt und als **mephistophelisch-überrealen Ort** vorzustellen; man nimmt das hin, ohne einen Bruch zwischen Wirklichkeitskritik und dichterischem Spiel zu registrieren. Faust wurzelt tief und mit gesunder Kritik im Rationalen, auch wenn es ihn drängt, Grenzen zu überschreiten und gänzlich Außerrationales zu wagen. Er fürchtet sich nicht in der Hexenküche, sondern er lehnt „das tolle Zauberwesen" (Z. 4) als „Unsinn" (Z. 165; vgl. auch Z. 167f.) ab. Er distanziert sich also sofort. Obwohl Faust bei sich zu Hause selber eine Phiole mit einem braunen Saft, gebraut von eigener Hand, aufbewahrt (vgl. V. 690ff.), erlebt er die Hexenküche und ihre „Sudelköcherei" (Z. 7) vom **Standpunkt des Aufklärers** aus. Er nimmt sie gar nicht als etwas Fantastisches oder Irreales wahr, sondern sie erinnert ihn an **die „schwarze Küche" seines Vaters** (V. 1039), in der dieser die übelsten medizinischen Quacksalbereien gebraut und angerührt hat. Ausführlich äußert er sich während des Osterspaziergangs darüber (vgl. V. 1034ff.). Die Erinnerung peinigt ihn: „Das tolle Zeug, die rasenden Gebärden,/Der abgeschmackteste Betrug/Sind mir bekannt, verhaßt genug." (Z. 137 und, gestrichen: V. 2534f.) Der Hokuspokus, das mit Aberglauben Durchtränkte, Alchemistisch-Unwissenschaftliche dieser vorrationalen Praktiken macht ihn zornig und wird von ihm sogar als Verbrechen, als **Betrug**, bezeichnet, als müsste man aus seiner Sicht strafrechtlich gegen die Hexe vorgehen. Dennoch nimmt er den **Hexentrank** und wird, sinnlich immer wieder aufgepeitscht von Mephisto, Gretchen, die er doch zu lieben lernt, ins Unglück stürzen und sich vielfach schuldig machen.

Nebeneinander von Rationalem und Übersinnlichem

Zu den **Lebensläufen:** Nathanael gegenüber ist **Faust ein Gigant**, eine multiple Persönlichkeit, die den Keim des Göttlichen in sich spürt, zu erkennen trachtet, was die Welt im Innersten zusammenhält und mit Energie ihren Lebensradius erweitert. Der Erdgeist – halb anerkennend – nennt ihn einen „Übermenschen" (V. 490), und sogar der Herr (im Prolog) interessiert sich für dieses außerordentliche Exemplar der menschlichen Gattung und legt ihn Mephisto gewissermaßen ans Herz. Von Mephisto erwartet sich Faust Hilfe für sein Ziel, alles, **das „Höchst' und Tiefste"** und „was der ganzen Menschheit zugeteilt ist" (V. 1770ff.) in sein inneres Selbst hereinzuholen und am Ende in sich alles spüren und denken zu können, was überhaupt menschenmöglich ist. – Und dagegen nun **Nathanael** als ein zwar fiktives und doch realistisch wirkendes bürgerliches Erdenkind mit Vater, Mutter und Kinderfrau, **traumatisierenden Grunderfahrungen** und einer Verlobten. Faust stirbt als Greis lebenssatt und wird sofort von den höchsten Gremien ins Himmlische gerettet. Dagegen steht das kurze Leben des Studenten Nathanael, der eines Tages von einem Turm aus in den Tod springt, weil ein Advokat Coppelius ihn um den Verstand gebracht hat.

Vergleich der Lebensläufe Fausts und Nathanaels

An Fantastischem sind *Faust* und *Sandmann* reich, aber Hoffmanns Ansatz ist gänzlich verschieden von dem Goethes und war Goethe übrigens ziemlich unsympathisch. Nathanael ist nicht aktiv wie Faust, sondern er glaubt, **Spielball dunkler Mächte** zu sein. Er empfindet sich als Opfer, ist sich gewiss, dass etwas Grauenhaftes, Unheimliches, ein dunkles Verhängnis über ihm walte, das doppelgängerisch unter den Namen „Coppelius" („Sandmann") und „Coppola" hier und da auftaucht. Mephisto, der echte Teufel im *Faust*, tritt ohne Pferdefuß und Höllengelächter auf. Wenn es dagegen im *Sandmann* Treppen heraufpoltert und teuflisch lacht (vgl. S. 27 ff.), so scheinen das Mitglieder der menschlichen Gesellschaft zu sein: ein chemisch experimentierender Advokat und ein genialischer Feinmechaniker, dem Nathanael ein Perspektiv abgekauft hat. Aber er hat das Perspektiv „zu teuer bezahlt" und erschaudert (S. 29). Nach dem Abgang des Wetterglashändlers ist es, als „halle ein tiefer Todesseufzer grauenvoll durch das Zimmer, Nathanaels Atem stockte vor innerer Angst" (ebenda). Mit solcher Erzählweise bewirkt Hoffmann, der „Gespenster-Hoffmann", dass **das Fantastische als ein Unheimliches** und Grausiges die Nerven angreift wie in Horrorfilmen und beunruhigender wirkt als eine lizenzierte Hexe im *Faust*.

Vergleich der fantastischen Elemente in *Faust* und *Sandmann*

Nathanael hat das Perspektiv tatsächlich zu teuer bezahlt, denn er bezahlt mit seinem Leben. Nachdem er es erst auf die Holzpuppe Olimpia gerichtet hat und ihm dabei „feuchte Mondesstrahlen" in ihren, wie wir wissen, toten Augen aufgegangen waren (S. 28) und er der Puppe verfiel, richtet er es am Ende auf Clara, gerät dadurch außer sich und springt in den Tod.

Der Sandmann

Im Perspektiv ist das **Motiv der Augen** wieder aufgenommen, mit denen im **Ammenmärchen** der Sandmann seine Kinderchen im Mond speist: Wenn die Kinder nicht schlafen wollen, komme der **Sandmann** und schütte ihnen Sand in die Augen, sodass sie ihnen aus den Höhlen sprängen, hatte die Kinderfrau erzählt. Coppelius, der während seiner alchemistischen Experimente im Vaterhaus Nathanaels den kleinen Lauscher entdeckt und seine Augen fordert (Hoffmann lässt allerdings in der Schwebe, ob es sich hierbei nicht nur um einen Fiebertraum handelt), ist für Nathanael der Sandmann: Er ist teuflisch, er ist für ihn identisch mit dem Coppola, der Olimpia zerstört, sodass ihre blutigen Augen auf dem Pflaster liegen; Spalanzani wirft sie Nathanael gegen die Brust. Dies alles zusammen ist eigentlich mehr, als auch ein in sich gefestigter Mensch ertragen könnte. **Nathanael** aber ist labil, er besitzt eine überaus **lebhafte Fantasie** und dichterische Einbildungskraft, in der vielleicht die eigentliche Ursache dafür liegt, dass er sich aus diesem tödlichen „Feuerkreis", wie es in seiner Dichtung heißt (S. 23), nicht befreien

Nathanaels Trauma

kann. Diesen Gedanken spricht Clara aus. Für sie gibt es das Fantastische nicht. Sie sucht für alles natürliche und psychologische Erklärungen und trägt sie Nathanael vor, um ihn zu beruhigen. Sie glaubt, dass das „Entsetzliche und Schreckliche“ (S. 13), das ihn ängstigt, Einbildung und „Phantom“ seines Inneren sei, das er nach außen projiziere, während Nathanael sich objektiv und real verfolgt fühlt. Hoffmann sorgt dafür, dass auch der **Leser** letztlich **keine Klarheit** in diesem Streit gewinnen kann, denn es wird aus **wechselnden Perspektiven** erzählt. Für beide Deutungen gibt es zahlreiche Anhaltspunkte in der Novelle, sodass die Wahrheit nicht zu ermitteln ist. Die Liebe Olimpias etwa bildet Nathanael sich ein, Coppelius steht aber am Ende wirklich auf dem Marktplatz und verschwindet dann geisterhaft in der Menge. Dem romantischen Dichter E. T. A. Hoffmann geht es um genau diese Wirkung: Er **untergräbt** mit seiner Erzähltechnik **das Eindeutige**, „die eine Wahrheit“, nach dem jeder um seiner Seelenruhe willen verlangt. Die Welt außen und das Bewusstsein und Unterbewusstsein innen im Menschen sind ihm unsicheres Gelände.

Fantastisches oder Einbildung?

Die Sammlung von Erzählungen, zu denen der *Sandmann* gehört, sind Hoffmanns *Nachtstücke;* sie geben eine Ahnung von der anderen Seite, eben der Nachtseite menschlicher Existenz, zu denen das Grauen gehört, das den armen Nathanael in den Wahnsinn treibt.

Man könnte als Ergebnis festhalten, dass Goethe seine Gestalt des Faust mit übernatürlichen Wesen umgibt, die wirken, als wären sie real, während der Romantiker Hoffmann **im Realen das Irreale** entdeckt, den Abgrund und das Fantastische. ***Der Sandmann*** **ist fantastische Literatur**. *Faust* hingegen gehört trotz seines fantastischen Personals nicht in diese Kategorie.

Fazit des Vergleichs

TEILAUFGABE 3

Jeder kennt wohl aus der eigenen Erfahrung Beispiele für fantastische Literatur und Filme, von *Bibi Blocksberg*-Filmen bis zu – dann auf literarischem Niveau – nicht weniger fantastischen und verfilmten Geschichten wie *Krabat* von Otfried Preußler, *Die unendliche Geschichte* von Michael Ende oder Carrolls *Alice im Wunderland*. Das grausige Ammenmärchen vom Sandmann hat Hoffmann selber in seine Erzählung eingebettet als fantastische Literatur in fantastischer Literatur. Kinder lieben die **Grenzüberschreitung zwischen Realität und Suprarealität** in fantastischer Literatur, denn für sie sind die beiden Bereiche noch nicht eindeutig voneinander geschieden. Sie wechseln hin und her, ohne es recht zu merken, und erleben Dinge und Schatten als belebt und fürchten und gruseln

Bedeutung fantastischer Literatur für Kinder und Erwachsene

sich gern, sofern sich das Bedrohliche am Ende wieder ins Vertraute auflöst. Früher wie heute scheint relevant für Kinder zu sein, dass sich ihnen mit fantastischen **Geschichten fremde Räume erschließen** und **Allmachtsträume** erfüllen, wenn sie, sich mit den Helden und Heldinnen identifizierend, plötzlich fliegen, zaubern, sich verwandeln und das Böse besiegen können. Aber diese Fähigkeit zur magischen Verwandlung und virtuellen Potenzierung der menschlichen Eigenkräfte gehört nicht nur zu Kindern, sondern zum **kreativen Menschen** überhaupt, der schließlich noch nie Dagewesenes hervorbringt, Dichtungen und Kompositionen ebenso wie den Flug zum Mond, das genetische Klonen oder KI.

fantastische Geschichten als Reaktion auf die Aufklärung

Autoren der Aufklärung wollten zugunsten einer taghellen Vernünftigkeit die Vorstellung von Geistern, Dämonen, Spuk, naturmagischen Kräften und einer surreal-überrealen Welt hinter der Welt aus den Menschenköpfen vertreiben. (Bei Clara ist ihnen das gelungen.) Aber gerade ihr Purismus hat das Veto der künstlerischen Naturen der Romantik provoziert, die Reichtum und Abgrund der menschlichen Seele (Novalis: ihr *inneres Universum*) auszuloten begannen und so zu Stammvätern und -müttern der Horror-, Schauer-, Kriminal- und „Fantasy"-Literatur wurden, die wohl noch nie so wucherte wie seit der zweiten Hälfte des 20. Jahrhunderts. Je nüchterner, geregelter und auch entfremdeter der berufliche Alltag wurde, desto größer wurde wohl das Verlangen nach **Kompensation und Ausflucht in wilde Fantastik**, die Gefühle aufpeitscht und durchaus auch an Urängste rührt wie etwa im Motiv des künstlich erschaffenen Menschen. Zeitgleich mit Hoffmann gestaltete es Mary Shelley. Sie erfand den naturwissenschaftlich-alchemistisch besessenen Studenten Victor **Frankenstein**, der mit seinen „gottlosen Fingern" Leichenteile zu einer übergroßen Menschenfigur vernäht und sie mit einem Stromstoß zum Leben erweckt. Aber das **Monster verselbstständigt sich**. Der Schöpfer verliert die Kontrolle über sein Geschöpf. Frankenstein und die Ingenieure der Olimpia sind experimentierende Brüder im Geiste. Dass Wagner (im *Faust II*) der Homunkulus gelang, regt keinen auf, aber das Monster Frankensteins ist bis heute nicht mehr aus der Sparte Fantasy zu vertreiben und steht zugleich am Beginn der Science-Fiction-Literatur.

Beispiel: *Harry Potter* (mit Parallelen zum *Sandmann*)

Man mag die Reihe der *Harry Potter*-Romane von Joanne K. Rowling hier nicht auslassen, weil der Plot von *Sandmann* und *Harry Potter* Ähnlichkeiten aufweist. Der Literaturkritiker Denis Scheck hat die *Harry Potter*-Bücher in seinen Kanon der *100 wichtigsten Werke der Weltliteratur* aufgenommen, da keine Schriftstellerin unserer Zeit die kollektive Imagination so beeinflusst habe wie Rowling. Deren **ideelle Relevanz** heute ist also die Begeisterung junger und in die Jahre kommender Leser. Ihre **wirtschaftliche Relevanz** ist die Verbreitung, mediale Vermarktung und Auflagenzahl weltweit, die alles bisher je Dagewesene übertrifft. Harry Potter und die Parallelwelt mit Winkelgasse, Gleis 9¾ und dem Zauberinternat Hogwarts etc. ist Kult. Man unterhält sich über die Freunde und Feinde Harrys, kennt die Population der fantastischen Drachen, Einhörner, Basilisken, Schlangen, kennt natürlich Harrys Posteule Hedwig und Fluffy, den Cerberus mit drei Köpfen, kennt die lateinischen Zaubersprüche, ohne Latein zu können, auswendig und nimmt Anteil an jeder Wendung des Geschehens. Dem *Sandmann* ähnlich ist der Grundriss. **Über beiden Protagonisten**, über Harry wie Nathanael, walten böse, **feindliche Mächte**. Beide sind Gezeichnete von Kindheit an. Der schwarze Erzmagier Voldemort tötete Harrys Eltern und wollte auch Harry töten. Von diesem Angriff zeugt die Narbe auf Harrys Stirn. Nathanael vergisst nie, dass der ihm grauenhafte Coppelius seine Augen haben wollte, als er ein Kind war, und er gibt ihm die Schuld am Tod des Vaters. Nathanael trägt keine äußere, sondern eine seelische Verletzung davon: seine Traumatisierung. Beide Handlungsträger stehen ihr Leben lang im offenen oder latenten **Zweikampf mit diesem mächtigen Gegner**. Natürlich ist *Harry Potter* fantastische Trivialliteratur: in den Handlungsgängen ungeheuer abenteuerlich, in der Grundidee simpel mit zu erwartendem glücklichem Ende. Harry, der vorbestimmte künftige weiße Großmagier, wird den Tod seiner Eltern rächen und Voldemort mitsamt seinem letzten Seelenanteil final bezwingen. Er ist aus dem schlichten Holz aller klassischen Helden geschnitzt. Nathanael dagegen ist eine dichterische Natur, die die Orientierung zwischen Realität, subjektiver Projektion und Wahn verliert und mit Claras Vernünftigkeit letztlich nicht zu begreifen und nicht zu retten ist.

Schlussgedanke: Unterhaltung als Zweck fantastischer Literatur

Harry Potter lernt, handelt und siegt. Das gewinnt ihm die Herzen der Leserinnen und Leser und empfiehlt sich ihnen als Lebensmodell. Nathanael dagegen ist ein Loser in den Augen der bürgerlichen Zeitgenossen damals wie heute. Man möchte eigentlich das Etikett „fantastische Literatur“ vom *Sandmann* gern wieder abziehen und an die Unterhaltungsbranche delegieren. Die Geschichte von Nathanael ist vor allem tragisch. Fantastische Literatur liest man so weg. Sie setzt die **menschliche Fantasietätigkeit in Gang** und dient in erster Linie der **Unterhaltung** – als Spiel. Wer Hoffmann dagegen verstehen will, muss ihn sich erarbeiten.

Hessen Deutsch ▪ Abiturprüfung 2010
Grundkurs ▪ Vorschlag C

DARSTELLUNGEN VON GEWALT UND OHNMACHT IN DER LITERATUR

Erlaubte Hilfsmittel
- ein Wörterbuch zur deutschen Rechtschreibung
- Büchner, *Woyzeck*

Aufgabenstellung

1 Interpretieren Sie Franz Kafkas Erzählung *Ein altes Blatt* (Material), indem Sie neben der inhaltlichen und sprachlichen Gestaltung auch den Aufbau der Erzählung berücksichtigen. (35 BE)

2 Vergleichen Sie, wie die Erscheinungsformen von Gewalt und Ohnmacht in Kafkas Erzählung *Ein altes Blatt* (Material) und in Büchners Dramenfragment *Woyzeck* das Handeln der Personen bestimmen. (40 BE)

3 Diskutieren Sie auf der Grundlage Ihrer Ergebnisse aus Aufgabe 2, welcher der beiden Autoren *Gewalt und Ohnmacht* hinsichtlich heutiger Lebenserfahrung überzeugender thematisiert.
Beziehen Sie dabei auch Beispiele aus Ihrer eigenen Lebenswelt und Erfahrung mit ein. (25 BE)

Material **Franz Kafka: Ein altes Blatt (1917)**

Es ist, als wäre viel vernachlässigt worden in der Verteidigung unseres Vaterlandes. Wir haben uns bisher nicht darum gekümmert und sind unserer Arbeit nachgegangen; die Ereignisse der letzten Zeit machen uns aber Sorgen.

Ich habe eine Schusterwerkstatt auf dem Platz vor dem kaiserlichen Palast. Kaum öffne ich in der Morgendämmerung meinen Laden, sehe ich schon die Eingänge aller hier einlaufenden Gassen von Bewaffneten besetzt. Es sind aber nicht unsere Soldaten, sondern offenbar Nomaden aus dem Norden. Auf eine mir unbegreifliche Weise sind sie bis in die Hauptstadt gedrungen, die doch sehr weit von der Grenze entfernt ist. Jedenfalls sind sie also da; es scheint, daß jeden Morgen mehr werden.

Ihrer Natur entsprechend lagern sie unter freiem Himmel, denn Wohnhäuser verabscheuen sie. Sie beschäftigen sich mit dem Schärfen der Schwerter, dem Zuspitzen der Pfeile, mit Übungen zu Pferde. Aus diesem stillen, immer ängstlich rein gehaltenen Platz haben sie einen wahren Stall gemacht. Wir versuchen zwar manchmal aus unseren Geschäften hervorzulaufen und wenigstens den ärgsten Unrat wegzuschaffen, aber es geschieht immer seltener, denn die Anstrengung ist nutzlos und bringt uns überdies in die Gefahr, unter die wilden Pferde zu kommen oder von den Peitschen verletzt zu werden.

Sprechen kann man mit den Nomaden nicht. Unsere Sprache kennen sie nicht, ja sie haben kaum eine eigene. Unter einander verständigen sie sich ähnlich wie Dohlen. Immer wieder hört man diesen Schrei der Dohlen. Unsere Lebensweise, unsere Einrichtungen sind ihnen ebenso unbegreiflich wie gleichgültig. Infolgedessen zeigen sie sich auch gegen jede Zeichensprache ablehnend. Du magst dir die Kiefer verrenken und die Hände aus den Gelenken winden, sie haben dich doch nicht verstanden und werden dich nie verstehen. Oft machen sie Grimassen; dann dreht sich das Weiß ihrer Augen und Schaum schwillt aus ihrem Munde, doch wollen sie damit weder etwas sagen noch auch erschrecken; sie tun es, weil es so ihre Art ist. Was sie brauchen, nehmen sie. Man kann nicht sagen, daß sie Gewalt anwenden. Vor ihrem Zugriff tritt man beiseite und überläßt ihnen alles.

Auch von meinen Vorräten haben sie manches gute Stück genommen. Ich kann aber darüber nicht klagen, wenn ich zum Beispiel zusehe, wie es dem Fleischer gegenüber geht. Kaum bringt er seine Waren ein, ist ihm schon alles entrissen und wird von den Nomaden verschlungen. Auch ihre Pferde fressen Fleisch; oft liegt ein Reiter neben seinem Pferd und beide nähren sich vom gleichen Fleischstück, jeder an einem Ende. Der Fleischhauer ist ängstlich und wagt es nicht, mit den Fleischlieferungen aufzuhören. Wir verstehen das aber, schießen Geld zusammen und unterstützen ihn. Bekämen die Nomaden kein Fleisch, wer weiß, was ihnen zu tun einfiele; wer weiß allerdings, was ihnen einfallen wird, selbst wenn sie täglich Fleisch bekommen.

Letzthin dachte der Fleischer, er könne sich wenigstens die Mühe des Schlachtens sparen, und brachte am Morgen einen lebendigen Ochsen. Das darf er nicht mehr wiederholen. Ich lag wohl eine Stunde ganz hinten in meiner Werkstatt platt auf dem Boden und alle meine Kleider, Decken und Polster hatte ich über mir aufgehäuft, nur um das Gebrüll des Ochsen nicht zu hören, den von allen Seiten die Nomaden ansprangen, um mit den Zähnen Stücke aus seinem warmen Fleisch zu reißen. Schon lange war es still, ehe ich mich auszugehen getraute; wie Trinker um ein Weinfaß lagen sie müde um die Reste des Ochsen.

Gerade damals glaubte ich den Kaiser selbst in einem Fenster des Palastes gesehen zu haben; niemals sonst kommt er in diese äußeren Gemächer, immer nur lebt er in dem innersten Garten; diesmal aber stand er, so schien es mir wenigstens, an einem der Fenster und blickte mit gesenktem Kopf auf das Treiben vor seinem Schloß.

„Wie wird es werden?“ fragen wir uns alle. „Wie lange werden wir diese Last und Qual ertragen? Der kaiserliche Palast hat die Nomaden angelockt, versteht es aber nicht, sie wieder zu vertreiben. Das Tor bleibt verschlossen; die Wache, früher immer festlich ein- und ausmarschierend, hält sich hinter vergitterten Fenstern. Uns Handwerkern und Geschäftsleuten ist die Rettung des Vaterlandes anvertraut; wir sind aber einer solchen Aufgabe nicht gewachsen; haben uns doch auch nie gerühmt, dessen fähig zu sein. Ein Mißverständnis ist es, und wir gehen daran zugrunde.“

Aus: Franz Kafka: Erzählungen, Stuttgart 1995, S. 175–177.
Die Rechtschreibung entspricht der Textvorlage.

TIPP **Bearbeitungshinweise**

Die Aufgabe ist klassisch zugeschnitten: Ein fremder Text – *Ein altes Blatt* von Franz Kafka – ist zu interpretieren (1) und mit einem bekannten Text – *Woyzeck* von Georg Büchner – in Beziehung zu setzen (2); eine Erörterung schließt sich an (3).

Sie kennen vermutlich Franz Kafka und die sanfte Logik seines Erzählens, mit der sich das anscheinend Absurde und ganz und gar Befremdliche unweigerlich in Realität verwandelt. *Ein altes Blatt* zieht Sie abermals in diese Kafka-Welt hinein. Aber Ihre Aufgabe ist es nicht, im neuen Text Merkmale kafkaschen Schreibens zu ermitteln, sondern Sie sollen lediglich den thematisch vorgegebenen Bogen zurück zu Büchner schlagen. Das vereinfacht die Aufgabe. Dennoch ist Vorschlag C nicht anspruchslos.

Lesen Sie den fremden Text mehrfach möglichst unbefangen und konzentriert mit dem Stift in der Hand. Klären Sie Grundlagen (Wer? Was? Wann? Wo?), aus denen sich das Wie und Warum meist von selbst ergibt. Lassen Sie sich Zeit, sich zu wundern. Werden Sie sich klar darüber, was Sie besonders irritiert und gehen Sie dem Befremdlichen oder Anstößigen nicht aus dem Weg, sondern halten Sie fest, was Sie verwundert! Untersuchen Sie den Text dann in mehreren Durchgängen auf die geforderten Aspekte Inhalt, Gliederung und sprachliche Gestaltung hin. Achten Sie auf die Erzählperspektive und auf Temporaladverbien (Angaben zur Zeit und Dauer der Nomaden-Invasion). Markieren Sie die einzelnen Aspekte mit verschiedenfarbigen Stiften; suchen Sie Aussagen zum Generalthema „Gewalt und Ohnmacht“ und kennzeichnen Sie, was Sie als These, Fazit oder Schüsselsatz ansehen. Leiten Sie Ihre Interpretation mit einer knappen Zusammenfassung des Erzählten ein und reflektieren Sie die Befunde Ihrer Vorarbeit (Ihrer Textanalyse).

Aufgabe 2 hat zwar die meisten Punkte, aber das Erreichen der vollen Punktzahl ist abhängig von Ihren Fähigkeiten im Umgang mit dem fremden Text (in 1). Aufgabe 3 verlangt eine Entscheidung von Ihnen. Wenn Sie nicht platt pragmatisch votieren, ist diese gar nicht so einfach zu treffen. Erwägen Sie mögliche Bedeutungsebenen der Texte: ihre offenkundige und ihre möglicherweise verdeckte, metaphorische oder parabelhaft-symbolische. Schreiben Sie also kritisch und abwägend.

Lösungsvorschlag

TEILAUFGABE 1

Franz Kafkas Erzählung *Ein altes Blatt* aus dem Jahr 1917 handelt – zumindest dem ersten Eindruck nach – von einer **Invasion**. Unvorstellbar fremdartige Krieger sind über die Grenzen eines Kaiserreiches bis in dessen Hauptstadt vorgedrungen und lagern nun auf deren zentralem Platz. Die Vorderfront des kaiserlichen Palastes zeigt auf diesen Platz, die Läden von Handwerkern und Kaufleuten öffnen sich auf ihn hin, und aus allen Richtungen münden Gassen in ihn ein. Zweifellos ist dieser **Platz** also das **Herzstück des Reiches**.

Vorstellung des Textes: Autor, Titel, Gattung, Jahr, Thema

Handlungsort

Die Zeit, von der erzählt wird, muss lange zurückliegen, denn die Invasoren sind ein nomadisches Reitervolk mit wilden Pferden (vgl. Z. 16) und archaischen Waffen (vgl. Z. 11 f.), und die Regierung des Landes liegt in der Hand eines Kaisers (vgl. Z. 46 ff.). Der **Titel** *Ein altes Blatt* fingiert, dass die Erzählung keine Fiktion ist, sondern ein historisches Dokument, einst aufgezeichnet von einem Betroffenen, der die Ereignisse aus unmittelbarer Nähe miterlebt und über sie nachgedacht hat. Dieser Zeuge oder **Erzähler** stellt sich als Besitzer einer Schusterwerkstatt vor (vgl. Z. 4). Er spricht in der ersten Person Singular von sich, zieht sich gelegentlich hinter das unpersönliche „man" zurück (vgl. Z. 27 f.), wechselt aber auch oft in die erste Person Plural (ins „Wir", z. B. in Z. 2 f., 13 ff.), denn er versteht sich als **Teil des Volkes**, und es ist sein Anliegen, die unüberbrückbare Kluft zwischen den eigenen Leuten und den anderen, den Invasoren, begreiflich zu machen.

Handlungszeit

erzählerische Gestaltung

Aus diesem Anliegen ergibt sich die **Gliederung** seines Berichts beziehungsweise der Erzählung:

Aufbau der Erzählung

- Nach einer kurzen Einleitung (Z. 1–3), auf deren Inhalt der Schluss (Z. 50–56) zurückkommen wird, führt der zweite Absatz (Z. 4–9) in die **Topografie des Ortes** und in die **Situation** ein. Unbegreiflicherweise sind „Nomaden aus dem Norden" (Z. 7) da und werden anscheinend jede Nacht mehr (vgl. Z. 9).

– Beschreibung der Situation

- Absatz 3 charakterisiert vorerst noch allgemein ihre **Lebensweise** unter „freiem Himmel" (Z. 10) und die durch sie verursachte Verschmutzung des bisher penibel sauber gehaltenen Platzes. Sie haben diesen in einen „wahren Stall" verwandelt (Z. 13). Die Bürger versuchen anfangs, den „ärgsten Unrat" (Z. 14) zu beseitigen, begreifen aber allmählich, dass das nutzlos und zu gefährlich ist (vgl. Z. 15 f.).

– Charakterisierung der Nomaden

- Die folgenden drei Absätze gelten besonders der **Sprache** (Absatz 4, Z. 18 ff.) und der **Ernährung** (Absatz 5 und 6) der Nomaden. Deren Barbarei offenbart sich unüberbietbar in der **atavistischen Fressorgie**, in der sie einen Ochsen bei lebendigem Leibe verschlingen (Absatz 6, Z. 38–45).
- Nach diesem Höhepunkt wechselt der Erzähler (mit Absatz 7, Z. 46 ff.) die **Blickrichtung**. Er schaut jetzt zum Palast hin und glaubt, den **Kaiser** „mit gesenktem Kopf“ (Z. 49) hinter einem seiner Fenster gesehen zu haben. Am Anfang war, fast noch verharmlosend, von „Sorgen“ (Z. 3) die Rede. Angesichts der Passivität des Staatsoberhauptes und seiner nun im Palast verschanzten Soldaten fragen sich die Bürger aber am Schluss (Absatz 8), wie lange sie diese „Last und Qual“ (Z. 50 f.) noch werden ertragen können. Ihre Analyse der Lage lässt sie erkennen, dass sie zugrunde gehen werden (vgl. Z. 56). Dieser letzte Absatz steht in Anführungsstrichen. Der Schuster **zitiert** hier: Er gibt die Gedanken und Gefühle aller wieder.

– Verhalten des Herrschers und Ausblick

Kafkas Text erzählt vom Einbruch eines unfassbar Fremden in eine bisher geordnete Welt. Anfangs nennt er das, was da wie ein Naturereignis über die Bürger eines Gemeinwesens hereinbricht, noch vage „die Ereignisse der letzten Zeit“ (Z. 3). Dann ist zu erfahren, dass das blanke **Chaos** und rohe Barbarei sich in ihrer Mitte ausbreiten. Kafka treibt die Steigerung des Abstoßenden und Unzivilisierten bis ins Absurde, denn entgegen allen Gesetzen der Natur fressen die Pferde der Ankömmlinge Fleisch, und sie selber fressen viehisch mit ihnen zusammen am selben Stück (vgl. Z. 32 ff.). Die Ochsenorgie ist nur der Höhepunkt des Grässlichen. Die Geschäftsleute und Handwerker im Zentrum des Landes sind hilflos. Sie können sich nicht erklären, wie die Fremden ihre Landesgrenzen überwinden und herkommen konnten (vgl. Z. 7 ff.). Schließlich geben sie es auf, ihre **Ordnung** leidlich aufrechterhalten zu wollen (vgl. Z. 13 ff.), sie begreifen, dass sie sich den Fremden, die eine andere Sprache haben, trotz aller Anstrengungen nie werden verständlich machen können (vgl. Z. 24), sie wissen sich nicht zu helfen, weil sie die Reaktionen der Fremden nicht kalkulieren können (vgl. Z. 36 f.). Diese sind bewaffnet und stellen eine starke **Macht** dar. Sie töten aber die Bürger nicht, wollen sie nicht einmal erschrecken (vgl. Z. 25 f.) und greifen sonderbarerweise auch den Palast nicht an, der sie doch angelockt hat (vgl. Z. 51). Kafka legt Wert darauf auszudrücken, dass sie **lediglich da**, lediglich vorhanden sind. „Man kann nicht sagen, daß sie Gewalt anwenden“, heißt es ausdrücklich im Text (Z. 27); aber sie nehmen sich, was sie brauchen. **Ohnmächtig** sehen die Bürger dem zu.

Kontrast von Barbarei und Ordnung, Macht und Ohnmacht

Die Erzählung erweckt den Anschein, als wären die Menschen eines zivilisierten Gemeinwesens über Nacht nackter Gewalt ausgesetzt, als gäbe es klar gegeneinander abgegrenzt hier die Herren des Landes, dort die Eindringlinge, hier Opfer, dort Täter, hier Unschuldige, dort die Schuldigen und Bösen. Aber erstens dauert die Besetzung des Hauptplatzes schon lange an. Wenn die Fremden „jeden Morgen" mehr geworden zu sein scheinen (Z. 9), wenn die Einheimischen „manchmal" (Z. 13) und dann „immer seltener" (Z. 15) etwas unternehmen, wenn sie „oft" (Z. 24) das Grimassieren der Barbaren beobachten, so lässt das darauf schließen, dass der vermeintliche **Ausnahmezustand** eigentlich **längst ein Dauerzustand** ist. Auch das Ochsenmahl liegt bereits lange, in einem zeitlich nicht näher bestimmten Damals (vgl. Z. 46) zurück.

Dauerhaftigkeit der Besetzung

Zweitens geht das Unheil nicht einseitig von den Nomaden aus, vielmehr offenbaren sich seit ihrem Vorhandensein die **Defizite** des bisher anscheinend so sicheren und wohlgeordneten Lebens: Die Nomaden haben in Kafkas Erzählung die **Funktion eines Katalysators**. Die Ladenbesitzer, Handwerker und Geschäftsleute sind völlig unpolitisch ihrer Arbeit nachgegangen und haben sich um die Belange des Landes nicht gekümmert (vgl. Z. 2). Sie haben sich gedankenlos auf die Regierung, auf den in der Tiefe seiner Palastanlage verborgenen Kaiser und sein Militär verlassen wie auf einen fernen Gott, aber diese Instanz erweist sich als ohnmächtig und ist vielleicht sogar nur ein Phantom. Den Bürgern selbst fällt jetzt die „Rettung des Vaterlandes" zu, aber dieser Aufgabe sind sie nicht gewachsen, sodass sie sich für verloren halten müssen (vgl. Z. 55 f.). Oben und Unten, Kaiser und Untertanen oder Regierung und Volk, waren – so stellt sich heraus – keine lebendige arbeitsteilige Einheit, kein überzeugender Staatsorganismus. Der gesamte vermeintliche Staatsaufbau beziehungsweise die bisher staatstragende Ideologie enthüllt sich den Menschen jetzt als „**[e]in Mißverständnis**" (Z. 56).

Enthüllen der Mängel der staatlichen Ordnung

Diese Wortwahl ist eigenartig und verschiebt im Schlusssatz den Konflikt auf die sprachliche Ebene. Indem das Verhängnis als Folge eines Missverständnisses begriffen wird, wirft die Erzählung das **Problem der Kommunikation** ein zweites Mal auf. Schon der vierte Absatz thematisierte ausführlich die **Sprachbarriere** zwischen den Einheimischen und den Nomaden. Die Nomaden, beobachtet der Schuster, haben kaum eine eigene Sprache (vgl. Z. 19). Sie verständigen sich untereinander durch vogelähnliche Schreie, „ähnlich wie Dohlen" (Z. 19). Sie haben keinerlei Interesse daran, mit den Einheimischen in sprachlichen Kontakt zu treten und wollen auch von deren Verständigungsangeboten durch Zeichensprache nichts wissen. Was da auf dem zentralen Platz zwischen den Bürgern kampiert, ist das absolut Fremde, das rätselhaft Unverständliche, zu dem hin

Kommunikationsprobleme Bürger – Fremde

es keinen sprachlich-rationalen Zugang und folglich keine Möglichkeit der Kontrolle und Einflussnahme gibt.

psychoanalytische Deutung

Die Erzählung ist von 1917. Kafka war beeindruckt von **Sigmund Freuds** dreistufigem **Persönlichkeitsmodell** mit den Bestandteilen Es, Ich und Über-Ich oder Unterbewusstes, Bewusstsein und verinnerlichtes kulturelles Wertesystem beziehungsweise Überbau. Die Deutung liegt nahe, dass das, was auf unerklärliche Weise einfach „da" ist und das Zentrum beherrscht, die eigene unartikulierte, nicht kontrollierbare Triebnatur, das sehr ursprüngliche Gefühlsleben eines jeden Menschen beziehungsweise seine „innere Wildnis" ist. Sie wird als bedrohliche, unregulierbare Kraft empfunden, der man erliegt, sofern man sie nicht als Teil seiner selbst anzuerkennen lernt.

Sprachliche Gestaltungsmittel der Erzählung unterstützen diese Deutung: Der Schuster bekundet durch die konjunktivische Form gleich seines ersten Satzes („Es ist, als wäre …") große Unsicherheit. Er tappt im Dunkeln, ist auf Vermutungen angewiesen (Z. 9: „es scheint, daß …") und kann sich nicht erklären, wie die Fremden ins Landesinnere eindringen konnten. Am Ende liegt gar keine Invasion von außen vor, sondern das, was das Landesinnere besetzt, ist aus eben diesem Inneren hervorgebrochen.

Kommunikationsprobleme Bürger – Herrscher

Aber es gibt die Kommunikationsprobleme nicht nur gleichsam nach unten, sondern auch nach oben, denn die **zweite Kommunikationsbarriere** trennt **Kaiser und Volk** voneinander. Noch nie hat der Kaiser eines der äußeren, zum Platz hin liegenden Gemächer seines Palastes betreten, noch nie sich an einem der dem Platz zugewandten Fenster gezeigt (vgl. Z. 47 f.). Und auch jetzt glaubt der Schuster lediglich, ihn gesehen zu haben (vgl. Z. 46 f.). Abermals schränkt er also seine Aussage durch sprachliche Formen des bloßen Mutmaßens ein. Der Palast ist da, aber jetzt, in der Krise, bleibt sein Tor „verschlossen" (Z. 52). Man hatte geglaubt, im Schatten oder unter dem Schutz des Palastes unbesorgt seinen Geschäften nachgehen zu können, aber das erweist sich als Irrtum. Man hatte den Kaiser wohl als soziale, politische und mythische Spitze des Gemeinwesens und gleichsam als Über-Ich und Garant der Ordnung verstanden, aber es war ein „Missverständnis". Das gesenkte Haupt des Kaisers – wenn es denn sein Haupt am Fenster ist – drückt Trauer oder Hilflosigkeit oder beides zugleich aus. Der Kaiser vermag nichts. In der Not kommt keine Hilfe von dort oben, und in Wahrheit haben Volk und Kaiser ja auch noch nie miteinander gesprochen. Nun glauben die Menschen zugrunde gehen zu müssen, weil sie zu spät begreifen, dass sie selber für ihre Rettung zuständig sind.

Versagen des Kaisers, Hoffnungslosigkeit

TEILAUFGABE 2

Der gemeine Soldat **Woyzeck** ist die Hauptfigur in Georg Büchners gleichnamigem Dramenfragment von 1836 und steht doch in der militärischen Hierarchie und im sozialen Gefüge der Ständegesellschaft ganz unten, viel tiefer noch als die Ladenbesitzer in Kafkas Erzählung *Ein altes Blatt,* die ja eigentlich die Mitte der Gesellschaft sind und das Volk repräsentieren. Der Hauptmann kritisiert und schikaniert Woyzeck und amüsiert sich auf seine Kosten; der Doktor, dem Woyzeck sich um eines kleinen Nebenerwerbs willen für Experimente zur Verfügung stellt, quält und verspottet ihn; Marie, die Mutter seines unehelichen Sohnes, betrügt ihn mit einem stattlichen Tambourmajor, dem es ein Leichtes ist, den körperlich geschwächten Widerpart zusammenzuschlagen und zu demütigen. Woyzeck erleidet **physische und tiefe psychische Gewalt**. Eindeutig wird er als letztes Glied der sozialen Kette derart in Verzweiflung und in die Ecke getrieben, dass er, das ohnmächtige **Opfer** aller, **zum Täter** wird. Er kann sich gegen seine Peiniger nicht wehren, und so ersticht er das Liebste, was er auf der Welt hat, seine Marie. Seine Aggression kehrt sich also letztlich gegen sich selbst. Georg Büchner hat Mitleid mit Woyzeck. Angesichts seines Schicksals plädiert er für eine humanere und sozial gerechtere Welt und für eine Justizreform, die nicht nur *de jure* oder *de facto* Recht spricht, sondern Tat-Motive und Umstände der Tat mit berücksichtigt.

Vergleich von Kafkas Erzählung mit *Woyzeck*
– sozialer Status der Protagonisten

– Ohnmacht Woyzecks

Auf etwas andere Weise als bei Büchner erfährt das Volk **in Kafkas Erzählung** die eigene **Ohnmacht**. Es leidet unter den wilden Barbaren mitten im Land, da sie sich nehmen, wonach es sie gelüstet. Der Schuster und seine Nachbarn fühlen sich hilflos angesichts all des Schreckens vor ihren Haustüren, auch wenn ihnen körperliche Gewalt nicht angetan wird (vgl. Z. 27). Aber sie hätten sich – ganz anders als der arme Woyzeck – sogar wehren und ihre vermeintlichen Peiniger überwältigen können, als diese nach dem Ochsenmahl apathisch und wie Betrunkene auf dem Platz herumlagen (vgl. Z. 44 f.); aber mitsamt dem Militär im Schloss verharren sie in unerklärlicher Passivität. Woyzeck ist das offensichtliche Opfer von offensichtlicher Gewalt. Bei Kafka findet handgreifliche Gewalt nicht statt. Vielleicht bilden sich die Bürger ihren Opferstatus nur ein. Vielleicht entzieht ihnen eben darum der Autor sein Mitgefühl. Es gibt keinen Hinweis darauf, dass Kafka etwa hinter dem Schuster und seiner Beurteilung der Ereignisse stünde.

– Ohnmacht des Volks bei Kafka

Unerträglich ist dem Volk bei Kafka die unzivilisierte, annähernd viehische Lebensweise der Nomaden, ihre ungezügelte Gier beim Vertilgen des Ochsen und insgesamt ihre **Triebhaftigkeit** und die kaum ausgeprägte Abgrenzung vom Tier. Vergleichbar damit erfährt

– Überforderung durch Triebhaftigkeit

Woyzeck Maries entfesselte Triebhaftigkeit in der Szene *Wirtshaus* als Gewalt, gegen die er nichts vermag: Er sieht sie mit dem Tambour tanzen, sieht und erlebt, wie sie den anderen begehrt, in sinnlicher Ekstase ihr „Immer zu“ ruft und nicht genug kriegen kann. Maries Untreue treibt Woyzeck in eine Verzweiflung von apokalyptischem Ausmaß. „Dreht euch, wälzt euch. Warum bläst Gott nicht die Sonn aus, daß Alles in Unzucht sich übereinander wälzt, Mann und Weib, Mensch und Vieh“, so stöhnt oder flucht oder kapituliert er. Dann denkt er daran, ein Messer zu kaufen.

– Hilflosigkeit gegenüber der Gewalt

Noch eine andere Art der Ohnmachtserfahrung teilen die Menschen in Kafkas Erzählung mit Woyzeck. Sie können das Unheil, das ihnen widerfährt, nicht verstehen oder es sich erklären und es (folglich) auch nicht bekämpfen. Es ist einfach da. **Die Rätselhaftigkeit** des Phänomens **ängstigt**. So wie die Nomaden einfach „da“ sind, nimmt Woyzeck in der Natur und am Himmel Zeichen wahr, die er nicht entziffern kann und die ihn ängstigen. Und beide, Kafkas Protagonisten und Woyzeck, fühlen sich gleichsam **metaphysisch verlassen**. Die Bürger müssen erkennen, dass die Tore des Palastes geschlossen sind und ihnen der Kaiser nicht helfen wird; Woyzeck fühlt sich von Gott verlassen. Das Menschenkind, das im *Großmuttermärchen* im Himmel Zuflucht sucht, findet dort oben alles tot und leer. Der Überbau entpuppt sich als Schimäre.

TEILAUFGABE 3

Besonderheit von Kafkas Text: Parabel verhindert einerseits Empathie, …

Vermutlich trifft zu, dass Kafka darum nicht hinter seinen Protagonisten steht, weil seine Erzählung eine kritische psychologische oder existenzphilosophische **Parabel** ist. Auf der **Bildebene** haben Barbaren die Hauptstadt okkupiert, sodass man eigentlich Mitgefühl mit den bedrängten Bürgern empfinden müsste. Aber das Mitgefühl des Lesers stellt sich nicht ein, denn was törichterweise als bedrohliche Macht erlitten und als eigene Ohnmacht und Hilflosigkeit ihr gegenüber erfahren wird, sind wohl auf der **Bedeutungsebene** die verdrängten, nicht eingestandenen archaischen Schichten des eigenen Wesens. Der „stille[ ], immer ängstlich rein gehaltene[ ] Platz“ (Z. 12 f.) verdankt sich – wie besonders das Adverb „ängstlich“ zu verstehen gibt – der **Verdrängung** der weniger vorzeigbaren Persönlichkeitsanteile. Tritt das Unterdrückte aber eines Tages mit Macht in Erscheinung, so verwandelt sich der sterile Platz ins andere Extrem, in einen veritablen Saustall sozusagen (s. ebd.).

… ist andererseits zeitlos

Die nicht zu unterschätzende menschliche Vitalität oder **Gewalt** der eigenen Triebstruktur und die gelegentliche **Ohnmacht** des eigenen Willens und Verstandes und zivilisierter Ordnungsvorstellungen ihr gegenüber bleiben für jeden Menschen ein Thema im Umgang mit sich selbst und mit anderen. Insofern ist das, was Kafka thematisiert hat und als Problem aufwirft, hinsichtlich heutiger Lebenserfahrung nach wie vor überzeugend. Vielleicht, so könnte man folgern, übt sich im Umgang mit sich selbst und indem man die **Verantwortung** für die dunklen Seiten der eigenen Natur und für das eigene Handeln übernimmt, auch das Verständnis für andere und damit das soziale Gewissen und die politische Verantwortung eines Menschen ein.

Büchners Engagement für die Armen

Georg Büchner konnte vielleicht auch darum zum Anwalt für soziale Gerechtigkeit werden, weil er sich Rechenschaft darüber ablegte, was das ist, das „in uns lügt, hurt und stiehlt" *(Dantons Tod)*. Er hat das **Menschenbild** seiner Zeit **erweitert**, denn er hatte den Mut, die **Abgründe der Menschennatur** einzubeziehen. Darum konnte er – neben der Benennung der verheerenden sozialen Mängel und heuchlerischen moralischen Konventionen – auch Woyzeck und Marie als vollwertige Menschen begreifen und für sie eintreten.

ähnliches Erkenntnisinteresse bei Kafka und Büchner

Büchners Grundfragen hinsichtlich des gestellten Themas – Woher kommt Gewalttätigkeit?; Wie entsteht sie und wie ist sie zu verstehen?; Aus welchen Quellen speist sich das Gefühl der Ohnmacht und wohin kann es führen? – sind von denen Kafkas kaum unterschieden. Beiden Autoren ging es offenbar darum, die Bedingungen von Gewalt und Ohnmacht zu verstehen, sodass man wohl die Entscheidung darüber, wer das nun überzeugender tat, begründet verweigern darf.

heutige Formen von Gewalt und Ohnmacht

Gegenwärtige rechts- oder linksextreme Gewalt, muslimischer Fundamentalismus von Pakistan bis London, brennende Autos in den Pariser Vorstädten, Aufstände, Kriege, Einbrüche, Überfälle, Amokläufe, Vandalismus … oder auch die nur leise gezischte verbale Vernichtung eines Mitschülers haben Gründe. Nicht selten ist das Gefühl der Ohnmacht und des hilflosen Ausgeliefertseins nicht etwa das Gegenteil von Gewalt, sondern gerade deren Ursache. Unsere Aufgabe wäre es, soviel wie möglich von diesen **Gründen** in Erfahrung zu bringen, um an den Wurzeln des Übels ansetzen zu können. Wir – und unsere Staaten mit den entsprechenden Institutionen – müssen uns also zu verstehen bemühen, wodurch Ohnmachtsgefühle entstehen und so bedrängend werden, dass sie in Gewaltbereitschaft umschlagen oder sich in Gewalttätigkeit bereits Luft gemacht haben. Ein Grund für Gewalttätigkeit ist – wie bei Woyzeck – das schwer verletzte Selbstwertgefühl der Täter. Gute therapeutische Gegenmaßnahmen finden sich etwa in der Sozialarbeit mit perspektivlosen Jugendlichen an sozialen Brennpunkten oder im Jugendgefängnis: Durch Leistungssport – durch Boxen etwa – und durch gezielte Heranführung an den Hauptschulabschluss lernen die Jugendlichen,

Abhilfe durch Ursachensuche

Regeln zu achten, sie erfahren Anerkennung und schrittweise Erfolgserlebnisse und können auf diesem Weg wieder Zutrauen zu sich selbst gewinnen. Naiv wirkt aber der Glaube, die im islamischen Fundamentalismus sich entladende, seit der Kolonialzeit anhaltende Kränkung der muslimischen Welt durch Toleranzgebärden besänftigen zu können.

Hessen Deutsch ▪ Abiturprüfung 2012
Grundkurs ▪ Vorschlag A

LIEBESVORSTELLUNGEN IN DER LYRIK

Erlaubte Hilfsmittel
- ein Wörterbuch zur deutschen Rechtschreibung
- eine Liste der fachspezifischen Operatoren

Aufgabenstellung

1 Interpretieren Sie *Die eine Klage* von Karoline von Günderrode als ein romantisches Gedicht (Material 1). (35 BE)

2 Charakterisieren Sie das Liebeserlebnis im Gedicht *Erinnerung an die Marie A.* von Bertolt Brecht (Material 2) und vergleichen Sie dieses mit der Liebesvorstellung im Gedicht *Die eine Klage* (Material 1). (40 BE)

3 Beurteilen Sie vor dem Hintergrund Ihrer eigenen Erwartungen an ein zeitgenössisches Liebesgedicht (bzw. einen Liebessong), inwieweit Günderrodes und Brechts Gedichte diesen Anspruch erfüllen. (25 BE)

Material 1 Karoline von Günderrode: Die eine Klage (1805)

Wer die tiefste aller Wunden
Hat in Geist und Sinn empfunden
Bittrer Trennung Schmerz;
Wer geliebt was er verloren,
Lassen muß was er erkoren,
Das geliebte Herz,

Der versteht in Lust die Tränen
Und der Liebe ewig Sehnen
Eins in Zwei zu sein,
Eins im Andern sich zu finden,
Daß der Zweiheit Grenzen schwinden
Und des Daseins Pein.

Wer so ganz in Herz und Sinnen
Konnt ein Wesen liebgewinnen
O! den tröstet's nicht
Daß für Freuden, die verloren,
Neue werden neu geboren:
Jene sind's doch nicht.

Das geliebte, süße Leben,
Dieses Nehmen und dies Geben,
Wort und Sinn und Blick,
Dieses Suchen und dies Finden,
Dieses Denken und Empfinden
Gibt kein Gott zurück.

Aus: Karoline von Günderrode: Gedichte, Prosa, Briefe,
hg. von Hannelore Schlaffer, Stuttgart 1998, S. 57

Material 2 Bertolt Brecht: Erinnerung an die Marie A. (1920)

1
An jenem Tag im blauen Mond September
Still unter einem jungen Pflaumenbaum
Da hielt ich sie, die stille bleiche Liebe
In meinem Arm wie einen holden Traum.
Und über uns im schönen Sommerhimmel
War eine Wolke, die ich lange sah
Sie war sehr weiß und ungeheuer oben
Und als ich aufsah, war sie nimmer da.

2
Seit jenem Tag sind viele, viele Monde
Geschwommen still hinunter und vorbei.
Die Pflaumenbäume sind wohl abgehauen
Und fragst du mich, was mit der Liebe sei?
So sag ich dir: ich kann mich nicht erinnern
Und doch, gewiß, ich weiß schon, was du meinst.
Doch ihr Gesicht, das weiß ich wirklich nimmer
Ich weiß nur mehr: ich küßte es dereinst.

3
Und auch den Kuß, ich hätt ihn längst vergessen
Wenn nicht die Wolke dagewesen wär
Die weiß ich noch und werd ich immer wissen
Sie war sehr weiß und kam von oben her.
Die Pflaumenbäume blühn vielleicht noch immer
Und jene Frau hat jetzt vielleicht das siebte Kind
Doch jene Wolke blühte nur Minuten
Und als ich aufsah, schwand sie schon im Wind.

Aus: Bertolt Brecht: Gesammelte Werke 8, Frankfurt/Main 1967, S. 232
Die Rechtschreibung beider Gedichte entspricht der Textvorlage.

TIPP **Bearbeitungshinweise**

Zu Karoline von Günderrode: 1780 in Karlsruhe geboren, wuchs sie in Hanau auf und wurde bald mit dem Kreis der Romantiker zwischen Frankfurt und Heidelberg bekannt. Clemens und Bettina von Brentano gehörten zu ihren Freunden; ihre Liebe galt allerdings dem verheirateten Heidelberger Gelehrten Friedrich Creuzer. Ihr erster Gedichtband erschien unter dem Pseudonym „Tian". Selbst Goethe, der der Romantik skeptisch gegenüberstand, war von Günderrodes Begabung und Eigenständigkeit beeindruckt. 1806, ein Jahr nach dem Gedicht *Die eine Klage* (M 1), trennte sich Creuzer von ihr. Auf seinen Abschiedsbrief hin nahm sie sich das Leben: Sie erstach sich mit einem Dolch.

Aufgabe 1 gibt Ihnen auf, das Gedicht (M 1) zu interpretieren. Übereilen Sie sich nicht damit. Lesen Sie es mehrfach, hören Sie sich in seinen Rhythmus ein und markieren Sie klanglich zusammengehörige, besonders betonte oder sonst auffällige Stellen. Analysieren Sie, wie die Strophen insgesamt, besonders aber Strophe 1 und 2 einerseits und 3 und 4 andererseits, gedanklich und grammatisch (syntaktisch) zusammenhängen. Ihre Interpretation verspricht „gut" zu werden, wenn Sie den Gehalt des Gedichts nicht nur aus der Bedeutung der Wörter, sondern gleichzeitig aus seinen rhetorischen und lyrischen Mitteln erschließen. Schreiben Sie nicht – Strophe für Strophe paraphrasierend – einfach los. Neben der erwarteten Einleitung empfiehlt es sich, bei Aufgabe 1 und 2 vorweg auch einen ersten Überblick über das jeweilige Gedicht und ein vorläufiges Gesamtverständnis zu formulieren.

Bertolt Brecht (geb. 1898) schrieb *Erinnerung an die Marie A.* (M 2) 1920, aber der Text erschien erst 1927 zwischen Balladen des Kapitels *Chroniken* in seiner ersten Gedichtsammlung, die er ironisch *Hauspostille* nannte. (Hauspostillen waren christliche Erbauungsschriften.) Brechts Stern war 1920 noch nicht aufgegangen. Er hatte noch keine politische Botschaft, war noch nicht der später bedeutende Dramatiker und bekannte Rebell und Provokateur, sondern fing eben erst an. Lesen Sie also in das Gedicht möglichst nicht hinein, was Sie sonst vom „großen B. B." wissen, sondern begegnen Sie ihm so unvoreingenommen wie möglich. Sie brauchen es nicht eigentlich zu interpretieren. Aber die Art des Liebeserlebnisses, das Sie in Aufgabe 2 charakterisieren sollen, ergibt sich aus dem lyrischen Kontext und aus gewissen inhaltlichen ‚Ungereimtheiten' zwischen den drei Strophen. Beachten Sie also die Textsorte: Sie haben keinen programmatischen Text vor sich, sondern immerhin ein Gedicht, in dem sich manches uneigentlich, indirekt, maskiert und vielleicht auch schwankend zwischen Gefühl und gewollter Gefühlsbrechung mitteilt. (Die Lösungshinweise gehen stärker auf die lyrische Mitteilungsart ein, als von Ihnen verlangt ist.) Als Strophenform wählte Brecht die Oktave oder Stanze: acht fünfhebige Verse mit nur zwei (umarmenden) Reimen. Auch Brechts Entscheidung für die klassische Form müsste an sich zu denken geben. Das Thema heißt klar „Liebesvorstellungen in der Lyrik". Während der Beantwortung der Fragen wird es aber zum Balanceakt, das, was „in der Lyrik“ (im Gedicht) zum Ausdruck kommt, nicht mit den Vorstellungen des Autors gleichzusetzen. Trennscharf gelingt das nicht, weil (außer im Rollengedicht) hinter den Versen mehr oder weniger versteckt immer auch die Autorin oder der Autor steht.

Ihre Ausführungen und Erörterungen zu Aufgabe 3 müssen auf die beiden behandelten Gedichte zurückbezogen sein. Genaugenommen sollen Sie nicht zeitgenössische Texte (Songs) an den alten (M 1 und M 2), sondern die alten an den neuen messen. Sie brauchen ein Beispiel, können aber leider nur aus dem Kopf zitieren. Der Lösungsvorschlag gibt Anregungen und kann in so ausführlicher und mit Zitaten belegter Form nicht von Ihnen erwartet werden.

Lösungsvorschlag

TEILAUFGABE 1

Vorstellung von M 1: Autorin, Titel, Gattung, Jahr

Die 25-jährige Dichterin Karoline von Günderrode schrieb 1805, gerade ein Jahr vor ihrem Tod, eine **Elegie**, ein Liebesklagelied. Aber sie nannte es nicht *eine,* sondern *[d]ie eine* Klage. Es gibt diese Klage für sie offensichtlich nur ein einziges Mal, weil es *die* Liebe nur ein einziges Mal gibt.

formale und klangliche Gestaltung

Bereits der Titel spricht also von der strikten Ausschließlichkeit im Denken und Fühlen dieser Frau. Aber der Ton der vier sechszeiligen Strophen scheint beim ersten Hinhören weich und melodisch zu sein, als schritte jemand mit langer Schleppe über viele Stufen hinab. Dieser erste Eindruck verdankt sich den schwingenden Paarreim-Versen in jeder Strophe (Vers 1 und 2 bzw. 4 und 5 sind jeweils so verbunden und enden klingend, mit einer weichen, unbetonten Silbe) und insgesamt dem klanglichen Reichtum und der Wiederholung vieler Wörter und Klänge. Aber bei genauerem Lesen erweist sich das so elegisch-melodische Gedicht als **Argumentationszusammenhang**. Es ist kein Gedicht mit schönen Bildern und poetischen Metaphern, sondern es begründet – **ohne lyrisches Ich** und sozusagen allgemeingültig –, warum es keinen Trost für den gibt, der den geliebten Menschen verloren hat.

strophenweise Interpretation:

1./2. Strophe: Liebesschmerz

Strophe 1 und 2 zusammen sind ein langes Satzgefüge mit zwei parallel geführten, vorangestellten Nebensätzen (Strophe 1) und dem nachgestellten Hauptsatz (Strophe 2), dem ein Finalsatz angeschlossen ist (V. 11/12). Die Aussage: Wer den bitteren Trennungsschmerz ganz und gar, „in Geist und Sinn“ (V. 2), erlitten, wer ein geliebtes Herz verloren hat, der versteht und weiß, was Liebe ist.

Trennung schlägt nicht eine, sondern „die tiefste aller Wunden" (V. 1). Der **Ausschließlichkeitscharakter** der Überschrift erklärt sich also gleich aus dieser ersten, starken Behauptung. Warum Liebesverlust die tiefste aller Wunden ist, erklärt Strophe 2: Nur die Liebe gibt Erfüllung und Lebenssinn, denn immer („ewig", V. 8) sehne sich ein jeder danach, dass sich in der Vereinigung mit einem anderen seine Vereinzelung aufhebe und man „Eins in Zwei" (V. 9) sein könne. Der Mensch **leidet an seiner Individuation**. Das Dasein ist qualvoll, solange er ein Einzelner ist. Nur die **Liebe erlöst** von „des Daseins Pein" (V. 12). Man liebt um dieser Erlösung willen (damit die Grenzen schwinden: vgl. V. 11 f.). Die **Form** illustriert sozusagen den Gedanken, denn wie in der Liebe eins sich im andern findet, so verbinden sich die an sich selbstständigen beiden ersten Strophen zu einem Satzganzen.

3. Strophe: Untröstlichkeit

Strophe 3 setzt neu an. Sie scheint sich nach außen zu wenden und zu jemandem zu sprechen, der zu trösten versucht hat. (Wahrscheinlich kann man auch Strophe 1 und 2 schon als Argumentation gegen diesen Tröster verstehen, sodass sich das Gedicht insgesamt **als lyrischer Antwortbrief** auffassen ließe.) Die Trostworte sind indirekt wiedergegeben. Sinngemäß müssten sie in etwa gelautet haben: ‚Nimm es nicht so schwer, denn nach dem Verlust kommt ein neues Glück mit neuen Freuden' (vgl. V. 16 f.). Aber dieser **Trost** wird entschieden (mit adversativem „doch" in V. 18) **zurückgewiesen**. Und wieder – nach dem doppelten Superlativ „tiefste aller Wunden" (V. 1) und dem nicht mehr zu steigernden „ewig" in Strophe 2 – wird mit dem Adverb „ganz" (V. 13) aus der Haltung der **Unbedingtheit** heraus argumentiert: Wer ein Wesen „so ganz" geliebt hat, ist untröstlich. Was auch immer an Neuem entstehen („neu geboren" werden) mag, ist doch nie mehr das, was war.

4. Strophe: Vergegenwärtigung der verlorenen Liebe

Die vierte Strophe greift die letzte Behauptung der dritten wieder auf. Sie führt – wohl noch immer an den Tröster adressiert – aus, worin „[j]ene" (V. 18) Liebesfreuden bestanden, die nichts auf der Welt ersetzen kann. Die Innigkeit der verlorenen Liebe wird damit zugleich erinnert und neu heraufbeschworen, sodass der begründende Gedanke zum Gefühl wird. Die Verquickung von Emotionalität und Rationalität gibt dem Gedicht seine besondere Signatur. Die vier parallelen Aussagen, mit „Das" eingeleitet und mit anaphorischem „Dieses" fortgeführt (V. 19, 20, 22, 23), verstärken sich gegenseitig. Durch die vielen substantivierten Infinitive (Nehmen, Geben, Suchen, Finden, Denken, Empfinden) kommt ein schwingender, suggestiver, **wiegender Rhythmus** auf. Eine wehmutsvolle Stimmung entsteht. Aber **der Schluss** kappt dieses Gefühl und ist **jäh und hart**. Strophe 4 ist ein Satz mit dem Subjekt „Gott". Eigentlich heißt er: ‚Kein Gott gibt das geliebte süße Leben etc. zurück.'

Die Inversion (Umkehrung der üblichen Satzstellung: hier die von Subjekt und Objekt) bewirkt, dass das Gedicht am Ende in die radikale Verneinung wie in ein unwiderrufliches Fazit einmündet.

Strophen- und Versgestaltung, Metrum

Merkwürdig erscheint von Anfang an die Strophenform, die die Günderrode gewählt hat, denn sie weicht von der Volksliedstrophe ab, die in der Romantik besonders beliebt war. Statt der vier Verse der Volksliedstrophe hat ihre Strophe sechs Verse. Vier in jeder Strophe sind trochäisch und vierhebig, harmonieren im Paarreim miteinander und enden klingend (oder „weiblich" bzw. „weich"). Aber die Verse 3 und 6, jeweils durch Schweifreim verbunden, haben als dreihebige trochäische Kurzverse einen ganz anderen Charakter. Auftakte fehlen insgesamt. Doch die **Kurzverse** beginnen *und* enden mit einer betonten Silbe wie mit harten Schlägen, die Stimme sinkt: **Bitt**-rer **Tren**-nung **Schmerz**. Das Weiche, Melodische und das Herbe stehen also in diesem Gedicht in **Spannung** zueinander. Es ist die Spannung zwischen der Süße der Erinnerung an das genossene Glück und dem Bewusstsein des definitiven Verlusts. Dass der Schlussvers mit seinen bündigen Einsilbern (Gibt – kein – Gott) noch schroffer klingt und in seiner Aussage noch unerbittlicher ist als alles Vorangegangene, ist kein Zufall.

Sprechersituation

Ästhetisch interessant an Karoline von Günderrodes Liebesklage ist das Fehlen des lyrischen Ichs. Obwohl die Verse ein überzeugender Ausdruck subjektiver Trauer sind, sollte wohl der Eindruck des Subjektivistisch-Gefühligen nicht aufkommen. Das eigene Erleben wird in den **Rang des überindividuell Gültigen** gehoben. Interessant ist auch, dass das Gedicht nicht preisgibt, ob eine Frau oder ein Mann spricht. Das Du wird nicht als Geliebter oder Geliebte bezeichnet, sondern neutral als das „geliebte Herz" (V. 6), „ein Wesen" (V. 14) oder als das „geliebte, süße Leben" umschrieben (V. 19). (Im letzten Fall ist nicht ganz eindeutig, ob mit „Leben" die Person gemeint ist.) Die Dichterin will sich nicht auf ihr Geschlecht oder auf spezifisch weibliche Gefühle festlegen lassen, sondern sie beansprucht, **unabhängig vom Geschlecht** wie ein Mensch überhaupt zu empfinden und zu denken. An dieser Entscheidung ist gut zu erkennen, dass Karoline von Günderrode zu den kühnen und stolzen **Frauen der Romantik** gehörte, die ihre Ebenbürtigkeit darstellten und diese zu leben versuchten.

Wortschatz

Der **Wortschatz** ist, wie oft in romantischen Gedichten, ganz **einfach** und redundant. Allein ‚finden' und ‚empfinden' kommen jeweils zweimal vor, Wörter zur Stammsilbe ‚lieb' fünfmal, „Sinn" in Einzahl und Mehrzahl dreimal und „Herz" zweimal. Auf „Herz" reimt sich auch noch „Schmerz", sodass ein rechtes Herz-Schmerz-Gedicht vorliegt. (Aber dieser Reim ist so dezent untergebracht, dass er nicht stört.) Der einfache Wortschatz bringt zum Ausdruck, dass **das Gemüt** schlicht ist und wahr. Aber **der Geist** ist kompliziert, denn er sucht die grenzüberschreitende Zweiheit und argumentiert.

Das Schlichte und Wahre ist auch das Elementare, das man mit Gefahr des Lebens nicht zerstören darf. Die **Liebesunbedingtheit** in *Die eine Klage* erinnert ein wenig an Joseph von Eichendorffs Erzählgedicht vom verlorenen Ringlein *(In einem kühlen Grunde)*. Der Verlassene „möcht' am liebsten sterben". Auch er sieht keine Lebensalternative mehr nach dem Verlust. Empfindsamkeit und besonders die Romantik waren die ersten Epochen der deutschen Literatur, in denen Liebe alles war. Sie rückten sie in die höchste Position und bürdeten ihr die Last auf, dem Leben den Sinn zu geben. Bricht die Liebe entzwei, wird das Leben sinnlos. Die Romantik blickte in den Abgrund des Nihilismus und erlebte das Scheitern der Französischen Revolution. Seit der Aufklärung verflüchtigte sich die religiöse Sinngebung des Lebens, seit der Herrschaft der Guillotine (1794) und den Eroberungszügen Napoleons brachen politische Hoffnungen zusammen. Übrig blieb die arme Liebe und der andere private Mensch, das Du. Die Götter sind machtlos geworden. ‚Kein Gott' wird retten. Also müssen die Menschen einer den anderen in der Geborgenheit der Liebe retten. Transzendenz ist nicht im Himmel, sondern im anderen. Dieser Begriff von Liebe schließt alles ein, die Sinne (den Blick ebenso wie die Sinnlichkeit), das Herz (das Empfinden) und den Geist (Denken und Verstand).

epochenbezogene Deutung

TEILAUFGABE 2

Erinnerung an die Marie A. heißt ein 1920 entstandenes Gedicht des jungen **Bertolt Brecht**, das von einer früheren Liebe, eben der zu Marie A., erzählt. Diese Liebe liegt nicht nur poetische „viele Monde" zurück (V. 9), sondern, wenn man Strophe 3 trauen will, mindestens acht und mehr faktische Jahre (vgl. V. 22). Da das lyrische Ich im Präteritum von einer **Episode seiner Vergangenheit** spricht, kann man das Gedicht als Teil einer Lebenschronik auffassen. Balladenähnlich erzählend beginnt die erste Strophe („An jenem Tag im [...] September [...] hielt ich sie [...]").

Vorstellung von M 2: Autor, Titel, Gattung, Jahr, Thema

Dass die Geliebte beim Namen genannt, vom Nachnamen aber nur der Anfangsbuchstabe angegeben ist, suggeriert, dass der Autor Bertolt Brecht von der Liebe zu einem konkreten (Augsburger?) Mädchen berichtet, dessen bürgerliche Identität er schützen muss. Wer aber den Autor Brecht mit dem lyrischen Ich gleichsetzen, von authentischer Bekenntnisliteratur ausgehen und vom Entstehungsjahr 1920 und von Vers 22 aus chronikalisch acht Jahre zurückrechnen

biografische Spuren?

würde, käme zu dem beunruhigenden Ergebnis, dass der Liebende ein allerhöchstens 14-Jähriger gewesen sein müsste. Chronikalisch und realistisch kommt man hier anscheinend nicht recht weiter.

Tonlage des Gedichts

Erinnerung an die Marie A. hat auch nur in Strophe 1 den Anflug einer Ballade. Tatsächlich ist es **ein ganz und gar lyrischer Text** voller poetischer Wendungen (ab V. 1 ff. und V. 9 f.) und listiger Finten (vgl. V. 11 mit V. 21). **Poesie und kühle Nüchternheit** treffen darin merkwürdig aufeinander. Es ist ein modernes Liebesgedicht in der klassisch-kunstvollen Form der Stanze. Gelegentlich gibt es sich betont salopp und gleichgültig (vgl. V. 13 ff., 22), aber insgesamt und vom ersten Vers an ist es in einem fast feierlichen, wehmütigen und elegischen Ton vorgetragen.

Inhalt: Liebesbeziehung im Rückblick

Das nacherzählbare Liebeserlebnis: Ein junger Mann berichtet rückblickend, dass er an einem sonnigen Tag im September unter einem jungen Pflaumenbaum Marie A. liebte. „Still" (V. 2) waren sie beieinander, und er empfand auch sie als still und bleich. Er küsste sie und war offenbar beseligt von dieser Begegnung, denn er erinnert sich, sie im Arm gehalten zu haben „wie einen holden Traum" (V. 4). Das Adjektiv „hold" drückt zartes Entzücken aus, der Vergleich („wie einen […] Traum") deutet an, dass etwas geschah, was kaum für möglich zu halten war. Am Himmel über Liebespaar und Pflaumenbaum stand gerade **eine weiße Sommerwolke** wie die überirdisch schöne Beglaubigung des als fast unwirklich empfundenen Glücks. Dem Liebenden hat sich die Wolke als „sehr weiß und ungeheuer oben" eingeprägt (V. 7, vgl. V. 20). Das ist ergriffen und emphatisch gesprochen und doch auch verhalten. Die Gefühlsintensität der Liebe überträgt sich auf die Intensität, mit der das Bild der Wolke erfasst und für immer bewahrt wird. Als sich der Liebende aber nach einer Weile wieder auf die Wolke besinnt, ist sie „nimmer da" (V. 8). So wird sie zum **Sinnbild des geglückten Augenblicks** (sie „blühte nur Minuten", V. 23) und gleichzeitig zur **Chiffre für** die Flüchtigkeit und **Vergänglichkeit** der Liebe.

Darstellung von Liebe

Man könnte meinen, das Gedicht sollte besser ‚Der Pflaumenbaum' oder noch besser ‚Sommerwolke' heißen, denn von der Wolke ist ausführlicher die Rede als von der Liebe. Es liegt nahe zu fragen, **ob Brecht nicht empörend lieblos** mit der Liebe und vor allem mit der Marie A. umgegangen ist, da er sein lyrisches Ich weniger von diesem einst geliebten Menschen sprechen lässt als von den Begleiterscheinungen. Das Ich behauptet sogar, sich weder an die Liebe noch an ein Gesicht erinnern zu können (vgl. Z. 12 ff.) und auch von seinem Kuss damals nur darum noch zu wissen, weil ihm bis jetzt das Bild der Wolke vor Augen stehe. Brecht geht davon aus, dass Liebe nicht bleibt. Sie ist der Zeit unterworfen und vergeht wie die sich im Wind auflösende Wolke. Ist er darum auch ein schnöder Liebender? Achtet er nicht, was doch einmal seine Seligkeit gewesen zu sein scheint?

Umschreibung der Liebe mithilfe von Dingen und Bildern

Die **Verschiebung** vom Empfinden in der Liebe auf etwas Situatives und Dingliches (Jahreszeit, Wetter, Ort, Wolke) ist nicht ungewöhnlich, sondern die lyrische Praxis, denn was Liebende fühlen oder was sich wie Liebe anfühlt, ist kaum in Worte zu fassen. Liebe ist sprachlos. Die Günderrode versuchte es in ihrer vierten Strophe dennoch, indem sie Tätigkeiten nannte, aber die Nennungen an sich prägen sich weniger ein als der dadurch erzeugte wiegende Rhythmus. In anderen Liebesgedichten ist von einem kleinen Vogel auf einem Lindenzweig die Rede, von zwei Segeln auf einem See, von der besonderen Form des Ginkgo-Blattes oder von Blicken und Gebärden. **Liebe wird** mit Gesten, Zeichen, Symbolen und verschiedensten Naturbildern **umschrieben**. Ebenso macht es Brecht. Er umgeht Gefühlswörter, aber ist darum nicht kalt. Das ganze Gefühl des lyrischen Ichs ist wie auf einen Stellvertreter auf die Wolke übertragen. Wäre das Zusammensein mit Marie A. belanglos gewesen, hätte sich auch das Bild der Wolke nicht derart bleibend eingeprägt. In fast schwärmerischem Ton für einen, der Sentimentalität um keinen Preis aufkommen lassen will, ist diese Wolke in der dritten Strophe ein zweites Mal in ihrer Schönheit, ihrer Höhe und in ihrem Dahinschwinden vergegenwärtigt. **Die Erinnerung haftet am visuell Konkreten:** Die Liebe ist mit der Wolke ebenso verknüpft wie die Wolke mit der Liebe. Wie sollte man auch für bare Münze nehmen, dass das Aussehen (das Gesicht) der Geliebten vergessen ist, wenn doch Vor- und Familienname nicht nur bestens bekannt sind, sondern das ganze Gedicht auch noch im Nachhinein dieser verflossenen Liebe gewidmet ist?

Motiv der Vergänglichkeit

Brecht hat in *Erinnerung an die Marie A.* die Erfahrung von Vergänglichkeit mit der Fähigkeit des Erinnerns verbunden. Das Motiv des Zeitvergehens spielt eine große Rolle in diesem Gedicht. Aber auf „nimmer" (V. 8 und 15) reimt sich in gewisser Weise „immer" (V. 19 und 21). Pflaumenbäume sind nicht unsterblich (vgl. V. 11), und vergänglich sind der ‚holde Traum' und die Wolke, aber gerade sie wird zum Bleibenden in der Erinnerung, die auch jenen holden Traum wieder auferstehen lässt.

Gedichtvergleich – Thema

Beide, die romantische Dichterin Karoline von **Günderrode** und der auf die Neue Sachlichkeit sich wohl erst zubewegende, noch stilistisch suchende Bertolt Brecht, thematisieren in ihren Gedichten eine Liebe, die vorbei ist. Günderrodes Gedicht *Die eine Klage* drückt den großen Schmerz über den Verlust aus und scheut nicht vor Wörtern wie „Wunden" und „Schmerz" zurück. In der Liebesvorstellung dieser Romantikerin ist **Liebe etwas Einmaliges und Unwiederbringliches**. Sie umfasst den ganzen Menschen, Körper und Geist, Seele und Herz, und gibt dem Dasein Sinn. Das Auseinandergehen eines Paares scheint hier tödlich zu sein. **Brechts** Gedicht klagt nicht. Der Ausdruck von Schmerz ist vermieden. Es scheint ihm als **naturgegeben** hinzunehmen zu sein, **dass alles vergeht**, ein Baum ebenso wie eine Wolke oder die Liebe. Die gewollt lässige, ernüchternde Erwägung in Vers 22 kann aber nicht wirklich verhindern, dass Strophe 3, aus fast barockem Vergänglichkeitsbewusstsein heraus gesprochen, sehr poetisch und elegisch und einfach ‚schön' ist. Was genau für Brecht Liebe bedeutet, ist aus diesem einen Gedicht nicht hinreichend zu erfahren. In jedem Fall ist seine Vorstellung von Liebe flüchtiger und **irdischer** als die der Romantikerin. Die beiden unterm Pflaumenbaum dürften nicht gerade ihre geistige Übereinstimmung miteinander gepflegt haben.

– Tonlage und Verständnis von Liebe

TEILAUFGABE 3

Ich erwarte von einem zeitgenössischen ebenso wie von einem alten Liebesgedicht keinen bestimmten Inhalt, sondern dass es gut ist. Ich erwarte so noch nicht gehörte Bilder oder Wendungen und vor allem, dass es mich berührt. Das heißt: Es müssen „Verbindungsfäden zwischen Satz und Seele" (Rühmkorf) spürbar werden. Ich will weder Kitsch noch ausgeleierte Klischees und auch keine Songs und Lyrics, die sich vielleicht fetzig anhören, sich aber beim Nachlesen der Texte als nichtssagend herausstellen.

subjektive Ansprüche an ein Liebesgedicht

Mit dem romantischen Höhepunkt der Liebe hat auch ihre Entzauberung eingesetzt, obgleich man sich doch die Liebe eher als Verzauberung wünscht und als tiefes Glück. Liebe ist zu einer ebenso begehrten wie schwierigen und kritisch kommentierten Angelegenheit geworden. Zeitgenössische Dichterinnen oder Dichter schreiben vorsichtig und mit vielen Brechungen von diesem zentralen Thema. Ewige Treue und die fast religiöse Liebesauffassung der Günderrode kommen in ihren Texten nicht mehr vor. Eine Sammlung von Liebesgedichten aus dem Jahr 2000 hat den bezeichnenden Titel *Nichts ist versprochen.* Männer und Frauen fürchten, in der Bindung ihre Freiheit einzubüßen. Erotische Momente fehlen nicht, aber Bindungen sind Wagnisse; die Ehe wird ironisch als Unfall bezeichnet, der „meistens zu lange" währe (Beat Brechbühl; vgl. Gottfried Benn: „er raucht, sie dreht ihre Ringe"). Rolf Dieter Brinkmann sprach (in: *Immer mehr Worte*) „von der entsetzlichen / Mühsal zu lieben". Junge Frauen ergreifen die Initiative und jagen ihre Geliebten davon.

zeitgenössische Lyrik: Abkehr von der romantischen Idealisierung der Liebe

Ich frage mich manchmal, wo das Zarte und Zärtliche geblieben ist, und bin froh, wenn ich einen schlichten Text finde, der die Sehnsucht verteidigt: „Anders / ist die Nacht / geworden / anders der Tag / die Stunde / anders die Liebe / anders / der Liebende / nicht anders / geworden / ist die Sehnsucht." (Elisabeth Alexander) Dieser Text gefällt mir. Er gesteht ein, dass alles dem Wandel unterworfen ist; aber die Sehnsucht bleibt als Konstante. Vielleicht ist sie die Antriebskraft von allem, was wir tun, und wichtiger als Glück und Erfüllung.

Beispiel für gelungene aktuelle Liebeslyrik

Drei gerade aktuelle Songs gefallen mir und stehen für mich in einer gewissen Verbindung mit den Gedichten von Karoline von Günderrode und Bertolt Brecht. Der erste Song (*Nur noch kurz die Welt retten;* 2011) greift die erzkonservative Mann-Frau-Konstellation noch einmal auf und führt sie lustig und parodistisch ad absurdum. Der Mann ist der Held, der die Welt retten und eben noch 148 Mails checken muss. Er ist ein Macho, wie es wohl auch Brecht war: sehr wichtig natürlich, stets rastlos, stets unabkömmlich und voller Projekte. Er hat eine Mission, eine geheime, versteht sich. Die Geliebte sitzt zu Hause und wartet und soll schon mal mit dem Essen anfangen, er komme gleich, er fliege gleich ein, sei gleich da, müsse aber noch eben schnell die Welt retten. Der Song ist ein großer, gekonnter Spaß, vorgetragen von dem noch ganz jungen **Tim Bendzko**.

Beispiele für Liebessongs und Bezüge zu den analysierten Gedichten

Ernsthafter sind die neuen Lieder von **Jason Derulo** und von **Adele**. Zu meiner Überraschung schließen sie sich fast nahtlos an das romantische Gedicht der Günderrode und das moderne Gedicht von Brecht an. Was in der sogenannten großen Literatur nicht mehr möglich ist, lebt in der Unterhaltungsindustrie weiter, als wäre die Zeit fast – es gibt Unterschiede – stehen geblieben. Derulos Titel *I only miss you when I'm breathing* (2012) ist sehr reizvoll. Durch die Einschränkung („only") im Beginn des Satzes wird die Hörererwartung in die Irre geführt. Tatsächlich ist die Liebe nicht gering, sondern gerade im Gegenteil das Einzige, was das Leben rechtfertigt. Die Liebesunbedingtheit der Romantik ist also nicht verschwunden. Günderrodes *Klage* müsste Derulo gefallen und ihm gar nicht altbacken erscheinen. Fragmente seines Textes in der deutschen Übersetzung: „Ich vermisse dich nur, wenn ich atme / Ich brauche dich nur, wenn mein Herz schlägt [...]. Du bist es, du bist es, was mich am Leben hält [...]". Die Liebste hat ihn verlassen, aber er wird auf sie warten bis zum Ende. Der einzige Grund zum Leben ist die Hoffnung, dass sie zurückkehren wird. Der Unterschied zur Günderrode: Sie ist untröstlich. Der moderne Verlassene hofft – und hat Humor. Wortspiele und ausführliche Gefühlsausbrüche (Wooooh!: i-i-i-i-i yo!) spicken den Text.

In **Adeles** Pianoballade mit dem Titel *Someone like you* (2012) spricht eine Verlassene. Man könnte sie sich als moderne, selbstbewusste Marie A. vorstellen. Brechts Motive der Liebesjahreszeit, des vergessenen oder nicht vergessenen Gesichts, der Vergänglichkeit und der Erinnerung kehren in Adeles Text wieder. Die Liebe entstand während eines Sommers („Wir wurden geboren und wuchsen auf in einem Sommernebel") und ist schon vorbei. Die Frau beklagt das schnelle Vergehen der Zeit und erinnert sich. Sie liebt den Mann noch immer. Er aber hat ein anderes Mädchen gefunden, das seine Träume mehr zu erfüllen versprach, und hat es geheiratet. Aber die Verlassene resigniert nicht. Sie kann sich nicht zurückhalten, sondern besucht ihn. Sie setzt darauf, dass er ihr Gesicht nicht vergessen hat. Er soll es sehen und sich erinnern und merken, dass es für sie nicht vorbei ist. Die Liebesbeziehungen sind offener geworden. Der Gedanke an eine moderne Dreiecksbeziehung ist nicht ausgeschlossen.

abschließende Überlegung zu den behandelten Texten

Mir gefallen viele der schwierigen und reflektierten literarischen Liebesgedichte der Gegenwart, aber auch die drei zitierten Pop-Songs entsprechen durchaus meinen Erwartungen, weil sie nicht kunstlos sind. Zugleich veralten und verblassen aber auch die alten großen Gedichte nicht vor den neuen. Brecht gefällt mir nach wie vor sehr, und vor Karoline von Günderrodes *Klage* habe ich Respekt. Mag die Auffassung der Günderrode selten geworden sein, so hört ihre Kunst doch nicht auf, den Anspruch zu erfüllen, der an ein Gedicht zu stellen ist. Heikler wäre es sicher, umgekehrt zu fragen, welches zeitgenössische Liebesgedicht wohl dem Anspruch und Maßstab gerecht wird, den viele klassische Liebesgedichte vorgegeben haben. *Erinnerung an die Marie A.* vergesse ich nicht mehr. Wann ich die drei Songs wieder vergessen habe, wird sich zeigen.

REALITÄTSVERLUST

Erlaubte Hilfsmittel
- ein Wörterbuch zur deutschen Rechtschreibung
- eine Liste der fachspezifischen Operatoren
- Goethe, *Faust I*
- Büchner, *Woyzeck*

Aufgabenstellung

1 Geben Sie den Inhalt von Paulo Mouras Prosatext *Der virtuelle Seitensprung* wieder und analysieren Sie diesen im Hinblick auf Malones Wirklichkeitsauffassung. (Material) (35 BE)

2 Untersuchen Sie, inwiefern die Vorstellungen und Handlungsweisen der Figuren Woyzeck aus Büchners *Woyzeck* und Faust aus Goethes *Faust I* Elemente von Realitätsverlust aufweisen. (40 BE)

3 Erörtern Sie, inwiefern virtuelle Welten Möglichkeiten und Gefahren für den heutigen Menschen darstellen können. (25 BE)

Material **Paulo Moura: Der virtuelle Seitensprung (1995)**

Als die Polizei – alarmiert von ihrem PC-Abhörnetz – in der Altbauwohnung auf dem Hollywood Boulevard ankam, war es zu spät. Ein Körper in einem Cyberspace-Anzug lag bewegungslos über der Tastatur der jüngsten Generation eines Macintosh Quadra. Tot.

John Malone lebte seit zehn Jahren in New York, aber seit fünf Jahren hatte er seine Dachwohnung in der Spring Street mitten in Soho[1] nicht mehr verlassen. Sein Essen und alles, was er sonst benötigte, bestellte er über America On Line (AOL), das öffentliche Computernetz, dessen Mitglied er war – wie 100 Millionen weitere Amerikaner. Sein Bildschirmname war R. U. Sirius. Über sein Modem verschickte er jeden Tag die Marktanalysen, die er für seine Firma mit Sitz in Memphis, Tennessee, erstellte.

Alle Kontakte, die er beruflich oder privat herstellen mußte, spielten sich auf dem riesigen hochauflösenden Bildschirm ab, der an seinen IBM angeschlossen war. Der Computer hatte es ihm ermöglicht, einen über den ganzen Kontinent verteilten Freundeskreis aufzubauen. So hatte er es schon lange nicht mehr nötig, die Bars und Cafés im Cyberspace aufzusuchen.

Vor ungefähr einem Jahr hatte John Malone Candi 2000 kennengelernt – bei einem Fest in einer der virtuellen Begegnungsstätten für Singles der AOL. Candi war 20 Jahre alt, hatte grüne Augen und blondes Haar, aber was John mehr anzog als alles andere, war[en] die Sinnlichkeit und Ungezwungenheit, die allen Frauen in der ‚Stadt der Engel'[2] eigen waren. Es war offenkundig, daß Candi Los Angeles kaum kannte, ebensowenig wie John sich an New York erinnerte, doch das war unwichtig, denn im Cyberspace sind Städte keine Städte: Sie sind Ideen.

Candi 2000 erinnerte John an Frauen, die er in Kalifornien gesehen hatte, bevor er endgültig in die virtuelle Welt eingetreten war. An diese Zeit erinnerte er sich nur noch wie an einen Traum. Zuweilen kamen ihm flüchtige Bilder in den Sinn [...]. Candi ist nichts weiter als ein wunderschönes Bild auf dem Computerbildschirm, erschaffen von Candi selbst. John schuf ebenfalls ein Bild seines Körpers, das bei Candi zu Hause auf dem Bildschirm erschien.

Sie redeten ganze Nächte lang, widmeten einander Lieder, die sie aus dem Verzeichnis der digitalen Aufnahmen des AOL-Servers auswählten und über ihre in den Computer integrierten Stereoanlagen hörten.

Doch sie redeten nicht nur. Manchmal zogen sie Cyberspace-Anzüge mit elektrischen Stimulatoren an den erogenen Zonen an. Wenn der Partner auf der anderen Seite des Kontinents den Cursor auf dem Bildschirm zu einem dieser Punkte bewegte und ihn anklickte, spürte der andere eine Liebkosung.

John verliebte sich immer heftiger in Candi, doch im selben Maß wie seine Leidenschaft wuchs auch sein Mißtrauen. In der virtuellen Welt, auf der Datenautobahn, so schien es John, war der Wert der Treue wichtiger denn je. Und da verschiedene Indizien seinen Verdacht nährten, daß seine Geliebte Beziehungen zu anderen AOL-Mitgliedern unterhielt, beschloß er, der Sache auf die Spur zu kommen.

Er schuf einen zweiten Bildschirmnamen, D. Juan 007, mit dem er versuchen wollte, Candi 2000 kennenzulernen und sie zu verführen. Für D. Juan 007 erfand er einen Körper, der zwar nicht schöner war als der von R. U. Sirius – denn das war seiner Ansicht nach unmöglich – der aber Candis Vorlieben mehr entsprach. Eines [N]achts schließlich schlief Candi 2000 virtuell mit D. Juan. John fühlte sich mit sich selbst betrogen. Er begann, Candi zu hassen und beschloß, sie zu töten. Über den Computer zog er die gesamte verfügbare Literatur über den virtuellen Liebesakt zu Rate.

Bei der nächsten Begegnung bat er Candi, ihren virtuellen Anzug anzulegen. Sie tat es, überzeugt, daß er das [G]leiche tun würde, doch darin täuschte sie sich: die sanften Elektroschocks, die sie leidenschaftlich aussandte, verloren sich nutzlos in Johns Anzug, der die ganze Zeit an seinem Haken hing.

In der Zwischenzeit betätigte R. U. Sirius sorgfältig die Klicks, die nötig waren, um Candi völlig verrückt zu machen. Klick, klick, klick. Candi kam zum Höhepunkt, einmal, zweimal, doch R. U. Sirius hörte nicht mehr auf, klick, klick, klick, kliiick ... bis zum bitteren Ende, bis Candi tot war, hingerichtet durch Elektroschocks.

Die Polizei in Los Angeles brachte den verbrannten Körper ins Leichenschauhaus. Unter dem Anzug, der ihn getötet hatte, fand man den Körper eines etwa 50jährigen

Mannes. Da niemand aus der realen Welt kam, um ihn zu identifizieren, gaben die Behörde[n] eine Anzeige im AOL auf: Im Netz hatte der Mann den Bildschirmnamen Candi 2000 benutzt.

Aus: Paulo Moura: Die Liebschaften des John Malone. Der virtuelle Seitensprung, in: Süddeutsche Zeitung, Beilage Nr. 45 vom 23. 2. 1995
Die Rechtschreibung entspricht der Textvorlage. Tippfehler wurden bereinigt.

Anmerkungen

1 Soho: Stadtteil im New Yorker Bezirk Manhattan
2 Los Angeles (span.) bedeutet eigentlich „die Engel".

TIPP Bearbeitungshinweise

Dreimal, bezogen auf drei literarische Figuren, haben Sie zu untersuchen, wie diese in der Wirklichkeit stehen oder die Wirklichkeit auffassen. Das entscheidende Stichwort wird Ihnen durch die Überschrift des Vorschlags an die Hand gegeben: Alle, Malone, der Held des Ihnen fremden Textes (Material), aber auch Woyzeck und Faust, leiden nach Maßgabe des Themas an „Realitätsverlust" oder sie unterliegen ihm mehr oder weniger; herauszufinden ist nur, auf welche Weise und in welchem Umfang ihnen das jeweils widerfährt – und was man sich eigentlich unter dem Begriff „Realitätsverlust" vorzustellen hat. – Es ist nicht verlangt, dass Sie Mouras Kurzgeschichte interpretieren, etwas darin problematisieren oder ihre Machart beurteilen. Nach der – ordentlich einzuleitenden – Inhaltsangabe haben Sie lediglich den einen fraglichen Aspekt zu erforschen und möglichst klar darzustellen. Zu empfehlen ist, sich im Text die Vokabeln oder Begriffe zu markieren, die der Autor für Wirklichkeit bzw. Nichtwirklichkeit und ihre Wahrnehmung einsetzt. Vielleicht fällt Ihnen auf, wo bzw. inwiefern sich die Bereiche überschneiden. In Aufgabe 3 wird der Begriff der Virtualität aus dem Material neu ins Spiel gebracht. Es lohnt sich aber auch während der Erarbeitung von Aufgabe 2, darüber nachzudenken, dass der Gegensatz von „virtuell" streng genommen nicht „real", sondern „physisch vorhanden" ist. Die Wortfügung „virtual reality" ist nicht unsinnig!

Schließen Sie die Arbeit an Aufgabe 1 noch vor Ende der ersten Doppelstunde ab, damit Sie die ins Gewicht fallende Aufgabe 2 so umsichtig wie möglich erledigen können. Reservieren Sie sich 20 Minuten für Aufgabe 3. Sie werden keine Zeit finden, sich Stichworte oder einen Plan zu machen. Eine erhebliche Erleichterung ist es aber, dass alle Aufgaben, obgleich durch ein Thema verbunden, isoliert für sich stehen: Die Rückbindung von 2 an 1 ist nicht verlangt, und innerhalb der Aufgabe 2 muss auch nicht Fausts Wirklichkeitsverhältnis mit dem des Woyzeck verglichen oder sonst in Beziehung gesetzt werden. Wenn Sie dennoch Überleitungen oder Anknüpfungen formulieren, so hebt das die Qualität Ihrer Arbeit.

Lösungsvorschlag

TEILAUFGABE 1

Einleitung: Autor, Titel, Gattung, Jahr, Thema

Inhaltswiedergabe

In der Beilage der *Süddeutschen Zeitung* erschien im Februar 1995 *Der virtuelle Seitensprung*, die **Kurzgeschichte** eines gewissen Paulo Moura. Erzählt wird vom **Leben in der digitalen Parallelwelt**. Der US-amerikanische Marktanalyst John Malone hat seine Dachwohnung in Soho/Manhatten seit fünf Jahren nicht mehr verlassen. Seine täglichen Marktanalysen gehen über sein Modem direkt an seine Firma in Memphis, und was er privat zum Leben benötigt, bestellt er online (per AOL). Sein Leben und seine sozialen Beziehungen spielen sich am Computer und auf seinem sehr großen und hochwertigen Monitor ab. Für seine Freunde im Cyberspace hat er den Namen R. U. Sirius. Im Netz, bei einem virtuellen AOL-Treff für Singles, hat er Candi 2000 kennengelernt und sich in sie verliebt. Candis äußere Erscheinung und ihre ungezwungene Sinnlichkeit ziehen ihn an. Sie hat grüne Augen, blondes Haar und einen wunderschönen Körper. Er vermutet, dass sie in Los Angeles wohnt. Candi und er unterhalten sich ganze Nächte lang, hören gemeinsam Musik und stimulieren sich sexuell. Zum Zweck des Liebesspiels tragen sie Cyberspace-Anzüge. Sie sind mit elektrischen Kontakten zu ihren erogenen Zonen versehen, die der Partner mit dem Cursor aktiviert.

Nach ungefähr einem Jahr des Glücks kommt Malone der Verdacht, dass seine Geliebte ihm vielleicht nicht treu ist. Er fragt sich, ob sie außer zu ihm vielleicht noch andere AOL-Kontakte unterhält. Treue, findet er, sei aber gerade in der virtuellen Welt unabdingbar und der höchste Wert. Malone nimmt sich vor, Candi auf die Probe zu stellen. Für den Bildschirm erfindet er sich einen anderen attraktiven Körper und einen zweiten Namen. Als D. Juan 007 surft er im Netz, sucht und findet Candi 2000 und freundet sich mit ihr an. Eines Nachts lässt Candi sich von D. Juan verführen. Malone sieht sich betrogen. Als er Candi als treulos überführt hat, schlägt seine Liebe zu ihr in Hass um. Er bereitet sich mit Fachliteratur aus dem Netz darauf vor, sie bei der nächsten Begegnung mit einer Überdosis an erotischen Elektroschocks zu töten. Als sie sich treffen, zieht Candi 2000 bereitwillig ihren Cyperspace-Anzug an, Malone aber bleibt ohne Anzug und treibt Candi per Mausklick erst in sexuelle Ekstasen, dann in den Wahnsinn und schließlich in den Tod.

Rahmen der Kurzgeschichte

Die Kurzgeschichte hat einen **Rahmen**. Am Anfang erfährt man von einem Polizeieinsatz in Los Angeles. Das PC-Abhörnetz der Polizei hat die Einsatzkräfte alarmiert, aber sie kommen zur Rettung zu spät.

In einer realen Straße und Wohnung finden sie, tot zusammengebrochen über der Tastatur seines Macintosh, einen realen Menschen im Cyberspace-Anzug. Das Ende enthüllt die Identität des Toten. Im Leichenschauhaus von Los Angeles öffnet man den Anzug und birgt den verbrannten Körper eines etwa 50-jährigen Mannes, der von niemandem in der realen Welt vermisst wird.

Spiel des Protagonisten mit Identitäten

Mouras Erzählung ist Satire, Science-Fiction und Horror-Story in einem. Der Held, John Malone, hat drei Identitäten, eine reale und zwei irreale. Die erste ist ihm zugefallen, die beiden anderen hat er sich erfunden oder erschaffen (der Erzähler verwendet beide Begriffe synonym: Z. 27 f., 41, 42). Malone hat eine **bürgerliche Identität** mit einem realen Körper, mit realen Gefühlen, einer realen Adresse in New York und einem Pass, der auf seinen Namen lautet. Aber diese **Wirklichkeit** interessiert ihn (anscheinend) nicht mehr. Seit fünf Jahren hat er sich für ein **Leben in der virtuellen Welt** des Netzes entschieden. Er ist „endgültig" in sie „eingetreten" (Z. 24). Im Netz surft, kommuniziert, liebt und lebt er als R. U. Sirius. Der Sirius ist, nebenbei, der hellste Stern unseres Nachthimmels. Sein Licht ist von kaltem Weiß. Malone steigt also aus seiner realen Existenz aus, um virtuell etwas Großartiges, unerreichbar Fernes und Strahlendes zu sein. Entsprechend bewegt er sich im digitalen Raum auch in einem vollkommenen Körper, einer Kreation, die seinen wirklichen Körper an Perfektion übertrifft. Für seine zweite virtuelle Existenz modelt er sich einen ebenfalls idealen Körper und gibt dieser Erscheinung den Namen des unwiderstehlichsten Liebhabers und Verführers der europäischen Geschichte: Don (D.) Juan. Der Name ist also Programm.

Differenz reale – virtuelle Welt

Malone weiß, dass die virtuelle Welt, für die er sich entschieden hat, keinen Wirklichkeitsgehalt im physischen Sinne hat. Sie besteht aus binomischen **Zeichen**, Daten und Impulsen. Er lebt also in einer Welt des Scheins. Die Städte im Netz „sind […] keine Städte", sagt er sich, „[s]ie sind **Ideen**" (Z. 22). Auch das Geschöpf, das er unter dem Kunstnamen Candi 2000 liebt, ist „nichts weiter als ein wunderschönes **Bild** auf dem Computerbildschirm" (Z. 26). Und er selbst erschafft sich auch nicht eigentlich einen anderen Körper, sondern *das Bild* eines Körpers. Die Beziehung zwischen Candi und Sirius oder D. Juan ist eine Phantombeziehung, und ihre Liebkosungen sind digital gesteuerte elektrische Reize, die sich mit Vorstellungen verbinden. **Malone kann** also genau **zwischen Realität und Virtualität unterscheiden**, so scheint es.

Verschwimmen der Grenzen

Aber an dem Punkt fängt es an, interessant zu werden. *Alles* wird zur Idee, zum Traum oder zum Bild, das sich nirgendwo sonst als **im Bewusstsein** abspielt und speichert. Denn auch die wirkliche Welt verblasst für Malone, seit er der virtuellen den Vorzug gegeben hat, zur vagen Erinnerung, also zum Bewusstseinsinhalt, dessen konkretes Äquivalent er mit seinen Sinnen nicht mehr physisch erfährt oder überprüft. Auch **Erinnerung ist virtuell**. Sie bewahrt **Abbilder** von etwas. Malone war einmal in Kalifornien und hat dort schöne Frauen gesehen, an die Candi ihn erinnert. Aber er erinnert sich an die wirklichen, einst körperlich vorhandenen Frauen „wie an einen Traum" (Z. 25). Nicht die Wirklichkeit, sondern „flüchtige Bilder" von einmal wirklich Gewesenem kommen ihm „in den Sinn" (ebd.). Auch das Hirn sendet, wie der PC, nichts als Impulse. – Die Wertigkeiten von realer Welt und virtueller Welt scheinen sich für Malone aber umzukehren. Von der Wirklichkeit bleibt nichts anderes übrig als einige schattenhafte Erinnerungsspuren, während von der Scheinwelt der Bilder auf dem Monitor lebendige Wirkungen ausgehen. Doch dieser Eindruck enthält einen Trugschluss. Das Paradox besteht darin, dass R. U. Sirius virtuell mit Candi 2000 verkehrt, aber Freude und Bereicherung, Sehnsucht und Befriedigung, Eifersucht und Misstrauen empfindet nicht Sirius, sondern Malone. Die virtuellen Reize werden zu Gefühlen, die ein wirklicher Mensch hat. Es trifft nicht R. U. Sirius, wenn das Phantom Candi Sirius betrügt, sondern **Malone**. Er **bleibt das physisch reale Subjekt hinter seinen Masken**.

realer Mord als Folge des virtuellen Seitensprungs

Verwirrend bis zur Bewusstseinsspaltung wird es, wenn die zweite Fiktion Malones, D. Juan, seine erste Fiktion, R. U. Sirius, bei Candi aussticht und Malone „sich mit sich selbst betrogen" fühlen muss (Z. 45 f.). Da Malone am Computer in den **egozentrischen Projektionsraum seines eigenen Bewusstseins** und seiner Entwürfe eingeschlossen bleibt, kommt es zur gruseligen Pointe, dass er als R. U. Sirius im Hass auf die untreue Bildschirmschöne den wirklichen Menschen hinter dem virtuellen Bild tötet (‚hinrichtet', vgl. Z. 55). Die Pointe der Pointe oder die ironische Potenzierung der Selbsttäuschungen: Hinter der Schönen verbarg sich ein Mann. Malone hat Candi und sich getäuscht und ist der durch Candis Schöpfer seinerseits Getäuschte. Angesichts des tatsächlich letalen Ausgangs der virtuellen Liebesgeschichte irritiert das eher leichtgewichtige Wort „Seitensprung" im Titel.

abschließende Deutung: Geschichte über Täuschungen und Selbsttäuschung

Paulo Moura zeigt mit seiner etwas unappetitlichen Geschichte, dass die virtuelle Welt eine Welt der multiplen Täuschungen, des Selbstbetrugs und des gegenseitigen Betrugs der korrespondierenden Mitglieder dieser Community ist oder sein kann. Solange Malone weiß, dass er sich gegen die Wirklichkeit für eine Scheinwelt der virtuellen Bilder entschieden hat, erleidet er nicht eigentlich einen Realitätsverlust, sondern begeht bewusst **Wirklichkeitsflucht:** Er steigt aus und um. Er macht sich zum zweiten Schöpfer, der die primäre Schöpfung, sein naturgegebenes Dasein, selbstherrlich korrigiert, und sucht im Netz ein überhöhtes, aufregenderes Ersatzleben. Da aber durch die merkwürdigen Cyberspace-Anzüge die wirklichen Körper und Menschen, die hinter ihrem virtuellen Bild stehen, physisch manipuliert werden, müsste Malone wissen, dass sein Rache-Finale nicht Candi, sondern einen wirklichen Menschen umbringt. Entweder ist hier ein Denkfehler in Mouras Konstruktion, oder Malone hat – blind vor Hass – plötzlich seine eben noch wohlreflektierte Unterscheidungsfähigkeit verloren. Das wäre dann in der Tat ein **Realitätsverlust**, der die strafbare Handlung der vorsätzlichen Tötung eines Menschen am Ende noch abmilderte.

TEILAUFGABE 2

Woyzeck

„Realitätsverlust" als problematischer Begriff

Es sträubt sich etwas dagegen, einer literarischen Figur, die trotz ihrer rollenbedingten Unbeholfenheit auch Gedanken und Empfinden ihres Dichters zum Ausdruck bringt, definitiv Realitätsverlust zu bescheinigen wie in einem psychiatrischen Gutachten. Dichtung selbst ist eine Art Realitätsverlust und Schritt in eine fiktive Welt mit der Möglichkeit, die wirkliche zu deuten. Dichtung ist *virtual reality*. (1995, im gleichen Jahr, in dem Mouras Geschichte erschien, nannte Hans Magnus Enzensberger die Dichtung so in seinem Gedicht *Altes Medium.*)

Charakterisierung Woyzecks:
– Indizien für Realitätssinn

Franz Woyzeck, der Held in Georg Büchners szenischem Fragment *Woyzeck*, ist ein grüblerischer, von Ahnungen und Gedanken geplagter junger Mann der Unterschicht, den die Untreue seiner geliebten Marie in den Wahn und zu ihrer Ermordung treibt. Er hat auf der Welt sonst nichts als sie und seinen kleinen Sohn. Für diese beiden tut er, was er kann. Er ist Rekrut, sein Sold ist gering. So ist es durchaus sein **Realitätssinn**, der ihn Nebentätigkeiten annehmen lässt, um Marie zusätzliches Geld bringen und sie einmal zur Kirmes ausführen zu können.

– Wahnvorstellungen?

Büchner lässt in der Schwebe, ob Woyzeck anfangs, als Marie ihn noch nicht betrogen hat, halluziniert oder einen Sinn mehr hat als andere Leute. Woyzeck **erlebt die Welt nicht als sicheren Ort**, sondern meint, eine ‚doppelte Natur' und Welt hinter der Welt wahrzunehmen. Als er mit dem Kameraden Andres draußen ist, um Stecken zu schneiden, meint er etwas hinter sich und unter sich gehen zu hören, sieht am Himmel so etwas wie das Feuer des Jüngsten Gerichts aufziehen, horcht wieder und findet „[a]lles hohl da unten. [...] [s]o kurios still. [...] Still. Alles still, als wär die Welt tot." (Szene 1 der Reclam-Ausgabe von 2005). Was Woyzeck hier empfindet, ist auch ein Kunstgriff Büchners, in poetischen Bildern auf das blutige Ende vorauszuweisen. Andres ängstigt sich, Marie fürchtet, ihr

Franz werde noch ‚überschnappen' mit seinen Gedanken (Szene 2), und als er dem Doktor etwas von dem mitzuteilen versucht, womit er innerlich nicht fertigwird, erntet er statt Rat und Hilfe blanken Hohn (Szene 8): Er philosophiere wieder, verspottet ihn der Doktor und erklärt Woyzecks Geschichte zur **fixen Idee**, zu einem Anfall von **Realitätsverlust** also. Aber man sollte eher Büchners Urteil als dem des Doktors folgen. Vorstellungen davon, dass die Wirklichkeit nicht so platterdings einfach ist, wie manche meinen, dass das Rätsel des Daseins unter der Oberfläche liege und unter der dünnen Kruste des Erdbodens vielleicht das blanke Nichts klaffe, durchziehen auch die anderen Werke Büchners (das Drama *Dantons Tod* und die Erzählung *Lenz*). Und das von Büchner dem *Woyzeck* eingefügte „**Großmuttermärchen**" würde wohl niemand als ein Zeugnis von Realitätsverlust deuten. Für das „arm Kind" in dieser traurigen Parabel ist alles auf der Erde und im Himmel tot und leer (Szene 19). In dessen **Gottverlassenheit** spiegelt sich die Gottverlassenheit des armen Woyzeck. Ahnungen des Nichts streifen den schlichten Rekruten ebenso wie Büchner selbst.

– Fragwürdigkeit der Diagnose des Doktors

Und **Woyzeck philosophiert wirklich**. Den Hauptmann macht er „ganz konfus" mit seinen Überlegungen zur Abhängigkeit von Tugend und Moral vom gesellschaftlichen Status; es sind scharfsinnige, **keineswegs realitätsblinde** Überlegungen (Szene 5). Er hat Zweifel an der Gerechtigkeit Gottes (ebd.), stellt sich die Hölle – ziemlich avantgardistisch – nicht heiß, sondern kalt, das heißt leer von Liebe und Sinn vor und grübelt über die Spanne zwischen Ja und Nein nach und darüber, was ein Mensch einem anderen anzutun in der Lage sei (Szene 9). Als er so spricht, haben Doktor und Hauptmann ihm gegenüber gerade angedeutet, dass Marie ihn mit einem Nebenbuhler betrüge. Woyzeck ist ganz außer sich und so verzweifelt, dass er daran denkt, sich aufzuhängen. Aber was ihn peinigt und schließlich in den Wahn treibt, ist eben keine fixe Idee, sondern **die fatale Realität** selbst. Der Verlust Maries macht Franz Woyzeck **krank**; es setzt so etwas wie eine **Ich-Störung** und **Psychose** ein. Sein Kamerad empfindet richtig, dass er ins Lazarett gehörte (Szene 18). In einer Art Persönlichkeitsspaltung hört Woyzeck Stimmen, die ihm einreden, Marie töten zu müssen. Er handelt zwanghaft, als Getriebener, erwirbt ein Messer, führt Marie vor die Stadt und ersticht sie. **Wahnsinnig** und mit Blut an Hand und Arm kehrt er im Wirtshaus ein und wird der Tat überführt. Unbestreitbar also ist Woyzeck am Ende nicht mehr mit sich und seiner Umgebung in Einklang. Die Welt hat einen Riss, der nun auch mitten durch ihn hindurchgeht. Dennoch muss man sich gut überlegen, ob man dieses Leben und sein Ende **tragisch** nennen oder unter dem Stichwort „Realitätsverlust" abbuchen will.

– philosophische Reflexionen Woyzecks

– Psychose als Folge des Liebesverrats

Fazit

Faust

Charakterisierung Fausts:

– eher Realitätsaneignung als -verlust

Einen Verlust erleidet man. Den **Begriff „Realitätsverlust“** muss man wohl so verstehen, dass einem der Bezug zur Wirklichkeit abhandenkommt, ohne dass man es will. **Faust** in Goethes gleichnamigem Werk ist aber kein passiv sein Schicksal Erleidender (kein Woyzeck), sondern ein im großen Stil Wollender und Handelnder. Er **verliert die Wirklichkeit nicht, sondern will sie im Gegenteil gewinnen**. Seine Existenz als Gelehrter in einer Studierstube, die er ein verfluchtes dumpfes Mauerloch nennt, wird ihm unerträglich. Er sitzt zwischen seinen Folianten (seinen schweren wissenschaftlichen Büchern) wie in einer irrealen Welt der ererbten Dateien und Zeichen. Er will sie verlassen. Statt sich weiter Sekundärwissen einzuverleiben, macht er einen scharfen Schnitt, schließt eine Epoche seines Lebens ab und beginnt eine neue. Er will nun aus der „**lebendigen Natur**“ (V. 414) lernen statt aus Büchern. **Hunger nach Unmittelbarkeit** treibt ihn ins wirkliche Leben. Er geht durch die *Kleine Welt*, zu der Gretchen gehört, und vom Kaiserhof aus durch die *Große Welt*, die durch Zeiten und Räume führt, bis er am Schluss zum Gründer eines eigenen Volkes wird. Im letzten Akt also ist Faust konkret ein die Wirklichkeit Gestaltender.

– Genie, das Realität ganzheitlich erfahren will

Faust ist keine milieugerecht und realistisch durchgezeichnete Figur mit einer plausiblen bürgerlichen Biografie wie Woyzeck. Er ist zwar ein Fühlender und Denkender wie wir, aber dimensioniert ins Große. In Anlehnung an die alte Sage schuf Goethe den Prototyp des universalen menschlichen **Genies**, das (noch einmal) Gegenwart und Vergangenheit und Himmel und Erde durchmisst. Auf dem Prüfstand steht die Frage, was der Mensch eigentlich sei. Fausts Programm: Er will, „was der ganzen Menschheit zugeteilt ist“, in sich selbst durchleben und ansammeln, das Höchste und das Tiefste, „Wohl und Weh“. Nichts will er auslassen, nichts soll ihm fremd bleiben, um so – das Risiko des Scheiterns eingeschlossen – sein „eigen Selbst zu ihrem Selbst“ zu **erweitern** (V. 1770 ff.). Er will also **die Fülle des menschlich Wirklichen und Möglichen** in sich konzentrieren, der Mensch in der Potenz und ein Übermensch werden. Der **Realitätsbegriff** im *Faust* ist nicht eng, sondern **umfassend**. In ihm ist Platz für Vorstellungen und Fantasien, für Sinnliches und Übersinnliches und die Kräfte der Magie und der Natur. Zudem waren Goethe Zauberorte, -tränke und -pferde – zum Teil Elemente des alten *Faust*-Stoffes – willkommen, weil er mit ihnen den Vorgang der Erfahrungserweiterung dichterisch veranschaulichen konnte. So wünscht Faust sich einen Zaubermantel, um sich vom Boden erheben zu können. Er ist nicht psychisch krank, als ihm der Erdgeist erscheint; sondern er hat ihn beschworen, weil er bis an die Grenze seiner Sphäre heranreicht und wissen möchte, was die Natur im

Innersten bewegt. Die Figur des Mephisto, des ironischen Neinsagers und Antipoden Gottes, hat Goethe nicht im Delirium oder in einem Anfall von Realitätsverlust entworfen, und auch der Walpurgisnacht-Spuk ist nicht etwa wahnhaft, sondern veranschaulicht in turbulenten Bildern die Herrschaft des Sexus, des Mammon und des Gemeinen. **Es geht nicht nur realistisch zu im *Faust*, sondern auch symbolisch und poetisch.** Erfahrungsräume werden ausgelotet und transzendiert. Den Erdgeist konnte Faust nicht halten, aber mit Mephisto kann er sich verbinden, um mit seiner Hilfe die Geheimnisse des Seins zu erschließen. Auch die schwarzen Künste Mephistos und des ihm hörigen Hexengesindels verschmäht er nicht. Ihm, der sich selbst noch vom Tod die Erfahrung einer neuen Dimension erhofft, ist zuzutrauen, auch mit bewusstseinserweiternden Drogen zu experimentieren.

– symbolische Figuren und Szenen

Eine fundamentale, vermutlich die fundamentalste Erfahrung Fausts ist die Liebe. Aber seine Liebe zu Gretchen und ihre Liebe zu ihm ziehen den Tod der Mutter, des Bruders, des Kindes und Gretchens Unglück und Tragödie nach sich. Faust wird schuldig. Er wollte dem „Weh" nicht ausweichen, das zur menschlichen Existenz gehört. Aber in diesem kritischen Augenblick, als es über ihn und Gretchen hereinzubrechen droht, knickt der Übermensch ein: Er ist **der Realität** in ihren sozialen Regeln und emotionalen Verstrickungen **nicht gewachsen**. Nicht Realitätsverlust, sondern **Realitätsflucht** ist die Folge. Er verkriecht sich in *Wald und Höhle*. Gretchens Not drückt ihn nieder; er verflucht sich als den, der ihren ‚Frieden untergraben' musste und ihr Leben zerstören wird. Der große Faust also wird sich in *Wald und Höhle* der Macht der Realität und der eigenen **Ohnmacht** bewusst. Weil er liebt, ist er **menschlich**; und weil er menschlich fühlt, wird er zum **hilflosen**, verzweifelten und schuldbeladenen Geschöpf. Klinisch krank wie Woyzeck ist er wohl nie.

– Realitätsflucht angesichts von Gretchens Schicksal

TEILAUFGABE 3

Ich kann mir in meinem Umfeld und in ganz Mitteleuropa keinen Jugendlichen mehr denken, der ohne Internet-Zugang auskäme. Alle nutzen die Suchmaschinen des Internets und haben ihre Mail-Adresse. Darüber hinaus kann man, wie in Mouras Geschichte, aus der Wirklichkeit aussteigen und sich in den Cyberspace, die **virtuelle Erlebniswelt** des digitalen Zeitalters, einklicken. Virtuelle Welten im Netz können ebenso **kreativ** sein wie erfundene Geschichten in Büchern. Aber sie sind als Simulation von Wirklichkeit vielleicht fesselnder. Sie sind nicht nur ‚Kino im Kopf', sondern erscheinen visuell mit sich verändernden computergenerierten Landschaften und sich bewegenden computergenerierten Figuren wie Lara Croft.

Möglichkeiten und Gefahren der Virtualität

– Computerspiele

Computerspiele sind auch Spielfilmen überlegen, denn man kann in ihnen mitmachen und sie verändern – und darin hängenbleiben. Sie machen Spaß. Und sie machen **süchtig**. Manche Nutzer vergessen alles um sich herum: Ihnen kommt die Wirklichkeit abhanden, wenn sie zum Beispiel *CityVille* bei Facebook spielen, Häuser bauen, Handel treiben und in Panik geraten, wenn ihnen die Credit-Points ausgehen. Schon Neunjährige spielen *farmville* und tragen schwer an der Entscheidung, ob sie einen See anlegen oder Obstbäume pflanzen sollen. Es gibt Computer-Freaks, die nicht mehr aus dem Haus gehen, ihre Freunde nicht mehr treffen, keinen Sport mehr machen und sonderbar, verschlossen und beziehungsscheu werden. Die virtuelle Welt verschlingt sie. Aber der Unterschied zu denen, die die Welt der Literatur und des Theaters verschlingt, ist eigentlich nicht gravierend.

– soziale Netzwerke
Beispiel Facebook

Natürlich spielen nicht alle wie besessen, sondern viele twittern ab und zu und sind, wie die meisten meiner Mitschüler, bei **Facebook** registriert, dem mittlerweile beliebtesten digitalen sozialen Netzwerk mit annähernd 900 Millionen Mitgliedern. Über dieses Portal kann man Leute wiederfinden, zu denen die Verbindung abgerissen ist. Es ist eine großartige Wiederfindens- oder Kontaktbörse. Beunruhigend nach der Lektüre von Paulo Mouras Geschichte ist aber die Tatsache, dass Nutzer sich auch eine fiktive Identität geben und sich mehrere Profile anlegen können. Facebook erlaubt die Ich-Aufspaltung und Inszenierung seiner selbst annähernd so, wie von Moura beschrieben.

Nicht als Gefahr, aber doch als sonderbar empfinde ich, dass bei Facebook alle „**Freunde**" sind. Der Gebrauch dieses Wortes ist inflationär und absolut oberflächlich. Die Qualität eines Mitglieds scheint sich quantitativ nach der Anzahl seiner „Freunde" zu bemessen, die er im Netz hat. Ich rufe einen Namen auf und stelle ehrfurchtsvoll fest: Oh, 230 Freunde! Ich habe jetzt 90, aber zu meinem Geburtstag würde ich vielleicht fünfzehn von ihnen einladen, und auf der Straße würde ich mich mit manchen dieser sogenannten Freunde nicht einmal grüßen, denn sie bedeuten mir nichts. Das zeigt mir deutlich die Differenz zwischen Lebenswirklichkeit und virtueller Welt. Meine wirklichen Sorgen und mein wirkliches Glück gehen das Internet nichts an. Manche Leute entwickeln aber eine regelrechte Freunde-Sammel-Neurose und sind im echten Leben ziemlich isoliert. Schlussfolgerung: Sie ziehen ihre virtuelle Existenz der real gelebten vor und verlieren sich. Es gibt einen virtuellen Marktplatz bei Facebook und Feste wie in Mouras Geschichte. Ich bin mir aber nicht sicher, ob die Teilnahme daran der Eintritt in eine virtuelle Welt ist oder – solange man sein konkretes Leben mit Elternhaus, Schule und Berufsfragen lebt – nur die Teilnahme an einem digital ermöglichten Kommunikationsforum wie bei einer telefonischen Konferenz-Schaltung.

Wer aber aussteigen möchte bei Facebook, weil es letztlich nur ein modischer Zirkus ist, dem wird es außerordentlich schwergemacht, sein Profil zu löschen.

– Hate Speech, Mobbing, Extremismus

Weil jedermann sich im Netz produzieren, Ideen und Blogs hineinstellen und zu allem seine Meinung veröffentlichen kann, halten sich manche Leute für enorm wichtig und verlieren jeden Maßstab. Es wird über Nichtigkeiten gechattet. Abscheulich ist, dass das virtuelle Medium die Hemmschwelle der Nutzer zu senken scheint, sodass sie zu bösartigen Scripts, zu **Cyber-Mobbing** und Verleumdungen fähig werden, zu denen sie in der realen Welt nicht den Mut hätten. Sie sehen dem Adressaten nicht in die Augen und vergessen darum anscheinend, dass er ein Mensch ist. **Extremistische Elemente** können im Netz leichter als sonst irgendwo ihresgleichen finden und sich gegenseitig bestärken. Auch bei Facebook fanden sich massenhaft Websites mit rechtsextremem Inhalt.

– Möglichkeiten, Zensur und Repression zu umgehen

Andererseits sollen sich durch Twittern die jungen Oppositionellen des arabischen Frühlings 2010/11 – vorbei an den Zensoren ihrer Länder – zu ihren Demonstrationen verabredet haben. Aus virtuellen – oder sind es in diesem Fall nur digitale? – Möglichkeiten kann also eine Realität werden, die Regierungen stürzt.

Hessen Deutsch ▪ Abiturprüfung 2018

Grundkurs ▪ Vorschlag A

LITERATUR UND POLITIK

Erlaubte Hilfsmittel
- ein Wörterbuch der deutschen Rechtschreibung
- eine Liste der fachspezifischen Operatoren
- Büchner: *Lenz*

Aufgabenstellung

1 Stellen Sie die wesentlichen Aussagen und den Gedankengang des Textes dar. (Material) (30 BE)

2 „Mehr als rechts und links, rot oder schwarz stützt mich der feste Glaube, dass der Literatur per se eine soziale und im weitesten Sinne politische Rolle zukommt, weil es ein natürliches Bedürfnis der Menschen ist zu erfahren, was andere Menschen – repräsentiert durch den Schriftsteller und seine Figuren – denken und fühlen." (Material)
Setzen Sie diese Aussage von Juli Zeh in Beziehung zum Realismuskonzept von Georg Büchner. (30 BE)

3 Erörtern Sie, ausgehend vom Text und von eigenen Lektüreerfahrungen, den Anspruch der Autorin an Literatur. (40 BE)

Material 1 Juli Zeh: Wir trauen uns nicht (2004)

Die deutsche Schriftstellerin Juli Zeh, geboren 1974, studierte Rechtswissenschaften und Literatur. Der vorliegende Text ist eine gekürzte und 2004 in der Wochenzeitung „Die Zeit" erschienene Fassung ihrer Dankesrede zur Verleihung des Ernst-Toller-Preises 2003. Dieser Preis wird für besondere literarische Leistungen im Grenzbereich zwischen Literatur und Politik vergeben.

Längst ist es ein Standardvorwurf, fast schon ein Stereotyp geworden, dass wir, die schreibende Zunft und vor allem die Jüngeren unter uns, im schlimmsten Sinne unpolitisch seien.

Wir halten keine Parteibücher. Wir benutzen unsere Texte nicht als Träger politischer Inhalte. Ob wir wählen gehen und was, wissen bestenfalls unsere engsten Freunde. Falls wir eine Meinung haben, teilen wir sie höchstens in aller Bescheidenheit mit, am liebsten am Wohnzimmertisch und unter kostenfreier Mitlieferung sämtlicher Gegenpositionen.

Ich kenne viele Autoren, die von ihren eigenen Texten oder sogar von der Literatur an sich sagen, sie sei geradezu verpflichtet zu politischer Abstinenz; Kunst und Künstler dürften sich nicht in den Dienst überindividueller Zwecke stellen. Über solche abstrakten Fragen ist in der Vergangenheit zur Genüge gestritten worden. Einigermaßen neu scheint mir der Umstand zu sein, dass die zeitgenössische Abkehr der Literatur vom Politischen keinesfalls einem ästhetischen Konzept entspringt. Sie hat nichts mit l'art pour l'art[1] zu tun. Sie entspringt auch keinem politischen Konzept. Sie ist – einfach da. Eine Selbstverständlichkeit, zu der es keine Alternative zu geben scheint. [...]

Nun will ich keineswegs ins Klagelied von der Politikverdrossenheit einstimmen. Meines Erachtens beruht dieses Phänomen allein auf einem terminologischen Missverständnis: Gemeint ist in Wahrheit gar nicht die Politik-, sondern die Parteiverdrossenheit. Die Angehörigen meiner Generation sind echte Einzelgänger; sie mögen sich nicht mit einer Gruppe identifizieren. Wenn einer schon Schwierigkeiten hat, eine Familie zu gründen – wie soll er dann bitte einer Partei beitreten? Wer sich heute als Teil einer Bewegung versteht, gerät schnell in den Verdacht eines Mangels an individueller Persönlichkeit und eines reichlich uncoolen, wenn nicht gar gefährlichen Herdentriebs. Man mag in Deutschland keine Uniformen mehr, weder stoffliche noch geistige. Dass diese Abneigung in einem Land, dessen Bevölkerung traditionell zu Übertreibungen neigt, schnell zum fanatischen Antikollektivismus mutiert, vermag nicht einmal sonderlich zu überraschen. Folge daraus ist leider die Unfähigkeit, legitime Interessen gemeinsam durchzusetzen und auf diese Weise am demokratischen Leben teilzunehmen. In der Demokratie zählt die Mehrheit, und die Mehrheit ist nun mal in gewissem Sinn eine Gruppe.

Ein Schriftsteller muss aber, um politisch zu sein, nicht nur keiner Partei angehören; er muss nicht einmal politische Literatur schreiben. Er kann Schriftsteller und politischer Denker in Personalunion sein, ohne dass das eine Mittel zum Zweck des anderen würde. Was wäre von ihm zu erwarten? Er müsste einfach zu bestimmten politischen Themen eine Meinung entwickeln und diese von Zeit zu Zeit öffentlich kundtun. Mehr als jeder andere hat er die Chance, politisch zu agieren und trotzdem seine Herdenphobie zu pflegen. Lässt man nun die lebende Schriftstellergeneration vor dem geistigen Auge vorbeiziehen, wird man sich in den meisten Fällen ergebnislos fragen: War X für oder gegen den Irak-Krieg[2]? Was meint Y zum Reformstau? Wie steht es nach Zs Meinung um die Fortentwicklung der Demokratie?

Befragt man X, Y und Z in der Kneipe bei Bier und Wein, werden sie mit großer Wahrscheinlichkeit zu allen Fragen etwas sagen können. Fragt man sie: Warum schreibt ihr das nicht auf, wie es eurer Profession entspricht?, werden sie Unklares murmeln. Das bringt nichts. Ist nicht mein Job. Ich trenne Politik und Literatur, ich will mich vor keinen Karren spannen lassen.

Man hat, unendlich paradox, die Politik zur Privatsache erklärt.

Ich sage Ihnen, warum das so ist. Die öffentliche Meinung hat die Schriftsteller aus dem Dienstverhältnis entlassen, und Letztere haben nicht einmal versucht, Kündigungsschutzklage dagegen zu erheben. Wenn heutzutage ein Bedarf nach Meinung entsteht, fragt man einen Spezialisten. In schlimmen Bedarfsfällen gründet man eine

Kommission. Es gibt Balkanspezialisten, Irakspezialisten, Steuer-, Ethik- und Jugendspezialisten, Spezialisten für Demokratie oder Menschenrechtsfragen, und es gibt fast ebenso viele Kommissionen. Die Schriftsteller haben sofort eingesehen, dass sie weder Spezialisten noch eine Kommission sind. Sie sind Experten für alles und nichts, für sich selbst, für Gott und die Welt.

Die moderne Menschheit unterliegt einem fatalen Irrtum, wenn sie vergisst, dass Politik etwas ist, das, im Guten wie im Bösen, von Menschen für Menschen gemacht wird, und nicht etwa eine Wissenschaft, die nur in den Laboratorien der globalen Wirtschaft und des internationalen Verbrechens erforscht und verstanden wird. Um politisch zu sein, braucht man keine Partei; und man braucht vor allem kein staatlich anerkanntes Expertentum. Vielmehr braucht man zweierlei: gesunden Menschenverstand und ein Herz im Leib. Es ist nicht so, dass uns Schriftstellern diese beiden Dinge abhanden gekommen wären. Wir trauen uns nur nicht mehr, sie öffentlich zu gebrauchen. Wir fürchten die Frage: Woher wisst ihr das? […]

Nach meiner politischen Einstellung befragt, würde ich antworten, dass ich meinen Kinderglauben an die Gerechtigkeit noch nicht verloren habe. Ich würde anführen, dass ich meine juristischen Kenntnisse bislang ausschließlich darauf verwende, ehrenamtlich gegen demokratischen Kolonialismus auf dem Balkan, gegen ugandische Kriegsverbrecher und gegen die Telekom zu kämpfen. Trotzdem gehöre ich keiner Partei an, und niemand, am allerwenigsten ich selbst, wäre in der Lage zu sagen, ob ich „links“ bin oder „rechts“.

Mehr als rechts und links, rot oder schwarz stützt mich der feste Glaube, dass der Literatur per se eine soziale und im weitesten Sinne politische Rolle zukommt, weil es ein natürliches Bedürfnis der Menschen ist zu erfahren, was andere Menschen – repräsentiert durch den Schriftsteller und seine Figuren – denken und fühlen. Allein deshalb darf die Literatur auf dem Gebiet der Politik nicht durch den Journalismus ersetzt oder verdrängt werden, und sie soll sich nicht hinter ihrem fehlenden Experten- und Spezialistentum verstecken. Sie steht vielmehr in der Verantwortung, die Lücken zu schließen, die der Journalismus aufreißt, während er bemüht ist, ein Bild von der Welt zu zeichnen. Damit hat sie eine Aufgabe, an der sie wachsen kann, und hier liegt der Weg, den ich einzuschlagen versuche. Ich möchte den Lesern keine Meinungen, sondern Ideen vermitteln und den Zugang zu einem nichtjournalistischen und trotzdem politischen Blick auf die Welt eröffnen.

Aus: Juli Zeh: Wir trauen uns nicht, in: Zeit Online, 04. 03. 2004;
www.zeit.de/2004/11/L-Preisverleihung/komplettansicht (abgerufen am 09. 01. 2017).
Die Rechtschreibung entspricht der Textvorlage.

Anmerkungen

1 l'art pour l'art: sinngemäß: „die Kunst um der Kunst willen“; gemeint: Kunst, die keine bestimmte Absicht und keinen (gesellschaftlichen) Zweck verfolgt; Kunst als Selbstzweck

2 Irak-Krieg: Militärinvasion der USA, Großbritanniens und einiger weiterer Staaten in den Irak im Jahr 2003

TIPP **Bearbeitungshinweise**

Vorweg: Ernst Toller (1893–1939), in dessen Namen Juli Zeh 2003 ausgezeichnet wurde, war ein deutscher Schriftsteller und linkssozialistischer Revolutionär. Als Vorsitzender der USPD und Mitglied der Münchner Räterepublik wurde er 1919 verhaftet und entging nur knapp der Todesstrafe. Er nannte sich einen Aktivisten. Politisch orientierte Schriftsteller der 1970er- und 1980er-Jahre nannten ihre Literatur „engagiert".

Den Gedankengang Juli Zehs (Material und **Teilaufgabe 1**) erfassen Sie am besten, wenn Sie sich die Gliederung der Rede anschauen (und markieren). Sie werden herausfinden, wie sie mit Argumenten und Gegenargumenten einen ganzen Diskussionszusammenhang abbildet, bis sie vom „Wir" zum „Ich" gelangt und ihre eigene Position gleichsam als ihr Diskussionsergebnis auf den Punkt bringt. – Für die Beantwortung von **Teilaufgabe 2** haben Sie vor allem den im Unterricht erarbeiteten *Lenz*; aber auch Briefe Büchners sind Ihnen bekannt und helfen weiter (vgl. bes. Brief Nr. 45). – Der Lösungsvorschlag für **Teilaufgabe 3** geht außerdem davon aus, dass Sie außer dem *Lenz* zwar kein anderes Werk Büchners gelesen haben, aber doch grob wissen, worum es in ihnen geht, und dass Ihnen die Biografie Büchners nicht unbekannt ist. Sie können in dieser dritten Aufgabe, der Erörterung, einen ganz anderen Weg finden als den Ihnen hier vorgelegten; und Sie können sich auf ganz andere Literaturbeispiele beziehen, sollten aber vermeiden, zu allgemein (schwammig) zu argumentieren. Konkrete Beispiele und die ständige Rückkopplung an die Rede sind hier das A und O. Um nicht an dem Ihnen Bekannten vorbei zu argumentieren, hält sich der Lösungsvorschlag vor allem an Ihre Literaturliste. Natürlich müssen Sie dieser „methodischen Lösung" nicht folgen. Wichtig ist, dass Ihre Beispiele Sie auf eigene Gedanken bringen, dass Sie sie nachvollziehbar entwickeln und sich dabei kritisch und problembewusst auf den von Juli Zeh formulierten „Anspruch" beziehen. Auch Sie sollten zu einem Fazit gelangen. Das Thema insgesamt ist auf Teilaufgabe 3 hin zugeschnitten: Hier liegen 40 BE.

Lösungsvorschlag

TEILAUFGABE 1

Die Schriftstellerin Juli Zeh hat 2003 den Ernst-Toller-Preis erhalten, der „literarische Leistungen im Grenzbereich zwischen Literatur und Politik" (Einführung) auszeichnet. In ihrer Dankesrede mit dem Titel *Wir trauen uns nicht*, die 2004 in der *Zeit* abgedruckt wurde, macht Zeh diesen Grenzbereich zu ihrem Thema.

Einleitung
Autorin, Titel, Jahr, Redeanlass, Thema

Sie zitiert am Beginn ihrer Rede den gängigen Vorwurf gegen die jüngeren deutschen Schriftsteller (geboren wohl seit den 1970er-Jahren wie sie), sie seien unpolitisch „im schlimmsten Sinne" (Z. 2). Sie widerspricht dem nicht, sondern informiert über die subjektiven und eher objektiven Gründe, die hinter dieser „politische[n] Abstinenz" ihre Generation stehen (Z. 9–31, 48–56), argumentiert in zwei Einschüben dagegen (Z. 32–47, 57–65) und entwickelt im Schlussteil, dann „ich" sagend, ihre ganz persönlichen Überzeugungen zur Frage des politischen Engagements und der „Verantwortung" (Z. 79) eines Schriftstellers.

Aufbau der Rede

Juli Zeh beruft sich auf ihre eigenen Erfahrungen. Sie und ihre Freunde gehörten keiner Partei an und stellten ihre Texte „nicht in den Dienst überindividueller Zwecke" (Z. 11). Sie wollen sich „vor keinen Karren spannen lassen" (Z. 46), ihre Kunst also nicht für politische Propaganda, Wahlhilfe oder dergleichen nutzbar machen oder sich dafür instrumentalisieren lassen. Sie seien jedoch an sich nicht politikverdrossen und hätten privat sehr wohl eine politische Meinung, aber sie seien entschieden **parteiverdrossen** (vgl. Z. 19 f.). Sie seien Einzelgänger mit einer starken **Aversion gegen Gruppenbildungen aller Art**. Schon die Gründung einer Familie falle ihnen schwer, erst recht aber die Identifikation mit einer Partei. Eine Partei sei ein Kollektiv. Kollektive stünden im Verdacht „eines reichlich uncoolen" und eventuell gefährlichen Herdentriebs (vgl. Z. 24 f.).

Diagnose: Einstellung von heutigen Schriftstellern zur Politik

Zeh kritisiert, dass diese Position in Deutschland zu einem übertriebenen, „**fanatischen Antikollektivismus**" (Z. 27) geführt habe und damit zur Unfähigkeit überhaupt, am demokratischen Leben teilzunehmen, denn in der Demokratie setze man Interessen gemeinsam durch, es zählen in ihr Mehrheiten, und eine Mehrheit sei nun einmal eine Art von Gruppe (vgl. Z. 28 ff.). **Ihre Minimalanforderung** an Schriftsteller: Sie müssten gar nicht politisch schreiben oder einer Partei beitreten. Sie könnten ihre Herdenphobie getrost pflegen, sollten aber als politisch denkende Zeitgenossen **ihre Meinung** zu bestimmten öffentlichen Fragen dann und wann **öffentlich äußern**. Ihr Name gebe ihren Äußerungen Gewicht.

Kritik an dieser Entwicklung

Anspruch an Schriftsteller

Das Gegenargument der Schriftsteller-Kollegen: In strittigen politischen Fällen frage man heutzutage nicht nach der Meinung von prominenten Persönlichkeiten, sondern man lege das Problem **Spezialisten** zur Entscheidung vor und lasse es in **Kommissionen** bearbeiten (vgl. Z. 48–56). – Zeh sieht in dieser beobachtbaren Entwicklung hin zum politischen Spezialistentum **einen „fatalen Irrtum**" (Z. 57). Sie belehrt, dass Politik keine Wissenschaft sei. Politik sei von Menschen für Menschen gemacht. Man brauche für sie nichts anderes als einen „gesunden Menschenverstand und ein Herz im Leib" (Z. 62 f.). Die Schriftsteller ihrer Generation aber hätten, „unendlich paradox" (denn *polis* bedeutet Öffentlichkeit), aus der Politik eine Privatsache gemacht (vgl. Z. 47). Warum? Sie trauten sich nicht öffentlich heraus mit ihrer Meinung aus Furcht vor der Frage, woher sie das denn wüssten (vgl. Z. 65), aus Furcht also, sich als Nicht-Spezialist (als Dilettant) zu blamieren.

Tendenz zu Expertentum als Einwand

Juli Zehs Position: Sie setze ihre juristische Kompetenz für ihr **ehrenamtliches Engagement** bei verschiedenen politischen Brennpunkten ein, gegen ugandische Kriegsverbrecher, gegen die Telekom, gegen „demokratischen Kolonialismus auf dem Balkan" (Z. 69). Dabei folge sie keinem Parteiprogramm, sondern ihrem eingewurzelten **Glauben an die Gerechtigkeit** (vgl. Z. 66–72).

Zehs politisches Engagement

Sie ist überzeugt davon, dass **Literatur per se** (an sich) jenseits von Parteifragen eine **soziale und politische Verantwortung** hat. Der Schriftsteller dürfe es nicht Spezialisten und Journalisten überlassen, den Lesern ein Bild von der Welt zu zeichnen. Sie persönlich sei bemüht, den Lesern nicht Meinungen zu vermitteln, sondern **Ideen** und durch sie einen nicht-journalistischen und dennoch politischen Blick auf die Welt (vgl. Z. 82 ff.).

politische Dimension von Literatur

TEILAUFGABE 2

Im vorliegenden Zitat aus der Rede bekräftigt Juli Zeh ihre Überzeugung, dass **Literatur** an sich – unabhängig von Ideologien oder Parteidoktrin – eine soziale **„und im weitesten Sinne politische" Aufgabe** hat. Menschen haben das Bedürfnis zu erfahren, wie außerhalb ihres (kleinen) persönlichen Umfeldes gedacht und gefühlt wird. Diesen Blick über den Tellerrand gewähre ihnen **die Literatur mit ihren Figuren**. Literatur erfüllt Zehs Meinung nach also die Funktion, den Erfahrungshorizont des Lesers zu erweitern, sein Verständnis der Welt zu bereichern und ihn **empathiefähig** für anders lebende Menschen zu machen.

Zehs Definition vom Wesen der Literatur

Juli Zeh bleibt in diesem ihre Rede abschließenden persönlichen Bekenntnis zu Wert und Rolle der Literatur grundsätzlich und allgemein. Eine ähnlich grundsätzliche Rede zur Aufgabe der Literatur findet sich bei **Georg Büchner** im „Kunst-Gespräch“ der Erzählung *Lenz* (als Rollensprache der Titelfigur) und in dem Brief an die Familie, in dem er sein Drama *Dantons Tod* verteidigt (Brief Nr. 45, 28. Juli 1835). Zeh weist darauf hin, dass Literatur mehr und anderes zu geben habe als der Journalismus (vgl. Z. 76 ff.); Büchner vergleicht den Dichter mit dem Geschichtsschreiber. Journalist und Historiker berichten, charakterisieren, analysieren, deuten; der Journalist kommentiert und kritisiert zudem. **Der Dichter aber**, erklärt Büchner der Familie, charakterisiere nicht, sondern erschaffe Charaktere, er gebe „**Menschen von Fleisch und Blut**“, deren „Freud und Leid“ der Leser unmittelbar mitempfindet, deren „Tun und Handeln“ ihm „Abscheu oder Bewunderung“ einflößen. Büchner beruft sich dabei auf Shakespeare: Von der Gosse bis zum Sublimsten also darf das ganze Spektrum des Menschlichen im Drama ungeschönt und unzensiert zum Leben erweckt und ausgeleuchtet werden. (Es ist das, was in Goethes Prolog zum *Faust* das „volle Menschenleben“ heißt.) – Ausführlicher als Zeh betont Büchner hier, wie sehr Literatur das Gefühlsleben des Lesers anspricht, indem sie ihn in eine andere Zeit, in ein anderes Milieu und unter andere Gestalten versetzt, deren Schicksal er unmittelbar miterleben könne. Zudem plädiert er – gegen Schillers Idealismus gerichtet – dafür, dass Literatur die Welt nicht zu zeigen habe, wie sie sein soll, sondern so, wie sie ist. Er sieht also seine Aufgabe nicht darin, moralisch zu belehren: Nicht Prinzipien habe er zu folgen (oder habe er zu vertreten), sondern er folge der Natur; sie sei in allem sein Vorbild. Damit umreißt Büchner 1835 sein **Konzept einer realistischen Literatur**.

Vergleich mit Büchners Realismuskonzept

Inhalte von Literatur und ihre Wirkung auf den Leser:
– bei Büchner

Aus Juli Zehs Rede ist herauszuhören, dass auch für sie Literatur (da konkurrierend mit dem Journalismus) sich mit der konkret gegebenen, realen Welt befasst, aber sie äußert sich nicht dazu, ob diese Literatur „realistisch“ zu nennen wäre. Auch sie setzt auf den Wert der literarisch erschaffenen „Figuren“ und damit – wie Büchner – auf das Vorstellungsvermögen und die Erlebnisfähigkeit des Lesers. Wenn sie darüber hinaus betont, nicht Meinungen, sondern „Ideen“ (vgl. Z. 83) vermitteln zu wollen, heißt das nicht etwa, dass sie zum Idealismus neigt, sondern dass sie Sichtweisen, Perspektiven und neue Denkweisen eröffnen möchte.

– bei Zeh

TEILAUFGABE 3

Problematisierung von Zehs Anspruch an Literatur

Juli Zeh, geehrt mit dem Ernst-Toller-Preis, äußert sich in ihrer Dankesrede überraschend zurückhaltend zur Frage des politischen Engagements von Literatur. Ja, als Juristin engagiere sie sich politisch (vgl. Z. 66ff.). Ja, als „politischer Denker" sollte man bitte hier und da seine Meinung öffentlich kundtun und seinen Namen in die Waagschale werfen (vgl. Z. 35ff.), aber als Schriftsteller doch bitte unbehelligt seine Arbeit tun dürfen. Noch einmal nachgelesen heißt das doch, dass sie sich nicht als Schriftstellerin, sondern einerseits **als Expertin** (Spezialistin) da engagiert, wo sie sich (ohne Blamage) ihres fachlichen Urteils sicher sein kann (vgl. Z. 48ff. der Rede), und andererseits **als Staatsbürgerin**, die hier und da eine Petition mit unterschreibt oder auf den Weg bringt. Weicht sie aus? Denn das sind beides gleichsam noch Nebenschauplätze, noch keine Aussagen zur mehr oder weniger großen Affinität von Literatur und Politik. Ihr schließlich formuliertes Fazit, dass der Literatur „**eine soziale und im weitesten Sinne**" (Z. 74) politische Rolle zukomme, ist eine sonderbar verklausulierte bzw. diffuse Auskunft zur Frage nach dem Verhältnis von Literatur und Politik und **nicht einmal eine Soft-Version** von politisch engagierter Literatur. Sie wirft mehr Fragen auf, als Klarheit zu schaffen. Was soll man sich unter der „im weitesten Sinne" politischen Rolle von Literatur vorstellen? Wo lägen Unterschied und Abgrenzung zu einer im engen, im engeren und im eigentlichen Sinne politischen Rolle von Literatur? Und was fiele ganz heraus, wäre unpolitische Literatur? Kann es die für Juli Zeh überhaupt geben, da sie Literatur „**per se**" – also gleichsam naturgegeben und sowieso – als sozial und irgendwie politisch auffasst? Man kann sich eigentlich nicht richtig vorstellen, wie ein Roman dieser Schriftstellerin denn nun aussehen würde, in dem ihr Anspruch umgesetzt wäre. Etwa so **wie bei Fontane**, der mit realistisch-ironischem Blick die Gesellschaft seiner Zeit porträtiert?

Fragen zu ihrer Definition von politischer Literatur

Beispiel: Büchner als politischer Schriftsteller (Engagement im Leben und in den Werken)

Georg Büchner gibt eindeutiger Auskunft über sein soziales und politisches Engagement. Im Brief vom 9.12.1833 ist zu lesen: „Die politischen Verhältnisse könnten mich rasend machen. Das arme Volk schleppt geduldig den Karren, worauf die Fürsten und Liberalen ihre Affenkomödie spielen. Ich bete jeden Abend zum Hanf und zu d. Laternen." (Brief Nr. 17) Das ist die Sprache eines Ernst Toller seelenverwandten Klassenkämpfers und Revolutionärs. Toller wurde inhaftiert; Büchner, Mitherausgeber des Flugblatts ***Der Hessische Landbote***, konnte sich mit knapper Not ins Ausland (nach Straßburg) absetzen und litt unter dem Schicksal seiner von der Polizei gefassten und ins Gefängnis geworfenen Freunde. Andererseits dann, noch keine zwei Jahre später, stellt auch er klar, dass er sich von keiner Partei vereinnahmen lasse. Wie Juli Zeh und ihr Kreis verteidigt er **sein Einzelgängertum: „Ich gehe meinen Weg für mich** und bleibe auf dem Feld des Dramas“ (Brief Nr. 54). Er ist nun kein Agitator mehr, kein Aktivist, sondern ein Dichter. Aber alles, was von ihm vorhanden ist, selbst das Lustspiel, besitzt sozialkritische Schärfe und entspringt politischer Reflexion: In *Leonce und Lena* verhöhnt er feudalistische Kleinstaaterei und höfisches Kriechertum, sein *Woyzeck* zeigt den Underdog, der, obwohl zum Mörder werdend, menschlicher ist als seine Ausbeuter, im melancholischen *Danton* begräbt er selbstkritisch die anfängliche Hoffnung, dass eine Revolution zu einer gerechteren und menschlicheren Welt verhelfen könne. **Büchner**, so ist zu erkennen, war nicht „im weitesten Sinne“ politisch, sondern **er ist ein politischer Dichter**.

Beispiel: Kleist als politischer Schriftsteller *(Prinz von Homburg)*

Ähnlich verhält es sich mit **Kleist**. Wenn ich vor dem Hintergrund der Rede unsere Pflichtlektüren Revue passieren lasse, fällt mir als erste *Prinz Friedrich von Homburg* ein. Dieses Drama ist sehr poetisch und stellenweise lyrisch, und doch fragt Kleist darin, wie sich Staatsraison und unbedingte Rechtsverbindlichkeit mit der Freiheit und Verantwortung des einzelnen Menschen vereinbaren lassen. Er dramatisiert diese **eindeutig politische Problematik**, ohne sich im Geringsten vor einen Karren spannen zu lassen (vgl. Z. 46). Er ist nur einfach ein politisch denkender und empfindender Mensch und Dichter zugleich, der die ihn innerlich bedrängenden Fragen dichterisch – durch die Entwicklung der dramatischen Handlung – ausagiert. Dichtend, stelle ich mir vor, sucht er auch als Privatperson Antworten und Lösungen. Er denkt gleichsam nicht nur theoretisch-abstrakt, sondern unterschiedliche gedankliche **Positionen verkörpern sich** ihm, treten sich im Rollenspiel einander entgegen, werden infrage gestellt und stellen einander infrage. Da im *Homburg* zudem die schwedischen Invasoren wieder aus dem Land gejagt werden, erkannte darin jeder Kleists Traum, auch Napoleon aus Preußen zu vertreiben. Das war um 1810 hochpolitisch. Kleist diente sich damit aber keiner Kriegspartei an, sondern ging, wie Büchner es von sich sagt, **seinen Weg für sich**.

Bewertung weiterer Texte (Bezug zur eigenen Leseerfahrung)

Nun müssen sicher nicht alle Schriftsteller so intensiv politisch orientierte Köpfe sein wie Kleist oder Büchner oder später ab 1910 manche der Expressionisten – unter ihnen auch Toller –, die ihrer Gesellschaft den Untergang wünschten („Weltende“-Gedichte) und die Utopie einer besseren Welt beschworen. Wenn ich privat etwas lese, frage ich mich so gut wie nie, ob das nun sozial engagiert und in irgendeinem Sinne als politisch eingestuft werden kann oder nicht. Ich frage nur, ob es mich überzeugt und mir etwas gibt. Jetzt, nach der Analyse der Dankesrede der Schriftstellerin Juli Zeh, sieht das anders aus. Wie steht es etwa mit Saint-Exupérys *Le Petit Prince*, den alle weltweit kennen, oder mit John Greens Roman *Das Schicksal ist ein mieser Verräter*, den ebenfalls jeder und jede gelesen oder in der Verfilmung gesehen hat? Politisch sind beide Werke sicher nicht, aber beide erweitern, so wie Frau Zeh es von Literatur fordert, unseren Horizont. Der kleine Prinz wundert sich über die Fantasielosigkeit der Erwachsenen. Das ist eine für uns noch heute belustigend aktuelle sozialkritische Komponente. John Green zieht uns in die Welt krebskranker Jugendlicher hinein und erschüttert. Dieses Literaturerlebnis hat uns – wohl im Sinne von Zehs Anforderungen an Literatur – die Augen geöffnet. Andererseits haben wir gerade den Film *Das schweigende Klassenzimmer* gesehen, der den perfide erpresserischen politischen Druck (und die eingeschüchterten Mütter samt der hinter autoritärem Gestus ihre Schwäche verbergenden Väter) erlebbar macht, dem Jugendliche in der DDR der 1950er-Jahre ausgesetzt waren. In diesem Beispiel sind Stoff und Intention nicht irgendwie, sondern eindeutig politisch und sozialpolitisch.

Beispiel aus dem Bereich Film

Literatur (der Film als Gattung eingeschlossen) kann uns vermutlich nur immer da innerlich erreichen, wo der Autor authentisch seinem eigenen Temperament entsprechend arbeiten kann: wenn er *seinem* Stern folgt oder *seinem* Weg (s. Büchner). Manche sind einfach Sprachspieler, manche Träumer, manche lieben das Skurrile und Groteske oder schreiben sich ganz weit weg von dieser Erde (Science-Fiction). Es muss also keineswegs jeder – gleichgültig in welchem Grad auf einer imaginären Skala – politisch schreiben oder sein. Nun hat Frau Zeh aber einen hochpolitisch konnotierten Preis erhalten. Sie muss folglich von Literatur und Politik reden – und fühlt sich offensichtlich nicht wohl dabei. Warum ist das nur so? Warum die langwierigen Protokolle zur Haltung gleichaltriger Schriftsteller-KollegInnen? Aufschlussreich ist, dass sich Zeh für die Juristin *und* für die Schriftstellerin in sich zu einem etwas anderen gemeinsamen Nenner als dem der Politik bekennt. Ihr stärkster Impuls, sich auf die Welt einzulassen und zu schreiben, ist offenbar gar nicht die konkrete Politik, sondern etwas Vorpolitisches, Elementares: ihr Gerechtigkeitsgefühl. Sie nennt es ihren „**Kinderglauben an die Gerechtigkeit**" (Z. 67). Dieser vielleicht törichte, vielleicht naive Glaube enthält das utopische Moment, dass am Ende die Welt eine bessere werden müsse. Ihr innerster persönlicher und schriftstellerischer Beweggrund, dazu beizutragen, dass die Welt gerechter werde, rückt sie wieder nah an Büchners Seite und ist denn doch aller Achtung wert.

differenziertes Fazit:
– kein Zwang zur Politisierung von Literatur

– Bewertung von Zehs Literaturverständnis

WIRKLICHKEITS- UND MÖGLICHKEITSMENSCHEN

Erlaubte Hilfsmittel

- ein Wörterbuch der deutschen Rechtschreibung
- Textausgaben der Pflichtlektüren ohne Kommentarzeichen, ggf. mit Worterklärungen
- eine Liste der fachspezifischen Operatoren

Dieser Vorschlag bezieht sich auf die Pflichtlektüren Joseph von Eichendorff: *Aus dem Leben eines Taugenichts*; Georg Büchner: *Woyzeck.*

Aufgabenstellung

1 Beschreiben Sie die in dem Auszug aus Musils Roman *Mann ohne Eigenschaften* getroffene Unterscheidung von „Möglichkeitssinn“ und „Wirklichkeitssinn“. Berücksichtigen Sie dabei auch die sprachlich-formale Gestaltung des Textes. (Material) (30 BE)

2 Untersuchen Sie, ob die literarischen Figuren Taugenichts aus Eichendorffs Novelle *Aus dem Leben eines Taugenichts* und Woyzeck aus Büchners gleichnamigem Dramenfragment als „Wirklichkeitsmenschen“ oder als „Möglichkeitsmenschen“ (Material) angesehen werden können. (40 BE)

3 Diskutieren Sie, ob sich Schule und Bildung heute an dem „Möglichkeitssinn“ oder dem „Wirklichkeitssinn“ orientieren sollten. (30 BE)

Material **Robert Musil: Der Mann ohne Eigenschaften (2004)**
(erste Teilveröffentlichung 1930)

Im Zentrum des Romans steht ein junger Intellektueller, der nach mehreren gescheiterten Versuchen, beruflich Fuß zu fassen, 1913 nach Wien zurückkehrt. Hier mietet er mit dem Geld seiner Eltern ein Schloss an und nimmt „Urlaub vom Leben“. Die Titelfigur wird zum Mann ohne Eigenschaften, indem sie sich zu nichts ernsthaft bekennen mag und sich jeder Festlegung im eigenen Leben entzieht. In dem folgenden Textauszug denkt der Erzähler über die Einstellung des Menschen zur Wirklichkeit nach.

Wenn man gut durch geöffnete Türen kommen will, muß man die Tatsache achten, daß sie einen festen Rahmen haben: dieser Grundsatz, nach dem der alte Professor immer gelebt hatte, ist eine einfache Forderung des Wirklichkeitssinns. Wenn es aber Wirklichkeitssinn gibt, und niemand wird bezweifeln, daß er seine Daseinsberechtigung hat, dann muß es auch etwas geben, das man Möglichkeitssinn nennen kann.

Wer ihn besitzt, sagt beispielsweise nicht: Hier ist dies oder das geschehen, wird geschehen, muß geschehen; sondern er erfindet: Hier könnte, sollte oder müßte geschehn; und wenn man ihm von irgend etwas erklärt, daß es so sei, wie es sei, dann denkt er: Nun, es könnte wahrscheinlich auch anders sein. So ließe sich der Möglichkeitssinn geradezu als die Fähigkeit definieren, alles, was ebensogut sein könnte, zu denken und das, was ist, nicht wichtiger zu nehmen als das, was nicht ist. Man sieht, daß die Folgen solcher schöpferischen Anlage bemerkenswert sein können, und bedauerlicherweise lassen sie nicht selten das, was die Menschen bewundern, falsch erscheinen und das, was sie verbieten, als erlaubt oder wohl auch beides als gleichgültig. Solche Möglichkeitsmenschen leben, wie man sagt, in einem feineren Gespinst[1], in einem Gespinst von Dunst, Einbildung, Träumerei und Konjunktiven; Kindern, die diesen Hang haben, treibt man ihn nachdrücklich aus und nennt solche Menschen vor ihnen Phantasten, Träumer, Schwächlinge und Besserwisser oder Krittler[2].

Wenn man sie loben will, nennt man diese Narren auch Idealisten, aber offenbar ist mit alledem nur ihre schwache Spielart[3] erfaßt, welche die Wirklichkeit nicht begreifen kann oder ihr wehleidig ausweicht, wo also das Fehlen des Wirklichkeitssinns wirklich einen Mangel bedeutet. Das Mögliche umfaßt jedoch nicht nur die Träume nervenschwacher Personen, sondern auch die noch nicht erwachten Absichten Gottes. Ein mögliches Erlebnis oder eine mögliche Wahrheit sind nicht gleich wirklichem Erlebnis und wirklicher Wahrheit weniger dem Werte des Wirklichseins, sondern sie haben, wenigstens nach Ansicht ihrer Anhänger, etwas sehr Göttliches in sich, ein Feuer, einen Flug, einen Bauwillen und bewußten Utopismus, der die Wirklichkeit nicht scheut, wohl aber als Aufgabe und Erfindung behandelt. Schließlich ist die Erde gar nicht alt und war scheinbar noch nie so recht in gesegneten Umständen. […]

Es ist die Wirklichkeit, welche die Möglichkeiten weckt, und nichts wäre so verkehrt, wie das zu leugnen. Trotzdem werden es in der Summe oder im Durchschnitt immer die gleichen Möglichkeiten bleiben, die sich wiederholen, so lange bis ein Mensch kommt, dem eine wirkliche Sache nicht mehr bedeutet als eine gedachte. Er ist es, der den neuen Möglichkeiten erst ihren Sinn und ihre Bestimmung gibt, und er erweckt sie.

Ein solcher Mann ist aber keineswegs eine sehr eindeutige Angelegenheit. Da seine Ideen, soweit sie nicht müßige Hirngespinste bedeuten, nichts als noch nicht geborene Wirklichkeiten sind, hat natürlich auch er Wirklichkeitssinn; aber es ist ein Sinn für die mögliche Wirklichkeit und kommt viel langsamer ans Ziel als der den meisten Menschen eignende Sinn für ihre wirklichen Möglichkeiten.

Aus: Robert Musil: Der Mann ohne Eigenschaften. Roman. Erstes Buch, hg. v. Adolf Frisé. Reinbek bei Hamburg 1990, S. 16f.

Anmerkungen

1 Gespinst: etwas Gesponnenes, zartes Gewebe, Netzwerk
2 Krittler: Kritiker, Nörgler
3 schwache Spielart: *hier:* schwache Variante

Hinweis

Robert Musil (1880–1942) war ein österreichischer Schriftsteller und Theaterkritiker. An dem Roman *Der Mann ohne Eigenschaften*, der als einer der wichtigsten Romane des 20. Jahrhunderts gilt, hat Musil seit den 1920er-Jahren bis zu seinem Tode fortlaufend gearbeitet, ohne ihn abschließen zu können.

TIPP **Bearbeitungshinweise**

Der Auszug aus dem *Mann ohne Eigenschaften* (M) stammt aus Kapitel 4, gehört also noch zur Einleitung des umfangreichen Romans. Der Protagonist heißt Ulrich. Der alte Professor, auf den sich der Erzähler anfangs beruft, ist Ulrichs Vater. In diesem Kapitel werden Sie aber nicht, wie meist in Romanen, in Geschehnisse oder Dialoge hineingezogen, sondern in eine recht kurvenreich mäandernde Argumentation.

Aufgabe 1: Bei diesem auch für alle weiteren Aufgaben grundlegenden Text (M) braucht man ein gewisses Maß an Konzentration. Obwohl es nicht einfach ist, ihn nicht nur mechanisch wiederzugeben, sondern ihn auch **gedanklich** etwas genauer zu **durchdringen**, hat Aufgabe 1 nur 30 BE, während der Schwerpunkt des Vorschlags (40 BE) auf Aufgabe 2 liegt. Markieren Sie das reiche Begriffsfeld, mit dem „**Möglichkeitsmenschen**" in changierender Wertigkeit definiert und belegt werden. Worauf will der Erzähler hinaus?

Aufgabe 2: Zu den gegebenen Kategorien Wirklichkeits- bzw. Möglichkeitsmensch fällt wahrscheinlich jedem sofort Wagner und Faust ein. Woyzeck und Taugenichts als Vergleichsfiguren überraschen eher. Im Unterricht zu diesen Lektüren werden die beiden Kategorien kaum herangezogen worden sein, und um nun zu „**untersuchen**", inwiefern sie zutreffen, haben Sie nur wenig Zeit. Die überschaubare Szenenfolge des *Woyzeck* können Sie noch einmal rasch durchblättern, bezüglich des *Taugenichts* bleiben Sie auf Ihr Gedächtnis angewiesen. Setzen Sie mit Ihrer Erörterung dazu am besten da an, wo Sie sich gewiss sind, es mit einem Wirklichkeitsmenschen zu tun zu haben. Von ihm wären dann der Taugenichts und sein Leben vorsichtig und wohlüberlegt abzugrenzen. Vielleicht kann man auch nicht alle Menschen mit Wirklichkeitssinn als Wirklichkeitsmenschen abstempeln und solche mit viel Möglichkeitssinn nicht als Möglichkeitsmenschen klassifizieren. **Differenzieren** Sie also. Für beide Vergleiche ist eine **inhaltliche Einführung** nötig; verlieren Sie sich dabei nicht ins Nacherzählen.

Für **Aufgabe 3** kann man am Material (Z. 16 ff.) anknüpfen. Denken Sie an **konkrete Fächer und Unterrichts- bzw. Erziehungsinhalte** in Ihrer Schullaufbahn und notieren Sie, bevor Sie in die Diskussion einsteigen, ein paar Stichworte etwa zu Fragen wie: Was musste gelernt werden, um Wirklichkeit zu verstehen und ihr gewachsen zu sein (was stärkte den Wirklichkeitssinn)? Wo und wie eröffnete Schule Möglichkeiten zu experimentieren, kreativ zu werden und sich auszuprobieren? Warum wurden wir nicht nur gelenkt? Welchen Stellenwert hatte kritisches Denken? Was hat man sich wohl bei Aufgaben gedacht, bei denen man den Weg selbst finden musste und auch in Sackgassen geraten konnte? Warum hat sich die Schule unser Schultheater (o. Ä.) geleistet?

Lösungsvorschlag

TEILAUFGABE 1

Einleitung: Autor, Werk, Erscheinungsjahr, Thema

Im ersten Buch des 1930 veröffentlichten Romans *Der Mann ohne Eigenschaften* von Robert Musil geht es dem Erzähler offenbar darum, dem Leser seine Titel- und Hauptfigur Ulrich vorzustellen. Er erläutert, inwiefern Ulrich ein „Mann ohne Eigenschaften" ist, wodurch er sich von den meisten anderen Menschen unterscheidet und auf welche Schwächen und Stärken man bei Menschen seiner Art gefasst sein kann. Er scheint Ulrich nahezustehen, denn er zitiert dessen Vater.

Einführung der Kategorie „Möglichkeitsmensch"

Die meisten Menschen respektieren das konkret Gegebene und richten sich darin ein. Sie wissen, dass eine offene Tür einen Rahmen hat, an dem man sich bei Nichtbeachtung stößt. Die angeschlossene Folgerung: Wenn es einen Wirklichkeitssinn gibt, muss es auch so etwas wie einen Möglichkeitssinn geben entsprechend dem grammatischen Verhältnis von Indikativ- und Konjunktivformen. „**Möglichkeitsmenschen**" (Z. 14 f.), also Menschen mit einem ausgeprägten Sinn für den Potentialis, seien weniger interessiert an dem, was ist, als an dem, **was sein könnte**. Sie denken, entwerfen und erfinden **Alternativen** zum (vielleicht festgefahrenen) Vorhandenen, mit dem sie nicht selten unzufrieden sind (vgl. Z. 12 ff.). Bezogen auf die Tür heißt das: Sie ecken an. In der gegenwärtigen Gesellschaft versuche man, **bei Kindern ein Zuviel an Fantasie** (vgl. Z. 16 ff.) beizeiten zu unterdrücken. Wohl in der Furcht, dass ihre Neigung sie lebensuntüchtig machen könnte, bringt man ihnen bei, ähnlich Veranlagte als „Phantasten, Träumer, Schwächlinge" (Z. 17 f.) etc. abzuwerten. Da der Erzähler selbst aber den Möglichkeitssinn eben noch eine „schöpferisch[e] Anlage" genannt hat (Z. 12), ist herauszuhören, dass er diese Kindererziehung missbilligt und Partei ergreift **für Fantasie und Konjunktiv**, geistige Beweglichkeit und den spielerisch-experimentellen Umgang mit dem Gegebenen.

Abgrenzung von Unterart

Im nächsten Absatz bestätigt sich: Der Erzähler schätzt den Möglichkeitssinn als hohen Wert. Bevor er das aber bekennt, macht er noch einen kleinen Umweg, um das Feld der Möglichkeitsmenschen zu differenzieren, denn es gibt für ihn auch **eine „schwache Spielart**" (Z. 20) dieses Phänomens. Das sind für ihn „**Narren**" (Z. 19) und „nervenschwach[e] Personen" (Z. 22 f.), die **die Wirklichkeit nicht begreifen** können, nicht mit ihr zurechtkommen und ihr darum wehleidig ausweichen. Er lehnt es ab, sie zu ihrer Ehrenrettung „Idealisten" (Z. 19) zu nennen.

Nach dieser Abgrenzung kommt er zur Sache. Im Reiche des Möglichen ruhen für ihn „**die noch nicht erwachten Absichten Gottes**" (Z. 23), mögliche Wahrheiten und Visionen von der Umgestaltung der ja noch gar nicht alten, noch nicht fertigen Welt. Wer utopisch denkt und die Wirklichkeit als Aufgabe betrachtet statt als etwas Unabänderliches, der habe vielleicht auch in sich „etwas sehr Göttliches", „ein Feuer, einen Flug" (Z. 26 f.), also einen kreativen und annähernd prometheischen Funken. Ab und zu werde zudem ein Mensch geboren, der andere vom Sinn einer Idee so überzeugen kann, dass aus ihr die neue Wirklichkeit wird. Die Pointe der Ausführungen: Dieser charismatische **Möglichkeitsmensch** ignoriert die Wirklichkeit nicht etwa, sondern „natürlich" **habe „auch er Wirklichkeitssinn**" (Z. 38), und es sei gerade so, dass die Kenntnis des Wirklichen in ihm die neue Möglichkeit weckt, die nichts anderes sei, als der langsam sich in ihm entwickelnde Sinn für „**die mögliche Wirklichkeit**" (Z. 39).

kreatives Potenzial

Musils Erzähler spielt mit Alternativen und hält gleichzeitig manches auch sprachlich in der Schwebe. Er hat Gewissheiten wie die, dass das Mögliche auch „die noch nicht erwachten Ansichten Gottes" umfasse. Aber er leitet diesen Nebensatz mit einem relativierenden „auch" ein (Z. 23). **Sprachliche Partikel des Vermutens** und bloßen Erwägens, der Einschränkung der Gültigkeit des Gesagten, der Zurücknahme und der gedanklichen Ambivalenz und Unsicherheit („wahrscheinlich", Z. 9; „nicht selten", Z. 13; „wohl", Z. 14; „scheinbar", Z. 29; „keineswegs [...] sehr eindeuti[g]", Z. 36) charakterisieren seinen Stil. Beim Leser entsteht dadurch der Eindruck, dass ihm nicht eigentlich etwas Gesichertes mitgeteilt wird, sondern dass er eingeladen ist, an der **allmählichen Entstehung der Gedanken des Erzählers** teilzunehmen. Dieser Stil passt so gut zum Inhalt, dass man am Ende fast sicher ist, keinem außenstehenden Erzähler, sondern dem epischen Alter Ego des Mannes ohne Eigenschaften zuzuhören.

sprachlich-formale Gestaltung

Den Gang der Reflexion über Wirklichkeits- und Möglichkeitssinn kann man **dialektisch** nennen. Der Erzähler unterscheidet zunächst in (a) Wirklichkeitssinn und (b) Möglichkeitssinn und differenziert dort zwischen wirklichkeitsscheuen Narren mit Hirngespinsten einerseits (b.1) und andererseits denen, deren reiches Gedankenleben sie das Wirkliche und das Mögliche als gleichberechtigte Größen auffassen lässt (b.2). In der höchsten Ausprägung dieser „schöpferischen Anlage" verbinden sich seiner Meinung nach Wirklichkeitssinn (a) und Möglichkeitssinn der Art b.2 sprachlich zum anscheinenden **Paradox**, dem Sinn für „**die mögliche Wirklichkeit**", und logisch zur **Synthese** (c): zur Entstehung von etwas, was es bisher nicht gab. Ist eine neue Gesellschaft gemeint? Eine bisher

Argumentationsgang

für unmöglich gehaltene neue Art der Lebensführung und der Auffassung von Politik, Moral, Liebe oder Religion? Ulrich, den Mann „ohne Eigenschaften", muss man sich also nicht als fad, nichtssagend oder charakterlos vorstellen, sondern eher als einen spielerisch-ironisch-distanziert Suchenden, für den, zumindest vorläufig, alles noch offen ist und in Bewegung.

TEILAUFGABE 2

Die Distanz zwischen dem von Musil charakterisierten Möglichkeitsmenschen und den Protagonisten Eichendorffs und Büchners scheint unüberbrückbar zu sein. Man stellt sich nach der Erarbeitung des Materials Ulrich als materiell verwöhnten Intellektuellen vor, der es sich erlauben kann, als unverbindlicher (vermutlich geistreicher) Beobachter am Leben der Gesellschaft teilzunehmen. Weder geistig noch sozial scheint es ein gemeinsames Drittes zwischen ihm und Eichendorffs schlichtem Müllerssohn zu geben und erst recht nicht zwischen ihm und Büchners Underdog Woyzeck.

Überleitung zu Vergleich mit Lektüren

Woyzeck, um bei ihm anzufangen, dürfte nicht einmal so etwas wie eine Kindheit gehabt haben, in der man ihm die kindliche Fantasie hätte austreiben können. Armut um 1800 kannte weder Kinderstube noch Bildungschance oder ein Recht auf individuelle Entfaltung. Er wird noch als halbes Kind zum Militär gesteckt, dem öden Kasernenleben eingegliedert und gedrillt worden sein. Mit 30 ist er noch immer **Rekrut** und vom Leben überfordert und **gehetzt**. Sein Lohn reicht nicht für sich, Marie und sein Kind. Er muss neben dem Dienst **schlecht bezahlte Arbeiten** leisten, den Hauptmann rasieren, sich einem experimentierenden Doktor als Proband zur Verfügung stellen. Reflexion braucht Spielraum, Distanz und die Freiheit des Innehaltens, aber der von allen (von Hauptmann, Doktor und Marie) bemerkte Dauerzustand Woyzecks ist eben diese seine Gehetztheit. Er ist **nicht frei**, sondern Zwängen unterworfen. Er kann nicht wählen, sondern ihn treibt ein diffuses gesellschaftliches Muss.

Woyzeck: determinierte Existenz

Dennoch ist **Woyzeck eine grüblerische Natur**, er hat eine deutlich **spekulative Ader** und gebraucht überraschend oft den **Konjunktiv II**. Er kann, was er denkt und fühlt, sprachlich nur selten diskursiv entwickeln, aber ihn erbittert die ungerechte Klassengesellschaft, die so unverrückbar fest steht, dass er annimmt, sein Unterschichten-Elend werde über den Tod hinaus fortdauern: „Wir arme Leut [...], ich glaub, wenn wir in Himmel **kämen, so müssten** wir donnern helfen." Das ist kühn und originell gedacht. Außerdem sieht er in Bildung und Besitz die Bedingungen für die sogenannte bürgerliche Moral, deren Fehlen ihm der Hauptmann vorwirft. Er kennt also durchaus Alternativen zur schlechten Wirklichkeit (**„wenn ich** ein

Ideen und Visionen

Herr **wär** und **hätt** ein Hut und eine Anglaise [...], **ich wollt schon** tugendhaft sein"). Als man ihn mit Anspielungen auf den Nebenbuhler quält, gerät er außer sich und philosophiert: „**Es ist viel möglich.** Der Mensch! Es ist viel möglich." In seiner Höllenpein äußert er eine Vorstellung, die sich erst im 20. Jahrhundert richtig durchsetzen wird, dass nämlich die Hölle nicht heiß sei, sondern, da Ort der absoluten Lieblosigkeit, kalt: „Die Hölle is kalt, wollen wir wetten."

zwischen Sensibilität und Wahnsinn

Solches Philosophieren Woyzecks ist den Menschen seiner Umgebung nicht geheuer. Sie erkennen es nicht als Möglichkeitssinn oder gar Bereicherung an, sondern sehen darin **Hirngespinste**, Wahnideen oder die Folgen eines Fiebers. Marie: „Er schnappt noch über mit den Gedanken". Besonders unheimlich wird es, wenn Woyzeck, mit Andres beim Steckenschneiden, zu spüren und zu hören meint, dass über und unter dem festen Erdboden etwas Bedrohliches ist: „Feuer und Getös" um den Himmel und herunter, und unter den Füßen alles hohl und still, „**als wär die Welt tot**". Man kann darin einen sechsten Sinn oder ein besonderes Gespür Woyzecks dafür sehen, dass das Menschenleben alles andere als sicher ist und es mehr gibt in der Welt, als der herrschende Rationalismus zuzugeben bereit ist. Man kann aber auch Anzeichen von Woyzecks Wahnsinn darin erkennen – oder auch beides zugleich.

Fazit: kein Möglichkeitsmensch

Woyzeck ist ein Mensch mit dem **Sinn für Mögliches, aber nicht** eigentlich ein **Möglichkeitsmensch** (vgl. M, Z. 14 ff.), wie Musil ihn beschrieb. Er macht keine Entwürfe. Für ihn gibt es kein Entkommen aus der Wirklichkeit, die ihn in ihrer Gewalt hat. Seine Ideen sind sprunghaft und wohl auch zwanghaft und entspringen eher einer existenziellen Grundangst als utopischem Denken. Sie können sich nicht langsam und durchdacht zu etwas Wegweisendem zusammenschließen. Vielleicht ist es sogar so, dass Woyzeck ebenso das Opfer der Verhältnisse ist wie das seiner Ideen und Visionen.

Taugenichts

Lebenssituation und Charakter des Protagonisten

Mit dem **Taugenichts** verhält es sich anders. Sein Vater, der Müller, hat ihm vorgeworfen, unnütz zu sein, und ihm deshalb diesen hässlichen Namen angehängt, mit dem er dann dem Leser im Laufe der Erzählung liebenswürdig wird. Aber er überlässt dem Sohn die Entscheidung über seine Zukunft und steckt ihm immerhin ein paar Münzen zu (die sofort verloren gehen). Der Taugenichts hat weder Weib noch Kind wie Woyzeck. **Ungebunden** und **abenteuerhungrig** bricht er aus dem Rhythmus des sich monoton drehenden Mühlrads aus, zieht davon in die blaue Ferne und überlässt sich – gegen Gefahren geschützt durch eine beträchtliche Portion Naivität und Gottvertrauen – dem, was immer da kommen mag. Man könnte auch sagen: allem Möglichen.

Während Büchner sich mit *Woyzeck* gesellschaftskritisch-realistisch des Lebens eines Erniedrigten annimmt, sich also mit der sozialen Wirklichkeit seiner Zeit auseinandersetzt, erzählt **Eichendorff** ein **romantisches Märchen**, in dem sich am Ende alles glücklich fügt. Das fröhlich-freie Vagabundieren lässt den Taugenichts viel erleben, aber **klüger wird er dadurch nicht**, während Ulrich sich von seiner Haltung des ungebunden-unparteiischen Beobachters Einsichten verspricht. Zudem singt der Taugenichts lieber als zu reflektieren und ist **kein kritischer Kopf** oder utopischer Denker und Weltverbesserer, sondern ein **Leichtfuß** und Schwärmer und ein latent immerzu Verliebter, für den schließlich in den Armen der Angebeteten „alles, alles gut“ ist.

Abgrenzung von Philistern

Es gibt „Wirklichkeitsmenschen“ im *Taugenichts*. Das sind die in ihrem kleinen Horizont zufriedenen, sesshaften und neunmalklugen Biedermänner, verspottet als „Philister“. Das Musterexemplar dieser Art ist der behäbige Zolleinnehmer mit Pfeife und Schlafrock. Der Taugenichts ist sich nicht zu schade, eine Zeit lang dessen Job zu machen, aber er hält das nicht lange durch; er ist anders, ist unruhig. Ist er also ein Möglichkeitsmensch?

unwirkliche Wirklichkeit

Kutschen, Schiffe und die eigenen Füße tragen ihn fort zu herrlichen Schlössern mit wunderbaren Gärten, führen ihn die Donau entlang und dann über die Alpen bis nach Rom. Immer wieder gerät er sowohl in operettenhafte Verwechslungen als auch in zauberische Feste im Mondenschein. Die Landschaften und **Schauplätze** des *Taugenichts* haben aber mit der Wirklichkeit um 1820 wenig zu tun, ihr Merkmal ist, dass sie allesamt „prächtig“ sind, schauerlich, geheimnisvoll oder „verwunschen“ – und meist dies alles zusammen. Der Taugenichts durchstreift romantische **Traum-Landschaften**.

Fazit: kein Möglichkeitsmensch

Ein Wirklichkeitssinn, wie er für Musil zum wahren Möglichkeitsmenschen gehört (vgl. M, Z. 38), kann sich folglich bei ihm gar nicht ausbilden. Auch ist, was Eichendorffs Helden bewegt, weniger der Potentialis einer „möglichen Wirklichkeit“ (vgl. M, Z. 39), als vielmehr **der Irrealis einer immerwährenden romantischen Sehnsucht**. Musils ziemlich strenge Beschreibung des „Möglichkeitsmenschen“ will also auf den Taugenichts nicht so richtig passen. Seine Geige, seine Musikalität und Spontaneität, die Leichtigkeit dieses Sonntagskindes, sein zwischen Jubel und Schwermut schwingendes romantisches Gemüt und sein Gottvertrauen machen ihn zu etwas Eigenem und ganz anderen. Der Taugenichts, gesegnet mit Fantasie, ist wohl weniger ein Möglichkeits- als **vor allem ein poetischer Mensch**.

TEILAUFGABE 3

So wie Musil Wirklichkeits- und Möglichkeitssinn nicht als sich ausschließendes Entweder-Oder denkt, sondern als spannungsreich-**komplementären Zusammenhang**, so sollte auch **Schule** beides fördern, denn zum richtigen Menschen gehört beides. Schule bereitet bekanntlich auf das Leben vor. Sie gewährt uns privilegierten Jugendlichen der westlichen Welt mindestens zwölf Jahre, uns darauf vorbereiten und viel aufnehmen, uns aneignen und gewinnen zu können – Kenntnisse, Fähigkeiten, Fertigkeiten, Anregungen in Hülle und Fülle, Methoden des Lernens, Einsichten in Denkmodelle der geistes-, natur- und gesellschaftswissenschaftlichen Fachrichtungen – um schließlich einen guten Beruf und einen ebenso nützlichen wie befriedigenden eigenen Weg finden zu können. **Schule** insgesamt lässt sich **als ein Möglichkeitsraum** auffassen, in dem wir uns probehandelnd finden können.

Zielsetzung schulischer Bildung

Natürlich sollen und wollen wir einmal **tüchtig**, politisch **urteilsfähig** und finanziell **selbstständig** sein. Keiner von uns hat vor, einmal ohne eigenes Einkommen vom Geld des Vaters zu leben wie der Mann ohne Eigenschaften. Niemand strebt an, sich, wie der Taugenichts, für den Geld nicht zu existieren scheint, ständig einladen zu lassen. *Der Taugenichts* ist federleichte Dichtung, aber kein tragfähiges Lebensmodell. Und natürlich haben staatliche Schulen den doppelten Auftrag, uns zu bilden und den geeigneten Nachwuchs für den Wirtschafts- und Wissenschaftsstandort Deutschland hervorzubringen. Die **Erziehung zum Wirklichkeitssinn** (der ein gewisses Maß an Anpassung und Verantwortungsbereitschaft einschließt) gehört zum Konzept. Ich akzeptiere das.

Bedeutung des Wirklichkeitssinns

Aber heutige Schule ist nicht mehr die einstige Paukanstalt, in der der autoritäre Lehrer (wie in *Professor Unrat* von Heinrich Mann) von erhöhtem Pult aus doziert und abfragt und der Schüler fast paramilitärisch zur Antwort aufzuspringen hat. Nicht das Parieren ist der heute anerkannte Wert, sondern **das Fragen** und Infragestellen im Verbund mit **selbstständigem Denken und Problembewusstsein**. Wir schätzen Kritik und werten sie nicht ab (vgl. M, Z. 18). Neben das Lernen (Vokabeln muss man stur lernen, ebenso das Periodensystem, die lateinische Grammatik, Lehrsätze der Physik und vieles mehr) ist wohl schon in der Generation unserer Eltern etwas wunderbar anderes getreten: die **Wertschätzung der Kreativität**. Nicht nur Psychologie und Pädagogik haben für die **Stärkung des Möglichkeitssinns** in der Schule plädiert, sondern der Appell dazu kam ebenso aus den Führungsetagen von Industrie und Wissenschaft.

aber auch Förderung des Möglichkeitssinns

Man rief nach einem Nachwuchs, der nicht nur eindimensional Fachkompetenz mitbringt, sondern erfinderisch sein sollte und Innovationen auf seinem Gebiet würde anstoßen und mittragen können. Man rief nach komplexen, **ganzheitlichen Persönlichkeiten** und Charakteren, die, im Bild des Eisbergs, außer Fachkompetenz noch jede Menge Tiefgang haben. Man besann sich darauf, dass der Mensch zwei Gehirnhälften hat. Hochbegabte sollten nicht Fachidioten sein, sondern **Allgemeinbildung** mitbringen und mindestens ein Musikinstrument spielen können. Und hatte nicht **Schiller** längst dargelegt, dass der Mensch nur da ganz Mensch ist, wo er spielt? Man wusste ja, dass große Entdeckungen etwa im Bereich der Physik von Galilei über Newton bis Einstein und Heisenberg auffällig sprachbegabten und experimentell-spielerisch veranlagten Physikern gelungen waren. Nur anscheinend zufällig entdeckten sie das Fallgesetz oder die Unschärferelation. Das Ideal des *Homo faber* scheint heute, denke ich, weniger angesehen zu sein als das des *Homo ludens*. Darum gibt es an meiner Schule und an den Gymnasien hier in der Gegend das Fach „Darstellendes Spiel", Kurse zu kreativem Schreiben, eine Big Band, das Schulorchester und den Schulchor, die Möglichkeit, eine Reihe von Techniken und Ausdrucksmöglichkeiten im Kunstunterricht auszuprobieren und überhaupt den eigenen Ausdruck zu suchen und letztlich sich. Auch Rhetorik ist nicht nur eine Technik. Wer im Rhetorik-Kurs gut war, war folgerichtig *und* witzig. Unsere letzte Deutschlehrerin hat uns zudem nicht selten auch am Beginn regulärer Deutschstunden mit Kalauern, Schüttelreimen, kleinen Rätseln und Sprachspielen (Welches Tier existiert wirklich: NARDECH FLERWOW FIRGE ARIELTUF?) in Schwung gebracht oder mit einem kommentarlosen Tafelanschrieb wie „SchülerInnenohr". Spaß an Nonsens und Sprachreflexion lagen in diesen Stunden nah beieinander, Spieltrieb und Möglichkeitssinn erkannten sich als Zwillinge.

Menschenbild, das beide Seiten berücksichtigt

Fazit: Wir haben zwei Gehirnhälften, haben Scharfsinn und Verstand, Gemüt und Vorstellungskraft, das Bedürfnis nach Genauigkeit und zugleich diesen inneren Überschuss, den es nach Kunst, Spiel, Witz, Widerspruch und Freiheit verlangt: nach dem notwendigen Luxus der Kunst, wie einmal jemand gesagt hat.

Fazit: Gleichberechtigung von Realitätsbewusstsein und Kreativität

Die Anlage zum zweckfreien, oft konjunktivischen Rollen- und Verwandlungsspiel von Kindern („Ich wäre jetzt mal die Prinzessin und du meine Zofe." – Geheul: „Immer muss ich die Zofe sein!") wird uns durch die Schule nicht mehr ausgetrieben, sondern sie wächst mit uns. Wird uns unser Möglichkeitssinn aber irgendwann doch so austrocknen wie die *grandes personnes*, über die sich der kleine Prinz (Exupéry) lustig macht? Ich glaube es nicht. Ich vertraue darauf, dass in unserer Generation Nüchternheit und Traum bis an unser Lebensende koexistieren werden.

DER ZUG DER HÄUSER

Erlaubte Hilfsmittel
- ein Wörterbuch der deutschen Rechtschreibung
- Textausgaben der Pflichtlektüren ohne Kommentarzeichen, ggf. mit Worterläuterungen
- eine Liste der fachspezifischen Operatoren

Aufgabenstellung

1 Interpretieren Sie das Gedicht *Der Zug der Häuser* von Armin T. Wegner. (Material 1) (60 BE)

2 Vergleichen Sie Armin T. Wegners Gedicht *Der Zug der Häuser* mit Günter Kunerts Gedicht *Unterwegs nach Utopia II* im Hinblick auf die Gestaltung des Themas „Lebensraum und moderne Zivilisation". Berücksichtigen Sie dabei auch sprachlich-formale Aspekte. (40 BE)

Material 1 **Armin T. Wegner (1886–1978): Der Zug der Häuser**
(Entstehungszeitraum 1909–1913)

Die letzten Häuser recken sich grau empor,
In Massen geschart und in einzelne Gruppen,
Elende Hütten laufen davor,
Zerlumpte Kinder vor Heerestruppen.
Hinter den steinernen Zinnen aber beginnen
Die Felder, die Weiten,
Die sich endlos in die graue Ebene breiten.
Hohläugig glotzen die Häuser herüber,
Mit scheelem Blicke versengen sie Strauch und Baum:

„Gebt Raum! Gebt Raum
Unserm Schritt!
Wir wälzen den plumpen steinernen Leib darüber,
Die Dörfer, die Felder, die Wälder, wir nehmen sie mit!
Mit unserem rauchenden Atem verbrennen
Wir jede Blüte und reifende Frucht.
Die Saaten, die nicht mehr grünen können,
Ersticken in Qualm wir. Vor unserer Wucht
Zersplittern die Bäume, in rasender Schnelle
Sind alle Menschen im Land auf der Flucht
Vor unserer steinernen Welle.
Wir aber erreichen sie doch. Uns hält
Kein Strom, kein Graben. Wir morden das Feld.

Und die Menschen, aus ihrer Qual sich zu retten,
Aus einsamen Höfen, verlassenen Auen,
Mit dem Wahnsinn gepaart, dem Hunger, dem Schmerz,
Gebeugte Männer, verzweifelte Frauen
Ziehen dahin in schwarzen Ketten,
Hinein in der Städte pochendes Herz.
Ob lebend, ob tot, wir halten sie fest
An unsere steinernen Brüste gepreßt.
Bis unsere Stirnen die Sterne berühren,
Blutender Felder zerrissenen Grund,
Euch Ebenen, die in das Endlose führen,
Alle verschlingt unserer Mauern zermalmender Mund.
Bis wir zum Saume der Meere uns strecken,
Nie sind wir müde, nie werden wir satt,
Bis wir zum Haupte der Berge uns recken
Und die weite, keimende Erde bedecken:
Eine ewige, eine unendliche Stadt! …“

Aus: Wolfgang Rothe (Hg.): Deutsche Großstadtlyrik vom Naturalismus bis zur Gegenwart, Stuttgart: Reclam 1973, S. 135 f.

Hinweis
Die Erstveröffentlichung erfolgte 1917. Die Rechtschreibung entspricht der Textvorlage. Die Zeichensetzung wurde vereinzelt angepasst.

Material 2 Günter Kunert (* 1929): Unterwegs nach Utopia II (1977)

Auf der Flucht
vor dem Beton
geht es zu
wie im Märchen: Wo du
auch ankommst
er erwartet dich
grau und gründlich

Auf der Flucht findest du
vielleicht
einen grünen Fleck
am Ende
und stürzest selig
in die Halme
aus gefärbtem Glas.

Aus: Günther Kunert: Unterwegs nach Utopia. Gedichte. München, Wien: Hanser. 3. unveränderte Aufl. 1978, S. 76.

TIPP **Bearbeitungshinweise**

Denken Sie daran, dass der komplexe Operator der **Aufgabe 1**, „Interpretieren", verschiedene Operatoren enthält. Erstellen Sie deshalb unbedingt, bevor Sie zu schreiben anfangen, ein **Konzept**, um nichts zu vergessen: Sie müssen nach einer kurzen Einleitung auf **Aufbau und Form** des Gedichts eingehen, den **Inhalt** in eigenen Worten wiedergeben, **sprachlich-stilistische Besonderheiten** analysieren und deren den Inhalt verstärkende Wirkung benennen – und Sie müssen zu einer **Deutung** des Gedichts gelangen, die sich logisch aus Ihrer Analyse ergibt und die auch **epochenspezifische Merkmale** nachvollziehbar aufgreift. Es bietet sich an, in dieser Reihenfolge vorzugehen. Sie können aber auch einen anderen Aufbau wählen; wichtig ist, dass Ihr Aufsatz **schlüssig gegliedert** ist. Beliebt ist es z. B., das Gedicht chronologisch, also Strophe für Strophe zu interpretieren. Hier müssen Sie aber darauf achten, immer das gesamte Gedicht im Blick zu haben und nicht nur Einzelbeobachtungen zu analysieren. Außerdem besteht dabei die Gefahr, sich häufig zu wiederholen.

Tipps: 1. Stellen Sie der sprachlich-stilistischen Analyse eine **Deutungshypothese** voran, der Sie Ihre Analyse unterordnen. Wenn Sie im Laufe der Analyse dann Ihre Deutungshypothese(n) belegen, fällt es Ihnen leichter, die Wirkung sprachlicher Besonderheiten im Hinblick auf den Inhalt des Gedichts zu erklären, anstatt Stilmittel einfach nur unzusammenhängend aufzuzählen. 2. Nennen Sie nicht alle Stilmittel, die Sie entdecken, sondern **beschränken Sie sich** auf die Auffälligkeiten, die Wirkung und Aussagen des Gedichts unterstützen. 3. Stellen Sie die Gesamtdeutung des Gedichts als **Fazit** an das Ende Ihres Textes. Die Deutung muss das Ergebnis Ihrer vorangegangenen Analyse sein. Belegen Sie Ihre Aussagen immer am Text (mit Zitaten und Fundstellenangaben)!

Auch beim Vergleich in **Aufgabe 2** müssen Sie **strukturiert** vorgehen. Deshalb sind **Notizen** zur Vorarbeit sehr wichtig. Anschaulich können Sie Ihre Notizen z. B. in zwei **Mengenkreise** mit Schnittmenge schreiben. Gewichten Sie Ihre Aufzeichnungen nach Relevanz (z. B. durch Nummerierung) und streichen Sie alles, was nicht zu den **vorgegebenen Vergleichsaspekten** gehört: „Lebensraum und moderne Zivilisation" unter Berücksichtigung sprachlich-formaler Aspekte.
Wenn Sie Kunerts Gedicht zum ersten Mal erwähnen, müssen Sie kurz in den Text einführen: Autor, Entstehungsjahr, Textgattung, Thema, kurze Wiedergabe des Inhalts. Denken Sie daran, dass Sie beim Vergleichen sowohl auf **Unterschiede** als auch auf **Gemeinsamkeiten** eingehen. Stellen Sie Hypothesen auf, die Sie im Anschluss belegen. Behandeln Sie am besten Gemeinsamkeiten und Unterschiede getrennt voneinander und beziehen Sie dabei inhaltliche sowie sprachlich-formale Aspekte mit ein, da sich diese nicht immer voneinander trennen lassen. In einem abschließenden **Fazit** können Sie die Gedichte auch in ihren **zeitgeschichtlichen Kontext** einordnen.
Eine andere – nachvollziehbare – Struktur als die vorgeschlagene ist natürlich erlaubt.

Lösungsvorschlag

TEILAUFGABE 1

Einleitung
Autor, Titel, Gattung, Jahr, Thema

Armin T. Wegners Gedicht *Der Zug der Häuser* entstand zwischen 1909 und 1913. Es thematisiert mit drastischen Bildern das **unaufhaltsam** rapide und **auf Kosten von Natur und Mensch gehende Wachstum der Städte**.

Form und Inhalt
Aufbau

Das Gedicht besteht aus **drei ungleich langen Strophen** mit insgesamt 39 Versen. Gleich einer Klimax nimmt die Länge der Strophen jeweils um vier Verse zu: Sie bestehen aus 9, 13 und 17 Versen.

Reimschema
Metrum

Das **Reimschema ist unregelmäßig**, wenngleich – teilweise strophenübergreifende – Kreuz- und Paarreime überwiegen. Auch das **Metrum** ist uneinheitlich; es klingen jedoch häufig Daktylen und Trochäen mit und ohne Auftakt durch. Bereits die uneinheitliche Versgestaltung deutet darauf hin, dass kein harmonisches Geschehen, sondern ein gewaltsamer, brutaler Vorgang geschildert wird.

Sprechsituation

Das Bild der ungebremst wachsenden Stadt wird aus **zwei verschiedenen Perspektiven** dargestellt: Ein **unbekannter lyrischer Sprecher** beschreibt in der ersten Strophe zunächst distanziert die Ausgangssituation, dann erfolgt ein Perspektivwechsel (ab V. 10), der bis zum Ende des Gedichts anhält: Die **Häuser** entwerfen aus ihrer Sicht, **als lyrisches Wir**, eine apokalyptische Zukunftsvision.

Inhaltswiedergabe

Die erste Strophe fokussiert **antithetisch** zunächst die **Häuser am Großstadtrand** und die davorliegende, noch **unberührte Natur**, die jedoch bereits von den sich ausbreitenden Häusern bedroht wird. Die vernichtende **Vereinnahmung der Natur durch die Stadt** und die daraus resultierende vergebliche **Flucht der Menschen** sind Thema der zweiten Strophe. In der dritten Strophe wird die **Ausweglosigkeit der Situation als Prophezeiung** formuliert: Die Menschen seien gezwungen, ihr Dasein **gefangen in den Städten** zu fristen, die sich **maximal** – bis an die Küsten, zum Himmel und auf die Berggipfel – **ausbreiten**.

Deutungshypothese zur sprachlich-stilistischen Gestaltung

Das Gedicht ist geprägt von einer sehr **bildhaft-expressiven Sprache**. Zahlreiche **negativ konnotierte Wörter**, **Kriegsmetaphorik** und **düstere Visionen** lassen eine durchweg **bedrohlich-apokalyptische Grundstimmung** entstehen.

Belegen der Hypothese
Personifikation

Auffallend sind die vielen **Personifikationen**, die die Eigendynamik der agierenden Häuser deutlich machen; richtungsweisend ist dabei bereits die Überschrift: „Der Zug der Häuser“. Die „Häuser recken sich“ (V. 1), sie „glotzen […] herüber“ (V. 8) und vernichten die

Natur „[m]it scheelem Blicke“ (V. 9), „Hütten laufen“ (V. 3) wie eine Vorhut den Häusern voraus. Letztlich manifestiert sich diese dynamische, unaufhaltsame Expansion in den sprechenden Häusern (vgl. V. 10–39).

Imperative (vgl. V. 10 f.) und **Ausrufe** (vgl. V. 13) offenbaren die wahren Machtverhältnisse: Die Häuser herrschen über Natur und Mensch, sie sind sich ihrer **Macht** bewusst. Auf die ungebremste Ausbreitung der Städte verweisen zudem **dynamische Verben und Formulierungen** („[darüber] wälzen“, V. 12; „[z]ersplittern“, V. 18; „[u]ns hält / Kein Strom“, V. 21 f.). Bildhafte Ausdrücke vermitteln eine destruktiv-unkontrollierte Bewegung, die alles zermalmt, was sich ihr in den Weg stellt („Wucht“, V. 17; „rasend[e] Schnelle“, V. 18; „steinern[e] Welle“, V. 20).

Imperative

Die **Adjektive** „grau“ (V. 1, 7), „[e]len[d]“ (V. 3), „[z]erlump[t]“ (V. 4) und „steinern“ (vgl. V. 5, auch in V. 12, 20, 30) vermitteln schon in der ersten Strophe ein bedrohliches, **lebensfeindliches Szenario**, das in den nächsten Strophen fortgeführt wird.

negativ konnotierte Adjektive

Die prophezeite Szenerie und das Vokabular deuten darauf hin, dass die sich überlegen zeigenden und siegessicheren Häuser geradezu einen **Krieg gegen Natur** (Synekdoche „Strauch und Baum“, V. 9) **und Mensch** führen: Bereits in der ersten Strophe werden die Häuser als „Heerestruppen“ (V. 4) bezeichnet. Genährt wird die Assoziation auch durch Wörter und Formulierungen aus dem **Motivbereich des Feuers** („versengen“, V. 9; „rauchende[r] Atem“, „verbrennen“, V. 14; [e]rsticken“, „Qualm“, V. 17) sowie die teilweise in **einfachen Aussagesätzen** formulierte Ankündigung, die Natur rücksichtslos zu vernichten: „Wir morden das Feld“ (V. 22), „[u]ns hält / Kein Strom, kein Graben“ (V. 21 f.), „[b]lutend[e] Felder“ (V. 32). Doch nicht nur die personifizierte Natur wird geschunden, auch die Menschen werden von der „steinernen Welle“ (V. 20) getroffen und egal, „[o]b lebend, ob tot“ (V. 29), umklammert. Die **Reihung** der Opfer und ihrer Qualen schafft ein beklemmendes Schreckensszenario: „die Menschen, […] / [m]it dem Wahnsinn gepaart, dem Hunger, dem Schmerz, / [g]ebeugte Männer, verzweifelte Frauen“ (V. 23, 25 f.). Die Menschen befinden sich in einer **ausweglosen Situation:** Zwar versuchen sie vor der Ausbreitung der Städte zu **fliehen** (vgl. V. 18 f.). Die **Inversion** „[w]ir aber erreichen sie doch“ (V. 21), deren Aussage durch die beiden betonten Silben am Anfang noch bekräftigt wird, prophezeit jedoch die **Hoffnungslosigkeit** dieses Vorhabens. Fortan können die **Menschen nur als Gefangene weiterleben**. Ihr Sklavendasein wird durch die Metapher „in schwarzen Ketten“ (V. 27) umschrieben, wobei „schwarz“ auf **den Tod** anspielt.

Kriegsmetaphorik

Synekdoche

Wortfeld Feuer

einfache Ausgangssätze

Inversion

Metaphorik

Klangfiguren wie die alliterierende **Konsonantenhäufung** „Mauern zermalmender Mund“ (V. 34) unterstützen die Wirkung der ausdrucksstarken Bilder und beschwören die Vorstellung eines gewaltigen Monsters herauf.

Akkumulation, Aufzählung

Das räumliche Ausmaß der Zerstörung vermittelt sich durch die **akkumulative Aufzählung** „[d]ie Dörfer, die Felder, die Wälder“ (V. 13), die vernichtet werden, aber auch durch die vermessene Ankündigung der Häuser, sich auszubreiten, „[b]is unsere Stirnen die Sterne berühren“ (V. 31) und „[b]is wir zum Saume der Meere uns strecken“ (V. 35). Die **Anapher** „[b]is“ (V. 31, 35, 37) und der daran anschließende **parallele Satzbau** verstärken die Prophezeiung, dass die Stadtgrenze auch zur Weltgrenze wird.

Anapher

Parallelismus

Ausruf

Die **Unumkehrbarkeit** des Geschehens sowie das Ausgreifen der Stadt in Raum und Zeit wird abschließend durch den prophezeienden **elliptischen Ausruf** „Eine ewige, eine unendliche Stadt!“ (V. 39) in Stein gemeißelt.

Gesamtdeutung

Assoziation Naturkatastrophe

Die Darstellung der als destruktiv wahrgenommenen Ausbreitung der Großstadt erinnert an eine gewaltige **Naturkatastrophe** (Lawine, Tsunami), der sich der **Mensch wehrlos und als vergeblich fliehendes Opfer unterwerfen** muss. Allerdings erlangt hier paradoxerweise die von Menschen gemachte **Großstadt die Gewalt über die machtlose Natur**.

Epochenbezug

Mit dem bildgewaltigen Entwurf dieser **übersteigerten Vision einer riesenhaften Stadt**, die wie ein **Ungeheuer wütet** und allen Lebensraum samt der Menschen erobert, verarbeitet Wegner ein für den **Expressionismus** typisches Thema mit epochenspezifischen sprachlich-stilistischen Merkmalen. Der im Titel enthaltene „Zug“ lässt sich in diesem Zusammenhang auf zweierlei Weise deuten: Einerseits als **(Eisenbahn-)Zug** und somit als **Anspielung auf die Industrialisierung**, die Verstädterung und menschliches Elend in den Großstädten mit sich brachte. Viel mehr noch assoziiert der Leser den „Zug“ jedoch mit einem **kriegerischen Feldzug**, dem Natur und Mensch zum Opfer fallen. Indem das Gedicht die Ausbreitung der Besiedlung nicht als Fortschritt, sondern als unaufhaltsamen, sich eigendynamisch vollziehenden Untergang inszeniert, verkündet es eine **zivilisationskritische Botschaft**.

TEILAUFGABE 2

Günter Kunert schrieb etwa 65 Jahre später, 1977, das kurze Gedicht *Unterwegs nach Utopia II* mit demselben Thema: **Vor städtischer Bebauung zu fliehen, ist schier unmöglich**. Hat der Mensch vermeintlich ein Stück Natur gefunden, stellt auch dieses sich als künstlich heraus.

Überleitung und Einleitung
Autor, Titel, Gattung, Jahr, Thema

Vergleicht man Wegners Text im Hinblick auf die Gestaltung des Themas „**Lebensraum und moderne Zivilisation**" mit Günter Kunerts Gedicht, so scheint Kunert Wegners **apokalyptische Vision aufzugreifen und weiterzuführen:** Es fallen viele Gemeinsamkeiten auf, aber die Texte unterscheiden sich auch in einigen Punkten.

aspektbezogener Vergleich
Deutungshypothese

Auch Kunert zeigt in seinem aus zwei 7-versigen Strophen bestehenden Gedicht einen kritischen, desillusionierenden Blick auf die **Verstädterung und Entmenschlichung des Lebensraums**. Auch hier ist der **Mensch** der Lebensfeindlichkeit **ausgeliefert**. Die „Flucht / vor dem Beton" (V. 1 f.) ist so ausweglos wie die vor der „steinernen Welle" (Wegner, V. 20). Eine Anspielung darauf, dass es auf der Flucht „[zugeht] wie im Märchen" (V. 4), lässt den Leser kurz hoffen. Die Formulierung vergrößert jedoch nur die Fallhöhe, denn in den darauffolgenden Versen wird klar: Es **gibt kein Entkommen**, überall findet man Beton (vgl. V. 4–7). Wie in Wegners Gedicht wird diese Tatsache noch verstärkt durch die **Personifikation** des Betons sowie eine hart klingende Alliteration, die auch die trostlose Farbe „grau" verwendet: „er [= der Beton] erwartet dich / grau und gründlich" (V. 6 f.).

Hauptteil
1. Schritt: Gemeinsamkeiten
Hypothese
Belegführung
inhaltliche Ähnlichkeiten
Berücksichtigung sprachlich-formaler Aspekte

Während sich die beiden Texte inhaltlich gleichen, **unterscheiden sie sich vor allem sprachlich-formal** stark voneinander: **Wegner** beschreibt seine apokalyptische Szenerie noch **detailliert und expressiv-pathetisch**. **Kunert** hält sich dagegen kurz; er entwirft seine Utopie **lakonisch in drei nüchtern und knapp formulierten Sätzen**. Da es weder Reime noch ein Metrum gibt, wirken diese Aussagen noch eindringlicher.

2. Schritt: Unterschiede
Hypothese
sprachlich-formale Aspekte

Auch die **Sprechsituation** ist eine andere: Während es bei **Wegner** zunächst einen beschreibenden **lyrischen Sprecher**, später ein **lyrisches Wir** gibt, wendet sich das lyrische Ich bei **Kunert an ein Du:** Damit kann ebenso der **Leser** wie ein **unpersönlich-verallgemeinerndes Du im Sinne von „man"**, also jeder gemeint sein.

Sprechsituation

In einem wichtigen Punkt unterscheiden sich die beiden Gedichte aber auch inhaltlich voneinander: **Wegner entwirft eine Zukunftsvision**, in der sich die Städte größtmöglich ausbreiten und den Lebensraum verdrängen. **65 Jahre später** hat sich – zumindest in

inhaltlicher Unterschied

Kunerts *Utopia* – Wegners Vision **verwirklicht**. Denn der Lebensraum hat sich bereits vollständig verwandelt, selbst die vermeintlich **letzten natürlichen Fleckchen sind inzwischen menschengemacht**. Der „grün[e] Fleck“ (V. 10) entpuppt sich als Illusion, die Hoffnung (vgl. die Farbe Grün) wird enttäuscht: Du „stürzest selig / in die Halme / aus gefärbtem Glas“ (V. 12–14).

Fazit

Einbeziehung zeitgeschichtlicher Kontext

Beide Texte thematisieren auf ihre Weise die für das 20. Jahrhundert typischen **Erfahrungen von Modernität und technischem Fortschritt:** Wegners Gedicht zeigt, wie sich die **Vorteile der Industrialisierung** und Urbanisierung des beginnenden 20. Jahrhunderts ins Gegenteil verkehren, sich **der menschlichen Kontrolle entziehen** und eine beängstigende Eigendynamik entwickeln. Kunerts Text kann man als Reaktion auf die in den **1970er-Jahren aufkommende Umweltproblematik** und als **Kritik an Wachstum** sehen. Bei ihm bleibt die Suche nach einem Stückchen unberührter Natur eine „Utopie“ (vgl. den Titel seines Gedichts).

Deutung

Beide Texte zeigen Szenerien in **übersteigerter Form** und können vielleicht auch als **Warnungen vor der Zerstörung unserer natürlichen Lebensgrundlage** gelesen werden, sind also nach wie vor hochaktuell.

Hessen Deutsch ▪ Abiturprüfung 2019
Grundkurs ▪ Vorschlag C

VERGEUDETE ZEIT?

Erlaubte Hilfsmittel
- ein Wörterbuch der deutschen Rechtschreibung
- Textausgaben der Pflichtlektüren ohne Kommentarzeichen, ggf. mit Worterläuterungen
- eine Liste der fachspezifischen Operatoren

Dieser Vorschlag bezieht sich auf die Pflichtlektüre J. W. von Goethe: *Faust I.*

Aufgabenstellung

1 Fassen Sie den vorliegenden Textauszug aus der Abiturrede von Jan Wagner zusammen und analysieren Sie die Argumentationsweise und die sprachlich-formale Gestaltung. (Material) (35 BE)

2 Untersuchen Sie, inwieweit Fausts Lebenseinstellung, insbesondere sein Umgang mit Zeit, in Goethes Drama *Faust I* den Reflexionen Jan Wagners in der vorliegenden Abiturrede (Material) entspricht. (40 BE)

3 „Aber innehalten, den Moment anhalten – das tut auch jedes Gedicht, versucht es jedenfalls oder gibt vor, es zu tun, und ermahnt uns dabei, langsamer zu werden, die Zeit verrinnen zu lassen, in der Gewissheit, dass aus dieser vergeudeten Zeit auch ein Nutzen erwachsen kann, dass im Verlust auch ein Gewinn liegt, der sich nicht in Geld, Aktien oder Macht übersetzen lässt.“ (Material)

Diskutieren Sie diese These Jan Wagners unter Einbeziehung Ihrer Erfahrung mit Gedichten. (25 BE)

Material **Jan Wagner: Gedenke der Lücke. Eine Rede für Abiturienten (2016)**

Ich hoffe, liebe Mitschülerinnen und Mitschüler, denn Lernende bleiben wir ja immer, ich hoffe, Sie können sagen, was ich sagen kann – nämlich, dass ich Glück hatte mit meinen Lehrern. Ich rede hier natürlich nicht von jenen pädagogischen Totalausfällen, mit denen wohl jeder im Laufe seiner Schul- und Studienzeit zurande kommen muss – […], sondern ich rede von den wenigen, entscheidenden, auf immer prägenden Persönlichkeiten, auf die es ankommt und die uns helfen, zumindest dic wichtigsten, folgenreichsten Entscheidungen nach bestem Wissen und reinem Herzen zu treffen – was den Zufall und die absurde Wendung, die verhängnisvolle Rutschpartie selbstverständlich nicht ausschließt, aber doch selbst sie erträglicher machen könnte. Diese Lehrer brachten mir etwas bei, was nicht auf den offiziellen Lehrplänen zu finden war – die Leidenschaft, die Begeisterung also für etwas, das in meinem Fall die Literatur und die Poesie waren, denen ich zwar schon immer zugeneigt war, die mir aber so noch dringlicher wurden. Aber woran man sich entzündet, ist letztlich natürlich unerheblich. Bei Ihnen, wenn es sich glücklich gefügt hat – ich vertraue darauf, dass es so war – könnte es die Begeisterung für die Mikrobiologie sein, für die sogenannten schwarzen Raucher am Meeresgrund, für die Quantenphysik und die Gravitationswellen oder aber die Zwölftonmusik. Vielleicht auch, wer weiß es schon, für die perfekte Wurfkurve beim Kricket oder beim Basketball. [...] Wer Leidenschaft für eine Sache empfindet, fühlt sich nicht länger als der gequälte Sklave der Zeit – und auch nicht jenes Zeitkonzepts, das man uns schon sprachlich von Kindheit an näherzubringen versucht.

Der amerikanische Linguist George Lakoff hat in einem klugen und einflussreichen Buch[1] aufgezeigt, dass es kein Vorrecht der Poeten ist, Metaphern zu verwenden, eine bildhafte Sprache, dass es ganz im Gegenteil *Metaphors We Live By* gibt, so der Titel jenes Buches, Metaphern also, nach denen wir unser Leben strukturieren, uns ausrichten, und die entscheidend dafür sind, wie wir uns selbst und unsere Rolle in der Welt wahrnehmen. Lakoff weist nach, dass es sogenannte Konzeptmetaphern gibt, die einen abstrakten Sachverhalt bildlich definieren und so zur Grundlage aller Redeweisen über diesen Sachverhalt werden. Eine dieser Metaphern, die jedenfalls unseren Kulturraum nachhaltig geprägt hat oder noch immer prägt, findet in dem Konzept „Zeit ist Geld" oder, wahlweise, „Zeit ist eine wertvolle Ware" ihren Ausdruck – was sich sofort nachvollziehen lässt, wenn wir uns beim Gespräch über Zeit belauschen: etwas kostet uns mehrere Stunden oder einen ganzen Tag; man solle seine Zeit nicht verschwenden, sagen wir, oder wir verschenken etwas von unserer Zeit, wenn wir nicht gerade einem Dritten seine Zeit stehlen. Natürlich gibt es nie nur eine einzige Konzeptmetapher, das wäre allzu ermüdend, und so nutzt ein Sprecher, der seine Zeit totschlägt, womöglich eher eine Konzeptmetapher, die sich mit „Zeit ist ein gefährliches Raubtier" in Worte fassen ließe. [...]

Dichter spielen natürlich mit derartigen Konzepten; und sie lassen sich, so wertvoll sie ist, Zeit bei diesem Spiel, ist doch nichts schädlicher für ein entstehendes Gedicht als die Hast. Das berühmteste aller japanischen Haikus[2] – „Der alte Teich/Ein Frosch springt hinein –/das Geräusch des Wassers", so lautet eine mögliche Übersetzung – dichtete der alte Meister Bashō[3] an einem Tag im März im Kreise seiner Schüler; man saß, schwieg, starrte in den Garten, überlegte, suchte nach Worten, während Stunde um Stunde um Stunde verstrich. Und natürlich könnten Sie jetzt sagen: Na und? Was weiter? Da ist anscheinend von einem Teich und einem Frosch die Rede, und offenbar entscheidet sich der Frosch ein Bad zu nehmen. Sie könnten aber auch Ihrerseits viele Stunden, ja Tage und Wochen damit verbringen, über diese drei kurzen Zeilen nachzudenken und eine Wahrheit, eine Schönheit in ihnen zu entdecken – oder auch damit, selbst in einen Teich zu starren und den Fröschen zuzuhören. Diese windstillen Winkel, in denen man sich aufhält, während alles weiter seinen Gang geht, gehen muss, sind ja wohltuend, man empfindet eine diebische, eine tagesdiebische Freude, wenn man sich später dieser Verstecke entsinnt, ob es die alte Hochsprungmatte am Ende des Schulsportplatzes ist, hinter der man sich wunderbar unsichtbar machen konnte, um eine Zigarette zu rauchen, während alle anderen schwitzend und schnaufend ihre Runden drehten, um tausend oder gar zweitausend Meter zusammenzubringen, oder ob es die Straßen von Berlin in der ersten Frühlingssonne sind, wenn alle Passanten plötzlich stehenbleiben, die Augen schließen und sich zum jungen Licht hin drehen, allesamt wollüstig erstarrt, Leguanmenschen[4]. Tatsächlich sind die entscheidenden Momente ja oft da zu finden, wo man sich selbst sozusagen herauszunehmen versucht aus der Zeit und der Geschäftigkeit, wenn man zusieht, nicht Teilnehmer ist, sondern Außenstehender [...].

Aber innehalten, den Moment anhalten – das tut auch jedes Gedicht, das versucht es jedenfalls oder gibt vor, es zu tun, und ermahnt uns dabei, langsamer zu werden, die Zeit verrinnen zu lassen, in der Gewissheit, dass aus dieser vergeudeten Zeit auch ein Nutzen erwachsen kann, dass im Verlust auch ein Gewinn liegt, der sich nicht in Geld, Aktien oder Macht übersetzen lässt. [...] In den Augen jener aber, die dem Geld hinterherrennen, dem Ruhm, der eigenen Bedeutsamkeit (und geben wir ruhig zu, dass wir alle gelegentlich, in unseren schwachen Momenten, zu diesen Leuten zu rechnen sind), mögen solche wie Bashō [...], die sich ganz dem Objekt ihrer Begeisterung als dem erkannten Wahren und Existenziellen überlassen, als Narren oder Esel erscheinen. [...]

Gerade einmal ein Vierteljahrhundert [...] ist es nun her, dass ich mein Abitur gemacht habe. Manchmal sehen wir uns noch, die Schulfreunde von früher und ich, und dann reden wir. Manche sind das geworden, was sie werden wollten, manche ergriffen just den Beruf, den man ihnen immer schon an der Nasenspitze angesehen hatte, ohne dies ihnen gegenüber jemals zu äußern, und manche überraschen einen bei der Wiederbegegnung oft aufs Herrlichste – [...]. Es ist wahr, da sind auch die Scheidungen und die Toten, und wirklich: Es geht alles allzu schnell vorbei. [...] Aber Sie fangen gerade erst an.

Aus: Jan Wagner: Gedenke der Lücke. Eine Rede für Abiturienten,
in: Jan Wagner: Der verschlossene Raum. Beiläufige Prosa. Berlin: Hanser 2017, S. 161–166, 170f.

Anmerkungen

1 George Lakoff: (*1941) Professor für Linguistik an der University of California Berkeley, *Metaphors We Live By*, Chicago 1980
2 Haiku: kurze, traditionelle japanische Gedichtform
3 Matsuo Bashō: (1644–1694) japanischer Schriftsteller, bedeutender Vertreter der Gedichtform Haiku
4 Leguan: Reptil, das bewegungslos in der Sonne stehen bleiben kann

Hinweis

Jan Wagner (*1971 in Hamburg) ist ein deutscher Schriftsteller und Übersetzer. Mit seinem Gedichtband *Regentonnenvariationen* erhielt 2015 erstmals ein lyrisches Werk den Buchpreis der Leipziger Buchmesse. 2017 erhielt Jan Wagner für sein Gesamtwerk den Georg-Büchner-Preis der Deutschen Akademie für Sprache und Dichtung.

TIPP **Bearbeitungshinweise**

Mit „Gedenke der Lücke", dem Titel seiner Abiturrede über unseren Umgang mit der Zeit, übersetzt Jan Wagner recht ironisch das englische „Mind the Gap!", eine Warnung, die an Londoner U-Bahn-Stationen aus den Lautsprechern tönt, um auf die räumliche (!) Lücke zwischen Zugausstieg und Bahnsteig aufmerksam zu machen. Über die Wahl des feierlichen „Gedenke!" *(mind – memento!)* lohnt es sich nachzudenken. Der Untertitel der Rede: „Ein Plädoyer für Traum, Narrheit und Nutzlosigkeit". Der erste Satz des Materials, den Sie lesen, wirkt deshalb so sonderbar unvermittelt und recht plump, weil es nicht Wagners Rede-Auftakt ist. Tatsächlich ist die Rede mit diesem Satz bereits auf S. 36 von 55 (in der Erstausgabe des Conte Verlags). Die Ihnen vorgelegte Kürzung ist dennoch in sich schlüssig. Der letzte Absatz ist der Original-Schluss.

Aufgabe 1: Markieren Sie sich die Thesen Wagners, notieren Sie sich die Alternativen, die er entwickelt, achten Sie auf seine Differenzierung des Wortfeldes „Zeit" und darauf, aus welchen Bereichen er seine Beispiele nimmt.

Aufgabe 2: Wie Sie wissen, muss Goethes *Faust* bis heute für alles und jedes herhalten und kann für ganz Gegensätzliches in Anspruch genommen werden, weil Goethe keinem Entweder-oder-Denken folgte. Bleiben Sie darum bei Aufgabe 2 besonders wachsam, zumal das *Faust*-Zitat, das jeder zum Thema „Zeit und Augenblick" im Kopf hat (V. 1699f.), bei unüberlegtem Zugriff leicht in die Irre führen kann. Gehen Sie in Gedanken noch einmal die einzelnen Szenen und damit die verschiedenen Lebenssituationen des Doktor Faust durch. (Als Faust später [in Teil II] alles daransetzt, die schöne Helena zu gewinnen, die er sich noch immer jung vorstellt, spottet Chiron: „Den Poeten bindet keine Zeit.", V. 7433) – Das größte Gewicht des Themas liegt mit 40 BE auf dieser Aufgabe 2. Der Lösungsvorschlag steigt zu Ihrer Anregung tiefer in die Unterschiede zwischen Jan Wagners und Goethes Reflexion über Zeit und Leben ein, als es von Ihnen erwartet werden kann.

Aufgabe 3, obgleich nur mit 25 BE versehen, braucht dennoch einiges Brainstorming, denn um etwas zur eigenen Erfahrung mit Gedichten sagen zu können, kann man an Interpretationsstunden zurückdenken, sollte sich aber möglichst auch auf ein/zwei konkrete Gedichte oder passende Verse berufen können.

Lösungsvorschlag

TEILAUFGABE 1

Einleitung: Redner, Titel, Anlass, Jahr, Thema

Der deutsche Essayist und Lyriker **Jan Wagner**, der 2016 in Saarbrücken unter dem Motto *Gedenke der Lücke* die Festrede für die saarländischen Abiturienten dieses Jahrgangs hielt, philosophiert darin über verschiedene Auffassungen von der Bedeutung der Zeit und unserer Art, Zeit zu erfahren.

Adressatenbezug

Im ersten Absatz des vorliegenden Redeauszugs schlägt Wagner zunächst die Brücke zu seinem **jungen Publikum**, indem er es trotz seines Altersabstandes als „Mitschülerinnen und Mitschüler" anspricht, sich damit selbst als etwas sonderbar vorstellt und schon beim „Wir" angelangt ist (Z. 1). Die Begründung für dieses Wir: Er und auch sie, die ja gerade ihren Schüler-Status losgeworden sind, seien doch immer weiter Lernende (vgl. Z. 1). Die wohl unausgesprochen mitgedachte Begründung: Ihn, den Poeten, „bindet keine Zeit" (vgl. *Faust II*). Jan Wagner ist also gleich bei der Zeit und damit bei seinem Thema.

Entwicklung der zentralen These

In seiner Rede geht er zunächst von seiner **Biografie** aus („in meinem Fall", Z. 11), um dann zu allgemeinen Aussagen zu gelangen, doch bleibt er aufgrund der **Fülle an Beispielen** und der direkten **Anreden** (vgl. Z. 13 f., 44, 77) stets anschaulich und nah an seinem Publikum. Er spricht von seinen Schulerfahrungen und wünscht auch den Zuhörern, ähnlich wie er selbst der einen oder anderen prägenden Lehrerpersönlichkeit begegnet zu sein, die in ihnen **Leidenschaft und Begeisterung für eine Sache** zu entzünden verstand. Seine zentrale These: „Wer Leidenschaft für eine Sache empfindet, fühlt sich nicht länger als der gequälte Sklave der Zeit" und des „Zeitkonzepts", das unsere Sprache uns bereits früh nahelegt (Z. 18 ff.).

„Konzeptmetaphern" zur Zeit

Bevor er (ab Absatz 3) seine These weiter unterfüttert, erläutert er (in Absatz 2) den **Begriff des Zeitkonzepts**. Er referiert Erkenntnisse des Linguisten George Lakoff, der herausgefunden hat, dass es **Metaphern des Alltags** gibt, die wir als geläufige Redewendungen so verinnerlicht haben, dass sie, uns unbewusst, unser Denken beeinflussen. Solche starken Metaphern heißen bei Lakoff „**Konzeptmetaphern**" (Z. 26). Zum Abstraktum „Zeit" etwa sind in unserem Kulturraum Metaphern geläufig, die uns **Zeit als kostbares Gut und materiellen Wert** („Zeit ist Geld", Z. 29) definieren und verbildlichen; sie warnen uns, dieses Gut zu verschenken, zu verschwenden, zu vergeuden oder es uns stehlen zu lassen. Wie im Umgang mit Geld kalkulieren wir, wieviel Zeit uns dies oder das „kostet".

Wagners Formulierung, dass wir „Sklave[n] der Zeit" (Z. 19) seien, lässt sich nun so verstehen, dass uns schon die pure Zeit-Metaphorik unserer Sprache moralisch unter Druck setzt. Wohlwollen mit so etwas wie Tagedieben oder dem italienischen *dolce far niente* sind darin nicht vorgesehen; die deutsche Sprache legt zum Umgang mit der uns gegebenen Zeit vielmehr nahe, möglichst in Bestzeit etwas Gewinnversprechendes zu leisten.

Innehalten als Gegenentwurf

Diesem uns eingebrannten Zeitkonzept gegenüber verteidigt Wagner die **Augenblicke des Innehaltens** und **der Zeitvergessenheit,** einer Pause im Betrieb, die man gemeinhin für Zeitvergeudung hält. Sein erstes Beispiel für einen solchen Zustand sind Menschen, denen es gegeben ist, sich intensiv und mit Begeisterung in ihren Gegenstand zu verlieren (vgl. Z. 18 f.). Die weiteren **Beispiele** sind Spielarten davon, die Wagner in unterschiedlichsten Situationen entdeckt: Er selbst stahl sich als Schüler weg von den Aschenbahnrunden seiner sich redlich abkämpfenden Mitschüler in einen „windstillen Winkel" (Z. 49 f.), der dem Diktat der Stoppuhr nicht unterworfen war. Dieses Beispiel ist eine Anspielung auf das barocke Bild vom „Leben als Rennbahn", aus der er schon als Junge mit diebischer Freude (vgl. Z. 51) ausscherte. In eine ähnliche Richtung geht die Beobachtung, wie an einem schönen Frühlingstag mitten in Berlin die (für gewöhnlich hastenden) Passanten auf einmal stehenbleiben und ihr Gesicht mit geschlossenen Augen „wollüstig erstarrt" der Sonne zuwenden – ein Phänomen, für das er den Neologismus „Leguanmenschen" kreiert (vgl. Z. 56 ff.).

Analogie zur Position des Dichters

Wagner fügt als These 2 an, dass **„die entscheidenden Momente"** (Z. 58 f.) oft da zu finden seien, wo man **sich herausnimmt** aus dem Mainstream und zum in sich gekehrten Erlebenden und/oder **Beobachter** werde. Diese Position ist ebenso die des Wissenschaftlers wie die des **Dichters**. Von außen zuschauen und sich dafür und zum Schreiben Zeit lassen zu können, gehört zu den Arbeitsvoraussetzungen beider.

Sammlung und Spiel vs. Leistungsstreben

Wagners Anliegen ist es, seine Zuhörer davon zu überzeugen, dass es **neben dem** allgemein anerkannten **zielstrebigen Rennen** um Leistung, Ansehen und Geld auch einen anderen Wert gibt: **das** zunächst anscheinend **ziellose Spiel** (vgl. Z. 38 ff.) und die innere Sammlung in Rückzug und Stille. Darum widmet er seinem extremsten Beispiel die meiste Redezeit. Er erzählt davon, wie der Überlieferung nach ein ganzer Tag verstrich, bis der japanische Dichter Bashō mit einigen Schülern in konzentrierter Arbeit 17 Silben zusammengefügt hatte. Die Reihung von Verben in Wagners Rede (vgl. Z. 43) spiegelt ihr Brüten über den Dreizeiler wider. Sind Bashō und seine Schüler Narren und Nichtsnutze? Vergeuden sie Stunde um Stunde?

Nein, sie haben sich „ganz dem Objekt ihrer Begeisterung als dem erkannten Wahren und Existenziellen überlassen“ (Z. 69 f.; vgl. Z. 18 f.). Sie suchten in dieser anscheinend nutzlos vertanen Zeit nach dem schlüssigen Ausdruck für ihr Schauen, Denken und Erkennen und fanden zu einem bis heute berühmten Haiku. Wagners **Plädoyer fürs Innehalten** mündet in das Paradoxon, dass „im Verlust auch ein Gewinn liegt“, jener Nutzen, den er antithetisch der Reihung „Geld, Aktien oder Macht“ (Z. 65 f.) gegenüberstellt.

Redeschluss

Der **Schlussabsatz** bildet mit dem ersten Absatz einen **Rahmen**. Der Autor kehrt zum **Thema** des Abiturs und zu seiner eigenen **Biografie** zurück. Für ihn sind seit seinem Abitur 25 Jahre vergangen. Er räumt nun – und erneut mit anschaulichen Beispielen und Aufzählungen – ein, dass ihn das Zeitvergehen keineswegs kaltlässt, er sich also sehr wohl des Altersabstandes zum jetzigen Abiturjahrgang bewusst ist, also des *gap* gedenkt, dieser klaffenden Lücke zwischen damals und jetzt – und damit der eigenen Vergänglichkeit. Recht wehmütig fasst er darum zusammen, dass alles allzu schnell vorbeigehe. „Aber“, so ermutigt er seine Zuhörerinnen und Zuhörer, „Sie fangen gerade erst an.“ (Z. 77 f.)

TEILAUFGABE 2

Fausts Einstellung zu Tat und Zeit

Viele Verse seiner *Faust*-Dichtung hat Goethe als junger Mann zur Zeit des Sturm und Drang geschrieben. Davon zeugt, dass Faust die Bibelübersetzung des griechischen Logos-Begriffs verwirft. Nicht „Im Anfang war das Wort“ sollte es seiner Meinung nach heißen, sondern „Im Anfang war die Tat“. Aber gerade er selbst, **Doktor Faust, ist alles andere als ein Tatmensch**. Er ist im Gegenteil ein Grübler, ein Suchender und introvertierter Sitzriese, der viele Jahre seiner Lebenszeit mit gelehrten Studien verbracht hat und nun plötzlich alt ist und klagt, nichts von dem gefunden zu haben, worauf sein ganzes Mühen gerichtet war. Das Erste, was wir darum von ihm hören, ist dieser tiefe **Seufzer** (vgl. V. 354) **über die seiner Meinung nach unnütz vertane Zeit**. Die gängige, uns eingepflanzte Vorstellung von nützlichem Zeitgebrauch, auf die Jan Wagner verweist, wäre gewesen, auf praktische Weise tätig und effektiv zu sein, volle Terminkalender abzuarbeiten und es in kurzer Frist zu etwas zu bringen, was sich „auszahlt“. Aber auch an diesem Maßstab gemessen ist Faust ein Versager. Er hat weder „Gut noch Geld, / Noch Ehr und Herrlichkeit der Welt“ (V. 374 f.). Er beklagt das nun, aber an sich kam es ihm nie darauf an. Er ist ungeeignet zum *Businessman*, und die *Time-is-money*-Metapher kam erst nach seiner Zeit in Umlauf. Nicht einmal ein Lebenskünstler ist er, sondern momentan ein schlicht Verzweifelter. Weil er weder intellektuell noch meditativ zum Weltgeheimnis vordringen kann, ist er schließlich nahe daran, seinem **Leben ein Ende** zu **setzen**. Ein solcher Akt wäre für ihn endlich eine Tat, sogar eine heroisch-prometheische Tat, mit der sich beweisen ließe, „[d]ass Manneswürde nicht der Götterhöhe weicht" (V. 713).

Fausts Innehalten als Ausgangspunkt für den Wunsch nach Erlebnis

Eine lange, durchwachte Nacht also hat Faust in der Zurückgezogenheit seiner Studierstube (seinem „windstillen Winkel") innegehalten (vgl. M., Z. 62), philosophiert, Wünsche erwogen und wieder verworfen, magisch experimentiert und seine Existenz bilanziert. Er rennt nicht mit den anderen; Menschen können ihn sehr stören. Seinen überehrgeizigen Famulus, der den Kopf ins Zimmer streckte, hat er ziemlich barsch abgefertigt. Faust ersehnt die Möglichkeit des Perspektivwechsels und der Erweiterung des räumlichen Radius: Er möchte sich auf Flügeln vom Boden heben und der Bahn der Sonne folgen können, er spielt mit der Möglichkeit eines Zaubermantels, der ihn in andere Länder trüge (vgl. V. 1074 ff.). Für Famulus Wagner sind das alles **„Grillen"**, **Narrheiten**, unsinnige **Fantastereien**. Für Mephisto aber ist dieser Unzufriedene, der „Unmögliches begehrt" (*Faust II*), gerade der richtige Kandidat. Faust verachtet Mephisto, aber da der große Geist, der Erdgeist, ihn verschmähte, verbindet er sich diesem kleinen. Er will sein Gelehrtendasein hinter sich lassen, um sich nun an Mephistos Seite **ins „Rauschen der Zeit" und „Rollen der Begebenheit"** (V. 1754 f.) zu stürzen. Er will das Menschenleben kennenlernen. Mephisto, der vorhat, ihn mit Spektakeln und Events zu betäuben und von seinem Wahrheitsstreben abzubringen, sagt er aber gleich voraus, dass auch der unvorstellbarste Genuss ihn nicht wird zur Ruhe bringen können. Wenn das doch eintreten sollte, wenn er **„zum Augenblicke sag[te]: „Verweile doch**! du bist so schön!" (V. 1699 f.), dann soll seine Seele des Teufels sein.

Begriff „Augenblick" bei Faust und J. Wagner

In Jan Wagners Text und im *Faust* ist also gleichermaßen von dieser winzigen Zeitspanne die Rede, aber Jan Wagner meint mit „Moment" etwas anderes als Goethe bzw. Faust mit dem Synonym „Augenblick". Jan Wagner benennt damit den ihm wichtigen, vielleicht kreativen Moment des Sich-Ausklinkens. Faust dagegen spricht von dem ihm unwahrscheinlichsten „Augenblick", an dem er nicht mehr begehrt und denkt, sondern sich wunschlos zufrieden fallen ließe wie ein satter Säugling. Bei Faust wäre es der **Moment der Selbstaufgabe**, bei Jan Wagner ist es, im Gegenteil dazu, der **Moment des Bei-sich-selbst-Seins**.

Folgen von Fausts Streben

Wir wissen, was kommt: Faust taucht nicht nur ein ins volle Menschenleben und macht sich Gretchen gegenüber schuldig, sondern bringt es im Laufe von circa einem Jahr zudem fertig, zum mehrfachen Mörder zu werden. Auch das sinnlich-übersinnliche Glück erfüllter Liebe kann ihm nicht genügen, auch Gretchen ihn nicht binden – man hatte es geahnt. In der Ödnis von „Wald und Höhle“, wieder so einem „windstillen Winkel“, versucht er noch einmal zu sich zu kommen und das Verhängnis abzuwenden. Aber Flucht schließt sich aus. Er kehrt zu Margarete zurück.

unterschiedliches Verständnis von Zeit und Rasten

Faust scheitert seinem Selbstverständnis nach also als Denker, und er kann sich im konkreten bürgerlichen Leben nicht bewähren, weil er gar nicht dafür gemacht ist. Müsste man also sagen, dass ihm auf Erden nicht zu helfen war? Als Fazit und im Rückbezug zu Jan Wagner ist zu erkennen: Jan Wagner hat **ein etwas anderes Zeitverständnis** als Goethe/Faust. Faust bleibt auch in der insgesamt stillen, einsam durchwachten Nacht der ersten Szene **der immer strebend sich Bemühende** und innerlich Rastlose. Seine innere **Unruhe** in „Wald und Höhle“ entspringt dem ihn aktuell peinigenden Schuldbewusstsein, grundsätzlich aber seinem lebenslangen Ungenügen an allem, was er glaubt erkannt zu haben. Ihn treibt eine Unrast, die mit Uhren, Daten, Kalendern und konkreter Hetze im Arbeitsprozess nichts zu tun hat. Davon aber sprach Jan Wagner: von den Nützlichen hier, die eilen müssen, und den vermeintlich unnütz verharrenden Dichtern da (vgl. M, Z. 56 ff.). Faust hat weder mit der einen noch der anderen Haltung etwas zu tun. **Unruhe** (Rastlosigkeit) ist sein **Synonym für Leben**. Das Gegenteil, **Dauer, wäre der Tod**.

Fazit: Fausts Dasein nicht mit J. Wagners Thesen zu greifen

Nun hat Faust, objektiv und von außen betrachtet, seine Zeit keineswegs vergeudet, obgleich weder materieller noch geistig eindeutiger Gewinn zu verbuchen ist. Er lebte nicht ziellos, das angestrebte Ziel ist nur zu groß, um von einem Menschen erreicht werden zu können. Er hat tiefer empfunden und gedacht als jeder von uns und die uns gesetzten Grenzen vielfach überschritten. In der Weltliteratur gilt Faust als eine der wenigen Gestalten, in denen sich die *Conditio humana,* die Bedingung des Menschseins, exemplarisch verkörpert. Jan Wagner polarisiert trotz einiger Zugeständnisse (vgl. M, Z. 67 f.) in: hier poetisch-reflexives Innehalten und Authentizität, dort die (sich selbst entfremdete) Geschäftigkeit der Sklaven des Erfolgs und der Zeit. Fausts Geist ist aber sozusagen auch im Innehalten „rastlos“. Wenn er sich (in Teil II) auf die Große Welt einlassen wird, durchwandert er historische Zeiträume und wächst bis in Dimensionen des Irrealen und Mythischen weiter über sich hinaus. Er wird zu einer Gestalt, für die Jan Wagners und unsere Raum-Zeit-Koordinaten nicht mehr greifen, die aber Goethe erlaubte, mit diesem Werk den „ganzen Kreis der Schöpfung“ auszuschreiten (V. 240).

TEILAUFGABE 3

Ich erinnere mich an eine Deutschstunde in Klasse 9. Wir hatten zu Hause das Gedicht *Der Panther* vorzubereiten. Im Buch gab es neben dem Text ein kleines Foto des Dichters. Er hatte ein albernes, dünnes Bärtchen und hieß mit zweitem Vornamen auch noch Maria. Trotzdem gefiel mir das Gedicht: Ich sah alles genau vor mir. 12 kurze Zeilen, die etwas sehr Trauriges erzählen. Punkt. Mehr war dazu nicht zu sagen. Es war eine sechste Stunde im Sommer. Die Sonne schien, und wir wollten ins Schwimmbad, aber dann ging es los: Vorlesen, vielleicht doch ganz anders lesen und betonen. An welchen Stellen Pausen, wo nicht? Den Inhalt wiedergeben. Wie er gegliedert sei? Äußere Vorgänge, innere Vorgänge? Entsprechungen dazu in Klang und Rhythmus. Funktion des Metrums, Wirkung der Enjambements. Was wäre, wenn der Text ohne Zeilenumbruch fortlaufend gedruckt wäre? Dann auch noch die Einführung des unsäglichen Begriffs „Dinggedicht" für so ein herrliches Tier. Wer spricht? Wer empfindet? Und wie? – Zum Schluss fühlten wir uns ebenso schuldig (Tiere im Zoo) wie ungeduldig (Schwimmbad), denn als es geklingelt hatte, waren wir noch immer nicht fertig. Erik fragte im Rausgehen die Lehrerin, wie man bloß so viel Zeit auf so wenig Text verwenden könne. Es war kein Vorwurf, er war einfach nur perplex. Sie sagte so etwas wie: Da müsse er selbst dahinterkommen.

Anknüpfen an persönliche Erfahrung mit Lyrik: konkretes Beispiel

Spätestens in der 11 hatten wir es dann so ziemlich begriffen. Klar, ein „Gedicht" ist irgendwie **etwas Verdichtetes**. Andere quasseln und schreiben Seite um Seite voll. In der Zeitung finden sich immer wieder vielspaltige Artikel zu artgerechter/nicht artgerechter Tierhaltung. Was kann man dazu nicht alles von sich geben! Wahrscheinlich entsteht aber ein kurzes Gedicht genauso, wie Jan Wagner es andeutet. Der **Dichter** muss ein guter, in sich gesammelter und **emphatischer Beobachter** sein mit der Gabe, das Wahrgenommene sich in ihm setzen zu lassen, bis irgendwann-irgendwie **geläutert** ein Klang aufsteigt, wie „als ob es tausend Stäbe gäbe" für das sich dehnende Elend. Er muss optisch ganz genau und zugleich „mit dem Herzen" gesehen haben. Und immer wieder muss nachgehorcht und überprüft werden, ob die Bilder sitzen und der Zeilenfall stimmt und der Reim nicht etwa zu penetrant ist, bis etwas entstanden ist, das sich richtig anfühlt wie der eigene Atem. Ein Gedicht macht **viel Arbeit**. Ein langes Gedicht mit dem Titel *Phönix voran!* fängt so an: „Was dann nachher so schön fliegt … / wie lange ist darauf rumgebrütet worden." Das Ei sozusagen als kreativer Impuls, das Gedicht als der flügge Vogel, – das enthält eine ganze Lyriktheorie.

Besonderheit von Lyrik (Bezugnahme auf J. Wagner)

Wenn die kleine Form des Gedichts so viel Substanz einschließt, versteht sich auch, dass man viel **Zeit** und Ruhe und **Hingabe** braucht, es so zu **interpretieren**, dass sich diese Substanz entfalten und man das Kristall der geglückten Form in seinen vielen Facetten erkennen und würdigen kann. Es stimmt, man muss dabei langsamer werden (Jan Wagner). Und es stimmt: Das Gedicht selbst „hält inne“, sodass man sich plötzlich, wie in Eichendorffs *Mondnacht,* in einer unendlich weiten, beseelten Landschaft wiederfindet, die ganz überirdisch still und andächtig macht. Die „geschäft'ge Welt“ da „draußen“ (abermals Eichendorff) hat davon keine Ahnung.

Rezeption von Lyrik

Die von Wagner angesprochene **Beobachterposition** ist in vielen Gedichten sogar ausdrücklich zum Standort des lyrischen Ich gewählt. Da steht es, schaut, lauscht und geht der Beziehung zwischen sich und den Menschen da unten auf den Grund. (Eichendorff, *Sehnsucht*: „Es schienen so golden die Sterne, / Am Fenster ich einsam stand …“. Heine, *Heimkehr:* „… Ich stehe, gelehnt an der Linde, / hoch auf der alten Bastei./ Da drunten (jedoch/dagegen …)“. Droste-Hülshoff, *Am Turme*: „Ich stehe auf hohem Balkone am Turm …“. Rühmkorf, *Hochseil:* „… Ganz unten am Boden gelten wir / für nicht mehr ganz zurechnungsfähig …“). Die so sprechen, wissen also, dass sie für Narren gehalten werden (vgl. M, Z. 70), und es geht ihnen nicht um Geld oder Macht, sondern eben um **etwas Existenzielles**.

Gedichtbeispiele

Und am Ende einer geduldigen Interpretation hat man Zeit nicht vergeudet, sondern kann sich irgendwie freuen. **Gedichte bereichern**. Als wir uns selbst an Gedichten versuchten, zeigte uns die Lehrerin den Buchtitel *Gedichte haben Zeit* (Michael Zeller, 1981). Im Umkehrschluss begriffen wir gut: Gedichte brauchen (kosten) auch Zeit, aber die ist nicht vertan. Rilkes *Panther* kann ich heute noch auswendig. Er ist zu einem **immateriellen Schatz** geworden, den wir so ziemlich alle in uns tragen.

Fazit: persönlicher Gewinn durch Lyrik

FRAUEN IN ABHÄNGIGKEITEN

Erlaubte Hilfsmittel

- ein Wörterbuch der deutschen Rechtschreibung
- Textausgaben der Pflichtlektüren ohne Kommentar, ggf. mit Worterklärungen
- eine Liste der fachspezifischen Operatoren

Dieser Vorschlag bezieht sich auf die Pflichtlektüre Johann Wolfgang von Goethe: *Faust I.*

Aufgabenstellung

1 Beschreiben Sie die Situation im Textauszug aus Arthur Schnitzlers Novelle *Fräulein Else*. (Material) (25 BE)

2 Arbeiten Sie heraus, wie sich der Konflikt, in dem sich Else befindet, während des Gesprächs entwickelt. Berücksichtigen Sie dabei auch die erzählerische Gestaltung. (Material) (40 BE)

3 Überprüfen Sie, inwieweit die persönlichen und sozialen Abhängigkeiten der Figur Else (Material) Ähnlichkeiten mit denen von Margarete aus Goethes Drama *Faust I* aufweisen. (35 BE)

Material **Arthur Schnitzler: Fräulein Else (1924)**

Die Handlung der Novelle „Fräulein Else“ ist historisch zu Beginn des 20. Jahrhunderts in der alten österreichisch-ungarischen kaiserlich-königlichen Gesellschaft angesiedelt.

Die 19-jährige Else, Tochter eines gut situierten Wiener Rechtsanwalts, macht mit ihrer Tante und ihrem Cousin Paul Ferien in San Martino di Castrozza. Dort erreicht sie ein Eilbrief ihrer Mutter, in dem diese Else darum bittet, von einem Bekannten der Familie, Herrn von Dorsday, eine hohe Summe Geld zu leihen. Diese Situation ist nicht neu, da der Vater sich bereits in der Vergangenheit mehrfach verschuldet hat. Sein Kredit bei den Gläubigern ist erschöpft, es drohen ihm Anklage und Verurteilung und somit die gesellschaftliche Ächtung für ihn und die ganze Familie. Der folgende Text gibt die Situation wieder, nachdem Else Herrn von Dorsday angesprochen hat.

Die Situation ist unmöglich. Ich sitze da wie eine arme Sünderin. Er steht vor mir und bohrt mir das Monokel[1] in die Stirn und schweigt. Ich werde aufstehen, das ist das beste. Ich lasse mich nicht so behandeln. Papa soll sich umbringen. Ich werde mich auch umbringen. Eine Schande, dieses Leben. Am besten wär's, sich dort von dem Felsen hinunterzustürzen und aus wär's. Geschähe euch recht, allen. Ich stehe auf. – *„Fräulein Else“* – „Entschuldigen Sie, Herr von Dorsday, daß ich Sie unter diesen Umständen überhaupt bemüht habe. Ich kann Ihr ablehnendes Verhalten natürlich vollkommen verstehen.“ – So, aus, ich gehe. – *„Bleiben Sie, Fräulein Else.“* – Bleiben Sie, sagt er? Warum soll ich bleiben? Er gibt das Geld her. Ja. Ganz bestimmt. Er muß ja. Aber ich setze mich nicht noch einmal nieder. Ich bleibe stehen, als wär' es nur für eine halbe Sekunde. Ich bin ein bißchen größer als er. – *„Sie haben meine Antwort noch nicht abgewartet, Else. Ich war ja schon einmal, verzeihen Sie, Else, daß ich das in diesem Zusammenhang erwähne“* – Er müßte nicht so oft Else sagen – *„in der Lage, dem Papa aus einer Verlegenheit zu helfen. Allerdings mit einer – noch lächerlicheren Summe als diesmal, und schmeichelte mir keineswegs mit der Hoffnung, diesen Betrag jemals wiedersehen zu dürfen, – und so wäre eigentlich kein Grund vorhanden, meine Hilfe diesmal zu verweigern. Und gar wenn ein junges Mädchen wie Sie, Else, wenn Sie selbst als Fürbitterin vor mich hintreten –“* – Worauf will er hinaus? Seine Stimme ‚klingt' nicht mehr. Oder anders! Wie sieht er mich denn an? Er soll achtgeben!! – *„Also, Else, ich bin bereit – Doktor Fiala[2] soll übermorgen um zwölf Uhr mittags die dreißigtausend Gulden haben – unter einer Bedingung.“* – Er soll nicht weiterreden, er soll nicht. „Herr von Dorsday, ich, ich persönlich übernehme die Garantie, daß mein Vater diese Summe zurückerstatten wird, sobald er das Honorar von Erbesheimer[3] erhalten hat. Erbesheimers haben bisher überhaupt noch nichts gezahlt. Noch nicht einmal einen Vorschuß – Mama selbst schreibt mir“ – *„Lassen Sie doch, Else, man soll niemals eine Garantie für einen anderen Menschen übernehmen, – nicht einmal für sich selbst.“* – Was will er? Seine Stimme klingt schon wieder. Nie hat mich ein Mensch so angeschaut. Ich ahne, wo er hinaus will. Wehe ihm! – *„Hätte ich es vor einer Stunde für möglich gehalten, daß ich in einem solchen Falle überhaupt mir jemals einfallen lassen würde, eine Bedingung zu stellen? Und nun tue ich es doch. Ja, Else, man ist eben nur ein Mann, und es ist nicht meine Schuld, daß Sie so schön sind,*

Else.“ – Was will er? Was will er –? „*Vielleicht hätte ich heute oder morgen das Gleiche von Ihnen erbeten, was ich jetzt erbitten will, auch wenn Sie nicht eine Million*[4]*, pardon – dreißigtausend Gulden von mir gewünscht hätten. Aber freilich, unter anderen Umständen hätten Sie mir wohl kaum Gelegenheit vergönnt, so lange Zeit unter vier Augen mit Ihnen zu reden.*“ – „Oh, ich habe Sie wirklich allzu lange in Anspruch genommen, Herr von Dorsday.“ Das habe ich gut gesagt. Fred[5] wäre zufrieden. Was ist das? Er faßt nach meiner Hand? Was fällt ihm denn ein? – „*Wissen Sie es denn nicht schon lange, Else.*“ – Er soll meine Hand loslassen! Nun, Gott sei Dank, er läßt sie los. Nicht so nah, nicht so nah. – „*Sie müßten keine Frau sein, Else, wenn Sie es nicht gemerkt hätten. Je vous désire.*[6]“ – Er hätte es auch deutsch sagen können, der Herr Vicomte[7]. – „*Muß ich noch mehr sagen?*“ – „Sie haben schon zu viel gesagt, Herr Dorsday.“ Und ich stehe noch da. Warum denn? Ich gehe, ich gehe ohne Gruß. – „*Else! Else!*“ – Nun ist er wieder neben mir. – „*Verzeihen Sie mir, Else. Auch ich habe nur einen Scherz gemacht, gerade so wie Sie vorher mit der Million. Auch meine Forderung stelle ich nicht so hoch – als Sie gefürchtet haben, wie ich leider sagen muß, – so daß die geringere Sie vielleicht angenehm überraschen wird. Bitte, bleiben Sie doch stehen, Else.*“ – Ich bleibe wirklich stehen. Warum denn? Da stehen wir uns gegenüber. Hätte ich ihm nicht einfach ins Gesicht schlagen sollen? Wäre nicht noch jetzt Zeit dazu? Die zwei Engländer kommen vorbei. Jetzt wäre der Moment. Gerade darum. Warum tu’ ich es denn nicht? Ich bin feig, ich bin zerbrochen, ich bin erniedrigt. Was wird er nun wollen statt der Million? Einen Kuß vielleicht? Darüber ließe sich reden. Eine Million zu dreißigtausend verhält sich wie – –. Komische Gleichungen gibt es. – „*Wenn Sie wirklich einmal eine Million brauchen sollten, Else, – ich bin zwar kein reicher Mann, dann wollen wir sehen. Aber für diesmal will ich genügsam sein, wie Sie. Und für diesmal will ich nichts anderes, Else, als – Sie sehen.*“ – Ist er verrückt? Er sieht mich doch. – Ah, so meint er das, so! Warum schlage ich ihm nicht ins Gesicht, dem Schuften! Bin ich rot geworden oder blaß? Nackt willst du mich sehen? Das möchte mancher. Ich bin schön, wenn ich nackt bin. Warum schlage ich ihm nicht ins Gesicht? Riesengroß ist sein Gesicht. Warum so nah, du Schuft? Ich will deinen Atem nicht auf meinen Wangen. Warum lasse ich ihn nicht einfach stehen? Bannt mich sein Blick? Wir schauen uns ins Auge wie Todfeinde. Ich möchte ihm Schuft sagen, aber ich kann nicht. Oder will ich nicht?

Arthur Schnitzler: Fräulein Else, Frankfurt am Main 1987, S. 84–88.

Anmerkungen

1 Monokel: eine Sehhilfe, die im Gegensatz zur heute verwendeten Brille aus nur einem Glas besteht und am Auge eingeklemmt wird
2 Doktor Fiala: Ihm schuldet Elses Vater das Geld.
3 Honorar von Erbesheimer: ausstehende Zahlung eines Klienten
4 eine Million: Else hatte zuvor im Scherz den Betrag von einer Million genannt.
5 Fred: ein Verehrer von Else
6 „Je vous désire.“: „Ich begehre Sie.“
7 Herr Vicomte: französischer Adelstitel

Hinweis

Arthur Schnitzler (1862–1931), österreichischer Erzähler und Dramatiker.

Rechtschreibung, Zeichensetzung sowie der Kursivdruck entsprechen der Textvorlage.

TIPP **Bearbeitungshinweise**

Grundsätzlich können Sie Ihren Aufsatz zu diesem Vorschlag gut strukturieren, weil jeder Operator jeweils einem Anforderungsbereich zugeordnet werden kann: Sie müssen in Aufgabe 1 reproduzieren, in Aufgabe 2 analytische Kompetenzen anwenden und in Aufgabe 3 eine Transferleistung erbringen. Das sollten Sie sich vor allem vor der Bearbeitung der ersten beiden Aufgaben klarmachen. Denn gerade der Operator der **Aufgabe 1** ist tückisch: Wenn Sie die **Gesprächssituation beschreiben**, kann es schnell passieren, dass Sie bereits kommentierend-analytisch arbeiten. In diesem Fall werden Sie bei der Bearbeitung der Aufgabe 2 mit dem Problem konfrontiert sein, dass Sie sich ständig wiederholen. Um dies zu vermeiden, halten Sie sich beim Schreiben penibel an den Operator: Beschreiben Sie die Gesprächssituation – fast wie in einer klassischen Inhaltswiedergabe. Auch die Verteilung der Bewertungseinheiten signalisiert Ihnen, sich zu fokussieren, denn durch die erste Aufgabe können Sie höchstens ein Viertel aller Bewertungseinheiten erreichen. Beschränken Sie sich zudem auf eine kurze **Einleitung** und einen **Hauptteil**. Einen resümierenden Schluss brauchen Sie nicht zu formulieren, da die zweite Aufgabe an die erste anknüpft.

In **Aufgabe 2** müssen Sie Ihre **Textanalysekompetenzen** unter Beweis stellen. Sie sollen herausarbeiten, wie sich der **Konflikt** im Verlauf des Gesprächs **entwickelt**, und zeigen, wie sich dies in der **erzählerischen Gestaltung** widerspiegelt. Sie können die beiden Aspekte gleichzeitig bearbeiten; einfacher wird es jedoch sein, wenn Sie die Bereiche nacheinander behandeln. Es empfiehlt sich, eine **Hypothese** voranzustellen, der Sie die anschließende Untersuchung unterordnen. Tipp: Wenn Ihnen zunächst keine Hypothese einfällt, lassen Sie einfach ein paar Zeilen frei. Es wird Ihnen, nachdem Sie die Entwicklung des Konflikts herausgearbeitet haben, nicht mehr schwerfallen, eine prägnante Hypothese zu finden. Bearbeiten Sie den Text am besten **chronologisch**, damit Sie nicht durcheinanderkommen; die Handlungsmuster von Else und Dorsday wiederholen sich. Am **Ende** können Sie noch einmal zusammenfassend **auf die Untersuchungshypothese zurückkommen**. Wenn Sie im Anschluss daran die erzählerische Gestaltung untersuchen, können Sie gut auf Ihre vorigen inhaltlichen Analysen Bezug nehmen. Vergessen Sie nicht, am Ende ein kurzes **Fazit** zu formulieren.

Machen Sie sich erst ausführliche Notizen zu **Aufgabe 3**, nachdem Sie die Aufgaben 1 und 2 bearbeitet haben. Else kennen Sie dann so gut, dass Ihnen schnell Parallelen und Unterschiede zu Margarete einfallen. Aber Vorsicht: Beziehen Sie sich lediglich auf die **sozialen und persönlichen Abhängigkeiten**! Am leichtesten wird Ihnen das Schreiben fallen, wenn Sie **aspektorientiert vorgehen**. Denken Sie daran, Ihre einzelnen Thesen inhaltlich und mit Textbelegen nachvollziehbar auszuführen. Schließen Sie Ihren Aufsatz mit einem **Fazit** ab. Vielleicht gelingt es Ihnen, Ihre Ergebnisse in globalere Aussagen zum Themenfeld „Frauen- und Männerbilder“ einzubetten.

Lösungsvorschlag

TEILAUFGABE 1

Der Textausschnitt aus der **1924** erschienenen **Novelle *Fräulein Else*** von **Arthur Schnitzler** zeigt die Protagonistin **in einer schier unlösbaren moralischen Konfliktsituation**. Die junge Else, Tochter eines verschuldeten Rechtsanwalts, ist hin- und hergerissen zwischen den Forderungen ihrer Eltern und ihren eigenen, selbstbestimmten Handlungsmöglichkeiten als Frau: Auf Wunsch ihrer Mutter muss sie einen der Familie bekannten Herrn von Dorsday um einen Kredit bitten und dabei ertragen, dass sich Dorsday ihr gegen ihren Willen körperlich nähert. Der Kredit soll den Bankrott der Familie abwenden.

Einleitung
Autor, Titel, Gattung, Jahr, Thema

Der Auszug setzt ein, nachdem Else Herrn von Dorsday das Anliegen ihrer Eltern vorgebracht hat. In einem Moment des Schweigens erfährt der Leser, **wie Else die Situation wahrnimmt**, denn sie lässt ihren Gedanken freien Lauf: Die Situation sei „**unmöglich**" (Z. 1), sie bereut, die Bitte um den Kredit vorgetragen zu haben, und hält es für besser, ihr Vater und sie begingen Suizid.

Hauptteil
chronologische Vorgehensweise
Elses prekäre Lage

Else **nimmt sich deshalb vor, aufzustehen** und zu gehen. Allerdings wird ihr nun von Dorsday der **Kredit in Aussicht gestellt**, weshalb sie ihren Wunsch zu gehen – wenn auch gegen ihren Willen – zurückstellt (vgl. Z. 10).

erster Fluchtversuch scheitert

Dorsday verspricht zwar, der Familie das Geld zu leihen, knüpft die Übergabe der Geldsumme allerdings an eine **Bedingung**, die er jedoch nicht konkretisiert (vgl. Z. 20 f.). Bereits vorher spielt er allerdings auf die Tatsache an, dass Else als Frau die Bitte des Vaters vorträgt (vgl. Z. 17 f.). Else nimmt die **übergriffige Anspielung** auf ihre Rolle in dieser prekären Vermittlersituation sensibel wahr und verspürt Abneigung (vgl. Z. 18 f.), die sich noch verstärkt, als Dorsday sie nicht nur mit verbalen Anzüglichkeiten bedrängt (vgl. Z. 31), sondern sich der jungen Frau auch **körperlich nähert** (vgl. Z. 38 f.). Else ist empört, bleibt aber höflich und freundlich. Als Dorsday ihr gesteht, dass er sie begehrt (vgl. Z. 41), ahnt sie, dass die Bedingung aus einer körperlichen Gegenleistung bestehen wird (vgl. Z. 42 f.).

Kredit gekoppelt an Bedingung

verbale Anzüglichkeiten, körperliche Übergriffe

Elses Unfähigkeit, sich zu wehren

Else sieht sich in einem Zwiespalt zwischen dem starken **Drang, der Situation zu entfliehen**, und der **Pflicht**, den finanziellen und damit auch gesellschaftlichen Ruin ihrer Familie abzuwenden. Trotzdem startet sie einen **weiteren Versuch zu gehen** (vgl. Z. 43), aber Dorsday schafft es erneut, sie zum Bleiben zu bewegen, indem er sich entschuldigt und seine ursprünglich ins Auge gefasste **Bedingung**

zweiter Fluchtversuch scheitert

Dorsday ändert seine Bedingung

als Scherz verwirft, gleichzeitig aber eine geringere einfordert. Angewidert denkt Else darüber nach, worin ihre Gegenleistung bestehen soll (vgl. Z. 52 f.), die Dorsday im Anschluss konkretisiert: Er **wolle Else sehen**. Sie schlussfolgert, dass Dorsday sie „[n]ackt […] sehen" (Z. 58 f.) will. Ihre Wut und Empörung drückt sie aber auch hier nur gedanklich aus (vgl. Z. 57 ff.). Gleichzeitig fragt sie sich, warum sie sich nicht wehrt.

verschleierter sexueller Übergriff

TEILAUFGABE 2

Der **Konflikt**, in dem sich Else befindet, **spitzt sich** im Laufe des Gesprächs immer weiter **zu**. Seine Sprengkraft wird dabei vor allem im **Spannungsfeld zwischen äußerer und innerer Handlung** deutlich: Denn der eigentliche Konflikt wird im Gespräch selbst nur angedeutet, er eskaliert lediglich in Elses Gedanken.

Untersuchungshypothese
Konflikt spitzt sich zu

Wie Else über die Situation vor dem Gespräch denkt, erfährt der Leser nicht. Zu Beginn des ersten Handlungsabschnitts (Z. 1–11), als sie die Bitte ihrer Eltern gerade an Dorsday herangetragen hat, konstatiert sie allerdings ihre **Situation** in einem nüchternen, kurzen Aussagesatz: Diese sei „unmöglich" (Z. 1) – wobei offenbleibt, ob sie sich damit auf die **Gesamtsituation ihrer Familie** oder auf die **momentane Gesprächssituation** bezieht. Für Letzteres spricht, dass sie sich vor Dorsday sitzen sieht „wie eine arme Sünderin" (Z. 1) – allerdings stellt sie auch fest: „Eine Schande, dieses Leben." (Z. 4) Hier könnte Else auch – wenngleich unbewusst – ihre **Rolle als Frau** in dieser Lage und damit **innerhalb der patriarchalen Gesellschaftsstrukturen** meinen: Sie wird als junge, hübsche Frau instrumentalisiert für die Pläne des Vaters, der wohl ahnt, dass Else bei Herrn von Dorsday mehr bewirken kann als ein Brief von ihm. Dieser Eindruck erhärtet sich, wenn man den Fortgang des Gesprächs verfolgt.

chronologische Vorgehensweise: **erster Handlungsabschnitt**

Elses prekäre Lage

Elses Rolle als Frau

Zunächst versucht Else, ihrer prekären Lage, die sich durch Dorsdays Schweigen und sein herabwürdigendes Mustern noch verschärft (vgl. Z. 2), in Gedanken mit **Trotz und Wut** zu entkommen: „Ich lasse mich nicht so behandeln. Papa soll sich umbringen. Ich werde mich auch umbringen. […] Geschähe euch recht, allen." (Z. 3 ff.) **Entschlossen und resolut** steht sie auf, woraufhin Dorsday reagiert. Doch bevor er sich äußern kann, entschuldigt sich Else für die Unannehmlichkeiten und möchte gehen, ist aber **nicht stark genug**, als Dorsday sie zum Bleiben auffordert. Ihre einzige Rettung aus der Situation ist zumindest eine symbolische: **Sie bleibt stehen** (vgl. Z. 6–11).

Elses Reaktion: Trotz, Wut, Fluchtversuch

Elses Versuch, ihrer Unterlegenheit zu entgehen

Wollte Else im ersten Abschnitt aus Scham das Gespräch sofort wieder beenden, macht ihr **Dorsday** im nächsten Handlungsabschnitt (Z. 11–43) Hoffnung, bringt aber eine **Bedingung** ins Spiel, an die der Kredit geknüpft ist, und **rechtfertigt** diese. Zunächst leitet er die Notwendigkeit einer Bedingung her, indem er erwähnt, dass er Elses Vater schon einmal mit einer Geldsumme geholfen habe (vgl. Z. 12–16); beide Geldsummen bezeichnet er als „lächerlic[h]" (Z. 14). Die miserable finanzielle Situation der Familie wird so kontrastiert mit dem Vermögen Herrn von Dorsdays.

zweiter Handlungsabschnitt
Dorsday baut Machtposition weiter aus

Gleichzeitig nimmt die junge Frau sehr sensibel wahr, dass ihre **Rolle als Frau** in dieser eigentlich nüchternen Geschäftssituation besonders **im Vordergrund** zu stehen scheint: „Er müßte nicht so oft Else sagen" (Z. 13), stellt sie gleich zu Beginn seiner Ausführungen fest. Und als er gesteht, er könne dem Vater die Geldsumme vor allem nicht verweigern, „wenn ein junges Mädchen wie [s]ie [...] als Fürbitterin vor [ihn hintritt]", fragt sich Else, „[w]orauf [...] er hinaus[will]" und „wie [...] er [sie] denn an[sieht]" (Z. 17 ff.). Auch nimmt sie wahr, dass er seine Stimme verändert (vgl. Z. 18 f.). Diese Irritation Elses nutzt Dorsday aus: Er **sagt den Kredit zu** und **knüpft ihn an eine Bedingung**, die er zunächst nicht weiter ausführt, weil Else versucht, sich aus dem so drastisch verdeutlichten **Abhängigkeitsverhältnis herauszuwinden:** Als sie eine unbedingte Rückzahlung garantieren will (vgl. Z. 22–25), erniedrigt sie Dorsday erneut, indem er sie belehrt: „Lassen Sie doch, Else, man soll niemals eine Garantie für einen anderen Menschen übernehmen" (Z. 25 f.). Verzweifelt ahnt Else, dass sie **keine Chance gegen Dorsday** hat: Wenn die Familie ihr gesellschaftliches Ansehen nicht verlieren soll, muss sie, Else, als Frau dafür bezahlen („Was will er? [...] Ich ahne, wo er hinaus will. Wehe ihm!", Z. 27 f.). Dorsday nutzt Elses Abhängigkeit schamlos aus – mehr noch: Er **spielt** sogar **mit ihrer Angst**, indem er die an den Kredit geknüpfte Bedingung weiterhin nicht konkretisiert, jedoch aber die **Schuldfrage für die Situation klärt:** Er sei „eben nur ein Mann" und es sei nicht seine Schuld, dass Else „so schön" sei (Z. 31). **Else** gerät in **Panik** und unternimmt einen letzten verbalen Versuch, sich zur Wehr zu setzen: Ihrer Rolle als Tochter aus gutem Hause entsprechend geht sie nicht auf Dorsdays Anspielungen ein, sondern entschuldigt sich lediglich, dass sie ihn bereits „allzu lange in Anspruch genommen" (Z. 36 f.) habe.

Elses Rolle als Frau

Dorsdays Taktik: Bedingung als „Notwendigkeit"

erneute Erniedrigung

Else erkennt Chancenlosigkeit

Dorsdays Taktik: Erniedrigung durch Schuldzuweisung

Elses selbstbewusste Reaktion

Doch ihre Zufriedenheit über diese selbstbewusste Reaktion wird sofort zunichtegemacht: Dorsday ignoriert das Gesagte und wird **körperlich übergriffig**, indem er nach Elses Hand greift. Else, die sich gerade gefangen hat, ist fassungslos (vgl. Z. 37 f.), **bleibt aber passiv** („Er soll meine Hand loslassen! Nun, Gott sei Dank, er läßt

Dorsdays körperlicher Übergriff

Elses Panik und Passivität

sie los“, Z. 39 f.). Als Dorsday ihr auf Französisch, also verklausuliert, **seine Begierde gesteht** (vgl. Z. 41 f.), merkt sie selbst, wie **gelähmt** sie ist („Und ich stehe noch da. Warum denn?“, Z. 43), und **läuft weg**.

Sie kommt allerdings nicht weit: Im letzten Handlungsabschnitt (Z. 44–63) hält Dorsday Else davon ab zu gehen, indem er vorgibt, bezüglich der Bedingung einen Scherz gemacht zu haben, mit dem er sich für Elses vorherigen Scherz revanchiert habe (vgl. Z. 44 f.) – die Schuld weist er so einmal mehr Else zu. In der Konfliktsituation des Gesprächs entpuppt sich diese Aussage allerdings als eine gemeine Lüge: Dorsday rückt nämlich lediglich von seiner ursprünglichen Bedingung – die er bis zum Ende nicht ausspricht – ab (vgl. Z. 45 f.). „**[E]rniedrigt**“ **und** „**zerbrochen**“ (Z. 51 f.) wundert sich Else, dass sie trotzdem stehen bleibt und sich nicht körperlich gegen Dorsday wehrt. Aber die beiden befinden sich in einem öffentlichen Raum mit anderen Menschen und wahrscheinlich hält sich Else gerade deshalb – „**feig**“ (Z. 51), wie sie findet – zurück. Sie rätselt weiterhin, worin die Gegenleistung bestehen könnte: Sicher ist sie sich, dass diese **an ihren Körper geknüpft** sein muss („Einen Kuß vielleicht?“, Z. 52). Aber Dorsday geht taktisch so klug vor, dass man ihm im Nachhinein nichts vorwerfen kann: „Und für diesmal will ich nichts anderes, Else, als – Sie sehen.“ (Z. 56) Allerdings deutet er an, dass sie auch bei anderen Gelegenheiten zur Verfügung stehen, sich also prostituieren soll („Aber für diesmal will ich genügsam sein“, Z. 55 f.). **Else ist entsetzt: über die Situation, aber auch über ihr eigenes Verhalten.** Am Ende bleibt offen, ob sie ihn nicht zurückweisen kann oder ob sie nicht möchte (vgl. Z. 63).

dritter Handlungsabschnitt

Dorsday verändert Bedingung

Elses Schockstarre

Dorsdays Andeutung seiner tatsächlichen Wünsche

offenes Ende

Der **Konflikt** entwickelt sich also **stufenweise:** Während Else am Anfang noch selbstbewusst auftritt, dann aber nur noch teilweise Stärke beweist („Das habe ich gut gesagt“, Z. 37), führt ihr Dorsday durch geschickte Gesprächsführung vor Augen, dass ihre **Lage aussichtslos** ist und er am längeren Hebel sitzt. Jeden aufkeimenden Einwand entkräftet er und vermittelt Else sogar, dass sie eine **Mitschuld an der Situation** trägt. Während **Dorsday selbstsicher** mit der Situation spielt, wird **Else immer mehr zum Spielball**. Gesellschaftliche Verhaltensetikette und die finanzielle Notsituation ihrer Familie hindern sie daran, aus der Situation auszubrechen. Lediglich **in Gedanken findet Widerstand statt**, den sie aber nicht in die Tat umsetzen kann.

Aufgreifen der **Untersuchungshypothese**

Zusammenfassung der Untersuchungsergebnisse

Erzähltechnisch auffallend ist der starke Kontrast zwischen der geringen (auch sprachlichen) Handlung und der **inneren Handlung** von Else: Die personale Erzählhaltung wird durch die ungewöhnlich langen **inneren Monologsequenzen** intensiviert. Dorsdays Gedanken

erzählerische Gestaltung

personale Erzählhaltung

innerer Monolog

dagegen bleiben dem Leser verschlossen. Elses Empfindungen, ihre innere Zerrissenheit und die Einsicht in ihre Unfähigkeit, frei nach ihrem Willen handeln zu können (oder zu wollen), stehen dadurch im Vordergrund des Geschehens. Ihre Ratlosigkeit und Unsicherheit drücken sich in einer Reihe von **Fragen** aus, die sich zum Ende hin vermehren: Die letzten beiden Gedankenblöcke (vgl. Z. 48–54, 56–63) bestehen fast nur noch aus Fragen („Ist er verrückt? [...] Bin ich rot geworden oder blaß? Nackt willst du mich sehen? [...] Warum schlage ich ihm nicht ins Gesicht?", Z. 56–59). Verstärkt wird die Wirkung durch zahlreiche Gedankenstriche und **Wiederholungen** („– Was will er? Was will er –?", Z. 32) sowie **Ellipsen** („Nicht so nah, nicht so nah", Z. 40). Elses Panik und Verzweiflung schlagen sich in **Ausrufen** nieder („Wehe ihm!", Z. 28; „Warum schlage ich ihm nicht ins Gesicht, dem Schuften!", Z. 57 f.).

sprachliche Auffälligkeiten

Die **Machtstrukturen werden** auch **erzählerisch vermittelt**. Elses Versuche, sich nicht erniedrigen zu lassen, scheitern: Zwar **steht sie bewusst auf**, um Kontrolle über die Gesprächssituation zu erlangen, zumal sie etwas größer als Dorsday ist. Doch wird die einseitige Kommunikation zwischen den beiden Gesprächspartnern auch in der **asymmetrischen Verteilung der Redebeiträge** deutlich: Dorsdays Redeanteil dominiert, nur in wenigen Momenten ergreift Else das Wort.

Machtkampf durch Körpersprache

Verhältnis der Redebeiträge

Schluss

Zwar wird schon zu Beginn deutlich, dass sich Else in einer heiklen Lage befindet, ihre tatsächliche Ausweglosigkeit entpuppt sich allerdings erst im Laufe des Gesprächs. Sie weiß, dass sie Dorsdays **unmoralische Annäherungen und Forderungen erdulden** muss, wenn sie den gesellschaftlichen Stand ihrer Familie retten möchte.

TEILAUFGABE 3

Überleitung durch Hypothese

Schnitzlers Fräulein Else und Margarete aus Johann Wolfgang von **Goethes 1808 erschienenem Drama *Faust I*** sind beide in sozialen und persönlichen Abhängigkeiten gefangen, die sie in ihrer Handlungsfähigkeit als Frau einschränken. Inwiefern sie sich dabei in ähnlichen oder unterschiedlichen Lagen befinden, soll im Folgenden aspektorientiert untersucht werden.

Ankündigung der Vorgehensweise

Aspekt 1 Abhängigkeit von der Familie

Elses persönliche Freiheit ist stark eingeschränkt durch die **Abhängigkeit von ihrer Familie**: Der Bitte ihrer Mutter kommt sie nach und unterwirft sich der Situation, allerdings sträubt sie sich dagegen: Tatsächlich verspürt sie Abneigung gegen die Familie („Geschähe euch recht, allen", Z. 5).

Margarete, wesentlich jünger als Else, ist ebenfalls fest in das familiäre Gefüge eingebunden: Sie hat sich um ihr verstorbenes Schwesterchen gekümmert, hilft ihrer Mutter zu Hause und gehorcht ihr (zunächst), als sie das Schmuckgeschenk von Faust und Mephisto der Kirche übergibt (vgl. V. 2813–2827). Als sie sich in Faust verliebt, erkämpft sie sich eine kleine Handlungsnische – die gemeinsame Nacht mit Faust wird allerdings durch den Schlaftrunk ermöglicht, den er ihr für die Mutter gibt und der sich als tödlich erweist. Dass Margarete sich vom Einfluss ihrer Familie nicht befreien kann, zeigt die Situation, in der ihr Bruder Valentin sie öffentlich anklagt und erniedrigt (vgl. Szene „Nacht“, V. 3620–3775).

Beide Frauen müssen ihre **Rolle als gehorsame Töchter** spielen, die den elterlichen Wünschen Folge leisten. Während allerdings von Margarete ein tugendhaftes Leben erwartet wird, nehmen Elses Eltern offenbar in Kauf, dass ihre Tochter notfalls ihren Körper als Kapital einsetzt. Beide Frauen sind letztlich **allein**; Unterstützung von ihrer Familie erhalten sie nicht.

Aspekt 2
Abhängigkeit von der Gesellschaft

Die Abhängigkeit von der Familie ist eng verwoben mit der **gesellschaftlichen Abhängigkeit** der beiden Frauen; sie schaffen es nicht, einen selbstbestimmten Weg zu gehen, sondern bleiben in Konventionen und Denkweisen verhaftet.

Else ist die Tochter eines gut situierten Wiener Rechtsanwalts. Ihrer Rolle als Frau in jenen gesellschaftlichen Schichten ist sie sich bewusst, sie beherrscht Höflichkeits- und Verhaltensformeln, denen sie ihre persönlichen Bedürfnisse selbst in dieser Situation der Erniedrigung unterordnet. Sie weiß, dass vom Erfolg ihres Gesprächs mit Dorsday die gesellschaftliche Position ihrer Familie – und damit auch ihre eigene – abhängt. Diesen gesellschaftlichen Stand scheint Else nicht aufgeben zu wollen.

Die aus dem einfachen Bürgertum stammende Margarete ist kurzzeitig bereit, für Faust alle gesellschaftlichen Konventionen zu durchbrechen. Beeindruckt und verliebt emanzipiert sie sich von ihrer Mutter: Das zweite Schmuckgeschenk bringt sie nicht mehr zur Kirche (vgl. V. 2883–2895), und auch der Schlaftrunk ist schnell überreicht (vgl. V. 3514 f.). Unehelich schwanger muss sie aber im Gespräch mit ihren Freundinnen am Brunnen erkennen, dass ihre Rechnung nicht aufgeht und sie selbst Opfer der gesellschaftlichen Ächtung werden wird (vgl. V. 3577–3586). Von Faust alleingelassen, tötet sie aus Verzweiflung ihr Kind und kann nicht mehr in die alten gesellschaftlichen Strukturen zurückkehren. Die Möglichkeit weiterzuleben lehnt sie aber ab (vgl. Szene „Kerker“) und akzeptiert den Tod als Buße. Ihre Bindung an ihren Glauben hilft ihr, sodass man diese eher als Stütze denn als Abhängigkeit auffassen kann.

Die Handlungsmöglichkeiten beider Frauen werden also stark von ihrer **Angst** beschränkt, **aus der sozialen Ordnung ausgeschlossen zu werden:** Margarete wird angesichts der drohenden Ächtung zur Kindsmörderin, Else soll sich prostituieren, um den sozialen Ruin der Familie zu verhindern.

Aspekt 3
Abhängigkeit vom Geld

Deutlich wird auch die **materielle Abhängigkeit** von Else und Margarete. Der Wunsch nach finanziellem Wohlstand gehört zu den Motiven von beiden. So drängt der drohende finanzielle Ruin des Vaters Else vermutlich zur Prostitution.

Margaretes „Vater hinterließ ein hübsch Vermögen/Ein Häuschen und ein Gärtchen vor der Stadt" (V. 3117 f.). Aber auch sie erkennt: „Nach Golde drängt/Am Golde hängt/Doch alles" (V. 2802 ff.). Der Schmuck ist also nicht ganz unschuldig daran, dass sich Margarete in Faust verliebt.

Aspekt 4
Abhängigkeit von Männern

Die **Abhängigkeiten**, in die sich beide Frauen begeben oder begeben müssen, sind – wenngleich sehr unterschiedlich – **von Männern verursacht**; indirekt befinden sich sowohl Else als auch Margarete in einer Abhängigkeit von einem Mann. Elses Erfolg hängt von Dorsdays Wohlwollen ab, das wiederum davon abhängt, inwiefern sich Else an seine Bedingungen hält.

Während Dorsday aber durch sein Geld nicht attraktiver auf Else zu wirken scheint, ist Margarete beeindruckt von dem Schmuck (vgl. V. 2793 f.) und von Faust, den sie als feinen und gelehrten Herrn bewundert (vgl. V. 2680 f.). In die Abhängigkeit begibt sie sich freiwillig, aus Liebe zu Faust. Allerdings ist sie für ihn nur ein Spielball zur Erfüllung seiner eigenen Bedürfnisse, und ihre Abhängigkeit erkennt sie erst, nachdem sie mit ihrer Beziehung zu Faust ihr vertrautes gesellschaftliches Gefüge verlassen hat. Im Kerker beweist sie allerdings Stärke: Sie löst sich – auch wieder aus freien Stücken – von ihm und nimmt ihre Strafe an.

Das Zusammenspiel aus verschiedenen Abhängigkeiten führt bei beiden Frauen dazu, dass sie sich **nicht frei und selbstbestimmt** verhalten können. Mehr noch: **Gefangen in persönlichen Bindungen** und **in ihrer Rolle als Frau** innerhalb einer patriarchalen Gesellschaftsstruktur werden beide sogar **Opfer sexuellen Missbrauchs** – Margarete ist zu naiv, um ihre Rolle zu reflektieren. Sie kann sich nur durch ihre Religiosität aus der Abhängigkeit lösen. Else dagegen ist sich dieser Tatsache vollends bewusst. Beide Frauen entsprechen damit traditionellen Rollenbildern: Sie werden auf ihre körperliche Attraktivität reduziert; die Männer scheinen an ihnen nur ein sexuelles Interesse zu haben.

BEARBEITUNGEN DES STERNTALER-MÄRCHENS

Erlaubte Hilfsmittel

- ein Wörterbuch der deutschen Rechtschreibung
- Textausgaben der Pflichtlektüren ohne Kommentar, ggf. mit Worterläuterungen
- eine Liste der fachspezifischen Operatoren

Dieser Vorschlag bezieht sich auf die Pflichtlektüre Georg Büchner: *Woyzeck.*

Aufgabenstellung

1 Beschreiben Sie die Situation und die Gedanken des Ich-Erzählers im vorliegenden Auszug aus dem Roman von Ingo Schulze. (Material 1) (30 BE)

2 Untersuchen Sie die Bearbeitung des Märchens *Die Sterntaler* (Material 2) im Romanauszug von Ingo Schulze (Material 1). (40 BE)

3 Überprüfen Sie, ausgehend von Büchners Bearbeitung des Sterntaler-Märchens im Dramenfragment *Woyzeck* (Material 3), inwieweit auch die Bearbeitung von Schulze (Material 1) als Anti-Märchen bezeichnet werden kann. (30 BE)

Material 1 Ingo Schulze: Peter Holtz. Sein glückliches Leben erzählt von ihm selbst (2017)

Der in der DDR aufgewachsene Peter Holtz hilft in seiner Freizeit Freunden und Bekannten bei der Instandhaltung ihrer Häuser und bekommt dadurch einige nur Unkosten verursachende Immobilien geschenkt. Nach der Wende 1989 erfahren diese eine Wertsteigerung und er wird unverhofft Immobilienmillionär. Im Folgenden wird eine vom Notar Dr. Halberstädt angeleitete und allein vom Ich-Erzähler durchgeführte Kunstaktion geschildert, die in einer Galerie stattfindet. Das Publikum befindet sich außerhalb auf der Straße, kann das Geschehen aber durch eine große Fensterscheibe verfolgen.

Das erste Kamerateam, ein französischer Privatsender, hat bereits am Vorabend Stellung vor unserem Fenster bezogen. [...]

Herr Dr. Halberstädt, der von mir beauftragte Notar, trägt eine violette, vielleicht etwas zu breite Krawatte. Doch als er pünktlich um zwölf Uhr *artprototo,* wie ich meine Aktion der Einfachheit halber nenne, eröffnet, zweifle ich nicht mehr daran, den Richtigen beauftragt zu haben.

„Der vor mir erschienene Peter Holtz, geboren am 12. Juni 1962 in Gradow an der Elbe, ledig, wohnhaft in der *** in Berlin, erklärt, dass er rechtmäßiger Eigentümer der hier vorliegenden achthundertzwölf Scheine im Werte von jeweils eintausend Deutscher Mark ist, die er für die Aktion *artprototo* verwendet. Ich habe mich davon überzeugt, dass die Geldscheine echt sind und kein Imitat darstellen. Der Sack, in den die von mir geprüften Geldscheine gefüllt werden, ist leer. Auch davon habe ich mich überzeugt. Bitte, Herr Holtz, füllen Sie das Geld in den Sack." [...]

Ich agiere frontal zum Fenster, hinter dem die Kameras stehen. Jedes Geldbündel halte ich kurz hoch, bevor ich es in den Sack fallen lasse. [...]

Ich hänge mir den Sack vor die Brust. Der Aufstieg ist der heikelste Teil meiner Aktion. Ich habe die Ketten, die die Hälften der Malerleiter miteinander verbinden, verstärken lassen. [...]

Wäre der Eintausend-Deutsche-Mark-Schein[1] ein Bild und kein Geld, fände ich ihn schön. Die Brüder Grimm sind darauf abgebildet, die ernst dreinschauen: Der eine, im Profil, blickt in die Ferne, der andere brauchte nur seine Augen aufzuschlagen, um den Besitzer des Scheins anzusehen. Auf der Rückseite schwebt das in Leipzig gedruckte Deutsche Wörterbuch[2] von 1854 vor dem Uni-Gebäude am Bebelplatz, und links davon ist der Französische Dom[3] zu erkennen, den ich erstmalig am 9. November 1989[4] besucht habe. Darunter stehen acht Zeilen aus dem Manuskript des Wörterbuches aus dem Artikel „Freiheit". Auf der weißen Fläche mit dem Wasserzeichen ist Sterntaler zu erkennen. Nicht zu erkennen ist, wie aus den Sternen am Himmel die Taler in ihrer Schürze werden. [...]

„Schein eins", ertönt die Stimme von Notar Dr. Halberstädt. Ich beginne mit den Kaminstreichhölzern. Ihr Auflodern ist sinnlicher als die Flamme des Feuerzeugs. Während ich, auf der Malerleiter sitzend, das brennende Kaminholz zwischen Daumen und Zeigefinger halte, muss ich die Schachtel mit kleinem Finger und Ringfinger an den Handteller drücken.

Ich nehme den ersten Tausender aus dem Sack und halte die rechte untere Ecke der Rückseite in die Flamme. Sterntaler fängt sofort Feuer. Die Blitzlichter stören mich. Ich drehe den Schein, die Flamme frisst sich voran. Als der Schein zur Hälfte verbrannt ist, lasse ich los, die Flamme, so scheint es, zieht ihn hinab, er verlischt im Flug – und segelt, als hätte ihn ein Fallschirm gebremst, auf den Wannengrund[5] nieder. Zwischen den Schenkeln hindurch betrachte ich mein erstes Produkt, das brennende Kaminholz in meiner erhobenen Linken. Ich bin zufrieden.

„Schein zwei!", tönt Herr Dr. Halberstädt. Sterntaler Nummer zwei fängt Feuer. Ich weiß nicht, was ich anders gemacht habe – Schein zwei lodert ungleich stärker. Ich lasse ihn fallen. In der Wanne brennt er weiter, krümmt sich von allen Rändern her gleichzeitig zusammen wie von Qualen gepeinigt. Als es vorüber ist, bleibt ein Schnipsel übrig, auf dem das TA von „TAUSEND" sowie die 1 der 1000 zu erkennen sind und meine Fingerabdrücke – rechter Daumen, rechter Zeigefinger – noch sichergestellt werden könnten.

„Schein drei!" Ihn entzünde ich wie die ersten am Sterntaler, drehe ihn hin und her, lasse los und greife, ohne ihm nachzusehen, bereits zum nächsten. „Schein vier!" Herr Dr. Halberstädt klingt überrascht. Mit dem ersten Kaminholz ließe sich noch ein fünfter Schein entzünden, aber Hast ist, wie bei jeder Arbeit, unwürdig. […]

Der Lärm von der Straße, der trotz der dicken Scheibe und verschlossener Haustür hereindringt, lässt einige Aufregung vermuten. Sogar die rhythmischen Laute eines Sprechchors sind zu hören.

„Schein fünf!" Ich reiße das zweite Kaminholz an. Sterntaler setzt sich nieder und zählt die Taler. Sterntaler zählt immer bis zehn und fängt dann weder von vorn an. So viele Taler, viel mehr, als sie tragen kann. Und weiter schneit es Taler in ihr neues Kleidchen, das ihr der Herrgott schnell angezogen hat, weil sie allein und nackt im nächtlichen Wald stand. „Schein sieben!" Irrt Dr. Halberstädt? Oder ich? Sechs verkohlte Taler liegen in der Wanne: Weiter! Sterntaler lernt schnell, das Herrgottskleidchen mit beiden Händen vor sich hinzuhalten, bis mehr und mehr Scheine hineinschneien. Sie sammelt die ganze Nacht die Scheine – nein, Taler zusammen, einen ganzen Hügel aus blanken Talern. Am Morgen schleppt sie die erste Ladung von zehnzehnzehnzehnzehnzehnzehnzehn Talern aus dem Wald. Da begegnet ihr das erste Kind, dem sie ihr Kleidchen geschenkt hatte. Es sagt: Du hast mir dein schäbiges Kleid gegeben und trägst selbst ein feines aus Linnen[6] und hast so viele blanke Taler darinnen, gib sie mir! Und Sterntaler gibt sie ihm, geht zurück in den Wald und kommt mit einer zweiten Ladung zurück. Da begegnet sie dem zweiten Kind, das sagt: Du hast mir dein Röcklein gegeben, aber ich bin krank, jetzt gib mir auch Taler! Und sie gibt sie ihm, kehrt um und kommt wieder, das linnene Kleid voller Taler. Da steht das dritte Kind da und sagt: Du hast mir zwar dein Leibchen überlassen, aber Taler sind mir lieber, gib sie mir! Und sie tut es und läuft zurück in den Wald. Das vierte Kind jammert und spricht: Ich trage deine Mütze und mir ist warm, aber ich habe kein Dach überm Kopf, und Taler habe ich keine, ach, gib sie mir! Und Sterntaler gibt sie auch ihm. Und eilt wieder zurück, weil da der alte Mann ist, der immer Hunger hat. Der sagt: Ach, gib mir etwas zu essen, ich bin so hungrig. Da sie aber kein Stückchen Brot mehr hat, gibt sie ihm die Taler und sagt: Gott segne dir's, und rennt in den Wald und kommt wieder und geht übers Feld zurück in die Stadt. Und da Sterntaler so fromm und so gut ist, will sie gar nichts anderes haben als ihr altes Kämmerchen, aus dem sie ausziehen musste, weil ihre Eltern gestorben waren und niemand für Sterntaler die Miete bezahlen wollte. Aber wie staunt Sterntaler, als der Vermieter den Preis nennt. Für alle Taler im linnenen Kleid darf sie nur eine Woche in der kleinen Kammer hausen, denn alle Welt holt sich aus dem Wald die Taler, so dass sie viel weniger wert sind als am Tag zuvor und das linnene Herrgottskleidchen das Wertvollste ist, was Sterntaler besitzt. Aber auch das zerreißt man ihr, denn Sterntaler gilt als die Schuldige, die all das Geld unter die Menschen gebracht hat, so dass rein gar nichts mehr so sein will wie bisher und die Menschen hungern und ihre Häuser verlassen müssen und einander totschlagen …

Ein Knall. Als ich hinsehe, stürzt die Scheibe wie ein Wasserfall zu Boden. Sie zerspringt in Tausende Kristalle, die nicht einmal Sterntaler in ihrem linnenen Kleidchen auffangen könnte.

Ingo Schulze: Peter Holtz. Sein glückliches Leben erzählt von ihm selbst, Frankfurt am Main: S. Fischer 2017, S. 547–554.

Anmerkungen

1 Eintausend-Deutsche-Mark-Schein: Die folgende Beschreibung bezieht sich auf die ab 1992 erschienene Neugestaltung des 1000 DM Scheins (ca. 500 €).
2 Deutsches Wörterbuch: Teil des von den Brüdern Grimm 1838 begonnenen Wörterbuch-Projekts der deutschen Sprache
3 Uni-Gebäude am Bebelplatz; Französischer Dom – Gebäude in Berlin
4 9. November 1989: Datum des Mauerfalls und das Ende der Beschränkungen der Reisefreiheit in der DDR
5 Wannengrund: Vor der Malerleiter, auf der Peter Holtz oben sitzt, steht eine alte Zinkbadewanne.
6 Linnen: veraltet für Leinen

Material 2 Brüder Grimm: Die Sterntaler (1819)

Es war einmal ein kleines Mädchen, dem war Vater und Mutter gestorben, und es war so arm, dass es kein Kämmerchen mehr hatte darin zu wohnen und kein Bettchen mehr darin zu schlafen und endlich gar nichts mehr als die Kleider auf dem Leib und ein Stückchen Brot in der Hand, das ihm ein mitleidiges Herz geschenkt hatte. Es war aber gut und fromm. Und weil es so von aller Welt verlassen war, gieng es im Vertrauen auf den lieben Gott hinaus ins Feld. Da begegnete ihm ein armer Mann, der sprach „ach, gib mir etwas zu essen, ich bin so hungerig." Es reichte ihm das ganze Stückchen Brot und sagte „Gott segne dir's" und gieng weiter. Da kam ein Kind das jammerte und sprach „es friert mich so an meinem Kopfe, schenk mir etwas, womit ich ihn bedecken kann." Da tat es seine Mütze ab und gab sie ihm. Und als es noch eine Weile gegangen war, kam wieder ein Kind und hatte kein Leibchen an und fror: da gab es ihm seins: und noch weiter, da bat eins um ein Röcklein, das gab es auch von sich hin. Endlich gelangte es in einen Wald, und es war schon dunkel geworden, da kam noch eins und bat um ein Hemdlein, und das fromme Mädchen dachte „es ist dunkle Nacht, da sieht dich niemand, du kannst wohl dein Hemd weg geben", und zog das Hemd ab und gab es auch noch hin. Und wie es so stand und gar nichts mehr hatte, fielen auf einmal die Sterne vom Himmel, und waren lauter harte blanke Taler: und ob es gleich sein Hemdlein weg gegeben, so hatte es ein neues an und das war vom allerfeinsten Linnen. Da sammelte es sich die Taler hinein und war reich für sein Lebtag.

Brüder Grimm: Kinder- und Hausmärchen. Ausgabe letzter Hand mit den Originalanmerkungen der Brüder Grimm, hg. v. Heinz Rölleke, Bd. 2, Stuttgart 1980, S. 269 f.

Material 3 Georg Büchner: Woyzeck (1837)

GROSSMUTTER Es war einmal ein arm Kind und hat kei Vater und kein Mutter war Alles tot und war Niemand mehr auf der Welt. Alles tot, und es ist hingangen und hat gerrt[1] Tag und Nacht. Und wie auf der Erd Niemand mehr war, wollt's in Himmel gehn, und der Mond guckt es so freundlich an und wie's endlich zum Mond kam, war's ein Stück faul Holz und da ist es zur Sonn gangen und wie's zur Sonn kam, war's ein verwelkt Sonnenblum und wie's zu den Sterne kam, warn's klei golde Mücke, die warn angesteckt wie der Neuntöter[2] sie auf die Schlehe[3] steckt und wie's wieder auf die Erd wollt, war die Erd ein umgestürzter Hafen[4] und war ganz allein und da hat sich's hingesetzt und gerrt und da sitzt' es noch und ist ganz allein.

Georg Büchner: Dichtungen, hg. v. Henri Poschmann, Frankfurt am Main 2006, S. 168 f.

Anmerkungen

1 gerrt: laut geweint
2 Neuntöter: Vogelart
3 Schlehe: Schwarzdornstrauch
4 Hafen: *hier:* (Nacht-)Topf

Hinweise zu Material 1 bis 3

Ingo Schulze (geb. 1962 in Dresden); deutscher Schriftsteller, der für diesen Roman 2017 den Rheingau Literatur Preis erhielt.

Die Rechtschreibung der Materialien entspricht den jeweiligen Textvorlagen.

TIPP Bearbeitungshinweise

Im Quellennachweis unter M 1 erkennen Sie, dass der Roman von Ingo Schulze umfangreich ist. Tatsächlich ereignet sich die Episode, die Sie zu bearbeiten haben, kurz vor Schluss des Romangeschehens in den Kapiteln VII und VIII des letzten seiner zehn „Bücher". Sie ist gleichsam dessen Clou oder Höhepunkt, auf den alles hinausläuft. Der Protagonist fasst, was er darin tut, als „Experiment" auf (Überschrift von Kapitel VII, S. 547).

Der Autor Ingo Schulze stammt wie sein Held Peter Holtz aus Sachsen und teilt auch das Geburtsjahr (1962) mit ihm, sodass man annehmen darf, dass der Roman autobiografische Züge hat. Da er sich außerdem mit der realen zeitgeschichtlichen Wende des Jahres 1989 auseinandersetzt, kann man ihn als „Nachwenderoman" bezeichnen, der Probleme der von den DDR-Bürgerinnen und -Bürgern ersehnten, dann aber oft auch als entfremdend erlebten neuen Lebenswirklichkeit darstellt.

Aufgabe 1: Achten Sie darauf, dass der Operator „beschreiben" von Ihnen keine Interpretation des vorliegenden Auszugs verlangt. Es geht vornehmlich um eine **strukturierte Wiedergabe des Inhalts**, bei der Sie sowohl das **äußere Geschehen** in der Galerie als auch die **Gedankengänge** von Peter Holtz berücksichtigen müssen. Sprachliche und erzähltechnische Besonderheiten werden dagegen nicht erfragt.

Aufgabe 2: Obwohl Holtz sich eine eigene Sterntaler-Version ausdenkt (M 1, ab Z. 55), sollten Sie den **Vergleich der Fassungen** möglichst aus Teilaufgabe 1 noch heraushalten, damit Sie sich in der zentralen und wichtigen Teilaufgabe 2 (40 BE) nicht wiederholen müssen. Es empfiehlt sich, in Teilaufgabe 2 nicht sofort mit Schulzes Umdeutung loszulegen, sondern von Anfang an auch die Vergleichsbasis, also das **Grimm'sche Märchen** und seine typischen Merkmale, mit im Blick zu haben. Vergleichen Sie möglichst nicht nur Deutungen miteinander, sondern berücksichtigen Sie wenigstens am Rande auch Ton und Erzählweise (Sprache), weil ja **Inhalt und Form** jeweils miteinander korrespondieren.

Aufgabe 3: Die erste und die dritte Teilaufgabe sind mit je 30 BE gleichgewichtig. Reservieren Sie sich von Beginn an genügend Zeit für Aufgabe 3. Es erleichtert Ihnen die Arbeit, dass Ihnen der kurze Text aus dem *Woyzeck* als M 3 vorliegt. Zugleich erschwert es Ihnen die Arbeit, da Sie sich noch einmal wie neu auf das konkrete **Großmutter-Märchen**, seinen Wortlaut und seine Gedanken- und Erfahrungswelt einlassen können. Wenn Sie unter Aufgabe 2 bereits Einsichten formuliert haben, die nun auch zu Aufgabe 3 passen, so ist das akzeptabel. Im Zusammenhang mit den beiden vorausgegangenen Fassungen des Märchen-Motivs (M 1, M 2) entdecken Sie vielleicht sogar im Ihnen wohlvertrauten Büchner-Text bisher so noch nicht Gedachtes. Ziehen Sie ein **differenziertes Fazit**, in dem Sie Ihr Urteil über die Gattung von Schulzes Adaption gut begründen.

Lösungsvorschlag

TEILAUFGABE 1

Peter Holtz, Titel- und Hauptfigur im 2017 erschienenen Roman von Ingo Schulze, schildert in dem vorliegenden Auszug eine von ihm durchgeführte Kunstaktion, bei der er große Mengen Papiergeld verbrennt. In Gedanken dichtet er dabei das Sterntaler-Märchen auf kapitalismuskritische Weise um.

Einleitung
Autor, Titel, Gattung, Erscheinungsjahr, Thema

Holtz wurde im Frühsommer 1962, ein knappes Jahr nach dem Bau der Berliner Mauer, in Gradow an der Elbe geboren. Er wuchs also als Kind der DDR auf. Der gleichaltrige Autor und DDR-Schriftsteller Schulze lässt Holtz im Roman als Ich-Erzähler auftreten, der – wie der Untertitel ausdrücklich sagt – darin **sein „glückliches Leben**" erzählt. Der Vorspann vor der zu bearbeitenden Episode (M 1), der in den Roman einführt, lässt vermuten, dass der junge Peter Holtz über handwerkliche Fähigkeiten verfügt, denn er hilft Freunden und Bekannten dabei, ihre Häuser zu reparieren. Wohl als Dank oder Gegenleistung schenken ihm einige dafür Immobilien, die ihm statt Gewinn vor allem Unkosten bringen. Nennt Holtz sein Leben ein glückliches, weil er zur Zeit der DDR so wunschlos, selbstlos wie hilfsbereit in einem Kreis von Freunden geborgen und also zufrieden war? Oder kommt das Glück nach 1989, als mit dem Fall der Mauer, der Einführung der D-Mark und der Wende Ostimmobilien plötzlich zu begehrten Objekten reicher Westdeutscher werden? Peters Bruchbuden werden unversehens zu Goldgruben; der erst 27-jährige Holtz wird zum **Immobilienmillionär**.

Situation des Protagonisten
Lebensumstände

Holtz scheint sein unverhofft ihm zugefallenes unermessliches Vermögen aber nicht sonderlich zu schätzen, denn er hat eine öffentlich angekündigte recht merkwürdige **Aktion** geplant. Sie soll am hellen Tag Punkt 12 Uhr beginnen. Deutlich geht es ihm darum, zu provozieren und Aufsehen zu erregen. Ort des Geschehens ist eine **Kunstgalerie**, sodass man sein Vorhaben eine Kunstaktion nennen kann; er selbst tauft sie „artprototo". Er agiert im Innenraum der Galerie. Außen, auf der Straße vor der großen Fensterscheibe der Galerie, hat schon am Vorabend das erste **Kamerateam** eines ausländischen Senders Stellung bezogen. Weitere Teams (vgl. „Blitzlichter", Z. 35) und ein zahlreiches **Publikum** versammeln sich zum Termin. Man sieht von außen neben Peter den von ihm engagierten Notar Dr. Halberstädt, der die Aktion anmoderiert und ihren Verlauf leitet. Als Requisiten dienen eine aufgestellte Malerleiter, ein Haufen Geld und eine alte Zinkbadewanne. Halberstädt kommuniziert mit dem Publikum: Er stellt ihm Peter vor, erklärt, dass dieser der rechtmäßige Eigentümer des Geldhaufens sei, und versichert, dass es sich um 820

Kunstaktion: Umstände und Ablauf

von ihm geprüfte echte und gültige deutsche Tausendmarkscheine handle. Peter ergreift nun Bündel um Bündel und hält sie demonstrativ hoch, bevor er sie in einen Sack stopft. Mit diesem Sack vor der Brust steigt er auf die Malerleiter und nimmt auf ihrer obersten Sprosse Platz. Als Halberstädt aufruft: „Schein eins", beginnt Peter sein Werk: **Er verbrennt das Geld.** Oben auf der Leiter sitzend, entzündet er mit der eindrucksvollen Flamme eines Kaminstreichholzes Schein für Schein, wartet genüsslich, bis der Schein ordentlich Feuer gefangen hat, und lässt ihn dann ohne Eile in die Wanne zu seinen Füßen segeln. Spätestens mit Schein vier teilt sich trotz der dicken Sicherheitsglasscheibe mit, wie Lärm und Aufregung draußen auf der Straße zunehmen und sich ein Sprechchor formiert (vgl. Z. 52 ff.). **Protest** also macht sich Luft, aber Peter arbeitet ruhig weiter. Arbeit verlange Würde, sinniert er, und Würde vertrage sich nicht mit Hast (vgl. Z. 51). Er fühlt sich sogar richtig wohl bei seinem Tun, freut sich daran, wie sich die Flamme jeweils voranfrisst, und registriert innere Zufriedenheit (vgl. Z. 40).

Gedanken des Protagonisten

Sterntaler-Märchen

Er nimmt sich, schon oben auf der Leiter und trotz des gespannt wartenden Publikums, sogar die Zeit, sich **den Tausend-D-Mark-Schein** ganz genau anzuschauen (vgl. Z. 19 ff.). Auf der Vorderseite erkennt er das Doppelporträt der **Brüder Grimm**, auf der Rückseite das von ihnen begonnene Große Deutsche Wörterbuch, dazu in Beziehung stehende historische Gebäude, acht Zeilen aus dem Wörterbuch-Artikel „Freiheit" und in einer Ecke das **Sterntaler-Mädchen** aus der Grimm'schen Sammlung deutscher Volksmärchen. Bevorzugt an dieser Sterntaler-Ecke zündet Holtz seine Scheine an und konstatiert, vielleicht doppelsinnig zu verstehen: „Sterntaler fängt sofort Feuer." (Z. 35) Dass ihm selbst an Geld nicht nur nichts liegt, sondern dass es ihm regelrecht missfällt, teilt sich dem Leser nicht erst durch seine reale Geldvernichtungsaktion mit, sondern schon beim Betrachten des Scheins. Als Bild nämlich fände er ihn „schön", denkt er, als Geld folglich nicht (vgl. Z. 19 f.).

gewaltsamer Abbruch der Aktion

Da nun das Sterntaler-Kind der Angriffspunkt seiner Brandstiftung ist, verliert Holtz sich ab Kommando „Schein fünf!" (Z. 55) in dessen Geschichte. Zwar folgt er weiter Halberstädts Ansagen, zählt auch weiter mit, spinnt sich aber zugleich **seine eigene Sterntaler-Version** aus, sodass man nicht erfährt, bis zum wievielten Tausender er gekommen ist, als plötzlich mit einem Knall die Publikum und Akteur trennende große Scheibe zerspringt: „[W]ie ein Wasserfall" (Z. 88) stürzt sie in tausend Kristallen zu Boden. Innerlich ist Peter noch immer im Märchen, denn die Glaskristalle assoziiert er mit den vom Himmel fallenden Talern, die in dieser Überfülle nicht einmal das Sterntaler-Kind auffangen könnte.

TEILAUFGABE 2

Untersuchung der Märchen-Bearbeitung

Ingo Schulze schildert, wie sich sein Held während der fast meditativ-beschaulichen Geldvernichtungsaktion in das Grimm'sche Sterntaler-Märchen hineindenkt. Er kennt es gut, aber überspringt den Anfang, weil der ihn nicht interessiert. Stattdessen entwickelt er es über den Schluss des Originals hinaus weiter, erzählt es um und macht aus dem hübschen Märchen eine Parabel: **eine Inflations-Parabel**.

Untersuchung der Vorlage: Inhalt, Gestaltung und Aussage

Das Sterntaler-Märchen der Gebrüder Grimm ist kurz. Es hat einen dreiteiligen einfachen Aufbau, schlichte, überwiegend reihende, im epischen Präteritum fließende Sätze; und selbst beim stillen Nachlesen hört man innerlich den wundersam beruhigenden, innigen Märchenton, der vermittelt, dass die Welt in Ordnung ist oder doch immer wieder in Ordnung kommen wird. Es ist da nichts zu fragen oder gar zu grübeln, es gibt keine Differenzierungen oder Ungereimtheiten, sondern es ist alles so, wie es ist. Das Märchen typisiert. Der Einleitungsformel folgen drei Sätze, und schon ist die **Ausgangssituation** hinreichend klar (vgl. M 2, Z. 1–6): **Ein kleines Mädchen** ist **arm, aber gut und fromm**. Es hat Vater und Mutter verloren und mit ihnen sein Zuhause. Da es aber so verlassen ist, geht es im „Vertrauen auf den lieben Gott" (M 2, Z. 5 f.) einfach los, hinaus ins Feld. – Es folgt nun das **Kerngeschehen als Serie** von fünf kurzen, immer gleich ablaufenden Begegnungen. Ein armer Mann und vier Kinder kommen nacheinander und bitten das kleine Mädchen um seine Habe. Mitleidig gibt es ihnen alles: sein Brot und seine Mütze, Leibchen, Röcklein und sogar das Hemdlein, denn es ist nun in einem Wald angelangt, und da die Nacht kommt, sagt es sich, dass es ja niemand sehen kann. (Tatsächlich denkt es nicht über den Augenblick hinaus.) – Nur noch zwei Sätze braucht es jetzt für den **Schluss** (M 2, ab Z. 16). Ein Wunder geschieht. Das kleine Mädchen steht da und empfängt den **Lohn:** Gottes Sterne fallen plötzlich vom Himmel und sind blanke harte Taler. Es hat unversehens auch wieder ein Hemdlein an, nun aber von feinstem Linnen. Mit ihm fängt es die Sterntaler auf und ist nun „reich für sein Lebtag" (M 2, Z. 19).

Weiterdichtung und neue Stoßrichtung bei Schulze

Den 19 Zeilen des Märchentextes bei Grimm stehen über 30 Zeilen bei Ingo Schulze gegenüber. Seinem Helden oben auf der Malerleiter verwandelt sich das Bild des Sterntaler-Kindes auf den Geldscheinen in das Kind selbst; die Tausenderscheine verwandeln sich in Taler. Mit den niederfallenden Scheinen imaginiert er das Kind, das sich unten im dunklen Wald niedersetzt und immerfort die auf es niederschneienden Scheine bzw. Taler zählt. Es hat wieder ein Kleidchen erhalten, das es aufhält für den Segen von oben. Sterntaler kann nur bis zehn zählen, aber bald hat es „einen ganzen Hügel aus blanken Talern" zusammen. Als der Morgen kommt, „schleppt" sie „die erste Ladung" (M 1, Z. 62 f.) von acht mal zehn Goldtalern aus dem Wald heraus. Die Geschichte verläuft nun spiegelverkehrt weiter. Die Bittsteller, denen Sterntaler am Vortag alles geschenkt hat, begegnen ihm jetzt wieder und wollen diesmal seine Taler. Sterntaler gibt dem ersten alle Taler, kehrt um, holt die nächste „Ladung“ aus dem Wald, als der zweite kommt und so fort. Als alle beschenkt sind, kommt sich Sterntaler immer noch reich vor und glaubt, nun wieder in seinem alten Kämmerchen wohnen zu können. Aber es stellt sich heraus, dass seine vielen Taler gerade nur für eine Woche Miete reichen würden. Der **Wert des Geldes** ist rapide **verfallen** und verfällt von Tag zu Tag mehr, denn die Leute holen es sich weiter aus dem Wald, und so ist viel zu viel davon da. Dem Sterntaler-Kind gibt man jetzt die Schuld für die ausbrechende Not im Land, in der die Menschen hungern, ihre Häuser nicht mehr finanzieren können und übereinander herfallen. **Der himmlische Geldsegen führte in den gesellschaftlichen und volkswirtschaftlichen Ruin**, in eine verheerende Inflation. Güte, Mitleid und selbstlose Hilfsbereitschaft schlagen in ihr Gegenteil um und verursachen Elend. Weder dem lieben Gott noch dem kleinen Mädchen war es gegeben, ökonomisch denken zu können.

Deutung von Schulzes Märchenversion

Wer will, kann in Schulzes Sterntaler-Geschichte ein **Anti-Märchen** sehen, weil es am Ende schlimm statt gut ausgeht und die gutherzige Heldin als Verderberin dasteht. Aber schon darin, dass seine Sterntaler-Fassung sich im Präsens abspielt, erkennt man, dass er den Ton des Märchens aufgibt und anderes bezweckt. Er nutzt das Märchenschema für ein **kritisches Lehrstück**, eben **eine Parabel** über den Unsegen, den eine vermeintlich wunderbare Geldvermehrung anrichtet. Diese Geldvermehrung kommt aber eher nicht vom „lieben Gott“, sondern von der Deutschen Bank und der freien Marktwirtschaft des Westens, dessen „Freiheit“ Schulze kritisch sieht (vgl. M 1, Z. 26). Nach 1989, so soll der Leser begreifen, wurde der Osten mit Westgeld überschwemmt, sodass tatsächlich viele Ostdeutsche ihre Häuser nicht behalten und in den von westlichen Unternehmern aufgekauften und sanierten Immobilien die gestiegene Miete nicht mehr bezahlen konnten. Schulze hält es offenbar für einen politischen Fehler, zu schnell nach der Wende den westlichen Kapitalismus eingeführt zu haben. Die heilsame Kur wäre, das Geld wieder zu verknappen, es also zum Beispiel zu verbrennen.

Schlussgedanke: offene Fragen zur Romanhandlung

Allerdings liegt im Romangeschehen auch ein **Widerspruch**, denn es gibt in ihm zwei unterschiedliche Sterntaler-Geschichten. Zweifellos haben viele Menschen im Osten unter der brutal marktorientierten Betriebsamkeit westlicher Immobilienhändler und Investoren gelitten, sodass sie Schulzes Sterntaler-Parabel zustimmen werden. **Was aber ist mit seinem Helden Peter Holtz** selbst? Ist er, der Junge aus Gradow an der Elbe, nicht selbst eine Art Sterntaler-Kind und

Glückspilz? Selbstlos und sozusagen „fromm und gut“ hat er Freunden geholfen. Er hatte dabei nicht etwa das Ziel, sich zu bereichern. Die wertlosen Häuser, die man ihm schenkte, waren ihm eher eine Last. „Unverhofft“, ganz ohne sein Zutun und wie vom Himmel gefallen, verwandelt sich ihm mit der politischen Wende plötzlich gleichsam Stroh in Gold, und er wird „reich für sein Lebtag“. Er nennt sein Leben ein glückliches. War das, was ihm nach 1989 widerfuhr, denn nicht ein riesengroßes **Glück**? Aus M 1 geht nicht hervor, was in ihm den Sinneswandel herbeiführte, der ihn im Geld das Böse erkennen ließ, dem er schließlich ein Autodafé, d. h. eine öffentliche Verurteilung und Verbrennung, bereitet.

TEILAUFGABE 3

Überprüfung von Schulzes Märchenversion
Vorstellung des Großmutter-Märchens aus *Woyzeck*

Georg Büchner, geboren 1813, fand die Märchen der romantischen Gebrüder Grimm offensichtlich zu glatt. Sie waren ihm als Märchen, wie sie sich das Volk erzählte, wohl auch mit ihrer stereotypen inhaltlichen Wendung zum Guten nicht glaubwürdig. Also versetzt er das Großmutter-Märchen in seinem Dramenfragment *Woyzeck* semantisch (s. Fußnoten 1 und 4) und grammatisch (s. fehlende Endungen bei Verben und Adjektiven) zurück in den hessischen Dialekt, den er kannte, **erzählt** es **gegen den Strich** und hält es sprachlich extrem karg. M 3 mit nur neun Textzeilen unterbietet M 2 und erst recht Schulzes Version in M 1. Nicht gelehrte Philologen (M 2) oder ein fiktiver Jungmillionär mit Durchblick (M 1) erzählen, sondern die Großmutter. Die Kinder bitten sie: „Großmutter, erzähl!“ Und da der Erzählschatz der Großmütter traditionell Märchen waren, ist bei Büchner an der Gattung nicht zu zweifeln: Die Kinder bekommen **ein Märchen** zu hören, **aber es ist das** in seiner gedrängten Stenogrammform **entsetzlichste, das sich vorstellen lässt**.

Vergleich der Märchenadaptionen bei Büchner und Schulze

Schulze geht dem ökonomischen Aspekt des Sterntaler-Märchens nach und macht eine **Parabel** daraus. **Büchner** schreibt **ein** ebenso **existenzielles** wie **metaphysisches Anti-Märchen**, das mit dem Sterntaler-Motiv eigentlich nur den Ansatz gemeinsam hat. Auch seine Großmutter erzählt (a) von einem „arm Kind“, das sich (b) irgendwann hoffnungsvoll auf den Weg zu was auch immer macht. Damit ist aber die Vergleichbarkeit auch schon ausgeschöpft. Und selbst diese Märchen-Ausgangssituation hat Büchner radikalisiert: Sein Kind hat nicht nur „kei Vater und kein Mutter“, sondern „[n]iemand mehr auf der Welt“. Und selbst dieser trostlose Befund wird – durch die Wiederholung „Alles tot“ (M 3, Z. 1 f.) – weiter verabsolutiert. Es ist dasselbe „Alles tot!“, das auch Woyzeck tief innerlich spürt. Da Büchner sich auf das Geschlecht des „arm Kind“ nicht festlegt, liegt nahe, dass dieses „arm Kind“ generell **das Menschenkind** ist. Alles Süßliche und Niedliche des Grimm'schen Märchens ist bei ihm getilgt, und auch dessen moralische Komponente, die Schulze weiter gelten lässt. Wir erfahren nicht, ob das Kind etwa „gut und fromm" ist. Auch „der liebe Gott" ist gestrichen, während Schulze, vor allem wegen des Kleidchens, das sein Sterntaler-Kind plötzlich wieder anhat, auf ironische Weise den „Herrgott" zwar noch beibehält, aber offenlässt, von wem eigentlich der Talersegen kommt.

Was bei Büchner nun im Kerngeschehen seines Märchens – auch bei ihm in knapp gereihten Stationen – folgt, führt nicht zur glücklichen Wende des Grimm'schen Märchentyps und überbietet auch den Umschlag ins Desaster bei Schulze. Büchners Kind, das auf der Erde niemanden und nichts mehr hat, macht sich, wie das in Märchen möglich ist, auf den Weg in den Himmel, weil einzig Mond, Sonne und Sterne es noch freundlich anzuschauen scheinen. Aber es erlebt **die vollkommene Desillusion**. Der Mond entpuppt sich als „ein Stück faul Holz", die Sonne als „verwelkt Sonnenblum" (M 3, Z. 5 f.), die Sterne als tote Mücken: Der Himmel ist leer. Im abschließenden resignierten Rückzug zurück zur Erde erlebt dieses Menschenkind zudem das äußerste Grauen, denn auch die Erde ist nun leer und ein Nichts. Sie ist nur noch „ein umgestürzter Hafen" (M 3, Z. 8), auf dem das von Gott und Menschen verlassene Kind fortan mutterseelenallein sitzt und weint.

Fazit: Charakterisierung von Schulzes Text

Büchner hat mit dem formelhaften Märchenbeginn („Es war einmal ..."), dem epischen Präteritum, dem knappen dreiteiligen Aufbau und dem formelhaften Schluss („... und da sitzt' es noch ...") die bekannten Merkmale der Gattung „Volksmärchen" beibehalten. Aber der tröstlichen Botschaft aller Märchen, dass auch dem Armen und Verkannten am Ende Gerechtigkeit, Glück und Lebenssinn widerfahren, hat er **mit den Mitteln des Märchens** selbst **sozial- und religionskritisch radikal widersprochen**. Zu Recht nennt man seinen Text also ein nihilistisches Anti-Märchen.

Weil auch Schulze den glücklichen Schluss des Sterntaler-Märchens in sein Gegenteil umkehrt, könnte man seine Version ebenso als Anti-Märchen bezeichnen. Aber Schulzes Intention ist es nicht, sich mit der Gattung des Volksmärchens auseinanderzusetzen wie Büchner. Auch Fragen nach dem Leben der Ärmsten, die Büchner bewegten, sind Schulzes Thema nicht. **Er kritisiert** vor allem die Geldpolitik der Bundesrepublik nach der Wende als verheerend: Darum geht er ins Präsens, gibt die märchentypischen Formeln auf, spielt ironisch mit Sprachebenen (z. B. „Kämmerchen" versus „Miete", vgl. M 1, Z. 79 ff.) und **übertreibt satirisch** (ein ganzer Hügel aus Talern, der ganze Wald voll Geld, vgl. M 1, Z. 62 ff.): Er hat nicht nur die Botschaft des Märchens umgekehrt, sondern den Stoff zum Lehrstück umgeschrieben, zur satirischen **Parabel**.

(K)EIN ZURÜCK ZUR NATUR

Erlaubte Hilfsmittel
- ein Wörterbuch der deutschen Rechtschreibung
- Textausgaben der Pflichtlektüren ohne Kommentar, ggf. mit Worterläuterungen
- eine Liste der fachspezifischen Operatoren

Aufgabenstellung

Der Hessische Rundfunk wird seinen jährlichen Schreibwettbewerb „Jugend schreibt" in diesem Jahr unter das Motto „Natur" stellen.

Verfassen Sie zur Teilnahme an diesem Wettbewerb einen Essay auf der Grundlage der Materialien M 1 – M 8 und Ihrer im Unterricht erworbenen literarischen Kenntnisse über unterschiedliche Naturbilder. Der Titel Ihres Essays lautet: *Zurück zur Natur – Problemlösung oder Illusion?* Nutzen Sie hinsichtlich Ihrer Schwerpunktsetzung das zur Verfügung stehende Material bzw. eine Auswahl dessen. (100 BE)

Material 1 Zur Bedeutung des Begriffs Natur

Natur „das ohne fremdes Zutun Gewordene, Gewachsene; die Schöpfung, die Welt", häufig übertragen gebraucht im Sinne von „Wesen, Art; Anlage, Charakter": Das Substantiv [...] ist aus *lat.* natura „das Hervorbringen; die Geburt; natürliche Beschaffenheit, Wesen; Natur, Schöpfung usw." entlehnt [...]

Duden. Etymologie. Herkunftswörterbuch der deutschen Sprache. Band 7, 2. Aufl., Mannheim/Leipzig/Wien/Zürich 1989.

Material 2 Jean-Jacques Sempé: Zurück zur Natur (1986)

Jean-Jacques Sempé: Bonjour – Bonsoir, Zürich 1986, S. 21.

Hinweis

Der Slogan „Zurück zur Natur“ wird ideengeschichtlich Jean-Jacques Rousseau (1712–1778) zugeschrieben und gibt in verkürzter Form Rousseaus anthropologische Grundannahme wieder. Im Gegensatz zum seinerzeit herrschenden Fortschrittsoptimismus fordert Rousseau ein Zurückgehen von der gesellschaftlichen Entfremdung hin zur Natur des Menschen.

Material 3 Wilhelm Müller: Der Lindenbaum (1823)

Am Brunnen vor dem Tore
Da steht ein Lindenbaum:
Ich träumt in seinem Schatten
So machen süßen Traum.

Ich schnitt in seine Rinde
So manches liebe Wort;
Es zog in Freud und Leide
Zu ihm mich immerfort.

Ich mußt auch heute wandern
Vorbei in tiefer Nacht,
Da hab ich noch im Dunkel
Die Augen zugemacht.

Und seine Zweige rauschten,
Als riefen sie mir zu:
„Komm her zu mir, Geselle,
Hier findst du deine Ruh!“

Die kalten Winde bliesen
Mir grad ins Angesicht,
Der Hut flog mir vom Kopfe,
Ich wendete mich nicht.

Nun bin ich manche Stunde
Entfernt von jenem Ort,
Und immer hör ich's rauschen:
Du fändest Ruhe dort!

Wilhelm Müller: Die Winterreise, Berlin 2010, S. 14 f.

Material 4 Aus dem Bundesnaturschutzgesetz (2009)

§ 1 Ziele des Naturschutzes und der Landschaftspflege

(1) Natur und Landschaft sind auf Grund ihres eigenen Wertes und als Grundlage für Leben und Gesundheit des Menschen auch in Verantwortung für die künftigen Generationen im besiedelten und unbesiedelten Bereich nach Maßgabe der nachfolgenden Absätze so zu schützen, dass

1. die biologische Vielfalt,
2. die Leistungs- und Funktionsfähigkeit des Naturhaushalts einschließlich der Regenerationsfähigkeit und nachhaltigen Nutzungsfähigkeit der Naturgüter sowie
3. die Vielfalt, Eigenart und Schönheit sowie der Erholungswert von Natur und Landschaft auf Dauer gesichert sind; der Schutz umfasst auch die Pflege, die Entwicklung und, soweit erforderlich, die Wiederherstellung von Natur und Landschaft (allgemeiner Grundsatz).

Gesetz über Naturschutz und Landschaftspflege (Bundesnaturschutzgesetz – BNatSchG), URL: http://www.gesetze-im-internet.de/bnatschg_2009/BNatSchG.pdf (abgerufen am 21. 11. 2019).

Material 5 Hans Dieter Fronz: Alles will zurück zur Natur (2015)

Manchmal erfreut uns ein TV-Werbespot mit Bildern unberührter Landschaften und ursprünglicher Natur. In wechselnden Einstellungen sehen wir einen Wanderer einen Wald durchstreifen, eine Höhle passieren oder Wasser aus einem Gebirgsbach schöpfen. Auf weiter Hochebene begegnet er – in achtsamem Abstand – einer Hirschkuh. [...]

Da nimmt einer innerlich wie äußerlich Abschied, entflieht dem Stress der Hochleistungsgesellschaft, entwindet sich dem Durchlauferhitzer einer Zivilisation, die sich von den wahren Werten und von der Natur entfernt hat. Ihre läppischen Surrogate[1] (Facebook Farmer[2]) und kompensatorischen[3] Ersatzhandlungen (Urban Gardener[4]) sind ihm nicht länger genug. Dieser Mensch will mehr und anderes: urwüchsige Natur, Freiheit, Stille und Weite, das einfache Leben abseits der großen Straßen. Ein klassischer Aussteiger, so scheint es, doch das Rückflugticket ist offenbar schon gebucht: „Macht erst mal ohne mich weiter". [...]

Schon einmal existierte eine vergleichbare Strömung. [...] Es war die deutsche Literatur der Aufklärung, die im18. Jahrhundert auf breiter Front erstmals einen scharfen Gegensatz zwischen Stadt und Land postulierte [...].

Der Unterschied zum gegenwärtigen Eskapismus[5] ist, dass für die Autoren des 18. und noch des 19. Jahrhunderts Natur, Tugendhaftigkeit und die Freiheit ländlicher Existenz übers Private hinaus Kampfparolen gegen Aristokratie und Besitzadel waren.

Hans Dieter Fronz: Alles will zurück zur Natur, in: Südkurier, 22. 04. 2015, URL: https://www.suedkurier.de/nachrichten/kultur/Alles-will-zurueck-zur-Natur (abgerufen am 19. 10. 2017).

Anmerkungen
1 Surrogat: Ersatz
2 Facebook Farmer: Browsergame, in dem es darum geht, einen virtuellen Bauernhof auszubauen und zu betreiben
3 kompensatorisch: ausgleichend, aufwiegend
4 Urban Gardener: Betreiber urbanen Gartenbaus (Urban Gardening) als gärtnerische Nutzung meist kleinräumiger städtischer Flächen
5 Eskapismus: Flucht vor der Wirklichkeit und den realen Anforderungen des Lebens

Material 6 Juliette Irmer: Warum wird uns die Natur immer fremder. Kommentar zur Studie „Jugendreport Natur 2016"

Der Drang der Menschen ins Grüne nimmt ab, das Wissen über Natur ebenso. Sind allein die neuen Medien daran schuld?

Spätestens, mit 40 weiß man, dass früher alles besser war: Kinder spielten auf der Straße „Räuber und Gendarm", bauten Baumhäuser – aus Brettern und Planen, nicht aus Minecraft-Würfeln[1] –, stauten Bäche auf, kamen abends dreckig und mit aufgeschlagenen Knien nach Hause und fielen nach dem „Sandmännchen" erschöpft ins Bett. Heute verbringen Kinder einen großen Teil ihrer Zeit in Innenräumen und kommen mit Natur kaum noch in Berührung. Das Bild mag überzeichnet sein, der Trend aber scheint eindeutig.

Seit 20 Jahren verfolgt der „Jugendreport Natur" das Verhältnis junger Menschen zur Natur. Für den 7. Report von 2016 wurden 1 253 Schülerinnen und Schüler der Klassenstufen 6 und 9 in Nordrhein-Westfalen befragt. „Die Ergebnisse zeigen deutlich: Die Distanz zur Natur wird immer größer", sagt Rainer Brämer, Initiator und Autor des „Jugendreport Natur". Verblüffend ist, dass auch grundlegendes Wissen verloren geht. So wussten nur 35 Prozent der Befragten, wo die Sonne aufgeht. Ein Fünftel kreuzte „Norden" an. 2010 hatten noch zwei Drittel der Teilnehmer richtig geantwortet. Auch die Frage, in welchem Monat die Sonne am spätesten untergehe, beantworteten nur ein Viertel der Teilnehmer richtig.

Eine andere Aufgabe lautete zum Beispiel: „Nenne drei essbare Früchte, die bei uns im Wald oder am Waldrand wachsen." Nur zwölf Prozent lösten sie korrekt. Am häufigsten wurden Brombeeren, Himbeeren, Blaubeeren genannt. Mit großem Abstand folgten Nüsse, Bucheckern und Pilze. Unter den falschen Antworten dominierten zwar heimische Früchte wie Äpfel und Birnen, genannt wurden aber auch Bananen, Mangos und Ananas. Das Ergebnis sei in vielerlei Hinsicht erschreckend, schreiben die Autoren des „Jugendreport": „Einerseits scheinen viele Kinder und Jugendliche nicht zu wissen, welche essbaren Früchte im Wald wachsen. Zum anderen gehen nicht wenige davon aus, dass Früchte, die es im Supermarkt gibt, einfach im Wald gesammelt werden können. […]

Im „Jugendreport Natur" gab mehr als die Hälfte der jungen Generation an, mindestens drei Stunden pro Tag vor dem Bildschirm zu verbringen. Die Zahlen decken sich mit Erhebungen aus England, wonach Jugendliche bis zu 17 Stunden pro Woche fernsehen und 20 Stunden online verbringen. „Die [Computer-]Spiele bieten eine unendliche

Fülle an Herausforderungen und Bewährungsmöglichkeiten in einem ähnlich wie früher in der Natur weitgehend unkontrollierten Raum. Die Natur hält mit der hohen Reizdichte dieser Spiele nicht mit und erscheint langweilig“, so Brämer. Ein ursächlicher Zusammenhang von Mediengebrauch und Naturentfremdung konnte bislang aber in keiner Studie belegt werden. Frage man jedoch Kinder, warum sie nicht in die Natur hinausgingen, führten sie selbst Fernsehen und Computerspiele ins Feld, so Brämer.

Immer mehr Städter, immer weniger Naturkontakt.
Neben den Verlockungen der digitalen Welt existieren weitere Gründe für die zunehmende Entfremdung: Laut einer Studie der Vereinten Nationen leben 75 Prozent der Bevölkerung in den Industriestaaten in Städten, ein Trend, der sich in den nächsten Jahrzehnten verstärken wird. Und wer in der Stadt aufwächst, hat selten die Möglichkeit, Baumhütten zu bauen und Tiere zu beobachten.

Juliette Irmer: Warum wird uns die Natur immer fremder?, 05. 10. 2017,
URL: https://www.spektrum.de/news/natur-entfremdung-kinder-kommen-immer-weniger-in-die-natur/1507953 (abgerufen am 31. 10. 2019).

Anmerkung
1 Minecraft-Würfel: Teil eines Computerspiels

Material 7 Ute Guzzoni: Aufzeichnungen über die Natur (1995)

In unseren Tagen hört man viele Stimmen, die sagen, daß es die Natur als solche, als „reine Natur“ gar nicht mehr gibt. Vor allem seit der fast durchgängigen Industrialisierung und Technifizierung unserer Umwelt scheint es nur noch eine vom Menschen veränderte, kulturell überformte Natur zu geben. [...] Ich gehe im Gegenteil davon aus, daß die Natur trotz allem Natur bleibt, auch wenn sie vom Menschen geformt, interpretiert und manipuliert wird. Wir können sie gar nicht bis zur völligen Integration aneignen.

Allerdings haben wir sie weitgehend aus dem Blick und aus dem Sinn verloren. Besonders gilt das für die Bewohner der Städte, vor allem der Großstädte. Man weiß dann zwar noch von Natur, aber sie ist das, was „draußen“ ist; auf der einen Seite etwas durch menschliche Ausbeutung und Zerstörung Bedrohtes und insofern zu Schützendes, andererseits etwas, das in die Ferien und vielleicht einmal zum Wochenende gehört. Parkanlagen, Balkonkästen und Vorgärten sollen zwar hier und da eine Illusion von „Naturverbundenheit“ schaffen, aber zumeist haben sie keine Chance, als etwas Eigenes, als *von sich aus seiende* Natur wahrgenommen zu werden.

Ute Guzzoni: Über Natur. Aufzeichnungen unterwegs: Zu einem anderen Naturverständnis, Freiburg / München: Verlag Karl Alber/Herder 1995, S. 9 f.

Material 8 Hella Kemper: Waldbaden (2018)

Wer richtig in den Wald eintaucht, tut etwas für seine Gesundheit – in Japan gilt Waldbaden als Medizin. Was sagt die Wissenschaft? […]

Tief im Taunus, in Lorsbach, wohnt eine Waldbademeisterin. Das klingt zunächst etwas merkwürdig, denn weit und breit ist kein Schwimmbad zu sehen, der nächste Waldsee ist weit weg. Neben dem Haus von Annette Bernjus fließen Goldbach und Schwarzbach, aber die sind zu flach zum Schwimmen. Statt Bademöglichkeiten gibt es im Lorsbachtal allerdings jede Menge Bäume. Apfelbäume und Fichtenpflanzungen, Eichen- und Buchenwälder. Geht Annette Bernjus hier im Laub baden? Taucht die Waldbademeisterin in Farne, Moos und Wurzelwerk? Bernjus lacht über die Berufsbezeichnung, die es offiziell nicht gibt. Aber das mit dem Eintauchen sei gar nicht so falsch, sagt die 56-Jährige. Bernjus arbeitet daran, „Waldbaden" in Deutschland populär zu machen. Überall im Land bildet sie Kursleiter aus. Vor Kurzem hat sie ein Buch über das Waldbaden geschrieben.

Waldbaden bedeute, sagt Bernjus, in die angenehme Atmosphäre des Waldes einzutauchen: wo es würzig riecht, das Licht milde schimmert, die Luft klar ist, sich die Wipfel im Wind wiegen und der Boden unter den Füßen federt. „Der Wald tut uns gut", sagt sie und verweist auf eine fernöstliche Tradition: *Shinrin-yoku* ist japanisch für Wald(luft)bad. Das japanische Landwirtschaftsministerium führte *Shinrin-yoku* schon Anfang der achtziger Jahre ein und förderte ein millionenschweres Forschungsprogramm, um die medizinische Wirkung des Waldbadens nachzuweisen.

Hella Kemper: Spring!, in: Zeit Wissen Nr. 3/2018 (Auszug).

TIPP **Bearbeitungshinweise**

Die Aufgabe unterscheidet sich vor allem durch ihre Komplexität von anderen Aufgabenformaten. Es ist deshalb sehr wichtig, dass Sie sich für die Vorarbeit genügend Zeit nehmen – aber ohne die Uhr aus dem Blick zu verlieren. Sie müssen einen ideenreich gestalteten Text schreiben, der keiner im Unterricht erlernten, festen Struktur folgt: Das Thema soll nämlich **essayistisch**, d. h. aspekthaft und ohne wissenschaftliche Systematik, behandelt werden. Sie sollen also keine klassische Erörterungsstruktur verfolgen.

Markieren Sie sich zunächst in der Aufgabenstellung, was Sie diskutieren müssen: Sie sollen der Frage nachgehen, ob ein Weg zurück zur Natur Problemlösung oder Illusion ist. Es empfiehlt sich zu Beginn, das **Thema einzugrenzen**, d. h., Sie müssen festlegen, für welches **Problem** das **„Zurück zur Natur“** eine Lösung sein kann – in der Aufgabenstellung ist dieses Problem nämlich nicht definiert. Nur wenn Sie es deutlich vor Augen haben, gelingt es Ihnen, einen roten Faden beizubehalten und am Ende eine Antwort auf die Frage zu formulieren.

Eine Möglichkeit der Problemfindung ist, dass Sie – ohne die Materialien gesichtet zu haben – Ihre ersten **Assoziationen** zum Titel „Zurück zur Natur – Problemlösung oder Illusion?“ notieren. Wenn Sie nun die Materialien durchlesen, werden Sie schnell merken, ob Sie an Ihrem ersten Gedanken festhalten können oder ihn modifizieren müssen.

Argumente und Ideen für Ihren Essay finden Sie am einfachsten, wenn Sie **These und Antithese** zu dem von Ihnen eingegrenzten Problem formulieren: Ist das Problem z. B. „Stress in der Hochleistungsgesellschaft“, sammeln Sie auf der einen Seite Argumente und Aspekte zur These „Ein Zurück zur Natur löst das Stressproblem in der Hochleistungsgesellschaft“, auf der anderen Seite notieren Sie Aspekte zur Gegenthese. Wenn Sie z. B. in einer zweispaltigen Tabelle arbeiten, können Sie sich später gut orientieren. Achten Sie bei der **Stoffsammlung** darauf, dass Sie sich nur auf **relevante Aspekte aus den Materialien** beziehen, und notieren Sie sich immer die Materialnummer dazu.

Fügen Sie **eigene Ideen aus Ihrer Lebenswelt** hinzu. Außerdem soll man merken, dass Sie sich im Unterricht mit verschiedenen **Naturbildern** befasst haben („Natur als Seelenraum“, „bedrohliche und bedrohte Natur“), und sicher fallen Ihnen hier noch Bezüge zur Literatur ein, die Sie in Ihren Text einfließen lassen können (Q 1.3 „Natur als Imagination und Wirklichkeit“).

Erstellen Sie unbedingt eine **Gliederung**, an der Sie sich beim Schreiben orientieren. Wichtig ist dabei, dass Sie einen eigenen Gedankengang entwickeln und sich an geeigneter Stelle immer wieder auf Informationen aus dem Material beziehen. Es darf aber nicht so aussehen, als gäben Sie nur die Materialien wieder.

Denken Sie beim Planen und Schreiben an den **Adressatenbezug**! Sie schreiben zwar für den Wettbewerb „Jugend schreibt“, aber über den Hessischen Rundfunk erreicht Ihr Essay einen weiteren Leserkreis als Ihre Mitschülerinnen und Mitschüler.

Lösungsvorschlag

Zurück zur Natur – Problemlösung oder Illusion?

Titel

Heimische Früchte für den Obstsalat? Kein Problem. Sofort schnappen sich Max und Emma ihre Fahrräder und radeln in den Wald, um für den sonntäglichen Familiennachtisch nach Mangos, Ananas und Bananen zu suchen – Moment: Mangos, Ananas und Bananen?

adressatenorientierter, Interesse weckender Einstieg

Glaubt man dem „Jugendreport Natur 2016", denken tatsächlich viele Jugendliche, dass man alle Früchte, die wir im Supermarkt kaufen können, auch in unseren Wäldern findet. Insgesamt kommt die Studie zu einem ernüchternden Ergebnis: Viele **junge Leute verbringen immer weniger Zeit in der Natur**; folglich lässt das Wissen darüber auch nach und die **Natur wird uns immer fremder**. Unserer Generation wird zudem oft vorgeworfen, sich **lieber mit Smartphone und PC auseinanderzusetzen als mit der Natur**. Dass wir unser Wissen über die Natur eher über Computerspiele wie Stardew Valley gewinnen als über direkte Naturerfahrungen, wird ebenso entsetzt zur Kenntnis genommen wie die Tatsache, dass wir lieber Greta Thunbergs Instagramstory als unseren Eltern zum sonntäglichen Familienausflug in den Kellerwald folgen. Die Vorzeichen stehen also schlecht, wenn es darum geht, dass diese Generation den **Planeten retten** soll.

(Bezug zu M 6)

Problemstellung
mangelndes Wissen, mangelnde Verantwortung der Jugend

Aber wir können aufatmen, denn es gibt inzwischen wieder einen **Trend zurück zur Natur**. Auch der Markt hat reagiert und hilft, das Problem zu lösen: In Zeitschriften- und Buchläden boomen Gebrauchsanweisungen für ein Leben näher an der Natur: „Baumhäuser bauen – leicht gemacht", „Natur beginnt vor der Haustür" oder „Ausflugstipps mit Kindern in die Natur" sind nur wenige der unzähligen Bestsellertitel. Reiseveranstalter, die versprechen, die Natur auch für junge Leute hautnah erlebbar zu machen, haben Hochkonjunktur: Angebote wie gemeinsames Pilzesammeln, Stand-up-Paddling auf dem Main oder Floßbauen für Schulklassen sind dauerhaft ausgebucht. Wer kann, versucht sein Stadtkind im Waldkindergarten anzumelden, und im Sommer sind Kinder- und Jugendfreizeiten in der Natur – zumindest bei unseren Eltern – beliebter als Städtereisen. Spätestens ab dem Kindergartenalter weiß jeder: „Bio" hat irgendwie mit Natur zu tun, und dass man die günstigen Kartoffelchips aus dem Supermarkt vielleicht leckerer findet, verrät man am besten nur seinen Freunden.

Lösungen?
Zurück zur Natur
Beispiele

Zunächst erscheint wichtig, dass es nicht um ein **Problem** junger Menschen geht, sondern um ein **gesamtgesellschaftliches**. Im **Bundesnaturschutzgesetz** von 2009 wird gefordert, dass „Natur und Landschaft […] auf Grund ihres eigenen Wertes und als Grundlage für Leben und Gesundheit des Menschen auch in **Verantwortung für die künftigen Generationen** im besiedelten und unbesiedelten Bereich […] zu schützen" sind. Jeder muss also dafür sorgen, dass auch unsere Kinder noch auf lebenswichtige Ressourcen der Natur zurückgreifen können. **Fundiertes Wissen über die Natur**, über ihre Vielfalt und Nützlichkeit, aber auch ein Bewusstsein für ihre Gefährdung sind die Grundlage, diese Aufgabe verantwortungsvoll zu übernehmen.

Ausweitung und Erläuterung des Problems (Bezug zu M 4)

Spätestens seit den Forderungen der **„Fridays for Future"-Bewegung** und der Initiative für den Erhalt des **Hambacher Forstes** ist aber sicher: Die Gesellschaft scheint aufgewacht zu sein – Natur und Natürlichkeit sind wieder salonfähig. 1995 kritisierte **Ute Guzzoni** in ihren **„Aufzeichnungen über die Natur"** noch, dass wir die Natur „weitgehend aus dem Blick und aus dem Sinn verloren" haben: „Man weiß dann zwar noch von Natur, aber sie ist das, was ‚draußen' ist." Hier hat eine Trendwende stattgefunden. **„Natürlichkeit" boomt.** Und wenn die Natur wieder stärker in den Blick rückt, wird auch wieder mehr Verantwortung übernommen. Selbst **Städter**, denen am ehesten unterstellt wird, sich von der Natur entfernt zu haben, können sich oft nichts mehr vorwerfen: Es gehört zum guten Ton, beim Urban-Gardening-Projekt im Stadtteil mitzuwirken, man kleidet sich in nachhaltige Naturprodukte statt in Synthetik-Fummel, kauft seine Lebensmittel auf dem Wochenmarkt und erntet die Erdbeeren selbst. Wer noch mehr will, leistet sich einen Schrebergarten am Stadtrand, macht eine geführte Tour über die Alpen oder Seminare im „Waldbaden": Ausgehend von einer fernöstlichen Tradition, der zufolge der Wald eine heilende Wirkung auf den Menschen hat, werden immer mehr Kursleiter ausgebildet, anderen zu zeigen, wie man in die Atmosphäre des Waldes eintauchen kann. Man kann die Ergebnisse des „Jugendreport Natur 2016" also getrost beiseitelegen und lieber den nächsten Ausflug planen.

(Bezug zu M 7)

Zurück zur Natur als Problemlösung

Beispiele

(Bezug zu M 8)

Selten waren **Natur und Naturerfahrungen in der Öffentlichkeit so präsent** wie heute. Aber ist die Art und Weise, wie wir dem Problem begegnen, tatsächlich **zielführend**? Hilft es, mehr über die Natur zu wissen, um mehr Verantwortung übernehmen zu können? Oder sind unsere Verhaltenstrends bloß Augenwischerei? Ein kleiner Ausflug in die Geschichte früherer Bestrebungen, das Heil in der Natur zu suchen, hilft bei der Beantwortung dieser Fragen.

Diskussionsgrundlage: Infragestellen des Umgangs mit der Natur

Der Trend ist nicht neu

Zwischenüberschrift Unterrichtsbezug: Literatur

Seit der **Entstehung von Städten** und seit den Anfängen der **Industrialisierung** gibt es den **Drang, zur Natur zurückzukehren** – sogar in der Literatur ist dieses Bestreben dokumentiert: Goethes Werther ist froh, aus der Stadt geflohen zu sein, und zieht sich in die Natur zurück. Durch seinen direkten, emotionalen Zugang zur Natur, wirkt sie auf ihn – zumindest anfangs – **inspirierend und heilend** wie das „Waldbaden". Einen ähnlichen Zugang zur Natur hat Eichendorffs Taugenichts. Auch er **flieht aus der Zivilisation in die Natur**, in der er sich **frei fühlen** und **zu sich selbst kommen kann**. Menschenleere Straßen, die „über das schimmernde Land sich fern über die Berge und Täler hinausschwangen" (2. Kapitel), erlebt er ebenso intensiv wie den Nebel am frühen Morgen, das Rauschen der Wälder und die „klar[e], blau[e] Luft" (1. Kapitel). Für Faust ist der österliche Spaziergang in die Natur eine Rückkehr ins Leben, auch er nimmt sie mit allen Sinnen wahr: Nicht nur die Natur ist „vom Eise befreit" (V. 903), sondern auch **Faust fühlt sich befreit** aus einem Kerker: „Hier bin ich Mensch, hier darf ich's sein" (V. 940). Gleiches stellt er für alle Menschen, die sich an diesem Tag aus der Stadt ins Grüne gewagt haben, fest: „Denn sie sind selber auferstanden, / Aus niedriger Häuser dumpfen Gemächern" (V. 922 f.).

Die Leiden des jungen Werthers

Aus dem Leben eines Taugenichts

Faust

Doch im Vergleich mit den heutigen Bestrebungen, zur Natur zurückzukommen, erfolgte der **damalige Eskapismus** aus ganz **anderen Motiven:**

andere Motive als heute

In der Natur zu sein, erfüllt nicht nur einen Selbstzweck, sondern bedeutet für Werther und den Taugenichts gleichzeitig eine Flucht aus der Gesellschaft, eine radikale Abkehr von bürgerlichen Lebensentwürfen mit ihren einengenden Regeln und vorgezeichneten Wegen. Hans Dieter Fronz geht in seinem 2015 im Südkurier erschienenen Artikel *Alles will zurück zur Natur* noch weiter: „Natur, Tugendhaftigkeit und die Freiheit ländlicher Existenz [waren] übers Private hinaus Kampfparolen gegen Aristokratie und Besitzadel". Allein Faust genießt die Natur um ihrer selbst willen. Sie erlöst die Menschen (und nicht nur ihn) aus der Enge der Stadt und erzeugt Glück und Fröhlichkeit.

Abkehr von bürgerlichen Lebensentwürfen

(Bezug zu M 5) Auflehnen gegen Aristokratie

Aber offensichtlich war für die drei Figuren das **Eintauchen in die Natur auch nur Illusion und keine Problemlösung**, denn nur einer der drei wird letztlich glücklich: Werther kann später – als Spiegel seiner Emotionen – nichts Schönes mehr in der Natur sehen. Er scheitert und nimmt sich das Leben. Faust muss sich für die Lösung seiner Probleme mit dem Teufel verbünden. Einzig der Taugenichts wird am Ende glücklich und will seine Flitterwochen mit Aurelie in Italien verbringen – wobei relativierend hervorgehoben werden

Fazit: Illusion statt Problemlösung

Erläuterung

muss, dass Eichendorff hier eine **unerfüllbare Sehnsuchtsvorstellung** der Romantiker verarbeitet, die auch **Wilhelm Müller in seinem Gedicht „Der Lindenbaum"** zum Ausdruck bringt: Zwar weiß das lyrische Ich, dass es nur am Lindenbaum zur Ruhe kommen, träumen und Gefühle ausleben kann. Doch scheint dieser Zustand nicht dauerhaft erreichbar zu sein: Es treibt das lyrische Ich fort und weiter. Natur erscheint als Sehnsuchtsort, der nur im Irrealis erreicht werden kann: „Du fändest Ruhe dort!" (V. 24) (Bezug zu M 3)

Unterschiedliche Naturbegriffe

Zwischenüberschrift

Allerdings scheint es in vergangenen Zeiten auch schwerer gewesen zu sein, die Sehnsucht nach Naturerfahrungen zu stillen. Wir haben heute einen viel **weiter gefassten Naturbegriff als früher:** Das etymologische Wörterbuch des Duden-Verlages definiert Natur als „das **ohne fremdes Zutun Gewordene**, Gewachsene; die Schöpfung, die Welt". Den Taugenichts und Werther fasziniert genau dieses Ursprüngliche und Unberührte. Alles von Menschen Bearbeitete verabscheut Werther, verwilderte Natur zieht er angelegten französischen Gärten vor. Im Deutschunterricht suchten wir nach unseren **eigenen Naturdefinitionen** und kamen auf eine **weniger strenge Erläuterung:** Alle Pflanzen, Gewässer, Tiere, Stoffe und Gesteine dieser Erde sind für uns Natur; in der Natur zu sein, heißt in unserer Generation aber auch: sich in den vom Menschen geschaffenen Parks zu treffen, im Hochseilgarten im Wald Angst und Wagnis zu spüren oder nachmittags auf dem asphaltierten Radweg an den nahe gelegenen Baggersee zur radeln. Vieles davon ist durch „fremdes Zutun" geworden oder wird nur durch den Menschen erhalten. Das heutige **„Zurück zur Natur"** scheint also **wesentlich einfacher** und damit auch **erfolgversprechender** zu sein. Zudem ist das Leben in einer modernen Großstadt so attraktiv geworden, **dass man Natur nur temporär zu brauchen meint**. Und wenn man will, hat man die Natur unmittelbar vor der Haustür: Viel Zeit im Grünen kann man in unzähligen Parks verbringen und das Gartenbauamt sorgt für hübsche Blumenbeete sowie Grünzeug am Straßenrand. Und am Wochenende lässt es sich dann eintauchen in die Natur im Umland – notfalls mit einem Seminar zum Waldbaden.

(Bezug zu M 1)

Unterrichtsbezug Naturdefinitionen

Beispiele

Ist das wirklich Natur?

Zwischenüberschrift

Aber sind diese Naturerfahrungen tatsächlich echt? Helfen sie dabei, uns wieder so auf die Natur zu konzentrieren, dass wir die Verantwortung für ihren Schutz übernehmen können? Ute Guzzoni kritisiert: „Parkanlagen, Balkonkästen und Vorgärten sollen zwar hier und da eine Illusion von ‚Naturverbundenheit' schaffen, aber zumeist haben sie keine Chance, als etwas Eigenes, als *von sich aus*

Zurück zur Natur als Illusion

Beispiele

(Bezug zu M 7)

seiende Natur wahrgenommen zu werden.“ Hans Dieter Fronz kann das Verhalten, eins mit der Natur sein zu wollen, das „**Rückflugticket**“ **in die Hochleistungsgesellschaft** aber gleichzeitig schon wieder gebucht zu haben, nur belächeln. Und auch der **französische Cartoonist Sempé** lässt uns über den modernen Eskapismus in die Natur schmunzeln. In einer Karikatur zeigt er zwei Menschen, die sich inmitten eines unberührten Waldes ein Stückchen Natur „selbst geschaffen“ haben: Direkt neben ihrem Campingwagen erstrecken sich zwei symmetrisch angelegte Gärten. Geschlafen wird im gemütlichen Campingwagen, von **Erfahrungen mit der Ursprünglichkeit der Natur kann keine Rede sein**. Bei der geführten Alpenüberquerung mit Gepäcktransport erschließen sich die Teilnehmer die Natur nicht mehr selbst, sondern beschäftigen sich eher mit den unbequemen Betten oder dem fehlenden warmen Wasser auf den Berghütten.

(Bezug zu M 5)

(Bezug zu M 2)

Schlussteil

Die belächelte und kritisierte Auseinandersetzung mit Natur macht aber vor allem zwei Aspekte deutlich:

unsere Naturerfahrungen als Teil der Problemlösung

1. Die Motive und die Art und Weise des **Eintauchens in die Natur sind in jeder Generation anders** – sie folgen anderen Bedürfnissen und Notwendigkeiten. Deshalb ist gegen die geführte Alpentour, die nichts mehr mit der Naturerfahrung des Taugenichts zu tun hat, ebenso wenig einzuwenden wie gegen das kleine Balkongärtchen und das Waldbaden mit Anleitung.

2. Mit Natur setzen wir uns kaum aus Eigeninitiative auseinander, sondern wenn die **Angebote attraktiver sind als alle anderen Ablenkungs- und Unterhaltungsmöglichkeiten** oder wenn eine persönliche Notwendigkeit besteht. Wenn Naturerfahrungen also nicht bloß Trendprodukte bleiben sollen, wenn wir möchten, dass wir wieder besser über die Natur Bescheid wissen, um Verantwortung für ihren Schutz zu übernehmen, dann müssen wir an unsere Lebenswelt anknüpfen. Die **Schule** sollte dabei nicht nur Wissen vermitteln, sondern auch den direkten Kontakt mit der Natur ermöglichen. Darüber hinaus sind **Vorbilder** wie die Vorkämpfer der „Fridays for Future“-Bewegung wichtig, um uns aufzurütteln und mitzureißen.

Lösungsvorschlag:

sich auf Bedürfnisse der heutigen Generation einstellen

Fazit

Man kann im Kleinen anfangen: Wie machen wir es erstrebenswert zu wissen, welche heimischen Früchte wir für den Obstsalat im Wald finden und welche wir eher im Sommerurlaub zu Gesicht bekommen? Wenn wir diese Aufgabe annehmen, dann bedeutet unser Zurück zur Natur auch eine Zukunft für die Natur.

Anknüpfung an die Einleitung

Beantwortung der Frage

SOZIALES DRAMA

Erlaubte Hilfsmittel

- ein Wörterbuch der deutschen Rechtschreibung
- Textausgaben der Pflichtlektüren ohne Kommentar, ggf. mit Worterläuterungen
- eine Liste der fachspezifischen Operatoren

Dieser Vorschlag bezieht sich auf die Pflichtlektüre Georg Büchner: *Woyzeck*.

Aufgabenstellung

1 Fassen Sie den Inhalt des Auszugs aus Ödön von Horváths Drama *Die Bergbahn* zusammen und analysieren Sie die Szene. (Material) (40 BE)

2 Vergleichen Sie den Dramenauszug aus *Die Bergbahn* (Material) mit Büchners sozialem Drama *Woyzeck* unter besonderer Berücksichtigung der gesellschaftlichen Verhältnisse. (35 BE)

3 „Das moderne Theater muß nicht danach beurteilt werden, wieweit es die Gewohnheiten des Publikums befriedigt, sondern danach, wieweit es sie verändert." (Bertolt Brecht, 1898–1956)

Bertolt Brecht: Schriften zum Theater, Bd. 4. 1933–1947. Frankfurt a. M.: Suhrkamp 1963, S. 263.

Beurteilen Sie, wie das Theater heute dieser Forderung Brechts gerecht werden kann. (25 BE)

Material **Ödön von Horváth: Die Bergbahn (1927)**

Moser, Reiter, Sliwinski, Simon ließen Oberle an einem Seile in den Abgrund, um den abgestürzten Schulz zu bergen.

MAURER *auf einem Gratzacken[1]; ruft durch Handtrichter:* Huuu! – Huuu! [...]

Der Sturmstoß fegt vorüber.

Maurer klettert vom Zacken herab.

XAVER *leise:* Wie so an Unglück passiert –

MAURER *ebenso:* Schnell!! Der Reiter hat a Klammer braucht, und der Oberle sagt zum Schulz: hol ane her! und der arm Teuft springt dahin, ganz eifrig, und schreit glei, ganz entsetzli, und runter is er a scho über d'Wand. So vierzig Meter. Und bloß ausgrutscht –

MOSER *erregt; unterdrückt:* Hörts! Stehts do net so rum! Der Oberle holt den scho rauf! Laufts um a Tragbahr[2] und telefonierts um an Dokter! Zu!

HANNES Da werd nimmer viel zum doktern sein.

MOSER Meinst?

HANNES Ja. Der is hin. [...]

Stille.

Alle entblößen ihr Haupt.

HANNES *fällt langsam in die Knie, betet:* Vater unser, der Du bist im Himmel, geheiliget werde Dein Name –

MOSER *unterbricht ihn:* Verflucht! Ka Litanei, ka Rosenkranz! Der da drobn is taub für uns arme Leut!

In weiter Ferne Donnerrollen.

Ja, donnern, des kann der! Und blitzn und stürmen! Schreckn und vernichtn! – Was gedeiht, ghört net uns. Was ghört dem armen Mann? Wenn die Sonn scheint, der Staub, wenns regnet, der Dreck! Und allweil Schweiß und Blut!

Ein leiser Wind hebt an, der allmählich zum Sturm wird.

INGENIEUR *erscheint; atemlos; aufgeregt:* Was ist hier los? Warum steht man so herum? Wer gab das Notsignal?

MAURER I.

INGENIEUR Was ist denn geschehen?

OBERLE Still, Herr! Hier liegt a Toter.

INGENIEUR Wieso? Wo? Wer?

OBERLE Dort. Den Ihr gestern eingestellt habt, der Schulz.

INGENIEUR Scheußlich!

OBERLE Er is bloß gestolpert – über die Wand da. So vierzig Meter. *Schweigen.*

INGENIEUR Verdammt! Tja, da kann keiner dafür. – Wollen wir ihn ehren, indem wir geloben, ihm, der in Erfüllung seiner Pflicht fiel, nachzueifern, weiterzuarbeiten. – Ich muß unbedingt darauf bestehen, daß die Arbeit sofort wieder aufgenommen wird. Den Leichnam lassen wir bis zum Abend hier liegen und nun –

MOSER *unterbricht ihn:* Na, der werd zuerst nuntergtragn und aufbahrt. Nachher werd weitergschafft. Eher net!

INGENIEUR Hoppla! Hier hat nur einer zu befehlen, und das bin ich! Pflicht kommt vor Gefühlsduselei.

REITER Pflicht is, a Leich net liegn zu lassn, wie an verrecktn Hund.

INGENIEUR Ich verbitte es mir, über Pflicht belehrt zu werden! Merken Sie sich das, Sie! Ich habe mir mein Ziel erkämpft und pflege meinem Willen Geltung zu verschaffen. Und seis mit schärfsten Mitteln!

SIMON Bravo! Bravo!

INGENIEUR Was soll das?

Schweigen.

Es wird weitergearbeitet. Mit Hochdruck und sofort. Los!

Keiner reagiert.

Schweigen.

Hört: sollte das Wetter umschlagen und wir hätten die Vorarbeiten noch nicht beendet, – das Werk, der Bau, die Bahn ist gefährdet!

MOSER Sonst nix? Werd scho schad sein um die Scheißbahn! Sehr schad! Wer werd denn damit amüsiert? Die Aufputztn, Hergrichtn, Hurn und Wucherer![3] Wer geht dran zu Grund?! Wir!

SIMON Wir! Wir!

INGENIEUR *höhnisch, doch etwas unsicher:* So?

MAURER Gfährdet ist bloß unser Lebn!

INGENIEUR Hier gibt es Hetzer?

REITER Und Ghetzte[4]!

MOSER Und was is denn scho, wenns überhaupt kane Bahnen gibt?! Kamst um dei Seelenheil? Stürzet die Welt ein?!

INGENIEUR Unreifes Zeug, dummes!

REITER Wenn Sie, Herr, so a gscheits Genie san, so denkens halt mal an uns! Bauns ka Bergbahn! Bauns uns Häuser statt Barackn!

INGENIEUR Hier wird nicht geredet, hier wird gearbeitet! Ohne Kritik!

OBERLE Habt Ihrs net donnern ghört, zuvor?

INGENIEUR Quatsch! Quatsch! Ich kenne das Wetter! Das hält!

Hannes lacht.

OBERLE Herr, i bin a alter Arbeiter und die Verantwortung –

INGENIEUR *unterbricht ihn:* Nur keine Anmaßung! Die Verantwortung trage ich. Nur ich.

Es donnert.

Stille.

Hm. Jetzt dürfte sich manches geändert – Grinst nur, grinst! Ja, jetzt könnt ihr den aufbahren. Alles aufbahren! Auch euch selbst! *Er will absteigen.*

MAURER Halt! An Augenblick! Darf man fragn, obs stimmt, daß wir ghetzt werdn? Und daß es ganz gleich is, ob wir runterfalln, wenn nur des Kabel[5] herobn hängt, bevors Wetter umschlagt? Und daß wir, wanns umgschlagn hat, fortgtriebn werdn –

INGENIEUR *unterbricht ihn:* Jetzt könnt ihr gehen!

MAURER Wohin?

INGENIEUR Die Arbeit ist eingestellt. Alles ist eingestellt. Ihr seid entlassen.

MAURER Habts es ghört?! Habts es ghört?

REITER Des hättns uns scho sagn können!

SLIWINSKI Solln!

SIMON Müssn!

MAURER Lügner! Lügner!

REITER Jetzt kriegst nirgends Arbeit! Jetzt nimmer!

INGENIEUR Wer arbeiten will, der kann! Jetzt und immer!

Simon applaudiert.

Wird immer erregter. Hört! Ich habe alles verlassen, um mein Ziel zu erreichen! Ich habe in Baracken gehaust –

MOSER Wir habn no nie anderswo ghaust!

INGENIEUR – ich habe verzichtet, ich habe im Schatten geschuftet an dem Werk!

SLIWINSKI Im Schattn deiner Villa!

INGENIEUR Ich habe keine Villa!

SIMON Aber a Wohnung hast! Unds Fressn hast! Und an Mantl, wanns di friert! Ists wahr oder net?

INGENIEUR Ich werde mir erlauben, eine Wohnung zu besitzen! Doch ich hätte auch hungernd und frierend an meinen Plänen gearbeitet – *Er hält plötzlich verwirrt die Hand vor die Augen.* Aber ich habe ohne den lieben Gott kalkuliert. Allerdings, ja, jetzt schlägt das Wetter um –

MAURER Also, weil Sie Herr sich verrechnet habn, drum stehn wir da, mittn im Winter! Ohne Dach, ohne Holz, ohne Brot!

SIMON A jeder redt si aufs Wetter naus, aber kaner rechnet damit!

HANNES Die ganzn Plän san halt falsch.

INGENIEUR Was?! Kritik? Kritik! Du Trottel! Ungebildetes Pack erlaubt sich –

XAVER *unterbricht ihn:* Ohne uns Pack, was war denn dei Werk?! Bloß a Plan! Papier! Papier!!

Stille.

Ingenieur geht langsam auf Xaver zu und hält dicht vor ihm; fixiert ihn; plötzlich schlägt er ihm vor die Brust, daß er zurücktaumelt.

Stille.

INGENIEUR *verliert die Nerven:* Jetzt könnt ihr gehen! Verschwindet! Marsch!

OBERLE Wohin!?

INGENIEUR Was weiß ich?! Wohin ihr wollt! Wohin ihr könnt! Wohin ihr gehört! Zum Teufel!

Ödön von Horváth: Gesammelte Werke, Band 1, Frankfurt am Main 2. Aufl. 1972, S. 87–93.
Die Rechtschreibung entspricht der Textvorlage.

Anmerkungen

1 Gratzacken: Zacken eines Bergrückens
2 Tragbahre: Gestell zum Transport von Verletzten oder Toten
3 „Die Aufputztn, Hergrichtn, Hurn und Wucherer!“: im Sinne von: die Reichen, Schönen, Huren und Wucherer
4 Ghetzte: Gehetzte
5 Kabel: hier Seil als Aufhängung für die Gondeln der Zugspitzbahn

Hinweise

Ödön von Horváth (1901–1938) ist ein aus Österreich-Ungarn stammender deutschsprachiger Schriftsteller, dessen Texte häufig eine sozialkritische Ausrichtung haben. Den Stoff für Horváths Bühnenstück *Die Bergbahn* lieferte der Bau der Tiroler Zugspitzbahn, die 1926 eröffnet wurde und deren Bau zahlreiche Unfallopfer forderte. Die Zugspitzbahn war für ihre Zeit eine technische Meisterleistung und führte in fast 3 000 Meter Höhe.

TIPP **Bearbeitungshinweise**

Das Ihnen vorliegende Thema ist übersichtlich. Zweimal dramatische Literatur, zweimal die soziale Frage behandelnd. Ödön von Horváth schrieb sein Stück fast 90 Jahre nach Büchner; aber Sie werden entdecken, dass er ihm trotz der zeitlichen Distanz seine Reverenz erweist. Georg Büchner, geboren 1813, war im Februar 1837 schon tot. Die *Woyzeck*-Fragmente entstanden wohl 1835/36, wurden aber erst Jahrzehnte später bekannt. Seitdem macht *Woyzeck* Furore im deutschsprachigen Raum. Auch Horváth wurde nicht eben alt und schrieb *Die Bergbahn* als junger Mann. Ihr Material ist, mit zwei Seiten Streichung, ein Auszug aus dem 3. Akt. Da Sie besonders die jeweiligen gesellschaftlichen Verhältnisse herauszuarbeiten haben, sollten Sie wissen, dass Horváth vor und nach den Ihnen gegebenen Auszügen nicht nur die soziale Situation der Arbeiter zeigt, sondern auch die soziale Abhängigkeit beleuchtet, in der der Ingenieur gefangen ist: Das Bahnprojekt ist knapp kalkuliert. Es wird von einer AG und Bankkrediten finanziert. Der Aufsichtsrat der AG hat den Ingenieur zu äußerster Eile und Härte gegenüber den Arbeitern gedrängt. Denn sollte die Arbeit vor Wintereinbruch nicht fertig, die Bahn im kommenden Frühjahr nicht betriebsbereit sein, hätte das die Pleite der AG und auch die Entlassung des Ingenieurs zur Folge.

In **Teilaufgabe 1** ist es nicht ganz einfach, die Operatoren „**zusammenfassen**" und „**analysieren**" auseinanderzuhalten. Nach der **Einleitung**, in der Sie die grundlegenden Informationen zu dem Auszug nennen, schließen Sie eine knappe, aufs Wesentliche fokussierte **Inhaltsangabe** an. In der **Analyse** werden Sie sich dann besonders auf die Konfliktparteien, ihre Sprache, den Fortgang des Streits und aussagekräftige Regieanmerkungen konzentrieren. Markieren Sie sich die Phasen und Themen des Disputs und Mittel der dramatischen Gestaltung. Der folgende Lösungsvorschlag berücksichtigt außerdem die differenzierte Figurenzeichnung der Arbeiter.

Während der Analyse hat sich Ihnen möglicherweise schon der **Vergleich** mit *Woyzeck* aufgedrängt. Als Vorbereitung zu **Teilaufgabe 2** empfiehlt sich eine tabellarische Gegenüberstellung der beiden Stücke. Suchen Sie nach geeigneten Vergleichsaspekten (wie z. B. Figurenzeichnung oder Aussage des Dramas) und sammeln Sie Gemeinsamkeiten, Ähnlichkeiten und Unterschiede. Der Arbeitsauftrag weist Sie darauf hin, dass die Darstellung der gesellschaftlichen Verhältnisse in Ihrem Vergleich besonderes Gewicht haben muss. Bezeichnenderweise ist der Aufgabenvorschlag mit „Soziales Drama" betitelt. Sie haben während der Bearbeitung die Zeit, das eine oder andere Zitat im ausliegenden *Woyzeck*-Exemplar nachzuschlagen.

In **Teilaufgabe 3** sind Sie lediglich dazu aufgefordert zu **beurteilen**, inwieweit heute **Brechts Theatertheorie** umgesetzt wird. Außer der von Brecht formulierten Alternative gibt es aber noch andere dramaturgische Positionen, die Ihnen während eines kleinen Brainstormings vielleicht in den Sinn kommen. Sie müssen sie nicht unterdrücken, sondern dürfen durchaus kritisch in die Bearbeitung dieser Aufgabe hineingehen und Ihre eigene Sichtweise formulieren.

Lösungsvorschlag

TEILAUFGABE 1

Einleitung
Autor, Titel, Gattung, Erscheinungsjahr, Thema

Der Auszug aus Ödön von Horváths 1927 veröffentlichtem Stück *Die Bergbahn* setzt am Beispiel des Baus der Zugspitzbahn einen eskalierenden Konflikt zwischen empathielosem Arbeitgeber und rechtlosen Arbeitern in Szene.

Inhaltszusammenfassung
Ausgangssituation

Schauplatz ist eine hochalpine Gegend, in der sich der Winter anzukündigen scheint. Es geht ein Wind, der zum Sturm wird. Ein Trupp von Arbeitern, beauftragt mit der Fertigstellung der Bahn, die künftig Gäste vom Tal bis hoch auf den Berggipfel bringen soll, ist aber gerade darum bemüht, ihren verunglückten Kameraden Schulz zu bergen. Schulz ist 40 Meter in die Tiefe abgestürzt. Oberle lässt sich gerade zu ihm abseilen. Versammelt sind zudem Moser, Reiter, Hannes, Sliwinski, Simon, Xaver und Maurer.

Reaktionen der Arbeiter auf das Unglück

Die Szene setzt also **nach dem Unglück** ein. Wie es dazu kam, fasst Maurer als Augenzeuge zusammen: Schulz sei lediglich ausgerutscht (vgl. Z. 7 ff.). Moser, noch zuversichtlich, ordnet Hilfsmaßnahmen an (vgl. Z. 11 f.) Andere glauben nicht daran, dass Schulz überlebt haben könnte, und sollen recht behalten. Dem Toten zu Ehren entblößen die Kameraden ihr Haupt (vgl. Z. 17). Manche trauern nach dem Brauch ihrer Kirche um ihn; andere halten nichts von der alten Religion (vgl. Z. 18–25).

Reaktion des Ingenieurs

Im Moment dieses **Innehaltens** in der regulären Arbeit erscheint, vom Notsignal alarmiert, aufgeregt und außer Atem die Bauaufsicht, der Herr **Ingenieur**. Trotz des Unglücks besteht er darauf, den Toten vorerst liegen zu lassen und sofort die unterbrochene Arbeit wieder aufzunehmen. Das aber widerspricht allem Herkommen. Erst müsse der Tote ins Tal getragen und dort aufgebahrt werden; erst danach könne man mit der Arbeit fortfahren.

Auseinandersetzung mit negativem Ausgang

Aus diesem Dissens entwickelt sich ein sich zuspitzender und immer neu aufflammender **Streit**. Die Arbeiter boykottieren den Befehl des Ingenieurs (vgl. Z. 48 ff.); die Auseinandersetzung geht bald über den Anlass hinaus in Grundsätzliches (vgl. Z. 56 ff.) und nimmt an Schärfe zu. Als es – Zeichen des sich ankündigenden **Wetterumschlags** – das erste Mal donnert, will der Ingenieur es besser wissen: Das Wetter werde halten. Aber beim zweiten Donnern (vgl. Z. 76) ist klar, dass der Winter tatsächlich einfällt. Die Arbeiten zur Fertigstellung der Bergbahn müssen eingestellt werden. Der Ingenieur resigniert: Jetzt mögen sie ihren Toten aufbahren und sich gleich mit (vgl. Z. 78 f.). Er will verschwinden, aber Maurer stellt ihn und will wissen, ob wirklich nach Abschluss der Arbeiten alle Arbeiter entlassen werden. Da erklärt sie der Ingenieur als ab sofort **entlassen**. Infolgedessen wird nun der Ingenieur beschimpft und attackiert, demütigt seinerseits die Arbeiter, verliert dann die Nerven, stößt den Kontrahenten Xaver, und wünscht sie alle zum Teufel (vgl. Z. 117 ff.).

Analyse
klassenkämpferische Dimension des Konflikts

Der Inhalt des Szenenausschnitts ist also **der dramatisch gestaltete Klassenkonflikt** zwischen Herr und Knecht bzw. Arbeitgeber und Arbeitnehmern. Die Arbeiter an der Bergbahn lehnen sich gegen die Anordnungen des Ingenieurs auf, sie stellen seine Befehle offen infrage und boykottieren sie. Sie hinterfragen, **klassenbewusst**, erst den Nutzen der Bergbahn und dann die Planungskompetenz des Ingenieurs, bis sich die Antagonisten schließlich derart in persönliche Beleidigungen und Kränkungen hineingesteigert haben, dass eine Partei gewalttätig wird. Horváth führt also das Konfliktgeschehen Stufe um Stufe in eine dramatische **Steigerung**. Kurz bevor es zum Eklat kommt, baut er jedoch noch ein **retardierendes Moment** ein. Es ist die Stelle (ab Z. 94), in der der bisher autoritär und herrisch aufgetretene Ingenieur keinen Hehl mehr aus der eigenen Bedrückung macht. Er hat sich selbstsicher gegeben, aber seine Sicherheit ist gespielt (vgl. Z. 60). Tatsächlich ist er verzweifelt, denn auch seine Existenz steht auf dem Spiel. In dieser Not, nun plötzlich nicht mehr von oben herab, sondern menschlich sprechend, **bettelt** er fast **um das Verständnis** der Arbeiter. Aber es ist zu spät. Die Fronten sind verhärtet. Sofort fährt ihm einer höhnisch in die Parade (vgl. Z. 98), sodass fortan das Ganze nur noch weiter Fahrt aufnehmen kann in Richtung eines zwangsläufig tragischen oder eher katastrophalen Ausgangs.

Figurenzeichnung: Ingenieur

Vor dieser fast klassischen **Duellszene** und bevor der Ingenieur auf dem Schauplatz erscheint, ist der Trupp der Arbeiter aber eine Zeit lang noch unter sich, beschäftigt mit der Bergung des abgestürzten Schulz, mit seinem Sterben und ihrer Erschütterung und Trauer. Diese stille Szene steht im **Kontrast** zur Eskalation des Kommenden, und sie gibt Horváth Gelegenheit, die **Unterschiedlichkeit der Arbeiter** anzudeuten. **Der Ingenieur hat keinen Eigennamen.** Er bleibt anonym und reduziert auf seine Funktion: ein hochdeutsch sprechender akademischer Experte zwischen Kapitalherren und Arbeiterschaft. **Die Arbeiter** dagegen sind für Horváth gerade nicht einfach nur ein Trupp von neun Leuten. Gegen den Ingenieur bilden sie zwar eine geschlossene Front: eine **Klassenfront**, verbunden durch ihre **dialektale Sprache**, die gemeinsame harte Arbeit und ihre ungesicherte materielle Situation. Es scheint Horváth aber wichtig zu sein, dass das Publikum sie als **Individuen** erlebt, die in ihrer Unterprivilegiertheit und trotz ihrer durchaus unterschiedlichen Ansichten zusammenstehen.

Kollektiv der Arbeiter

Charakterisierung einzelner Arbeiter

Oberle etwa sagt wenig, genießt **als wohl Ältester** aber die Achtung aller und fühlt sich verantwortlich (vgl. Z. 73). Folglich lässt er es sich auch nicht nehmen, den verunglückten Kameraden zu bergen. Und er macht auf den ersten Donner, dieses Zeichen für den Wetterumbruch, aufmerksam (vgl. Z. 70).

Moser ist auf der Höhe des zeitgenössisch-aufgeklärten linken **Klassenbewusstseins**. Von ihm kommen die entscheidenden Vetos: gegen den religiösen Brauch, verbunden mit seiner Ablehnung eines Gottes, von dem er seine Klasse im Stich gelassen sieht (vgl. Z. 20 ff.); mit seiner konfliktauslösenden Weigerung weiterzuarbeiten, bevor nicht dem Toten sein Recht zuteil geworden ist (vgl. Z. 40 f.), und mit der Grundsatzfrage zum Nutzen der Bahn (vgl. Z. 56 ff.).

Simon ist kein Mann großer Worte. Er ist der **Ironiker** der Truppe (vgl. Z. 48, 93, 108). **Reiter** dagegen ist geradezu **fixiert aufs Wort**. Bei mehrdeutigen bzw. auslegbaren Äußerungen hakt er ein. Gleich anfangs, als ihnen der Ingenieur mit der „Pflicht" zur Weiterarbeit kommt, setzt er ihm die ethische Pflicht zur Versorgung des Toten entgegen (vgl. Z. 44). Als der Ingenieur drohend fragt, ob es hier etwa „Hetzer" (Z. 62) gebe, antwortet er messerscharf und klassenkämpferisch: Ja, Hetzer und Gehetzte (vgl. Z. 63) – und dreht damit das Gemeinte um 180 Grad (vgl. Z. 66 ff.). **Maurer** gehört zu den **Wortführern** und hält am Ende den Ingenieur auf mit der entscheidenden Frage nach ihrer Entlassung (vgl. Z. 80 ff.). Er wirft ihm vor, ein Lügner zu sein (vgl. Z. 90). **Sliwinski** hält sich lange zurück, spuckt aber dann seinen ganzen Hass auf die Privilegierten aus (vgl. Z. 98).

Hannes ist nicht nur **fromm** nach alter Väter Sitte (vgl. Z. 18 f.), sondern auch in gewisser Weise seins- und naturfromm, denn er achtet die Zeichen des Himmels. Als sich der Ingenieur nach dem ersten Donner als Wetterexperte aufspielt, lacht er ihn schlichtweg aus (vgl. Z. 71 f.). Er ist es auch, der die Baupläne für grundsätzlich falsch erklärt (Z. 109), da sie, wie sich ja zuvor auch der Ingenieur eingestehen musste, „ohne den lieben Gott kalkuliert" seien (Z. 104). Dieser **„liebe Gott"** Horváths scheint nach wie vor der antike Berg- und Wettergott zu sein, dem Respekt zu zollen ist und der, da erhaben über politische und soziale Klassenkämpfe, in diesem einen Punkt auch Hannes und den Ingenieur eines Sinnes sein lässt. Der Unterschied: Hannes ist von seinem ganzen Wesen her fromm; der Ingenieur aber muss erst gebrochen werden, um spät und wohl auch nur für einen Moment zu Einsicht und Demut zu finden. Da er aber bei den Arbeitern auf kein Verständnis stößt, kehrt er in seine Herrenrolle zurück und verbietet sich wütend jede Kritik. Hier wie schon mehrfach zuvor markiert Horváth den Grad der inneren Erregung der Sprechenden durch emphatische Wortdoppelungen (vgl. Z. 71: „Quatsch! Quatsch!“ und Z. 90); durch Ausrufe und Fragezeichen (auch kombiniert, vgl. Z. 118 ff.); mit anaphorischen Kurzsatzreihen (vgl. Z. 119) und einem Gesprächsverlauf, in dem die Kontrahenten einander mehrfach ins Wort fallen (vgl. Z. 40, 74, 83).

Xaver schließlich unterbricht am Ende, um das Fazit zu ziehen: Ohne die von den Herren zu Pack entwürdigten Arbeiter gäbe es kein Werk; vielmehr bliebe ohne sie auch der fortschrittlichste Plan nichts als Papier (vgl. Z. 111 f.). Mit diesem Satz trifft er den Ingenieur ins Mark.

Verstummen als dramaturgisches Mittel

Horváth gibt seiner Szene zusätzliche **Spannung durch Momente des** vielsagenden **Verstummens**. Da Schulz stirbt, tritt die **Stille** der Bestürzung ein (vgl. Z. 16). Es ist das erschrockene Verstummen in einer elementaren Situation, die jeden etwas angeht. Mit einem ähnlichen Verstummen reagieren alle auf den zweiten Donner (vgl. Z. 77) und dann abermals am Ende, gleichsam erstarrend (vgl. Z. 113, 116), als sich definitiv Unheil anbahnt. Mit **Schweigen** dagegen (vgl. Z. 50, 53) drücken die Arbeiter ihren **Widerstand** gegen die Befehle des Ingenieurs aus. Dieses aktive, bewusste Schweigen heißt: So nicht, nicht mit uns. Wir streiken.

Wetter als konfliktentscheidende Macht

Mit „Hoppla! Hier hat nur einer zu befehlen, und das bin ich!“ (Z. 42) kontert **der Ingenieur** den Einwand Mosers – und macht sich von Beginn an **lächerlich** damit. Leser bzw. Publikum werden aber nicht nur davon überzeugt, dass in der Konfrontation zwischen den Antagonisten auch die Arbeiter etwas zu sagen haben. Es meldet sich vor allem noch ein **dritter Mitspieler** zu Wort: das **Wetter**. Es zieht als Wetterfront auf, veranstaltet fernes Donnergrollen (vgl. Z. 22). Aber dann wird aus einem leisen Wind allmählich ein Sturm (vgl. Z. 26), bis schließlich mit zweimaligem Donnern das **Machtwort von ganz oben** gesprochen ist, gegen das auch der Ingenieur nichts mehr auszurichten hat. Die Arbeit wird eingestellt. In seinem ebenso wütend wie verzweifelt hervorgestoßenen „Ja, jetzt könnt ihr den aufbahren. Alles aufbahren! Auch euch selbst!“ (Z. 78 f.) begreift er sich selbst mit ein. Er ist nicht nur der Unterlegene in der Auseinandersetzung mit den Arbeitern. Er selbst wird auch entlassen werden. Und so kann auch er nun „**alles**“, alle seine schönen Pläne und Hoffnungen, „**aufbahren**“ bzw. er kann einpacken.

TEILAUFGABE 2

Vergleich mit *Woyzeck*

Beide Dramatiker, Büchner wie Horváth, nehmen sich in ihrer jeweiligen historischen Epoche der miserablen sozialen Lage der Unterschicht an. Deutlich **ergreifen** beide **Partei für die Unterprivilegierten** und machen sie zu ihren Hauptfiguren.

Die **Vorgesetzten**, bei Büchner der Hauptmann und der Doktor, bei Horváth der Ingenieur, bleiben **namenlos** und tendieren – bei Büchner ausgeprägter als bei Horváth – zur Karikatur, während ihre **Protagonisten Eigennamen** haben und mit viel Verständnis für ihre Situation als Charaktere entwickelt sind. Eigennamen bei Büchner haben neben Woyzeck vor allem Marie und ihr gemeinsames Kind Christian, Andres, Woyzecks Kamerad beim Militär, aber auch Karl, der Idiot, und Käthe, die Nachbarin. Alle anderen bleiben Typen, auch der prächtige Tambourmajor, neben dem der abgehetzte Woyzeck körperlich nur ein armer Wicht ist. In Büchners Darstellung von Woyzeck verwirklicht sich die Forderung, die er Lenz in den Mund legte, dass nämlich der Dichter sich in das Leben auch des Geringsten versenken und **die Menschen lieben** müsse, um zu entdecken, dass die Gefühlsader in allen doch fast gleich sei. Der Leser kann, wenn auch erschreckt durch Züge des Irrsinns, das Gefühlsleben des armen Woyzeck nachempfinden, seine ohnmächtige Liebe zu Marie und dem Kind, seine verzweifelte Eifersucht, die von allen zu erleidenden Demütigungen, seine ihn quälenden metaphysischen Fragen und Halluzinationen, bei denen Andres ihm nicht beistehen kann, sondern ihm rät, sich ins Lazarett verlegen zu lassen. Woyzeck hat keine Genossen, erfährt **keine Solidarität**. Büchner zeigt ihn als materiell und sozial ganz und gar armen Teufel auf der untersten Stufe der Gesellschaft. Er konzentriert sich dabei **besonders** auf **das psychische Leiden**, **die Seelennot**, innere **Einsamkeit** und metaphysische Verlassenheit dieses so „vergeistert" und unglücklich durchs Leben irrenden Menschen, der schließlich, in die Enge getrieben, das Liebste tötet, was er hat.

Figurenzeichnung bei Büchner

So feingliederig und auch zart wie Büchner kann und will **Horváth** nicht arbeiten, da er nicht einen Einzelnen in den Mittelpunkt stellt, sondern ein **Kollektiv**. Sein Akzent ist vor allem **politisch und revolutionär**. Er demonstriert die skrupellose Ausbeutung der Menschen in einem kapitalistischen System. Rekrut Woyzeck hat wenigstens seinen Sold, auch wenn das für Frau und Kind nicht reicht. Horváths Arbeiter, da ohne verbindliche Arbeitsverträge, hängen von Mal zu Mal in der Luft in einer Zeit großer Arbeitslosigkeit. Woyzeck und Marie haben – wie ärmlich auch immer – Zimmer, Bett und Ofen. Horváths Arbeiter kennen nur das provisorische Leben in wechselnden Baracken-Camps. Bei Büchner verläuft die Bruchlinie zwischen den „arme Leut" auf der einen Seite und den vermeintlich Gebildeten (Doktor, Hauptmann), die sie schikanieren. Bei Horváth müsste die Bruchlinie eigentlich zwischen den Arbeitern inklusive Ingenieur hier und den Kapitaleignern und Banken auf der anderen Seite verlaufen, aber der Ingenieur, auch er lohn- bzw. gehaltsabhängig, steht zwischen den Fronten und wird da zerrieben.

bei Horváth

Büchner klagt die Ständegesellschaft des frühen 19. Jahrhunderts der sozialen Ungerechtigkeit **an**, als deren Opfer sich Woyzeck empfindet, wenn er zum Beispiel auch Moral und Tugendhaftigkeit als Luxus derer begreift, die über Geld, einen Hut und andere Requisiten bürgerlichen Anstands verfügen. Er hat das uneheliche Kind, weil es zum Heiraten nicht reichte (Rasierszene). **Horváth** schreibt im entwickelten **Industriezeitalter** nach der Russischen Revolution bzw. dem Sturz des Zarenreiches und dem verbreiteten Ruf nach Räterepubliken. Das europäische **Proletariat** tendierte zur **kommunistischen Partei**. Die Achtung vor jeglicher Obrigkeit schmolz. Ausdruck dieses neuen Bewusstseins ist bei Horváth der geschlossene Boykott der Arbeiter (vgl. Z. 48 ff.), die Hinterfragung des Bahnprojekts überhaupt, die offene Schmähung derer, zu deren Vergnügen die Bahn wohl dienen soll (vgl. Z. 56 ff.), und die Beschimpfung des Ingenieurs. Der Wetterumschlag ist auch politisch deutbar. Gesellschaftskritik

Wie sehr aber Horváth Büchner schätzte und ihm verbunden war, drückt sich in seinen Halbzitaten aus dem *Woyzeck* aus. Eine dieser Anspielungen kann man wohl darin erkennen, dass sich Horváths Arbeiter als **Gehetzte** verstehen, als die zu immer härterer Arbeit Angetriebenen, denen nicht einmal die Zeit zur Aufbahrung des toten Kameraden zugestanden wird. Hetzer und Gehetzte gebe es, sagt Reiter (vgl. Z. 63) und deutet den Vorwurf der politischen Agitation so um, dass als Hetzer der Antreiber, konkret der Ingenieur, dasteht. Maurer bohrt nach, will wissen, ob sie wirklich ohne Rücksicht und **bei Gefahr ihres Lebens gehetzt** werden, damit nur das Kabel rechtzeitig hängt (vgl. Z. 80 ff.). Gehetzt zu sein war bereits bei Büchner das Synonym für menschenunwürdige Ausbeutung. Dem Hauptmann wird es ganz ungemütlich, wenn er zusieht, wie Woyzeck die Straße entlang rennt und hetzt: vom Militärdienst zu Marie und weiter zu seinen verschiedenen Nebenjobs. Er sehe „immer **so verhetzt** aus“, mahnt ihn der Fettwanst und wünscht sich mehr Beschaulichkeit. intertextuelle Parallelen zwischen den beiden Dramen

Deutlicher noch ist Horváths Übernahme von Woyzecks Gruppenbezeichnung „**wir arme Leut**“. „Sehen Sie, wir arme Leut“, sagt er wiederholt, um anderen seine Lage irgendwie verständlich zu machen. Und einmal fährt er fort: „Unsereins ist doch einmal unselig in der und der andern Welt, ich glaub, wenn wir in Himmel kämen, so müssten wir donnern helfen.“ (Rasierszene) Davon, dass **das Jenseits** lediglich die **Kopie der irdischen Stände- oder Klassengesellschaft** sei, ist auch Moser überzeugt. „Der da drobn is taub **für uns arme Leut**“ (Z. 20 f.), sagt er nach dem Tod von Schulz ganz im Stile Woyzecks. Donnern könne dieser Gott. Was aber dem armen Mann zukomme, sei lediglich der Staub, wenn die Sonne scheint, der Dreck, wenn’s regnet, und „allweil Schweiß und Blut“

(Z. 25). Bei Büchner wie bei Horváth findet sich also die Vorstellung, dass dem Unterprivilegierten weder in dieser noch in der anderen Welt geholfen werde, zumal aus marxistischer Sicht Religion grundsätzlich nichts anderes als ein menschengemachter „Überbau" ist.

Büchner zeigte Woyzeck als **Antihelden und Opfer** der sozialen Verhältnisse. Moser, Maurer, Simon, Xaver bei Horváth gehen über diesen Opferstatus hinaus. Sie versuchen sich zu wehren und greifen bereits ansatzweise die Obrigkeit an.

Fazit

TEILAUFGABE 3

Bertolt Brecht und Horváth sind Zeitgenossen. Beide erlebten die von Wirtschaftskrisen, Bankenkrachs und Massenarbeitslosigkeit gekennzeichneten 1920er-Jahre, in der sich auch viele Intellektuelle und Künstler scharf links verorteten.

Überleitung

Brecht hatte an sich mit rebellisch-anarchistischen Stücken *(Baal)* begonnen, bevor er Kommunist wurde und sein Schaffen in den Dienst der sozialistischen Revolution bzw. der Partei stellte. Aus dieser Lebensphase etwa könnte seine These stammen, dass Theater dann einen Wert hat, wenn es didaktisches bzw. **Lehrtheater** ist. Er selbst nannte, was er für die Bühne schrieb, „**Lehrstücke**". Seine These ist ziemlich missionarisch und anmaßend, denn er sagt mit ihr ja indirekt, dass er im Besitz des zukunftweisend-richtigen (gemeint: politisch richtigen) Bewusstseins sei, für das es auch das Publikum zu gewinnen gelte. Ein Theater dagegen, das die „Gewohnheiten des Publikums befriedigt", wird indirekt als **affirmativ** verworfen. An anderer Stelle nennt er es „**kulinarisch**". „Kulinarisch" sind Genüsse aller Art. Man kann damit vielleicht am ehesten opulent ausgestattete, amüsante Intrigen-, Liebes- und Verwechslungsspiele assoziieren, Operetten und große Opern. Diesem Repertoire also spricht Brecht – völlig absehend von der jeweiligen ästhetischen, schauspielerischen, musikalischen und dramaturgischen Qualität – seinen Wert ab. Weil es unpolitisches Vergnügen und Unterhaltung pur sei? Und ohne geistigen Anspruch? Muss es immer politisch engagiert und „problemorientiert" sein? Es ist doch an sich und in erster Linie „Spiel": Schau*spiel*!

Paraphrase und Erläuterung des Brecht-Zitats

Brecht hat seine These als Alternative formuliert. Aber es gibt **mehr als sein Entweder-oder**. Darum würde ich seinen Maßstab, selbst wenn ich das könnte, auch nicht zur Beurteilung heutigen Theaters verwenden wollen. Theater ist **vielfältig**. Es reicht vom Kasperletheater, das kleine (und große) Kinder begeistert, bis zum großen Welttheater, das die Fragen des Menschenlebens an sich ebenso

Relativierung von Brechts Forderung

verhandelt wie die Bedingungen ihres Zusammenlebens, ihrer Staatsformen und solcher zentralen Begriffe wie Herrschaft, Recht, Gerechtigkeit, Religion, Toleranz, Ehre, Pflicht, Gehorsam und Freiheit. Lessings *Nathan*, Goethes *Faust*, aber auch experimentelles und absurdes Theater samt den schwarzen Komödien Samuel Becketts oder magisch-makabre Kafka-Inszenierungen gehören dazu – heute im Themenkatalog erweitert um Fragen des Rassismus, des Klimawandels und der Migration u. a. Seit der Antike galt, dass Theater **unterhaltsam *und* nützlich** zu sein habe, wobei diese Variablen immer neu auszutarieren sind.

Bezug zu eigenen Theater-Erfahrungen

Tatsache ist, dass wir in den letzten eineinhalb Jahren wegen Corona nicht mehr ins Theater gekommen sind. Weil ich „das Theater heute" (s. Aufgabenstellung) also gar nicht beurteilen kann, habe ich so weit zurückgegriffen. Ich weiß zum Beispiel, dass Brechts *Dreigroschenoper* gar nicht nur belehrt, sondern mit ihren schmissigen Songs und ihrem provokanten Spiel vor allem unterhält. Brecht selbst ist darin seiner Entweder-oder-These untreu geworden. *Die Dreigroschenoper* wird noch aufgeführt, ist also auch noch heute da und ist gut, weil sie selbst als Schultheater jede Menge Spaß macht. Verändert (oder politisch sonderlich nachdenklich) waren wir danach nicht. Ich liebe Büchners sozial und politisch **engagiertes Theater** besonders deshalb, weil es so menschlich ist und irgendwie wahr. Schiller, der auch sehr politisch gedacht hat, finde ich ziemlich gut, weil man sich mit seinen Helden identifizieren kann. Beim Lesen zieht sich der *Don Carlos*, aber als ich ihn mit circa 16 in Mannheim auf der Bühne gesehen habe, war ich hin und weg vom Marquis Posa. Zum „Theater heute" zähle ich also auch **Neuinszenierungen alter Stücke**. Sie können noch immer unter die Haut gehen.

Und im Fernsehen habe ich zufällig einen Teil einer Hamburger Inszenierung von *Unterwerfung* gesehen, in der ein dünner Schauspieler, Edgar Selge, wie halb eingeklemmt in einem großen Drehkreuz steckte und derart gut gespielt und gesprochen hat, dass ich seitdem manchmal Lust habe, selbst Schauspielerin zu werden.

persönliches Fazit

Ich möchte nicht mit Brecht beurteilen, ob etwas die Menschen unterhält oder sie in ihren Anschauungen verändert, sondern ob es **Kunst** ist und mich innerlich erreicht. *Kunst* hieß übrigens das „heutigste" Stück, das mir einfällt. Es handelt von einem teuer erstandenen weißen Bild mit einem weißen Streifen, über das man eigentlich lachen müsste, über das sich drei Freunde aber so zerstreiten, dass ihre Freundschaft in die Brüche zu gehen droht. Geschrieben hat es Yasmina Reza. Es ist unpolitisch, menschlich tragikomisch und witzig.

MACHT UNS BILDUNG ZU BESSEREN MENSCHEN?

Erlaubte Hilfsmittel

- ein Wörterbuch der deutschen Rechtschreibung
- Textausgaben der Pflichtlektüren ohne Kommentar, ggf. mit Worterläuterungen
- eine Liste der fachspezifischen Operatoren

Dieser Vorschlag bezieht sich auf die Pflichtlektüre Johann Wolfgang von Goethe: *Faust I.*

Aufgabenstellung

1 Geben Sie Jan Roß' Auffassung von Bildung im vorliegenden Essay wieder und analysieren Sie die sprachlich-formale Gestaltung des Textes. (Material) (30 BE)

2 Erläutern Sie, ausgehend von Roß' Text, welche Rolle Bildung für die Figuren Wagner, Faust und Margarete aus Goethes Drama *Faust I* spielt. (45 BE)

3 „Bei der Frage, welche Medien bildungstauglich sind, soll man nicht kleinlich sein." (Material)
Diskutieren Sie, inwiefern Literatur und andere Medien heute noch eine bildende Funktion im Sinne von Roß haben können. (25 BE)

Material Jan Roß: Macht mich Bildung zum besseren Menschen? (2020)

Während meiner Zeit als Korrespondent in Indien bin ich zahllosen Bettlern begegnet. Manchmal habe ich ihnen ein bisschen Geld gegeben, manchmal ärgerte ich mich über sie, weil ich sie zudringlich fand. Aber an den allermeisten bin ich vorbeigegangen. Das passiert natürlich auch in Deutschland, in jeder großstädtischen Fußgängerzone. Doch in einem Land wie Indien, wo die Armut trotz aller wirtschaftlichen Entwicklung immer noch allgegenwärtig ist, fällt einem die eigene Fähigkeit zur Achtlosigkeit, zur Wahrnehmungsverweigerung besonders drastisch auf. Man blickt von den Armen nicht einmal mehr weg, man sieht einfach durch sie hindurch.

Zufälligerweise las ich zur selben Zeit, in der ich mich in Indien einlebte, ein dickes, altes europäisches Buch, einen Klassiker: den Roman *Bleakhaus* des englischen Erzählers Charles Dickens[1] aus dem Jahr 1853. Eine spannende Geschichte aus dem nebelverhangenen viktorianischen London. Halb Krimi, halb Sozialkritik, voller unvergesslicher Charaktere.

Eine der Romanfiguren ist der Straßenkehrer Jo, noch ein halbes Kind, so schmächtig, verschüchtert und elend, dass er nicht einmal einen Nachnamen angeben kann, wenn er gefragt wird, und gewissermaßen nur aus zwei Buchstaben besteht. Das Verrückte ist nun: An diesem literarischen Betteljungen konnte ich, im Unterschied zu den lebenden Bettlern draußen in der Stadt, nicht vorbeisehen. Er ist aus der Geschichte nicht wegzudenken, Dickens hat ihn mit dutzenderlei Fäden in die Handlung hineingenäht. Wer *Bleakhaus* liest, muss sich auch mit Jo befassen. Ich konnte den Band natürlich zuschlagen und weglegen, aber solange ich meinen Kopf in das Buch steckte, war Jo da. Ich musste seinen gestammelten, sprachlich unkorrekten Sätzen mit Geduld zuhören. Ich musste mitansehen, wie er von der Polizei als unerwünschter Obdachloser von Ort zu Ort gescheucht wird, wie er vor Gericht nicht als Zeuge erscheinen darf, wie er schließlich an den Pocken stirbt, die in den Londoner Slums ausgebrütet werden. Ich konnte das alles nicht ausblenden: Augen, die zum Lesen geöffnet sind, lassen sich für die Vorstellungskraft nicht schließen. Mein Lektüreerlebnis war gespenstisch, aber auch ein Wunder: Ein fiktiver Charakter aus einem mehr als 150 Jahre alten Buch war für mich wirklicher als die tatsächlichen Leute vor meiner Haustür. Oder, anders und optimistischer gesagt: Ein Kunstwerk, ein klassischer Roman – ein Bildungsgut –, zwang mich unerbittlicher, die Realität der Armut zur Kenntnis zu nehmen, als die Realität selbst es vermochte.

Macht uns Bildung zu besseren Menschen? Was für eine ungewohnte Frage das ist – altmodisch, idealistisch, naiv, beinahe peinlich. Das ist nicht die Art, wie wir normalerweise über dieses Thema reden. Bildung steht offiziell hoch im Kurs, als Fundament der modernen Wissensgesellschaft; die Diskussion geht dann gleich in die Details: acht oder neun Jahre Gymnasium, mehr Digitalisierung oder mehr Latein. Aber ist das alles? An Bildung richten sich Erwartungen, Sehnsüchte, die durch keine Kultusbürokratie und kein Reformexpertentum zu befriedigen sind. Wenn sie mehr sein soll als Information oder Training, mehr als bloß Karrierevehikel oder Statusmerkmal, sondern eine Lebensbegleiterin, dann landet man irgendwann bei dieser Frage: Macht uns Bildung zu besseren Menschen?

Und die erste schnelle, selbstverständliche, fast aus dem Rückenmark schießende Antwort lautet: Nein. Wir alle kennen belesene, kunstsinnige und intellektuell brillante Wichtigtuer, Egoisten oder Zyniker. [...] Wir kennen den „Bildungsdünkel“: ein klassenmäßiges bürgerliches Ausschlusskriterium, um „die da unten“ und „die da draußen“ von der besseren Gesellschaft fernzuhalten. Der Anspruch auf Bildung ist oft von der Giftwolke der Arroganz umgeben, wenn nicht von angemaßtem Herrenmenschentum. Umgekehrt gibt es eine Menge Leute, die den Namen „Shakespeare“ zwar nicht einmal buchstabieren können – denen aber seelisch und charakterlich nicht das Mindeste fehlt. Ein gebildeter und ein guter Mensch zu sein, also Geistesbildung und Herzensbildung – die beiden Eigenschaften haben offenbar nur sehr bedingt miteinander zu tun. [...]

Und trotzdem ist das nicht die ganze Wahrheit. Dass Bildung moralische Kraft besitzt, ist keine komplette Illusion oder ideologische Phrase. [...]

In der Horizonterweiterung steckt [...] die Ethik der Bildung. Bildung tritt dem Vergessen entgegen und hält die Vergangenheit gegenwärtig. Sie konfrontiert uns mit dem Fremden und anderen, mit Ideen, auf die wir selbst nicht gekommen wären, und mit Weltbildern, die uns irritieren. Das gilt nicht nur für die Literatur – obwohl sie vielleicht eine gewisse Sonderrolle spielt, als kulturelle Erbin des Erzählens, jener Urform, in der die Menschheit ihre Neuigkeiten austauscht und weitergibt. [...] Bei der Frage, welche Medien bildungstauglich sind, soll man nicht kleinlich sein.

Entscheidend ist: Geisteswerke schicken uns auf intellektuelle Abenteuer und machen uns mit außerordentlichen Frauen und Männern bekannt [...]. Sie brechen den Käfig unserer Routine und Beschränktheit auf, sie erweitern unser Einfühlungsvermögen und unsere moralische Fantasie. Bildung ist das Gegenprogramm zu einer Mentalität, die satt und träge um sich selbst kreist. Zum geistigen und seelischen Daumenlutschertum. Zum Narzissmus[2].

In der Welt der Bildung funktioniert dieser bequeme Rückzug auf das, was naheliegt und uns in den Kram passt, dagegen nicht. Nicht nur, weil sie uns unbehagliche Situationen zumutet. Das ganze Prinzip und System Bildung beruht, wenn man so will, auf der Relativierung unserer Vorlieben und unserer Selbstgenügsamkeit, es steht in entschiedenem Gegensatz zu der Vorstellung, dass wir das Maß aller Dinge seien. [...] [D]as Grundgesetz des Bildungsuniversums lautet, dass man nie der Erste und nie der Einzige ist, dass die Welt nicht bei null und nicht mit mir selbst anfängt, dass man etwas vorfindet, an dem man sich abarbeiten muss. Das hilft schon ein bisschen gegen Selbstüberschätzung.

Diese Konfrontation mit dem Unverlangten, mit dem, was wir uns selbst nicht ausgesucht hätten, ist eines der wichtigsten Bildungserlebnisse. Für den Zeitgenossen des 21. Jahrhunderts sind die Figuren der literarischen Klassiker oder vergangener Epochen weit weg. Man könne sich mit ihnen nicht identifizieren, heißt es, man finde sich in ihnen nicht wieder. [...]

Wer [...] von vornherein immer und überall nur sich und seine Welt „wiederfinden“ und sich mit allem „identifizieren“ will, bleibt nicht bloß intellektuell beschränkt. Der schlimmste Feind – der wahre Gegenspieler – des gebildeten Menschen ist nicht der

Barbar: Es ist der Spießer, der alles auf sich bezieht, alles schon zu wissen meint und selbstzufrieden in seinem Denken und Dasein ruht.

„Bildungsrelevant" ist daher nicht einfach das Interessante und Wichtige – sondern vor allem das, was uns infrage stellt. […] Bildung zieht uns den Schnuller der Egozentrik[3] aus dem Mund.

Jan Roß: Macht mich Bildung zum besseren Menschen?, DIE ZEIT Nr. 4/2020, 16. Januar 2020, URL: https://www.zeit.de/2020/04/bildung-einfuehlungsvermoegen-empathie-gesellschaft (abgerufen am 21. 01. 2020).

Anmerkungen

1 Charles Dickens (1812–1870): englischer Schriftsteller, der mit seinen Werken insbesondere Kritik an sozialen Missständen übte
2 Narzissmus: Selbstbezogenheit, Selbstliebe
3 Egozentrik: Einstellung oder Verhaltensweise, die die eigene Person als Zentrum allen Geschehens betrachtet; Unfähigkeit, sich in die Rolle eines anderen hineinzuversetzen

Hinweis

Jan Roß (*1965), deutscher Journalist und Autor, seit 1998 Redakteur der Wochenzeitung *Die Zeit*.

Die Rechtschreibung entspricht der Textvorlage.

TIPP **Bearbeitungshinweise**

Unterschätzen Sie Ihre Vorarbeit nicht: Machen Sie sich zunächst klar, welchen Anforderungsbereichen die Operatoren der einzelnen Aufgaben zugeordnet sind: In **Aufgabe 1** müssen Sie reproduzieren und analytische, textbeschreibende Kompetenzen anwenden; in **Aufgabe 2** das vorher Reproduzierte mit Ihren Figurenkenntnissen über Wagner, Faust und Gretchen aus *Faust I* verdeutlichen, also eine Transferleistung erbringen; in **Aufgabe 3** müssen Sie reflektieren und eine eigene Lösung finden.

Im zweiten Schritt müssen Sie die Aufgabenstellungen **genau lesen** und sich klarmachen, was von Ihnen erwartet wird. Der Teufel steckt hier im Detail: In **Aufgabe 1** ist **keine** bloße Textwiedergabe gefragt; vielmehr sollen Sie sich auf Roß' Bildungsbegriff fokussieren, der sich von dem herkömmlichen Verständnis unterscheidet. In **Aufgabe 2** ist **kein** Vergleich gefragt, wenngleich es von Vorteil ist, wenn Sie die Bildungsauffassung der drei Figuren nicht nur aneinanderreihen, sondern auch voneinander abgrenzen. Und in **Aufgabe 3** sollen Sie **nicht** Roß' Position diskutieren, sondern sich vor allem auf **einen** von Roß offengelassenen Aspekt konzentrieren: auf mögliche bildungstaugliche Medien in der Gegenwart. Roß bezieht sich in seinem Beispiel auf Bücher – Sie müssen darüber hinaus noch weitere Medien berücksichtigen.

Erstellen Sie unbedingt einen **Schreibplan** bzw. eine Gliederung, damit Sie sich nicht verzetteln. In **Aufgabe 1** behalten Sie am besten den Überblick, wenn Sie Wiedergabe und Analyse trennen. Für die Analyse sollten Sie entscheiden, ob Sie chronologisch vorgehen, sich also Abschnitt für Abschnitt durch den Text arbeiten, oder ob Sie aspektorientiert arbeiten. In dem hier abgedruckten

Lösungsvorschlag finden Sie eine aspektgeleitete Vorgehensweise (Aufbau, Satzstruktur, sprachliche Bilder).

Auch in **Aufgabe 2** ist es sinnvoll, wenn Sie die **Charaktere nacheinander** untersuchen. Verlieren Sie den Bildungsbegriff von Roß nie aus den Augen und denken Sie daran, dass Sie Ihre Aussagen immer mit dem Text – also auch inhaltlich – belegen, damit sie nachvollziehbar werden.

Die **Diskussion**, die in **Aufgabe 3** von Ihnen verlangt wird, ist nicht ganz einfach: Überlegen Sie sich zunächst, **welche Medien** Sie in die Argumentation einbeziehen wollen. In der Diskussion müssen Sie dann für jedes Medium **abwägen**, inwiefern es heute eine bildende Funktion im Sinne von Roß haben kann – eine klassische Erörterung werden Sie also nicht schreiben können. Überlegen Sie vorher genau, in welcher **Reihenfolge** Sie die einzelnen Medien behandeln wollen, ob Sie für jedes Medium jeweils eine eigene Pro-Kontra-Argumentation schreiben oder mehrere Medien zusammenfassen möchten und ob man auf bestimmte Medien auch verzichten kann. Vergessen Sie darüber hinaus nicht, am Ende zu einer **Gesamtbewertung** zu gelangen, die aus Ihrer Diskussion hervorgeht.

Lösungsvorschlag

TEILAUFGABE 1

Der vorliegende Text ist ein an einigen Stellen gekürzter und **2020** erschienener **Essay** des deutschsprachigen Journalisten Jan Roß. Der Artikel mit dem Titel *Macht mich Bildung zum besseren Menschen?* richtet sich an die eher bildungsaffine Leserschaft der Wochenzeitung *Die Zeit* und thematisiert die **ethisch-erzieherische Funktion von Bildung**.

Einleitung
Autor, Titel, Gattung, Jahr, Adressat, Thema

Roß entwickelt in seinem Essay einen **differenzierten, tieferen Bildungsbegriff**, der sich von der gebräuchlichen Auffassung, Bildung lasse sich durch Anhäufung von Wissen, durch „Information oder Training" (Z. 40) erreichen, unterscheidet.

Hauptteil
Wiedergabe der Bildungsauffassung

Sie müsse eine **ethisch-moralische Funktion** erfüllen und gelte damit nicht bloß als „Karrierevehikel oder Statusmerkmal" (Z. 40). Folglich schließt er für die Beantwortung seiner übergeordneten Frage, ob uns Bildung zum besseren Menschen macht, eine Bildungsauffassung aus, die in vielen Bereichen unserer Gesellschaft, z. B. auch im Schulsystem, weit verbreitet sei und oft begleitet werde von Arroganz, Dünkel und „angemaßtem Herrenmenschentum" (Z. 48). Wahre Bildung diene nicht der Abgrenzung von vermeintlich einfacheren Menschen.

ethisch-moralische Funktion

Roß spricht sich dagegen für eine lebensbegleitende Form von Bildung aus, die einen zu einem reflektierten, einfühlenden und damit besseren Menschen mache: Bildung erweitere nämlich den Horizont, indem wir uns mit Fremdem, mit Vergangenem sowie mit **neuen Perspektiven und Ideen auseinandersetzten**. Die Vergangenheit bleibe somit gegenwärtig und gerate bei der Bewertung der Gegenwart nicht in Vergessenheit. Indem man sich mit fremden, vielleicht auch irritierend-verstörenden Sicht- und Denkweisen beschäftige, durchbreche man geistige Routinen und erweitere seine **Empathiefähigkeit** sowie **moralische Kompetenzen** (vgl. Z. 55 ff., 62 ff.).

bessere Menschen durch Horizonterweiterung

Roß spricht der **Literatur** dabei eine Sonderrolle zu. Denn in ihr manifestiere sich die – ursprünglich im Erzählen angesiedelte – Weitergabe von Informationen, Geschichten und Nachrichten, die eine **Horizonterweiterung** besonders fördere: Nicht die Identifikationsmöglichkeiten in der Literatur, sondern die durch das Lesen provozierte Auseinandersetzung mit außergewöhnlichen Figuren, deren Denkweisen, Schicksale und Lebenssituationen uns räumlich, zeitlich und lebensweltlich fremd sind, mache uns zu **ethisch handelnden Menschen**. Bildung durch Literatur, aber auch durch andere Medien habe in besonderem Maße moralische Kraft.

Sonderrolle der Literatur

Der in dieser Form gebildete Mensch stehe damit dem **narzisstischen**, in seinem Denken und Dasein **unbeweglichen Menschen**, dem „Spießer" (Z. 85), entgegen. Dieser sei nämlich unfähig, sich von seinen eigenen Perspektiven und Ideen zu lösen, beziehe **selbstzufrieden** alles auf sich, ohne Sachverhalte infrage zu stellen. „Bildungsrelevant" (Z. 87) sei dagegen vor allem das, wodurch wir uns und unser Handeln und Denken hinterfragen.

Gegenbild: geistig unbeweglicher „Spießer"

Um seine Position eindrücklich herzuleiten und Aussagen greifbarer zu machen, bedient sich Jan Roß in seinem Essay einer Vielzahl sprachlich-formaler Gestaltungsmittel. Auffällig ist zunächst der **klare Aufbau**, der die Lesenden durch die Argumentation führt: Roß beginnt mit einer sehr anschaulichen und eindrücklichen **Anekdote** aus seiner eigenen Lesebiografie (vgl. Z. 1–32). Er beschreibt seine Erfahrung mit Armut in Großstädten: Teilweise habe er **Bettelnden** etwas Geld gegeben, er habe aber auch gelernt, sie zu ignorieren. In seiner Zeit als Auslandskorrespondent in Indien habe er die Armut auf den Straßen sogar einfach ausgeblendet. Viele Leser finden sich in Roß' Erfahrungen sicherlich wieder, werden dadurch aber gleichzeitig mit ihrem eigenen, wenig karitativen Verhalten konfrontiert. Dieser moralische Konflikt wirft Fragen auf: Wie wird ein Bezug zu dem eigentlichen Thema hergestellt? Bietet der Autor eine Lösung an? Durch diesen die Vorstellungskraft anregenden Einstieg ist das **Interesse des Lesers geweckt.**

Analyse der sprachlich-formalen Gestaltung: klarer Aufbau

Der Autor bleibt bei der Anekdote: Er schildert, wie sich zur gleichen Zeit in Indien seine Sicht auf Armut durch die **Lektüre** des 1853 erschienenen Romans *Bleakhaus* von Charles Dickens veränderte. Durch die facettenreiche Ausgestaltung der Figur des Straßenkehrers Jo sei er gezwungen worden, sich in einer Intensität mit der Realität von Armut auseinanderzusetzen, die sein Verhalten und seine Sichtweise nachhaltig beeinflusste; zunächst durch die Erkenntnis, dass ein „fiktiver Charakter aus einem mehr als 150 Jahre alten Buch [wirklicher war] als die tatsächlichen Leute vor [s]einer Haustür" (Z. 28 f.). Ein Kunstwerk habe ihn also „unerbittlicher" (Z. 31) gezwungen, Armut wahrzunehmen, „als die Realität selbst" (Z. 31 f.). Dem Leser fällt es nun leicht, den Übergang zum Hauptteil mitzugehen: Roß leitet aus seiner einleitenden Anekdote die **Titelfrage** ab, ob „uns Bildung zu besseren Menschen" (Z. 33) mache. Er wechselt an dieser Stelle **vom „Ich"** seines eigenen Erfahrungsberichts **zum „Wir"**, um den Leser noch besser in seine Gedankengänge einzubeziehen.

Gang der Argumentation

Aber auch die anschließenden Fragen und Reflexionen (vgl. Z. 33–38) laden dazu ein, seinem Argumentationsgang zu folgen. Zunächst rückt Roß **Einwände** beiseite und rechtfertigt die Notwendigkeit, sich mit der Titelfrage zu befassen, die er am Ende des ersten Abschnittes des Hauptteils noch einmal affirmativ wiederholt (vgl. Z. 41 f.). Roß nennt auch im nächsten Abschnitt zunächst mögliche Einwände (vgl. Z. 43–52), bevor er dazu überleitet, seine Position zu untermauern: „Dass Bildung moralische Kraft besitzt, ist keine komplette Illusion oder ideologische Phrase." (Z. 53 f.)

Syntax

In kurzen, aussagekräftigen **Hauptsätzen** konkretisiert er zunächst die „Horizonterweiterung" (Z. 55), die durch Bildung ausgelöst werde, und **begründet** im Anschluss – ebenfalls **parataktisch-aufzählend** –, warum gerade der Literatur und anderen „Geisteswerke[n]" (Z. 62) eine bildende Funktion zukomme (vgl. Z. 55–67). Ausführlicher erläutert er im letzten Sinnabschnitt (vgl. Z. 68–89) die einzelnen Punkte, sodass sie für den Leser gut nachvollziehbar werden.

Stilmittel

In der **Satzstruktur** setzt Roß häufig Mittel ein, die seine Aussagen eindringlicher machen: **parallele Satzkonstruktionen** und **Anaphern** („Ich musste"/„Ich konnte", Z. 22–26; „mehr als", Z. 39 f.; „dass", Z. 73 f.) und die **Wiederholung** der titelgebenden Frage „Macht mich Bildung zum besseren Menschen" (vgl. Z. 33, 41 f.). Weitere Stilmittel verleihen seinen Aussagen Überzeugungskraft: die **Klimax** „die erste schnelle, selbstverständliche, fast aus dem Rückenmark schießende Antwort" (Z. 43 f.), das zweifache **Trikolon**

„belesene, kunstsinnige und intellektuell brillante Wichtigtuer, Egoisten oder Zyniker“ (Z. 44 f.) und die **Correctio** „[d]er schlimmste Feind – der wahre Gegenspieler“ (Z. 83 f.).

Metaphorik

Greifbarer macht der Autor seine Argumentation durch zahlreiche **sprachliche Bilder**, die zudem stark wertend daherkommen: Bildungsanspruch sei oft von einer „Giftwolke der Arroganz umgeben“ (Z. 48), also negativ belegt; den im Sinne von Roß ungebildeten Menschen entlarvt er durch die Metapher des „seelischen Daumenlutschertum[s]“ (Z. 66) als selbstzufriedenes intellektuelles Kleinkind, den „Schnuller der Egozentrik“ (Z. 88) im Mund. Maximen, mit denen Roß seine Bildungsauffassung konkretisiert, bezeichnet er dagegen metaphorisch als das „Grundgesetz des Bildungsuniversums“ (Z. 73).

Fazit
anschaulicher Bildungsbegriff

Roß erwartet von Bildung, dass sie die Menschen durch eine Erweiterung ihres Horizontes ethisch-moralisch bessert. Er präsentiert diese Auffassung von Bildung sprachlich anschaulich und eindringlich durch einen klaren Aufbau seines Essays und einschlägige Stilmittel.

TEILAUFGABE 2

Rolle von Bildung in Goethes *Faust I*

Untersucht man nun, welche Rolle Bildung für Wagner, Faust und Margarete aus Johann Wolfgang von Goethes 1808 erschienenem Drama *Faust I* spielt, findet man – ausgehend von Roß’ Bildungsbegriff – **drei unterschiedliche Zugänge zu Bildung:** So ist Wagner als Gegenfigur Fausts konzipiert; und Margarete und Faust finden ebenfalls nicht auf intellektueller Ebene zusammen.

Wagner
nur Reputation und Dünkel

Besonders deutlich wird eine unterschiedliche Auffassung von Bildung in dem Gespräch zwischen Wagner und Faust in den Szenen „Nacht“ (V. 522–601) und „Vor dem Tor“ (V. 808–1177). Beide Figuren streben grundsätzlich nach Wissen. Doch ist Wagners Bildungsverständnis nur auf **Außenwirkung** gerichtet. So beneidet er Faust um dessen Reputation, als dieser beim Osterspaziergang von den Menschen vor den Stadttoren begrüßt und offenkundig verehrt wird: „O glücklich, wer von seinen Gaben / Solch einen Vorteil ziehen kann!“ (V. 1013 f.) Damit entlarvt Wagner seine Bildungsauffassung: Bildung ist für ihn nicht mehr als „Karrierevehikel oder Statusmerkmal“ (Z. 40) und sein „Bildungsdünkel“ (Z. 45) erscheint als „klassenmäßiges […] Ausschlusskriterium“ (Z. 45 f.).

leere Rhetorik

Noch deutlicher tritt diese Auffassung im Gespräch mit Faust in dessen Studierzimmer zutage: Wissbegierig geht Wagner auf Faust zu, von dessen **Redekunst** er lernen will („In dieser Kunst möcht’ ich was profitieren, / Denn heutzutage wirkt das viel“, V. 524 f.). Damit instrumentalisiert Wagner Bildung: Nur die Wirkung auf andere erscheint ihm wichtig.

Einseitig an der Tradition orientiert häuft er pedantisch Wissen an, ohne den Drang zu verspüren, zu tatsächlicher Erkenntnis vorzustoßen oder Zusammenhänge zu finden („Mit Eifer hab' ich mich der Studien beflissen; / Zwar weiß ich viel, doch möcht' ich alles wissen.", V. 600 f.). Sein **oberflächliches Erkenntnisstreben** („Möcht' jeglicher doch das davon erkennen", V. 587) kommentiert Faust deshalb trocken: „Ja, was man so erkennen heißt!" (V. 588)

reine Anhäufung von Wissen

Trotz seines Strebens nach mehr Wissen ist er der „Spießer" (Z. 85) im Sinne von Roß, der „selbstzufrieden in seinem Denken und Dasein ruht" (Z. 86) und ausruft: „Und wie wir's dann zuletzt so herrlich weit gebracht" (V. 573). Die ethische Dimension von Bildung, der entscheidende Aspekt von Roß' Bildungsauffassung, kommt bei dem auf sich und seine Wirkung fokussierten Wagner also nicht zum Tragen. Er bleibt der beschränkte geistige „Daumenlutsche[r]" (Z. 66), der „[m]it gier'ger Hand nach Schätzen gräbt, / Und froh ist, wenn er Regenwürmer findet" (V. 604 f.). Zum besseren Menschen wird er durch dieses Bildungsverständnis nicht.

Spießertum

Faust, die Hauptfigur aus Goethes Drama, dagegen strebt nach der Erkenntnis eines höheren Sinnzusammenhangs, nach **absolutem Wissen:** Er möchte erkennen, „was die Welt / Im Innersten zusammenhält" (V. 382 f.). Dem gängigen Bildungsverständnis, der Anhäufung von Wissen, erteilt er eine Absage. Obwohl er die vier Hauptfakultäten „mit heißem Bemüh" (V. 357) studiert hat, bleibt sein Erkenntnisdrang unbefriedigt, will er mehr. Nicht nur in dem seine Erkenntniskrise hervorhebenden Eingangsmonolog wird deutlich, dass sich Faust vor allem mit dem befasst, „was uns **infrage stellt**" (Z. 88). Sein Streben ist somit im Sinne von Roß' Bildungsverständnis „[b]ildungsrelevant" (Z. 87) und auf eine permanente Horizonterweiterung ausgerichtet.

Faust

Drang nach absoluter Erkenntnis

Es liegt Faust fern, Bildung als „Karrierevehikel oder Statusmerkmal" (Z. 40) zu betrachten. Fremd ist ihm auch, sein Wissen zu instrumentalisieren und seine Bildung einzusetzen, um andere zu beeindrucken oder sich von ihnen abzugrenzen; im Gegenteil: Unterhaltungen mit Wagner stören ihn (vgl. V. 520 f.); und die Verehrung durch die Menschen, die er auf dem Osterspaziergang trifft, ist ihm unangenehm („Der Menge Beifall tönt mir nun wie Hohn", V. 1030).

kein Dünkel

Die ethisch-moralische Dimension von Bildung, die Frage, ob Fausts Erkenntnisstreben ihn auch zum **besseren Menschen** macht, lässt sich diskutieren. Zwar hadert er mit seinem Verhalten und ge-

durch Bildung ein besserer Mensch?

steht Fehler ein – z. B. im Umgang mit der medizinischen Behandlung von Menschen während der Pest („Hier saß ich oft gedankenvoll allein / Und quälte mich mit Beten und mit Fasten", V. 1024 f.) –, und auch sein Verhalten Margarete gegenüber stellt er kritisch infrage (vgl. Szene „Wald und Höhle"). Doch für sein Streben, alle Dimensionen des Seins auszuloten, **geht er über Leichen:** Wenngleich er sich dessen bewusst ist, zerstört er Margaretes Existenz (vgl. V. 3356–3360). Er verführt und schwängert sie, ohne sich binden zu wollen. Die verlassene Margarete tötet aus Angst vor sozialer Ächtung im Wahn ihr uneheliches Kind, wofür sie zum Tode verurteilt wird. Fast heuchlerisch erscheint da Fausts fatalistischer Wunsch: „Mag ihr [Margaretes] Geschick auf mich zusammenstürzen / Und sie mit mir zugrunde gehn!" (V. 3364 f.) Weiß er doch, dass Mephisto ihn aus dem Schlamassel retten wird. In Fausts Beziehung zu Margarete wird also deutlich, dass er sich hier eben nicht selbst infrage stellt oder sein Einfühlungsvermögen erweitert; er nimmt nicht ihre Bedürfnisse wahr, sondern verfolgt **egozentrisch** – angeregt durch den Zaubertrank und angestachelt durch Mephisto – ausschließlich sein eigenes Interesse. Die moralische Kraft von Bildung wirkt hier nicht.

Margarete
kein Streben nach Bildung

Margarete gehört der gesellschaftlichen Schicht an, von der sich der im Bildungsdünkel Verhaftete abzusetzen versucht: Sie stammt aus kleinbürgerlichen Verhältnissen, was vor allem in dem ersten längeren Gespräch mit Faust in Marthes Garten (V. 3073–3203) deutlich hervortritt: Ihren Alltag bestreitet sie solide und bescheiden mit Fleiß, Sparsamkeit im **Haushalt** und verantwortungsvollem Handeln für ihre **Familie** und die inzwischen verstorbene Schwester. Wenig selbstständig, ist für sie richtungsweisend, was der Glaube ihr vorgibt; aufgrund ihrer Bibeltreue kann man ihr allenfalls ein **Streben nach religiöser Bildung** zugestehen. Ein Bildungsdrang im Sinne von Roß ist ihr fremd. Gleichwohl spürt sie aber Bildungsunterschiede und verliebt sich in den Gelehrten Faust, der auch durch seinen hohen Bildungsgrad einen erotischen Reiz auf sie ausübt. Beschämt nimmt sie sich als „arm unwissend Kind" (V. 3215) wahr und spürt sensibel, dass Faust „[h]erab sich lässt, [sie] zu beschämen" (V. 3074); und sie „weiß zu gut, dass solch erfahren Mann / [Ihr] arm Gespräch nicht unterhalten kann" (V. 3077 f.).

herzensgut?

Margarete könnte durch ihre bedingungslose Liebe zu Faust als eine Frau mit **Herzens-, aber ohne Geistesbildung** bezeichnet werden (vgl. Z. 51). Doch ist Margarete deswegen nicht unfehlbar: Inwiefern sie Faust auch aus materiellen Motiven und aufgrund seines gesellschaftlichen Ansehens liebt, bleibt offen. Doch dass sie in der Lage ist, ihr **Kind zu töten**, setzt ein Fragezeichen hinter ihre Herzensbildung.

Bildung spielt bei Wagner, Faust und Margarete jeweils eine völlig andere Rolle. Wagner will mit oberflächlichem Wissen andere Leute beeindrucken, Faust strebt nach absoluter Erkenntnis und Margarete liegt Bildung fern. Allerdings wird auch Faust, der sich doch stets um eine Erweiterung seines Horizonts bemüht, dadurch in *Faust I* nicht zu einem ethisch verantwortungsvollen, besseren Menschen, wie es sich Roß vorstellt.

Fazit
keine Bildung im Sinne von Roß in *Faust I*

TEILAUFGABE 3

Dass Bildung eine moralische Kraft besitzt, hat Jan Roß in seinem Essay eindrücklich bewiesen. Der Literatur schreibt er dabei eine Sonderrolle zu. Welche Medien lassen sich aber neben der Literatur als bildungstauglich einstufen? Roß ist der Meinung, man solle bei dieser Einstufung „nicht kleinlich sein" (Z. 61). Inwiefern können also Literatur und andere Medien heute noch eine bildendende Funktion im Sinne von Roß haben?

Hinführung zur Fragestellung

Viele literarische Werke, die wir in der Schule lesen, bleiben uns häufig lange unzugänglich: Sich durch die veraltete Sprache zu kämpfen, ist für viele von uns sehr anstrengend. Warum müssen wir solche Hürden überwinden, um **Fremdheitserfahrungen** zu machen und **Empathiefähigkeit** zu lernen, die uns zu besseren Menschen machen sollen? Um Empathie zu empfinden, braucht man vielleicht doch stärkere Identifikationsmöglichkeiten, und die findet man sicherlich eher in Geschichten, die in unserer heutigen Lebenswelt spielen.

Literatur

Dagegen haben alte Lektüren das Potenzial, ähnliche **Erfahrungen zu vermitteln**, wie Roß sie in Indien gesammelt hat: Einen hochbegabten Mitschüler in der Klasse zu haben, der sich nicht um die anderen schert, mit sich und seinen uns unzugänglichen Gedankenspielen beschäftigt ist, provoziert beim Kurs Abneigung und Antipathien. Dagegen fällt es leichter, sich in den Protagonisten von Theodor Storms 1888 geschriebener Novelle *Der Schimmelreiter* einzufühlen, in den hochbegabten Hauke Haien, der ähnliche Verhaltensweisen an den Tag legt wie unser hochbegabter Mitschüler. Die Lektüre hilft, eine andere Perspektive einzunehmen. Plötzlich sieht man den überheblich wirkenden Mitschüler mit anderen Augen und hinterfragt seine eigenen Vorurteile. Für die kritische Distanz und den Empathiezuwachs ist es nicht unerheblich, dass Hauke Haien in einer anderen Zeit mit einem anderen Problem anzusiedeln ist. Gleichzeitig erweitert sich unser Horizont: Die Lektüre „hält die Vergangenheit gegenwärtig" (Z. 56) und zeigt uns Hessen ein kleines Stück norddeutsche Deichgeschichte.

klassische Literatur

Aber auch zeitgenössische Literatur, die wie Juli Zehs Roman *Corpus Delicti* gesellschaftliche Dystopien entwirft, lässt das Lesepublikum **Verhaltensweisen und unkritische Einstellungen hinterfragen:** Welche Gefahren eine stärkere staatliche Kontrolle des Gesundheitsverhaltens und die überall spürbare Fixierung auf die Gesundheit bergen, kann man in Juli Zehs Roman gut sehen; er regt anhand von neuen Ideen und Zukunftsvisionen an, sein eigenes Verhalten zu überdenken.

zeitgenössische Literatur

Noch leichter ist die Möglichkeit der Horizonterweiterung aber bei zeitgenössischer **Jugendliteratur**; werden hier doch nicht selten aktuelle Themen behandelt, die man höchstens im PoWi-Unterricht diskutiert. Oft fehlt da hinter den sachlichen Diskussionen aber der Mensch: Durch **mitreißende Einzelschicksale** – auch aus anderen Ländern oder Kulturen – werden Themen für uns greifbarer und lebendiger. So bietet der Roman *The Hate U Give* von Angie Thomas z. B. einen sehr emotionalen Einblick in die Rassismusproblematik in den USA und motiviert gleichzeitig zu mehr Zivilcourage.

Jugendliteratur

Aber wie sieht es mit anderen Medien aus? Haben **Filme** dasselbe Bildungspotenzial? Einen großen Vorteil kann man sicher nicht leugnen: Filme erreichen ein viel breiteres Publikum und mitunter auch bildungsfernere Gruppen, da sie visuelle Gewohnheiten ansprechen, oft **einfacher zu verstehen** sind und durch filmische Mittel punkten können: Empathie und Emotion werden auch provoziert durch den Einsatz von Musik oder geschickter Kameraführung.

Filme

Noch eindrücklicher können Serien sein, die über teilweise schier unendlich viele Kapitel verfügen. **Wochenlang** kann man mit Charakteren mitfühlen, andere Perspektiven, Kulturen und Menschen kennenlernen. Und der Zugriff auf Filme und Serien ist heute so einfach wie nie: Streaming-Dienste wie Netflix bieten zu jeder Tages- und Nachtzeit ein unendliches Angebot.

Serien

Weitergedacht funktioniert die **Horizonterweiterung**, die Konfrontation mit dem Fremden, mit anderen Ideen und irritierenden Weltbildern (vgl. Z. 56–58), am einfachsten auf Social-Media-Plattformen: Ein Klick auf die Instagram-App und man erfährt Privates von unerreichbaren Stars, Krankheitsgeschichten, ist bei Naturkatastrophen und Trauerbewältigung live dabei, sieht und liest Berichte aus Kriegsgebieten, über humanitäre Katastrophen, über Armut in anderen Ländern oder vor der eignen Haustür, man kann Verschwörungstheoretikern und Impfgegnern zuhören – alles aus erster Hand.

Social Media

Allerdings ist fraglich, ob Filme, Serien und Social Media tatsächlich immer dem Anspruch an die Bildungstauglichkeit im Sinne von Roß genügen. Ein **Buch**, mit dem man sich vielleicht über mehrere

Bildungstauglichkeit von Buch, Film und Social Media

Tage oder sogar Wochen beschäftigt hat, bleibt sicherlich **nachhaltiger im Gedächtnis** und hat damit prägendere Kraft als ein 90-minütiger Film. Zudem können **Filme** und Serien auch eine **manipulative Kraft** besitzen, die unkritische Konsumenten negativ beeinflussen können: Wenn Jugendliche einen Film über die linksextremistische terroristische Vereinigung RAF sehen, in dem RAF-Mitglieder eher Identifikationspotenzial bieten als die bieder wirkende Gegenseite, kann das gefährlich sein. Auch wenn man unkritisch Reality-TV-Serien folgt, ohne zu durchschauen, dass auch hierfür Drehbücher verfasst werden, oder wenn man sich zu stark von Influencern oder populistischen politischen Positionen auf Social-Media-Plattformen beeindrucken lässt, kann das nicht im Sinne von Roß' Bildungsideal sein.

Dass die Suche nach Filmen und Serien im Netz nach Algorithmen gefiltert wird, birgt den Nachteil, dass man sich nach einer gewissen Zeit in einer Art **Filterblase** befindet: Durch Ergebnislisten, die nur noch die **eigenen Interessen** berücksichtigen, erweitert man weniger seinen Horizont, sondern sieht sich durch die vielen Identifikationsmöglichkeiten eher in seiner Sicht bestätigt. Aber: „Wer […] nur sich und seine Welt ‚wiederfinden' und sich mit allem ‚identifizieren' will, bleibt […] intellektuell beschränkt" (Z. 82 f.) und wird zum „Spießer, der alles auf sich bezieht" (Z. 85).

Fazit:
kritischer Umgang mit Medien

Wenn man sehr großzügig ist „[b]ei der Frage, welche Medien bildungstauglich sind" (Z. 60 f.), sollte man also nicht nur Vorteile der einzelnen Medien sehen, sondern auch die Gefahren im Blick haben. Unverzichtbar für die Nutzung dieser Medien als Bildungskatalysator ist der kritische und verantwortungsvolle Umgang mit ihnen. Auf das Einüben von **kritischen Prüf- und Nutzerstrategien** kann also nicht verzichtet werden; im Gegenteil: Diese Form der Bildung ist wichtiger als je zuvor.

LYRIK ALS AUSDRUCK EINES LEBENSGEFÜHLS?

Erlaubte Hilfsmittel
- ein Wörterbuch der deutschen Rechtschreibung
- Textausgaben der Pflichtlektüren ohne Kommentar, ggf. mit Worterläuterungen
- eine Liste der fachspezifischen Operatoren

Aufgabenstellung

1 Interpretieren Sie das Gedicht *Die Nächte explodieren in den Städten …* von Ernst Wilhelm Lotz unter Berücksichtigung inhaltlicher, sprachlich-formaler und epochenspezifischer Aspekte. (Material 1) (40 BE)

2 Vergleichen Sie das Gedicht von Lotz (Material 1) mit dem Songtext *Lila Wolken* von Marteria, Yasha und Miss Platnum (Material 2) im Hinblick auf das Lebensgefühl, das zum Ausdruck kommt. Berücksichtigen Sie dabei auch die sprachliche Gestaltung beider Texte. (40 BE)

3 Beurteilen Sie, inwieweit populäre Musik und deren Texte im 21. Jahrhundert eine Rolle als Ausdrucksform des Lebensgefühls der jungen Generation einnehmen. (20 BE)

Material 1 Ernst Wilhelm Lotz: Die Nächte explodieren in den Städten … (1913)

Die Nächte explodieren in den Städten,
Wir sind zerfetzt vom wilden, heißen Licht,
Und unsre Nerven flattern, irre Fäden,
Im Pflasterwind, der aus den Rädern bricht.

In Kaffeehäusern brannten jähe Stimmen
Auf unsre Stirn und heizten jung das Blut,
Wir flammten schon. Und suchen leise zu verglimmen,
Weil wir noch furchtsam sind vor eigner Glut.

Wir schweben müßig durch die Tageszeiten,
An hellen Ecken sprechen wir die Mädchen an.
Wir fühlen noch zu viel die greisen Köstlichkeiten
Der Liebe, die man leicht bezahlen kann.

Wir haben uns dem Tage übergeben
Und treiben arglos spielend vor dem Wind,
Wir sind sehr sicher, dorthin zu entschweben,
Wo man uns braucht, wenn wir geworden sind.

Ernst Wilhelm Lotz: Gedichte, Prosa, Briefe, hg. v. Jürgen von Esenwein, Edition Text + Kritik München 1994, S. 66.

Hinweis
Ernst Wilhelm Lotz (1890–1914) gehörte zu den expressionistischen Dichtern, die sich direkt bei Kriegsausbruch im August 1914 freiwillig zum Kriegsdienst meldeten. Kurze Zeit später fiel er im Alter von 24 Jahren.

Material 2 Marteria, Yasha und Miss Platnum: Lila Wolken (2012)

[Yasha]
Dreißig Grad, ich kühl mein' Kopf
Am Fensterglas, such den Zeitlupenknopf
Wir leben immer schneller, feiern zu hart
Wir treffen die Freunde und vergessen unser'n Tag
Woll'n kein Stress, kein Druck, nehm'nen Zug, noch'n Schluck
Vom Gin Tonic, guck in diesen Himmel, wie aus Hollywood
Rot knallt in das Blau, vergoldet deine Stadt
Und über uns ziehen lila Wolken in die Nacht

[Yasha]
Wir bleiben wach, bis die Wolken wieder lila sind
Wir bleiben wach, bis die Wolken wieder lila sind
(Oh oh) bis die Wolken wieder lila sind
Wir bleiben wach, bis die Wolken wieder lila sind

Guck, da oben steht ein neuer Stern (yeah)
Kannst du ihn sehen bei unser'm Feuerwerk? (oh)
Wir reißen uns von allen Fäden ab (yeah)
Lass sie schlafen, komm, wir heben ab.

[Marteria]
Jung und ignorant, stehen auf'm Dach
Teilen die Welt auf und bau'n ein' Palast
Aus Plänen und Träumen, jeden Tag neu
Bisschen Geld gegen Probleme, wir nehm'n, was wir woll'n
Woll'n mehr sein, mehr sein als nur ein Moment
Yeah, komm mir nicht mit großen Namen, die du kennst
Wir trinken auf Verlierer, lassen Pappbecher vergolden
Feiern hart, fallen weich auf die lila Wolken

[Yasha]
Wir bleiben wach, bis die Wolken wieder lila sind
Wir bleiben wach, bis die Wolken wieder lila sind
(Oh oh) bis die Wolken wieder lila sind
Wir bleiben wach, bis die Wolken wieder lila sind
Guck, da oben steht ein neuer Stern (yeah)
Kannst du ihn sehen bei unser'm Feuerwerk? (oh)
Wir reißen uns von allen Fäden ab (yeah)
Lass sie schlafen, komm, wir heben ab

[Miss Platnum]
Kannst du auch nicht schlafen?
Machst du auch kein Auge zu?
Lass uns gemeinsam warten
Ich fühl' mich genau wie du
Wir seh'n wie die Sonne
Aufgeht, yeah, yeah
Wir seh'n wie die Sonne
Aufgeht, yeah, yeah
Wir seh'n wie die Sonne
Aufgeht, yeah, yeah
Wir seh'n wie die Sonne
Aufgeht, yeah, yeah

[Yasha & Miss Platnum]
Wir bleiben wach, bis die Wolken wieder lila sind
Wir bleiben wach, bis die Wolken wieder lila sind
(Oh oh) bis die Wolken wieder lila sind
Wir bleiben wach, bis die Wolken wieder lila sind
Guck, da oben steht ein neuer Stern (yeah)
Kannst du ihn sehen bei unser'm Feuerwerk? (oh)

Wir reißen uns von allen Fäden ab (yeah)
Lass sie schlafen, komm, wir heben ab

Lila Wolken; Text, (OT) Conen, David / Conen, Yasha / Laciny, Marten / Wesser, Mario 14; Copyright Nesola Edition/Arabella Musikverlag GmbH, Berlin; Most wanted Edition/Brotherlove Edition/ Sony/ATV Music Publishing (Germany) GmbH, Berlin; Krautskitchen Publishing Berger Conen Schlippenbach GbR/Hanseatic Musikverlag GmbH & Co. KG, Hamburg; BMG Rights Management GmbH, Berlin

Hinweis
Lila Wolken ist ein kommerziell sehr erfolgreiches Lied plus Video des deutschen Rappers Marteria (*1982) in Zusammenarbeit mit den Musikern Yasha (*1981) und Miss Platnum (*1980).

TIPP **Bearbeitungshinweise**

Teilaufgabe 1: Mit **expressionistischer Lyrik** haben Sie sich eingehend im Unterricht beschäftigt; in Formanalyse, Gedichtinterpretation und Gedichtvergleich sind Sie geübt. Erarbeiten Sie sich mit verschiedenfarbigen Stiften vorweg **Form, Metrum, Aufbau (Verlauf** und Gliederungsschritte) des Gedichts von Lotz, unterstreichen Sie Leitmotivisches. Welche Wortart dominiert? Welche Metapher? Wer spricht? Was erinnert Sie bezüglich der **Syntax** (des Satzbaus) und des **Themas** an Ihnen bekannte, andere expressionistische Texte etwa von Jakob van Hoddis, Georg Heym oder Alfred Lichtenstein? Hören Sie während dieser Vorarbeit aber vor allem immer wieder nach, wie das Ganze wohl betont und vorgetragen werden möchte, denn nicht nur M 2, ausgewiesen als Song, ist Musik und Rhythmus, sondern auch das Gedicht von Lotz ist auf einen spezifischen **Ton und Klang** gestimmt, in dem sich das **Lebensgefühl des Ich** vermittelt. Ihre Aufgabe ist nicht die Analyse an sich, sondern die Interpretation: die Deutung des Gedichts als eines **Zusammenspiels von Formelementen, Klang, Wort und Ausdruck**. Bleiben Sie während Ihrer Erarbeitung offen für Auslegungen, d. h., legen Sie sich nicht zu früh fest. Zum Inhalt: 1888 wurde in Berlin die erste Straße elektrisch erleuchtet. 1913, zur Zeit des Gedichts von Lotz, ist die Elektrifizierung aller Straßen und Haushalte noch lange nicht abgeschlossen und noch immer eine Sensation.

Teilaufgabe 2: Es dürfte Ihnen nicht schwerfallen zu erkennen, in welch ganz anderem **Verhältnis** als in M 1 **Wort und Musik** in M 2 zueinander stehen. Vielleicht haben Sie den Video-Clip dazu vor Augen, in dem noch etliches andere hinzukommt, nämlich Bass, Gitarre, Verstärker, Stimmen, Filmisch-Visuelles, Räume, Körperbewegung sowie das zahlreiche Publikum eines Open-Air-Konzerts. Wichtig besonders hier: der **Verlauf bzw. die Entwicklung des Ganzen**. Zählen Sie wiederkehrende Phrasen – und die „Yeahs“. Arbeiten Sie heraus, wie sich Lebensgefühl und Haltung der beiden Texte voneinander unterscheiden, und berücksichtigen Sie beim **Vergleich** auch formale Aspekte.

Mit der Bearbeitung der ersten beiden Aufgaben haben Sie das Thema zu 80 Prozent schon bewältigt. In **Teilaufgabe 3** dürfen Sie ausführen, was Ihnen dazu einfällt. Stützen Sie Ihre Aussagen zum Verhältnis von populärer Musik und jugendlichem Lebensgefühl mit geeigneten Beispielen.

Lösungsvorschlag

TEILAUFGABE 1

Ernst Wilhelm Lotz gehört zu den jungen Berliner Expressionisten der ersten Stunde. Sein Gedicht von 1913 *Die Nächte explodieren in den Städten ...* signalisiert gleich mit dem Titel bzw. dem ersten Vers, dass es sich um (damals brandneue) **Großstadtlyrik** handelt. Der isolierte Titel wirkt fast wie ein Thesensatz, der formuliert, was Großstadtnacht bedeutet.

Einleitung
Autor, Titel, Gattung, Entstehungsjahr, Thema

Das lyrische Ich im Gedicht von Lotz setzt sich also der Großstadtnacht aus. Es erfährt sie. Nicht eindeutig ist dabei, ob das ein Zwang und Muss ist oder ein freier Wille. Da es aber seine Erfahrungen auch als diejenigen seiner Generation oder doch einer Gruppe Gleichgesinnter versteht, spricht es durchgehend im Plural als ein „**Wir**“.

Interpretation
Sprechersituation

Die vier **metrisch regelmäßig** gebauten Strophen zu jeweils vier Versen bestehen aus fünfhebigen (zweimal sechshebigen) Jamben mit durchgehendem Auftakt, alternierenden Kadenzen und – nicht eben originellem, aber – bis auf V. 1/3 – perfektem Kreuzreim. **In Spannung** zu diesen traditionellen Quartetten stehen **Wortwahl und Lebensgefühl**. Die jungen Leute im Gedicht von Lotz sind das Gegenteil von Gleichmaß und Ausgeglichenheit; sie sind noch unfest und ziellos, sind Suchende.

Form

Jeweils zwei Strophen gehören enger zusammen. Thema der Strophen 1 und 2 sind die Großstadtnächte. Die Strophen 3 und 4 fangen eine unbestimmte Dauer des müßigen Wartens und Zeitvergehens ein. Es liegt nahe, in diesen Strophen Plurale wie „Tageszeiten“ (V. 9), „Tage“ (V. 13) oder auch „Mädchen“ (V. 10) zu finden. Auffällig dagegen ist, dass **auch die Erlebnisräume und Dinge**, die die Stadt ausmachen, überwiegend generalisiert, typisiert, **in den Plural gesetzt** und **personifiziert** sind. Fast wirkt es wie Scheu: als würde ein Ich nicht gern von seiner ganz persönlichen Wahrnehmung einer Stadt sprechen, sondern eine überindividuelle Ebene oder so etwas wie den Zeitgeist heraufbeschwören wollen, dem seine Generation begegnet. Aber es ist auch nicht von *der* Stadt die Rede, sondern von „Städten“. Und darin von Nächten (vgl. V. 1), den „Rädern“ (der Automobile, vgl. V. 4), „Kaffeehäusern“ und den „Stimmen“ darin (V. 5), die alle zusammen auf das Wir nicht nur einwirken oder es beeindrucken, sondern es wild, heiß und jäh (vgl. V. 2 und 5) **attackieren. Die Dinge**, Licht und „Pflasterwind“ (V. 4), **sind aktiv**. Sie verletzen die Menschen, indem sie gleichsam „explodieren“ (V. 1) wie Sprengstoff, der sie „zerfetzt“ (V. 2). Die

Aufbau des Gedichts

1. Strophe: Wahrnehmung der Großstadt, Verhältnis von Subjekt und Objekt

Elektrifizierung der Städte ist noch eine ähnlich neue und ambivalente (schockierend-faszinierende) Erfahrung des technischen Fortschritts wie der Fahrtwind der neuen Automobile. Beides greift die Nerven an, die zu vibrieren scheinen, denn sie „flattern“ wie „irre Fäden“ (V. 3). Nur sagt dieser Dichter nie vergleichend „wie“ oder „als ob“ wie ein Interpret oder eine Interpretin in Erklärungsnot, sondern er setzt die **absolute Metapher:** Nerven sind irre Fäden.

2. Strophe: geistiges Feuer

Zur aggressiven Aktivität der Dinge und des elektrischen Lichts hinzu tritt in Strophe 2 **die Aggressivität des Geistes**. In den berühmten Kaffeehäusern Berlins trafen sich in den Jahren vor dem Ersten Weltkrieg Dichter und Intellektuelle und rissen mit ihren oft scharf revolutionären und umstürzlerischen Ideen und Lehren die Jugend mit. Vers 5, 6 und der Anfang von Vers 7 stehen – als Rückblick – im **Präteritum**. Das lyrische Ich (Wir) **erinnert sich** an diese „jähe[n] Stimmen“ (metonymisch: „Stimmen“ für Reden, Worte – und ganze Persönlichkeiten dahinter), die sie beeinflussten. Noch stärker als oben drücken sich in Strophe 2 alle Vorgänge in der **Metaphorik des Feuers** aus. Die Worte „brannten“ (V. 5) auf ihre Stirn (Stirn metonymisch für Geist, Verstand), sie „heizten“ (V. 6) das Blut, wühlten sie also intellektuell und in ihrer ganzen Leidenschaftlichkeit so auf, dass sie „schon flammten“ (vgl. V. 7). Das kleine Zeitadverb „schon“ sagt, dass sie sich aber noch zu jung für bestimmte Entscheidungen fühlten und sich auch nicht einfach überrumpeln oder fremdbestimmen lassen wollten. Die Zäsur in Vers 7 markiert ihre gemeinsame Distanzierung und den Zeitwechsel zurück ins **Präsens:** Sie „suchen leise zu verglimmen“, sich also gleichsam wieder auf Normaltemperatur herunterzufahren, da sie sich ja noch gar nicht sicher sind, wofür sie sich einmal mit aller Hingabe („Glut“, V. 8) engagieren wollen. Mit einer gewissen Furcht sehen sie dieser einmal aufbrechenden eigenen Energie entgegen.

Bruch zu Strophe 3 und 4

Strophe 1 und 2 wirken eigentlich wie ein in sich abgeschlossenes Gedicht, in dem die Impulse der Großstadt ungeheuer krass Nerven, Verstand und Gefühl des Ich angreifen. In den Strophen 3 und 4 ist das Gefühl des Bedrängt- und Gehetztseins aber plötzlich aufgehoben und einem gelassenen Schweben und Entschweben gewichen, als wäre dieser Teil ein ganz neues Gedicht. In Ton und Stimmung entsteht ein **Bruch**. Tatsächlich sind aber Strophe 3 und 4 gedanklich an Vers 8 angeschlossen: Die „noch furchtsam sind vor eigner Glut“ (V. 8) sind gleichsam wie in einem **Larvenstadium** ihrer Entwicklung. „[M]üßig“ (V. 9) lassen sie darum die Tage verstreichen, tändeln hier und da ein wenig mit Prostituierten, wohl wissend, dass deren routinierte Dienstleistungen (meint das das Adjektiv „greise“, vgl. V. 11?) für ihre Gefühle nicht das Rechte sind. Das Subjekt ist jetzt nicht der Pflasterwind aus Strophe 1, sondern der Wind als natürliche Brise, dem sie sich passiv überlassen, sich leicht und „spielend“ (V. 14) ohne eigenen Willen treiben lassen im Vertrauen darauf, dass sie, einmal reif „geworden“ (V. 16), dort ankommen werden, wo man sie braucht. Sie warten also auf einen **künftigen Lebenssinn** und **die Aufgabe**, die sich von alleine finden wird. Dass sie ihre Erfüllung mit der Mobilmachung für den Ersten Weltkrieg gekommen sahen, ist die große Tragik dieser Generation.

Erwartungshaltung der jungen Generation

Die meisten der epochentypischen Merkmale des Gedichts von Ernst Wilhelm Lotz wurden während der Interpretation bereits mit angesprochen. Epochentypisch ist das **Genre „Großstadtgedicht“** samt einiger seiner Motive wie Tempo, Helligkeit, Prostitution und Kaffeehaus; damit verbunden trotz der traditionellen metrischen Form der eigene harte Rhythmus der **Expressionisten**, geprägt vom **asyndetischen** (reihenden) **Zeilenstil**, der hier besonders die ersten Verse von Strophe 1, 3 und 4 bestimmt, aber auch Enjambements (V. 3/4, V. 5/6) zulässt, ausdrucksstarke Zäsuren (vgl. V. 7) und, hier angeschlossen, sogar einen kausalen Nebensatz (vgl. V. 8).

typische Merkmale expressionistischer Lyrik: Thematik und sprachliche Gestaltung

Starke Verben dominieren. **Verbaler Stil** bringt Dynamik ins Geschehen, zumal wenn das Verb oder Partizip ein äußerstes Maß an Gewalt ausdrückt wie „explodieren“, „zerfetzt“ oder „bricht“ und in den Variationen zur Feuer-Metaphorik (besonders in „heizten [...] das Blut“, V. 6). Insgesamt umfasst das Gedicht unterschiedliche **Zeitstufen**. Strophe 1 charakterisiert wohl die Großstadt in ihrem iterativen (andauernden) Präsens. In Strophe 2 antwortet Gegenwart auf Erinnertes. Zukünftiges deutet sich mit V. 8 an und dann besonders ab V. 15. Bezeichnend für den Expressionismus ist die Empfindung vom „**Aufstand der Dinge**“, die, **personifiziert**, zu den aktiv Handelnden werden, sodass das herkömmliche Verständnis vom **Verhältnis von Aktiv und Passiv** zwischen Mensch und Ding umgekehrt erscheint. Menschen werden in diesem Gedicht von Lotz zwar nicht verdinglicht, aber ihre Nerven werden zerfetzt, sie sind reduziert auf „Stimmen“ oder lassen sich vor dem Wind hertreiben wie Laub.

TEILAUFGABE 2

Würde Ernst Wilhelm Lotz den Song *Lila Wolken* hören und möglichst auf Youtube auch sehen können, würde er die Welt nicht mehr verstehen. Diese **junge Generation** 100 Jahre nach ihm **feiert** singend und schreiend und einander mitreißend sich selbst. Wenn **wir** heute diesen Hit von 2012 ab und zu im Radio hören, werden wir etwas wehmütig. Für uns gilt seit März 2020 Party-Verbot gerade in dem Alter, in dem Party als das Höchste erscheint.

Überleitung

Schon beim ersten Hinsehen lässt sich erkennen, dass Lotz ja letztlich doch alleine spricht, während den Song zwei Sänger und eine Sängerin nacheinander und miteinander vortragen und das „Wir" des Textes durch etliche **Anreden**, **Aufforderungen** und **dialogische Stellen** glaubwürdig gemacht ist. Lotz fasst zudem sein Lebensgefühl in eine streng durchgehaltene, knappe **Form** von insgesamt 16 Versen. Zwar ist auch *Lila Wolken* nicht formlos, aber in seiner Gestaltung als Song nur sehr locker gefügt. Die inhaltliche Substanz steckt tatsächlich auch hier in zwei gleich langen Textblöcken von jeweils acht Versen (Z. 2–9, 20–27) und im zweiten Teil des ebenfalls acht Zeilen umfassenden Refrains. Das Metrum mit seinen ungleich vielen Hebungen ist freirhythmisch. Jambische Verse wie im Refrain wechseln mit daktylischen Phrasen. Beim Endreim kommt es, wie beim Hip-Hop und Rap, nur auf den Zusammenklang der Vokale an (z. B. V. 2 ff.: Kopf/-knopf; hart/Tag; Schluck/-wood; Stadt/Nacht usw). Marteria ist Rapper.

Vergleich mit Lotz-Gedicht: Form

Die Selbstaussage lautet: „Wir leben immer schneller, feiern zu hart" (Z. 4). Dennoch oder gerade deswegen wird das exzessive Feiern und Durchfeiern, **der Rausch** und **das Abheben** (vgl. Z. 6 f., 18) gepriesen. Die Sprecher sind jung, und so gehört ihnen **die Nacht**. Diese beginnt mit dem Sonnenuntergang (der die Stadt vergoldet und die lila Wolken erscheinen lässt) und geht bis zum Sonnenaufgang. Die **Gegenwelt ist der Alltag** und Arbeitstag mit Stress und Druck, den es zu vergessen gilt (vgl. Z. 5 f.). Es ist die Welt der Bürger. Sollen sie jetzt nur schlafen (vgl. Z. 18). Von den Fäden, die sie miteinander verbinden, reißen die Sprecher sich los (vgl. Z. 17). Auch von großen Namen – möglichen Autoritäten und Vorbildern vielleicht – wollen sie nichts wissen (vgl. Z. 25). Sie machen Feuerwerk, zeigen auf einen „neue[n] Stern" (Z. 15) wie auf eine Verheißung, wollen zusammen **träumen**, sich Luftschlösser bauen (vgl. Z. 21 ff.), sich also Illusionen hingeben, sich **die Welt verklären und vergolden** (vgl. Z. 26) und daran glauben, dass sie mehr sind „als nur ein Moment" (Z. 24). Durch diese Zeilen weht eine leise Melancholie, denn die Sprecher sind ja nicht naiv. Sie wollen den Ernst des Lebens bewusst ignorieren, besitzen also die **Ironie**, sich selbst „ignorant" zu nennen (Z. 20). Aber sie behaupten entschieden ihr Recht darauf, jetzt nicht nüchtern und nicht vernünftig sein zu müssen. Es ist **pure Romantik** mit dem gleichen Antagonismus, der etwa auch das Lebensgefühl von Eichendorffs Taugenichts bestimmte. Die Ausdrucksweise des Taugenichts ist eine andere. Aber was sagt das leitmotivische „Lass sie schlafen, komm, wir heben ab" (Z. 18) viel anderes als „Die Trägen, die zu Hause liegen, / erquicket nicht das Morgenrot" in dem Aufbruchslied des Taugenichts? Auch die Betrachtung des Abends, der alles vergoldenden Abendsonne,

Lebensgefühl der jungen Generation im Songtext (mit Untersuchung der sprachlichen Umsetzung)

der Wolken mit ihren besonderen Farben („Rot knallt in das Blau", Z. 8), der Nacht mit ihrem Stern und insgesamt die Verehrung des Himmels wecken Assoziationen zur Romantik. Um aber in **Rausch und Flow** zu finden, reichen weder Gin Tonic noch **Appellative** (vgl. „Guck", „komm", „Lass uns" Z. 15, 18–40). Es reicht auch nicht die Selbstsuggestion, von der lila Wolke aufgefangen zu werden im Falle des Falles (vgl. Z. 27). Es braucht dafür den Beat, die **tranceartige Wiederholung** der magischen „lila Wolken" im dreimaligen Refrain und eine Sprache, die allmählich semantisch gegen Null tendiert (vgl. Z. 38 ff.), um im **selbstaffirmativen „Yeah"** emphatisch zu münden.

Abgrenzung des Lebensgefühls zwischen Gedicht und Song

Lila Wolken und das Gedicht von Lotz könnte man unter der Überschrift **„Jugend"** zusammenfassen, denn in beiden Texten kommen – wenn auch in der Intention grundverschieden – die **innere Unruhe** und nervöse Erregbarkeit junger Menschen zum Ausdruck. Aber was ist das jeweilige **„Lebensgefühl"**? Ein Leben hat viele Facetten. *Lila Wolken* ist einfach ein **Party-Song**, der Schwung und Magie in die Auszeit einer Jugend bringt, die sich gelegentlich Rhythmen, Drogen, Glücksgefühlen und Träumen überlassen möchte, aber weiß, dass die Party nicht das Leben ist. Es ist nicht auszuschließen, dass auch Ernst Wilhelm Lotz exzessiv zu feiern wusste. Aber er hat sein Gedicht mit einem ganz anderen Anspruch geschrieben. Bei Nachfrage hätte er wohl begründet, dass der Texter von ***Lila Wolken*** romantische Motive schlicht **epigonal** genutzt und neu vermarktet habe. Er selbst wollte nicht unterhalten, sondern dachte zeitkritisch. Er wollte **reflektiert und lyrisch** die zwischen Wilhelminismus und technischer Moderne, zwischen intellektueller Rebellion und Provokation, linker Revolution und konservativem Patriotismus **zerrissene** und schwankende **eigene Generation** in seinem Gedicht bilanzieren. Gewinnend ehrlich bringt er dabei Entscheidungsdruck und Entscheidungsfurcht zum Ausdruck. Expressionisten waren intellektuell auf der Höhe ihrer Zeit, waren „zerdacht", wie Kollege Gottfried Benn einmal formulierte. In Party-Songs dagegen hat Gedankenlastigkeit Platzverbot.

TEILAUFGABE 3

Bedeutung von Songs für das Lebensgefühl junger Menschen

Es gibt Erwachsene, die können sich ihr Leben nicht ohne bestimmte Bücher (Texte, Autoren) vorstellen. Wir, unsere Generation (aber eigentlich auch schon die unserer Eltern), definieren uns seit dem Urphänomen der Beatles in erster Linie und wohl zunehmend mehr über **Lieblings-Bands** und/oder **-Songs**, also weniger intellektuell als über den mehr **emotional gesteuerten jeweiligen Musikgeschmack**. Die Großeltern haben Transistorradios mit ins Grüne geschleppt; wir haben unsere Hits auf dem Smartphone und hören sie über Kopfhörer beim Bahn- und Autofahren, beim Joggen, Warten und, obwohl verboten, auch beim Radfahren – und hoffentlich bald auch wieder in Discos, auf Festivals und privaten Partys. Auf großen Bahnhöfen oder in Innenstädten sieht man uns alle unansprechbar, jeder und jede verstöpselt mit der eigenen Musik. Eindeutig spielt also Popmusik – die Musik in der Regel viel stärker als ihr Text – eine starke Rolle als **Stimulus und Ausdrucksform unseres Lebensgefühls**. Aber ein Leben hat wechselnde Aspekte und Phasen und damit auch verschiedene Gefühlslagen. Dem Sound und Schwung von *Lila Wolken* nah ist *Dancing in The Moonlight* (King Harvest), in dem sich „night" auf „bright" und „delight" reimt versus „fight" („We like our fun and never fight"). Auch hierin das umwerfend starke **Gefühl von Gemeinschaft und Zusammengehörigkeit**. Von Leichtigkeit, Beweglichkeit, Nonsens und Vitalität. Es macht einfach gute Laune. Vom Rapper Marteria stammt übrigens noch der Gute-Laune-Song *Ganz schön okay*.

Aktueller Bezug: Musik als Trost

Vielfach bewährt hat sich in Corona-Zeiten mit ihrem **Distanzgebot** der plötzlich in den Charts vieler Länder auf Platz 1 hochgeschossene Titel von 2019: *Jerusalema Dance*. Über dem entspannten Beat des Südafrikaners Moagi erklingt seine warme, schlichte Melodielinie. Ein Background-Sopran sekundiert. Auf unserem Schulhof haben wir dazu – jeder für sich und doch im großen Kreis miteinander verbunden – immer wieder **getanzt und mitgesungen**. Auf dem Video singen und tanzen Schaffner im Depot, Angestellte im Büro, Leute auf einem Platz, Mutter und Tochter zu Hause, Leute im dicken Schnee oder auf dem Deck einer Fähre und so fort weltweit. Ein sonderbar nachdenklich-sehnsüchtig-spirituell sich wiegender Song, der zu Herzen geht.

Songs zur Motivation bzw. Leistungssteigerung

Eine ganz andere Kategorie wird von *We Are The Champions* (Freddie Mercury/Queen, Pop-Rock 1985) repräsentiert und von *Eye of the Tiger* (Rock-Band Survivor, 1981). War eben noch jeglicher Fight ultimatives *No-Go*, so ist für denselben Menschen in einer anderen Lebenssituation das Fighten ein unbedingter Bestandteil seiner selbst. Mein Bruder, **Leistungssportler**, pusht sich mit Freddie Mercurys triumphal und gestisch weit ausgreifend vorgetragener Hymne, wenn er zu Wettkämpfen unterwegs ist. Mercury mit seiner Musikalität, seiner Stimme, seinem Genie aus kleinsten Verhältnissen gegen vielfachen Widerstand aufgestiegen zu Weltruhm, weil er an sich geglaubt hat, spricht im „Wir" und ermutigt noch heute Millionen: „We are the champions – my friends / And w'll keep on fighting till the end […] No time for losers / 'Cause we are the champions of the world." Mercury macht nicht nur denen Mut, die von unten kommen. Von ihm inspiriert schafft man es vielleicht auch aufs Siegertreppchen im Stadion. – Mein **Ermutigungssong** ist, obwohl ich eine Frau bin, Survivors Film-Musik zum Boxer-Epos *Rocky III* von Sylvester Stallone. Hier ist mir nicht nur die Musik, der harte Beat im martialischen Marschrhythmus wichtig, sondern vor allem der mich aufbauende Text: „It's the thrill of the fight / Don't lose your grip on the dreams of the past / You must fight just to keep them alife." Als Gegenprogramm höre ich aber auch gern Billie Eilish. Sie hat eine schöne, etwas verschattete junge Stimme, verarbeitet in ihren Songs heutige Themen wie Gewalt gegen Frauen und Fragen des Selbstwertgefühls und ist emotional einfach gut.

Songs als Ausdruck von Rebellion

Daneben ist auch **Deutsch Rap** angesagt, obwohl Bushido, Sido, Kool Savas und Eko Fresh vom Alter her fast unsere Väter sein könnten. Sie haben eben ein komplettes Genre mit aufgebaut. Deutsch Rap ist auf der Straße entstanden, und genau das vermittelt er auch: dass man aus der Gosse und dem Knast kommt und trotzdem etwas erreichen kann mit seinem Talent (Schlösser, Limousinen, Goldklunker). Deutsch Rap ist **ermutigend**, **rebellisch**, und dabei technisch hohe Kunst. Wir hören ab und zu etwas von Capital Bra (alias Joker Bra). Der „King of Rap", der im virtuosesten Rap wohl aller Zeiten die meisten Textzeilen auf einem Beat brachte, ist und bleibt aber Eminen mit dem ultraschnellen *Rap God*.

Besonders dieser Diss von Eminen gefällt mir: „I make elevating music / You make elevator-music." So soll es sein: Musik soll erheben.